有爱的青春陪伴者

耀眼 2

时玖远 著

花山文艺出版社
河北 · 石家庄

图书在版编目（CIP）数据

耀眼. 2 / 时玖远著. -- 石家庄 : 花山文艺出版社，2022.4
ISBN 978-7-5511-6068-1

Ⅰ. ①耀… Ⅱ. ①时… Ⅲ. ①长篇小说－中国－当代 Ⅳ. ①I247.5

中国版本图书馆CIP数据核字(2022)第025395号

书　　名：耀眼.2
Yaoyan,2
著　　者：时玖远

责任编辑：郝卫国　张凤奇
特约编辑：雪　人
责任校对：卢水淹
装帧设计：Insect　cain酱
封面绘制：ashorz
美术编辑：胡彤亮
出版发行：花山文艺出版社（邮政编码：050061）
（河北省石家庄市友谊北大街330号）
销售热线：0311-88643221
传　　真：0311-88643225
印　　刷：长沙鸿发印务实业有限公司
经　　销：新华书店
开　　本：880mm×1230mm　1/32
印　　张：10
字　　数：305千字
版　　次：2022年4月第1版
2022年4月第1次印刷
书　　号：ISBN 978-7-5511-6068-1
定　　价：45.00元

目录 / CONTENTS

Q I N G Y E & X I N G W U

QINGYE&XINGWU

第一章

✦

一场冷战

y a o y a u z

下了车后，炫岛今天关门挺早，沙尘暴的原因杜奇燕和流年早早回家了，李岚芳也到牌友赵麻子家打麻将去了。

晴也回到家就上了二楼拿出一张卷子刷起题。很多时候当她找不到出路，只能通过刷题来缓解烦躁，虽然在外人看来，她缓解烦躁的方法有些奇葩，但效果很好。

等她一张卷子刷完下楼的时候，邢武正在换纱布。她看见中午老庄医生给他包的纱布已经被他扯扔在一边，上面又有血印子了，他一只手绕着有些别扭的样子。

晴也走过去，接过纱布低着头为他重新包扎，声音闷闷地说："不会躲吗？"

邢武抬头睨了她一眼，淡淡道："她喝大了，给她撒完气，以后也不会找我了。"

晴也没说话，沉默地为他包扎完就上楼了。

那晚，邢武独自在楼下，没有上楼打扰晴也刷题，也是难得两人睡觉前没有说会儿话，关了灯就各怀心思地睡了。

周日晴也一早就出门了，说是去史敏家，胖虎也去了，邢武一天没见到晴也，晚上回来时，晴也早早睡了。

周一早晨到学校晴也才知道那个持刀的鞍职学生被送到警局了，其他人基本没啥事，也没有家长因为孩子在学校打架找过来。

起码这点就很神奇，在晴也原来的国际学校，难免也会有学生之间互看不爽起冲突的，不过他们那里打架一般打的就是钱，总归最后都会落到一个“钱”字头上。

但是在这里只要不闹得太夸张，不会有人因为挨了一拳就报警，问人要精神损失费啥的根本不存在，跑到警察面前哭诉在他们这些热血男儿眼里是件丢人的事，打就打了，实力不如人就自认倒霉，例如大曹。

但晴也清楚，大曹这次丢了份绝对不会善罢甘休。

晨会的时候，黄毛郝成功同学被请上了主席台，而且是高中三年唯一一次不是因为读检讨书上主席台的。

这次黄毛上主席台是接受全校表彰的，毕竟他打破了鞍中常年马拉松垫底的成绩，破天荒地跑了个第一，钟校长感觉倍儿有面子，昨天晚上还特地让四班班主任通知黄毛今天把奖杯带到学校，在全校师生面前露个脸。

但是，由于那天在巷子里黄毛看见的那一幕太过于惊悚，导致奖杯摔在地上跌瘪了一大块，他也试着拿锤子想把奖杯敲圆了，奈何奖杯质量实在太差，不仅没有被敲回去，反而直接被砸出个洞来。

所以当他上台举着那个破奖杯时，胖虎很谜地站在二班队伍最后挠了挠头，对旁边的邢武说：“这……这届奖杯造型做……做得挺别致啊。”

邢武扫了眼站在最前面的晴也。由于晴也长相端正，品学兼优，所以自从她来了后，班上有任何队列方阵，老师永远把她安排在第一个，此时她扎着个马尾，只能看到后脑勺。邢武倒是想起早晨，黄毛六点就跑来炫岛，拿着他的破奖杯说他两晚没睡好了。

邢武以为是得了第一给他激动的，搞了半天他想了两晚上晴也和邢武的关系，还是没想通。

于是早晨晴也出门的时候，就看见大冷天的，两男的蹲在炫岛门口，也不说话，就这么蹲着抽烟——画风也是很新奇。

她拉了下包带看了眼邢武，邢武感觉那会儿她似乎想对他说什么的，后来她又看了眼黄毛，什么话也没说就走了。

黄毛还很纳闷地问他：“嗯？你们吵架了？不会是因为我吧？”

“……”哪里找来的存在感？

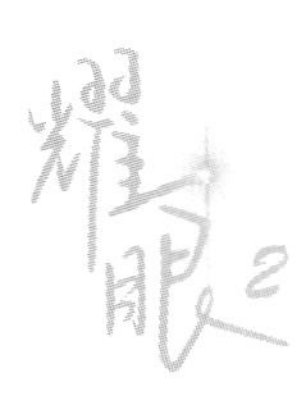

中午，邢武和黄毛他们一群人从小卖部出来，往操场走的时候，晴也一个人坐在篮球场边发呆。

黄毛奇怪地嘀咕了一句：“那不是晴也吗？”

胖虎立马朝她喊了声：“晴……晴也，你今天咋没写题啊？”

落在最后的邢武听见声音抬起头朝她看去，她侧过头的时候，两人的视线在空气中短暂地交汇了一下。

晴也收回目光继续戴着耳机靠在篮球场边的椅子上，眼神发直地盯着场中打篮球的少年。

黄毛落后一步对邢武说：“武哥，晴也今天怎么不对劲啊？”

邢武没说话转身朝她走去。

不一会儿，晴也面前压下一道黑影，她抬起头的时候，邢武逆着光站在她面前，抬手将手中的饮料递给她，她顺手接过拧开喝了一口放在脚边。

邢武在她身边坐了下来，冷峻的五官和飞扬的鬓角吸引了另一边妹子们的目光。

两人坐在一起谁都没有说话，就这样安静地看着场中的男生满场狂奔。

良久，晴也忽然开了口：“那个活儿别接了。”

邢武直起身子斜靠在椅背上掠着她，她侧过头忽然浅浅地笑了下，露出唇边若隐若现的酒窝，在阳光下多了一丝不真切的意味：“真的，不值得。”

邢武目光淡淡的，声音透着股漫不经心：“什么不值得？”

晴也嘴角依然浮着看似轻松的笑意，眼神再次落回操场迎着阳光，有些惆怅地说：“以后的事谁也说不准，别在我身上付出太多，不值得。”

半晌，邢武起身，双手抄兜，转身落下一个“呵”。

晴也看着他远去的背影，怎么突然感觉自己很坏呢？

晴也对邢武的感觉的确是特别的，特别到在她过去的生命中，从来没有一个男生对她来说有这样的吸引力。

但这并不代表她能看见他们的未来，很多事情她现在也是走一步算一步，就像当初和邢武说的那样，她是拿未来在赌，而赌博这种东西本来就有输有赢，未来会发生什么她也不知道。

可有一点可以确定的是，无论发生什么她都不想伤害邢武，如果因为要把她送出国而让他独自承担这份压力，她不忍心，更无法承诺她读完书能回到这个地方还他这个情。更何况，她向来不喜欢欠人情，还是这么大的一个人情，她觉得这对邢武来说不公平。

她喜欢他痞笑的样子，喜欢他凶悍的霸气，喜欢他打趣时坏坏的味道。她喜欢和他在一起，他给她一种有了依靠的感觉，她觉得两人现在这种相处模式挺好的，没必要把两个人的未来背负在一个人的肩上，活在当下嘛。

所以自从听说邢武要接那么危险的活儿后，她心情一直挺沉重的。

只不过真把话跟邢武说开了，搞得像她出了国就打算跟他断了联系一样，有点残忍无情啊，特别是邢武丢给她的那声“呵”就很魔性了。

晴也总觉得自己好像挺对不起他，一下午没好意思回头看他。

放学的时候，胖虎照例跑来等晴也和史敏。那位看见晴也就脸红的冯宝同学回过头来，有些不好意思地说：“你们每天放学都去哪儿看书啊？能不能带上我？”

晴也和胖虎对视一眼，两人谁都没说话。胖虎毕竟是邢武兄弟，史敏好歹也算是晴也在这个班上关系处得比较好的同桌，两人勉强带去邢武家还能说得过去，要是人再多，晴也也不好意思。

就在晴也沉默之际，还肿着脸的小灵通立马回过头来，又神气活现地说：“你们要去哪儿看书啊，我也去。现在不上晚自习了，我天天放学就回家被我妈嫌死了，就跟机关枪一样盯着我。”

晴也有些为难地说：“地方太小，去不了那么多人啊。”

冯宝有些遗憾地说：“这样啊。我就是自己在家复习也不知道从哪里开始看，有的地方不会也不知道问谁。”

晴也干脆对他说：“要不你实在不会的就微信拍照给我吧。”

冯宝一双眼睛里冒着小星星红着脸跟晴也加了微信。

三人刚走到校门口，就看见邢武、狼呆、黄毛他们聚在马路边上。

胖虎朝他们喊了声：“走不走？”

邢武侧头看过来，晴也匆匆扫了他一眼转身挽着史敏先走了。胖虎自从每天放学跟着晴也混后，自觉加入到晴也这边，也不跟黄毛他们“浪”了，看晴也走了，赶忙跟他们打了声招呼就追了上去。

邢武收回目光。黄毛看看晴也，又看看邢武，语重心长地说："反正这事现在就我知道，放心武哥，我一定烂在肚子里。其实你们真不用因为我感觉难堪，故意不讲话，搞得我都不好意思了。"

"……"兄弟你哪儿来的自信？

晚上的时候胖虎告诉晴也，其实班上最近不少人向他打听放学补习的事，他感觉学校一刀切把晚自习取缔挺不好的，虽然他们这些人成绩烂，但也有想学的，而且对每个班上那些成绩好的人挺不公平的。晴也也觉得校领导这个决定有点草率，天天喊着升学率，又怕惹事，不敢担风险。

她嘀咕了句："其实大家可以自发留下来晚自习，就是自愿形式的。"

史敏摇了摇头："你看我，我看你，自愿到最后还是变成强制，那些家长只要看见大家又恢复晚自习肯定又来闹。"

晴也想想倒也是。

晚上的时候冯宝当真拍了两题问晴也，晴也给他快速解了答案再拍给他，然后发语音给他解题思路，反正也耽误不了她几分钟。

胖虎他们走后，晴也把东西抱上楼，拿换洗衣服下楼准备洗澡的时候，正好在楼梯上撞见才从外面回来的邢武。

狭窄的楼梯，一个要上楼，一个要下楼，谁也不让，就这么在半道撞上了，两人同时停住脚步看着对方沉默着。

晴也先侧过身子贴在墙上让出半个人的位置，随后邢武收回目光也侧了下身子，两人面对面而过。狭窄的楼梯迫使他们的身体差点要撞在一起，呼吸交织间，晴也忽然心跳加速瞬间低下头，她似乎都能感受到邢武身上的气息，有那么一秒她差点忍不住去拽他。

可看着邢武目不斜视的样子，她又不愿拉下脸去跟他说话，干脆抱着衣服跑进浴室锁上门。

当她一个人站在浴室里的时候，心情瞬间跌到谷底。在舒寒口中听见邢武打算供她出国读书时，她是震惊的。面对邢武毫无保留的付出，她承认她没有他那么不计后果，所以她的那句"不值得"似乎是突然把他们拉回现实。

可不过才短短两天的时间，她却感觉已经和他冷战一个世纪那么长了，刚才与他面对面时，她根本就抑制不住自己不理他。晴也自认为还算是个理智的人，但她的理智每当遇见邢武时就会面临坍塌，她忽然感觉鼻尖发酸，难过得心脏抽抽的。

她洗完澡上楼的时候，发现邢武已经倒在床上睡着了。她盯着他高挺的鼻梁、深刻而冷峻的轮廓看了一会儿，叹了一声回到自己的地盘。

在她的认知里，她不想让邢武吃亏，也不想占他任何便宜，只是不知道邢武是怎么想的，也觉得她很坏吗？

第二天的体育课，是组织扔铅球。

大家一如既往懒懒散散地排着队一个个到指定地点，教体育的董老师站在一边拿着个板子记录所有人的成绩。

方蕾挤到晴也身边对她说："冬令营的事老师找你谈了吗？"

晴也昨晚因为跟邢武冷战了，导致没睡好，这会儿正犯困捂嘴打着哈欠："没有啊，不是寒假的事吗？"

方蕾说："好像提前了，今年说是占用元旦后面两天的假期，我打算报名。"

晴也斜了她一眼："你挺有志气啊。"

方蕾说："不是，有一个金中的人今年会参加，我想找机会会一会他。"

晴也看着方蕾，有点无语。

轮到晴也扔铅球了，方蕾还特地推了她一下："别发呆啊，到你了。"

晴也"哦"了一声，弯腰捡起铅球，还用球鞋在地上碾了碾，一甩马尾，那姿势摆得既养眼又标准。

本来后面那些窝在一起聊天的同学，看她这架势都不聊了，齐刷刷地看过来——似乎二班的人对晴也有种莫名的期待，总感觉她做什么事都特牛。

不过晴也可能昨晚没睡好的缘故，精神不济啊，刚抬手就感觉状态不对，结果抛的时候直接手滑了。

所有人傻眼了，董老师还揉了揉眼睛，以为太阳把眼睛照花了，看了半天没看见抛物线，后来才发现那铅球不仅没被扔出去，就落在晴也脚边反而往后滚了。

瞬间，全班捧腹大笑。晴也睖着眼睛回过头的时候，竟然发现坐在操场边的狼呆那群人也在笑她，余光一瞄看见双手撑在蓝色休息椅子上的邢武，戴着顶黑色的鸭舌帽，遮住了半张脸，看不清神色，但露在外面的嘴角分明也勾起了弧度。

晴也气鼓鼓地对董老师竖起一根手指，要求再来一次。

董老师笑着点了点头喊道："加油啊，晴也。"

后面的同学把铅球捡起来递给晴也。这次晴也打起精神，活动活动手腕，双眼凝聚成一道光对着前面一扬一抛，顿时，周围再次狂笑不止。

球是给她扔出去了，扔得还挺远，就是没扔对地方，那抛物线是斜的，直接朝场边飞了过去，把董老师吓一跳，他还第一次见到准头如此歪的。

铅球落在地上竟然就这样径直朝邢武滚了过去，晴也发誓她真的是随便扔的，完全没有要打击报复的意思啊，只能说这是一颗很有灵性的铅球。

邢武依然是那副懒散的样子，在球滚到他脚下时，他抬脚轻轻一踩，球停下了，随后所有人便看见他漫不经心地弯下腰，捡起铅球，在手上掂了两下，然后居然朝着晴也的方向举了起来。

晴也倒是纹丝不动，立在原地抬起下巴睨着他，但是她旁边一片同学都吓得四散逃窜。

董老师朝邢武大声喊道："不要盯着同学砸。"

话音刚落，邢武换了方向对准了他。

董老师边挡边吼："叫你别砸同学，没叫你砸老师啊！"

所有人笑作一团。

邢武将手上的铅球一抛，看都没看就起身离开操场了。后面的同学和老师全都惊呆了，他居然就这样把铅球扔进了场边的器材桶里，这距离、这准头董老师也是第一回见。

虽然是冬天，但是太阳挺大，下了体育课大家都脱了外套，晴也感觉口干舌燥的，打算去小卖部买瓶饮料。刚下课小卖部里全是人，看着都头疼，这也是她从来不去小卖部的原因，但是之前可以让邢武他们帮她带，现在嘛，让她因为一瓶饮料而低头？那多没面子。

晴也好不容易挤到柜台前对老板说："拿瓶茉莉蜜茶。"突然感觉身后挤着她的人松散多了，她回了下头，便撞见那双细长锋利的眸子。

晴也眼角抽了下，好巧啊，这也能碰见，怪不得那些人都不敢挤了，乖乖待在后面排队。

邢武探过身子点了点柜台，对老板说：“打火机。”

邢武低眸盯她看了眼，她赶忙若无其事地看着柜台下面。

老板刚把蜜茶拿过来，顺手从柜台底下摸出打火机，邢武直接扫了码瞥了眼蜜茶对老板说：“一起。”

晴也拿起饮料转过身，邢武也刚接过打火机试着打了一下，他就立在晴也面前，距离近得晴也再往前移一点直接就能撞进他胸口了，她忽然感觉呼吸困难，特别在如此混乱的环境下，周围还有源源不断的学生在买东西。

可邢武不让，她根本出不去，整个人被困在小卖部逼仄的角落，不尴不尬的。她匆匆抬起头去看他，他也正好收起打火机低头看向她，明明就是一个很平常无奇的对视，她却感觉身体里燃烧着一团火，热血沸腾的。

邢武先转身出去了，晴也才猛地松了一口气。

一出小卖部，她就拧开瓶盖疯狂地灌水，平复一下胡乱跳动的心脏。

然后就听见黄毛朝她喊道：“晴也，你慢点喝。我的天，你这跟渴了三年没喝过水一样的。”

她一口饮料直接喷了出来，侧过头去，看见邢武根本没走，黄毛他们都在小卖部外面待着，此时一群人都盯着她反常的举动，特别是邢武那似有若无的眼神，直接导致她被狠狠呛了一口，然后开始剧烈咳嗽，弯着腰整张脸都咳得通红。

黄毛看了眼邢武，邢武站着没动，他忍不住走过去问她：“你没事吧？”

晴也拍了拍胸口直起身子摆摆手匆匆回了教室。

黄毛回头看着邢武渐渐拧起的眉，自责不已，不会这两人还打算为了他断绝关系吧？

……

晴也有气无力地坐在位置上转着笔，感觉被呛了口水整个人就像虚脱了一样，浑身没劲地听着讲台上老杨声情并茂做着冬令营的动员工作。

反正晴也听下来，这个冬令营有点类似军训的意思，不过时间没那么长，就两天，而且是自愿报名——因为牵扯到每人八十块的费用问题，不好做强制要求。但老杨的意思是，按照惯例，参加冬令营主要的意义就是大卫杯，所以希望班上成绩前十名的同学都能够踊跃报名参加，为学校争光，也争取在高中最后的生涯增添辉煌一笔。

到底是语文老师，那动员词说得极具感染力，就跟要上前线打仗一样，不过底下坐着的人都蔫蔫的，今天包括晴也都蔫蔫的。

下课的时候，晴也接到了一个电话。

打电话给她的是上次找她买地瓜干的那个外国同学，中文名字叫黄飞鸿，他爸妈是土耳其人，他爸非常迷李小龙，后来举家来中国工作。至于为什么迷李小龙却要给儿子取名黄飞鸿，晴也也没弄懂。

她跟黄飞鸿不是一个班的，两人是在学校庆典活动上认识的，这哥们挺逗的，还会说东北话，当时她就跟他加了个微信。

晴也前两天去完那个厂子后，联系黄飞鸿告诉他，她这里还有其他货，但是不走零卖，只整箱出，他要是能在北京那边帮她分销，她可以送他一些。

她也就随便那么一提，没想到黄飞鸿今天还真跟她下单了，在电话里就一通自夸，说他如何磨破嘴皮子拉来了订单。这话晴也也就听听，她原来学校里很多同学家里都是做生意的，路子广，真想拖批货过去卖，也就一个招呼的事情，主要是人脉。

晴也便联系了那个糟老头子谢总，跟他商量怎么发货的事。

包括流年，自从转发了晴也的朋友圈后，那个少女少妇群最近也有人零散地在下订单，因为订单太杂，所以晴也忙着统一归口，然后跟谢老头谈利润的事情，压根儿就没想过报名冬令营，反正上次听小灵通那意思是去了也没戏，何必浪费这个时间。

结果她带头不报名的行为让校领导高度重视，才第二天就被请去了老杨办公室。老杨那是语重心长、苦口婆心地劝说晴也作为学校的尖子生要做好带头表率工作，如果因为费用困难，她可以考虑为晴也申请。

晴也看着老杨那火烧眉毛的样子就奇怪了，她像是拿不出八十块钱的人？她忙着赚八千块的生意好吧？

然后晴也就被强制报上了名，基本上是在她不情不愿的状态下。

回教室的路上，晴也脑子里装的还全是利润表，她还盘算着跟谢老头谈阶梯式利润抽成，顺便套套他的成本。

回教室的时候晴也瞥了眼，看见邢武的座位上依旧空空的，不知道他去了哪儿。昨晚邢武没有回家，其实邢武没回家很正常，她刚来扎扎亭的时候，他几乎就没有哪晚上在家老实待着的。

可自从戈壁滩那次他们对未来有了约定后，邢武没有在外面待过一晚，哪怕再晚他都会回来。其实绝大多数的时间晴也都要看书刷题，两人并没有待在一起，甚至有时候邢武为了不打扰她，还会待在楼下。

但只要她知道他在家里，心里就会很踏实，哪怕外面狂风暴雨都不怕的那种。

然而昨天如此平静的夜晚，却因为邢武没有回来，她不安了一整个晚上，半夜还醒来看了看隔壁空荡荡的床。

其实晴也今天一早醒来就挺恼的，有种满腹委屈想发火的冲动，她还想好今天到学校看见邢武一定不给他好脸色看，结果他直接就没来。

晴也拿出本子打开笔盖，本想把刚才一路回班想的阶梯式利润抽成算一下，结果下笔的时候情不自禁地写下了“邢武”两个字，又突然很生气地在他名字上打了个大叉叉，莫名其妙鼻尖就酸了。

前面的小灵通又没事找事地回头跟晴也说话，她干脆趴在桌子上，将脸埋在双臂间。她不会让别人看见她狼狈的样子，可真当头埋下去眼前一片黑暗后，她突然委屈得想哭，她从来没有过这种感觉，因为另一个人抓心挠肺。

她觉得一定是“大姨妈”来了，自己才会情绪不稳定的，一会儿生气一会儿想发火一会儿又难过得不行。

一直到打了上课铃，晴也都没从臂弯里抬起头，史敏也不敢叫她，怕她因为昨晚没休息好困了，毕竟进入高三后，复习压力大，偶尔老师也会允许这些好学生趴一会儿。

直到晴也感觉肩上落下一件外套，她才缓缓直起身子，可很快她就察觉到，肩膀上的外套是一件黑色皮衣。她条件反射性地回过头，明媚的暖光从后门

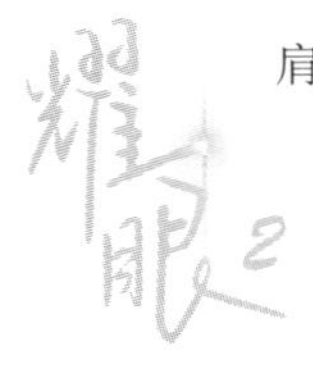

溜了进来，打在邢武的白色毛衣上，仿若镀上一层淡淡的金光，他抬眸之间，眉眼深刻英隽。

虽然晴也一直觉得邢武挺帅的，但还第一次看见他帅得如此纯粹，没了那股邪性和锋利，淡雅如雾的眸光里是属于他这个年纪的少年感，那一瞬，晴也才深刻地体会到什么叫怦然心动。

而邢武看见的，便是眼圈微红、目光发直甚至有些反常的晴也，他微微拧了下眉。晴也已经收回目光不再看他，整节课她都没有再回过头。

可其实课上晴也也没听进去，邢武就坐在她身后，她知道自己一回头就能看见他，她其实很想回头，问问他昨晚跑去哪儿了，为什么不回家。

可她心里又憋着股气不愿跟他说话，于是就在纸上不停地写着他的名字，不知不觉写了一整张纸。史敏准备问她问题，不小心看见那满满的名字，有些愕然地回头瞄了眼邢武。

邢武莫名其妙地把眼神从手机上抬起，史敏赶忙又收回视线，不敢再去问晴也题了。

下课铃一打，晴也就被方蕾拉走了。

方蕾听说老杨找过晴也后很激动，还挽着晴也说有伴了。

自从晴也报了名，班上陆陆续续报名的人多了起来，就连胖虎和史敏也打算报名了，他们俩现在基本上已经成了晴也的小跟班，只要晴也干啥，他们就干啥，坚决不脱离组织。

晴也寻思着，就他们班这实力，报名的有三分之二的人是去凑热闹的。

而另一边黄毛他们已经站在二班门口等邢武，邢武懒散地从后门走了出去，一群人还没下楼，突然就被冯宝拦住了。

同班两年多，邢武对冯宝几乎没什么印象，这个小男生在班上属于没什么存在感的那种，性格内向腼腆，邢武也很疑惑他找自己什么事。

然后就看见他手上拿着一个厚厚的信封递过来。

邢武垂眸瞥了眼，信封上写着“晴也，收”。

冯宝一鼓作气把信塞给邢武，说：“邢武哥，麻烦你回家后再把这个交给晴也，不要在学校给她，拜托了，谢谢。”

冯宝一直低着头不敢看邢武的眼睛。他已经偷偷关注晴也几个月了，这几天晚上和晴也发微信，虽然都很简短，而且内容全部是交流题型，他感觉晴也没有外表看上去那么骄傲，私下其实还挺好相处的，特别有耐心，于是他昨晚终于鼓足勇气写下长篇肺腑之言。

但他虽然写是写了，却不敢亲手将信交给晴也，更不好意思看见晴也在学校拆开后的反应，所以思来想去，终于下定决心麻烦邢武代为转交，还特别交代回去后再给她。

冯宝说完就跑了，黄毛直接问："武哥，要不要去把那小子揍一顿？"

邢武淡淡地说了句："不用。"

对于冯宝这个举动，黄毛愣是乐了半天，他觉得二班这小子眼力见可以啊，自己撞到枪口上估计都不知道是怎么死的。

邢武只是把冯宝给晴也的信塞进裤兜里，然后从后门晃回教室。

晴也刚下课就把邢武的外套放在他桌上了，她还在跟方蕾她们说着话，上课铃响了，她转身往座位走。

另一边小灵通从黄志明座位上跳回来的时候，猛地撞到晴也的桌子，手一挥把放在她桌角的本子给弄掉了，本子随即散开。邢武正好走回座位旁，便看见掉落在地上打开的本子里，写满了他的名字。

晴也离自己的座位还有一段距离，眼睁睁看着这一幕，急得抬脚就往前冲，一把撞开挡道的小灵通。

小灵通莫名其妙被撞坐在位置上，晴也气喘吁吁跑回座位旁时，邢武已经弯下腰漫不经心地捡起她的本子，抬眸之间眼里浮起一丝要笑不笑且意味不明的光。

晴也发誓此时最想干的事就是回过身直接把小灵通 KO 了。她涨红着脸根本不敢去看邢武，气鼓鼓地夺过本子刚准备坐下，邢武却单手往她桌子上一撑，直接挡住了她的座位。

眼看 Miss 余已经走过后门的位置往前门走了，史敏惊恐地抬起头盯着他们，周围陆续有同学注意到后面的情况。

晴也出了一身冷汗，凶巴巴地对他说："让开。"

邢武不仅没让，反而堂而皇之地朝她靠近，居高临下地望着她：“打算闹多久？”

他声音低磁，那撩人滚烫的气息落在晴也头顶，熟悉而悸动，直接撞入她的心脏，让她忽然就没绷住红了眼。

Miss 余进班了，往后看了眼问道：“上课了你们还站着干吗？”

邢武抬眸扫了眼才发现全班都用一种惊悚的眼神盯着他们。

他转了转脖子若无其事地松开手绕回后面，晴也转过身坐了下去，手指紧紧扣着本子。

邢武刚才对晴也说的话没有人听见，只看见邢武把晴也弄哭了，所有人瞬间脑补邢武凶她了，果真他们校霸乃真恶霸啊，如此花容月貌、沉鱼落雁、闭月羞花的姑娘也能凶得下去？

然后便有很多人用幽怨的眼神盯着邢武，就连胖虎都咬着笔不高兴地盯他看。

邢武莫名其妙地迎上众人的目光，更夸张的是，坐在史敏前面的冯宝居然还摸出一张纸巾回头递给晴也，顺带非常不友好地瞥了眼邢武，这举动差点把邢武气笑了。

他眼睛一瞪，冯宝又默默转回头不敢看他了。

晴也今天有事，没喊史敏他们一起走，一放学就奔回家了，她要跟杜奇燕商量下发货的事情。她有点不放心那个糟老头子，但是她实在又没有多余的时间了，所以这个核对信息、追踪物流的事情她想麻烦杜奇燕抽空盯一下。

当然，她不喜欢白白麻烦人，所以直接发给杜奇燕一个红包。不过，杜奇燕怎么都不肯收，说要是晴也觉得不好意思的话，改天教教她怎么穿搭，她就觉得吧，晴也怎么穿都好看，自己有时候刻意模仿晴也也有些学不来。

晴也诚恳地告诉杜奇燕，穿衣风格这回事不要学别人，每个人的身材气质都不一样，要找到适合自己的穿搭风，那才是最漂亮的。

看杜奇燕一脸不能理解的样子，晴也答应她，等自己这次参加完冬令营回来找时间帮她打扮打扮。

杜奇燕听了非常期待。

晴也忙完上楼开始做题，晚上十点多的时候，她下楼喝水。她一直以为邢武没有回来，家里就她一个人，然而当她走下楼梯时，却看见那人就坐在理发店的椅子上，长腿随意地跷在另一把椅子上看着手机。

晴也的心拎了一下，面上却若无其事地倒了一杯水，站在收银台边回头看他。邢武依然没有动，也没有抬头。

她喝了两口水，也没跟他说话。

就在她转身准备上楼时，邢武突然从身上拿出一封信，眼皮不抬一下地递给她："冯宝给你的。"

晴也有些疑惑地转回身，走到邢武面前接过信，把手中的水杯放在旁边打开信封。

她本来还奇怪冯宝有事找她发个微信不就行了，写什么信啊。当她看到信中那让她浑身起鸡皮疙瘩的文字后，第一个想到的竟然是冯宝上次的语文考试不应该就考 100 分不到啊，这遣词造句明明还行嘛，平时在班上沉默寡言的，写信能写满满三大张纸，可以啊。

她还当真仔仔细细地看完了。

邢武也没想到她居然看得如此认真，抬起头眼神颇冷地斜睨着她。

晴也终于看完最后一句话"盼回复"。

她一脸蒙地抬起头，虽然眼神是在和邢武交汇，脑中却在想着冯宝要让她回复什么啊？

抱歉她的理科思维没有那么多感性的东西，只是迅速提炼出这封信的中心思想是表达了冯宝对她成绩的崇拜、聪明才智的仰慕之类的，所以是让她回复同意他加入胖虎和史敏他们的学习小分队吗？

她一头雾水地叠好信纸塞进信封，刚转过身准备上楼，手臂突然被人扯住，在她根本没有任何防备的情况下，身体毫无征兆地向后跌去，直接栽倒在邢武身上。

邢武低下头，声音不带一丝温度地说："这么会玩啊？"

晴也错愕地抬起头："我玩什么了？"

晴也像受惊的小兔，软萌可人。

邢武一把夺过她捏在手上的信往台子上一扔。

晴也忽然感觉特别委屈和难受，仿佛这么多天冷战的憋屈在心底爆发，她抬起邢武的手狠狠咬了下去。可他却任由她撒气，朝她笑，笑得放肆，还透着那无法阻挡的魅力，让晴也心尖发颤。

瞬间，她的眼泪就溢了出来。如果不是这几天的冷战，她压根儿都不知道自己会这么在乎他。

她那委屈的模样让邢武的眉逐渐拧起，他牢牢地望着她，柔声道："你属狗的？咬我你哭什么？"

晴也狠狠推开他，然而她的手臂被他的大掌拿捏得死死的，只要他不松手，她压根儿就不可能逃得了。于是她生气地拍打着他，叫嚣道："谁叫你夜不归宿了？你能耐了？不跟我说话就算了，连家都不回了？那你现在回来干吗？"

邢武舔了舔唇，低眸浅浅地笑着。他的五官英挺张扬，不笑的时候整个人都充满攻击性，晴也只看过他在自己面前这样卸下防备，笑得肆意，像个妖精。

她哽咽委屈地拽了下他的衣领："你说话啊。"

邢武垂眸："昨晚有个团队赛，那边临时缺人，让我顶个 AD 位，打完都两点多了，不想再回来把你吵醒，干脆就睡在顺易了。"

晴也撇开脸，语气不好地发着脾气："那电话信息也没有一个吗？"

邢武没有说话，只是很沉静地攥着她，越来越紧。

晴也回头去看他，他浓密的睫毛掩隐着眼里的光，声音沉沉地说："你这几天看见我都绕道，我不确定你是不是打算终止我们的约定。"

晴也的瞳孔骤然放大，声音里透着几分不可置信："如果我打算终止呢？你现在能放开我吗？"

邢武抬起眸，目光复杂："不能。"

晴也泪如雨下，声音颤抖地说："你就不怕我玩你吗？"

"我认了。"

短短三个字让晴也的心脏仿佛被人狠狠撕扯着，痛到无法呼吸。她就这样望着邢武，知道这几天他不比自己好受，她仿佛看到了她走后的他，一个人站在暗无天日的深渊等着她。

晴也难过地说：“可我不忍心。”

邢武轻轻唤了她一声：“晴也。”

她沙哑地“嗯”了一声。

他对她说：“你大胆地往前走，千万别往后看，孔子解决不了的事，老子都会帮你解决。”

“我是个无底洞。”

他笑着说：“我有手有脚，饿不死你。”

他越是这么笃定，晴也越是难过地缩成一团：“那要是，要是以后我出国看上了个外国帅小伙不要你了呢？”

邢武深邃的眸子里溢出一丝笑意：“那就别回来了。”

晴也直起身子眼角挂泪地凝望着他，他依然在笑，笑容里看不出一丝破绽，他对她说：“否则我一定打断那个男人的狗腿，所以千万别回来让我看到。”

晴也死死咬着唇，身体颤抖不已。

她没有想到邢武已经做好了打算，未来的各种情况他都照单全收，她一句“你会让我输吗”，他便把自己的全部都搭了进来，哪怕她真的一去不复返。

这样的他，让晴也心疼。

这个世界上，除了她的父母，没有人再对她这样不求回报、不计后果，她不能松开手，她不想丢下他，无论如何！

晴也一双眼睛蒙上了雾气，那楚楚动人的样子让少年心里蠢蠢欲动的炙热慢慢滋生，越来越旺。

他立起身子干咳一声：“十一点了，你想要继续跟我耗下去吗？”

晴也露出软甜的笑意，仰着脖子：“嗯，耗下去。”

邢武光笑着也不说话，眸子里细碎的光像初春的微风，清浅撩人。

晴也顺手拿起冯宝的那封信，抬起他的手臂：“好多了吗？”

“嗯，不疼了。”

“复原能力这么强？”

“铁做的。”

邢武瞥了眼那封信：“你打算怎么回他？”

看到邢武这么在意这封信，晴也故作为难地说：“总不能伤了他吧。”

"找死？"

晴也走到楼梯口回头对他笑。

上楼的时候，晴也已经一扫之前的阴霾，这几天昏沉的感觉也瞬间消失了，突然就觉得神清气爽，可以再刷三百张卷子。

她做完题朝楼下喊了声："我睡了哦。"

其实她每次临睡前都会朝邢武喊这么一嗓子，这四个字基本可以解读为"赶紧上来"。

果不其然，没一会儿邢武就上来了。

他貌似才洗完澡，头发都是半干的，进屋后，晴也已经钻进被窝了，就露了个头在外面。

他直接掀掉了衣服，拿出干净的睡衣换上。平时他换衣服都会拉帘子，但是今天他没拉，只是背过身去，一切都那么自然。于是晴也就露出一双眼睛肆无忌惮地瞄着他裸露的后背——宽肩窄腰流畅的线条，好看的麦色，比她想象中还要性感。

邢武没有回头，却好似能感觉到她的目光一样，开口问："看够了？"随即拉好睡衣回过头。

晴也用被子遮住微红的脸颊。

邢武绕到她床边，坐在自己床上看着她，嘴角牵起一丝弧度对她说："我关灯了。"

晴也没说话，于是邢武站起身按掉开关，刚准备躺下，手腕却被晴也拉住。

邢武有些讶异："你这是？"

"想什么呢？我就是睡不着，想跟你聊聊。"

"我睡在那张床上听不见？"

晴也松开他，气鼓鼓地背过身去。

邢武笑着坐在她的床沿边，在半暗的光线里低头看着她："聊吧。"

本来不宽的单人床上，一个躺着，一个坐着，空气中突然多了些微妙的感觉。

晴也已经忘记要聊什么了，她转过身也望着他。

两人距离很近，近到她自己的心跳忽然就乱了。

邢武伸手撩起她的发丝问："不是说要聊天吗？这是骗我哄你睡觉？"

晴也将脸从被子中露了出来对他说："那个活儿，你别接了。"

邢武依然心不在焉地玩着她的头发。

晴也正儿八经地说："听见没啊？钱再多也不能接，万一以后身体真出了什么问题怎么办？"

邢武眉梢一挑："这么关心我？"

"什么嘛。"她拽了拽他的衣角对他说，"你听到没有啊？"

"嗯，明天就回了。"

晴也这才如释重负地松了一口气，有一搭没一搭地说："你参加过冬令营吗？"

"你看我这样像是去搞竞赛的？"

晴也突然笑了起来。她抬起眸，一双眼睛在黑夜里明亮闪烁："老杨找我谈心了，非让我报名。"

邢武无可厚非地说："你是我们县的希望，喊你报名没毛病。"

"毛病大了。我听小灵通说那个什么大卫杯都是内定的，金中提前就泄题了，我们过去就是陪跑，你说真的假的啊？"

邢武拧着眉，还正儿八经地沉思了半晌，最后回："不知道。"

"……"

"真不知道，我又从来没去过，都不知道这个杯到底怎么个比法。"

"听说是现场解题批改公布分数，应该跟测试差不多，只不过都是比较难的奥数题。"

邢武依然拧着眉不知道在想什么，还挺专注的模样。晴也用手在他眼前晃了晃："喂，一起去吧，还要在那儿过夜的。"

"怕什么？又不是你一个人在那儿过夜，还能出什么事了。"

晴也低下头："我不是这个意思，我就是……你知道的。"

邢武笑了起来："就是看不到我睡不着是吧？"

晴也咬着唇睃着眼睛，奶凶奶凶地瞪着他："不许说出来。"

邢武好笑地捏了下她小巧可爱的鼻尖，对她说："想不想赢？"

"嗯？"晴也歪着脑袋，"什么意思？"

“你刚才说泄题的事，我有办法解决，你到时候照常发挥就好。”

晴也忽闪着一双好奇的眼睛，激动地盯着他：“你有什么办法啊？哇，说给我听听。”

她整个人都要探出来了，邢武又把她按进被窝，将她裹好，对她说：“我还没想好，但应该有办法，我得先试试。一点多了，睡觉。”

他把晴也裹好，不准她再东张西望。

晴也挪了挪身子，调整到最舒服的位置，很快就进入梦乡了。

在熟睡前，她又想起邢武的那句话“你大胆地往前走，千万别往后看”。她拽着邢武的衣角，她不用往后看也知道他在她背后，她不会松手，无论如何！

而邢武却一直没睡着，也难得就这么坐着没看手机发着呆，直到晴也呼吸均匀，他又盯她的睡颜看了会儿，突然就在黑暗中笑了起来，她睁开眼的时候还对他张牙舞爪的，现在闭着眼安静得像个小婴儿一样，就这么蜷着。

他看了她一会儿，便听见楼下的动静，李岚芳打麻将回来了。

他起身轻悄悄地打算回到自己床上，却发现晴也紧紧攥着他的衣角，就连睡着了都没撒手。

他轻轻地将衣角从她手中拽开，她闭着眼还下意识地抓了一下，然后转过身继续睡了。

第二天上午刚下课，晴也就回过头催促邢武：“你快去把名报了啊。”

邢武抬眸看了她一眼。

晴也瞪着他，他半笑着把手机收进兜里慢悠悠地晃去了老杨办公室。

老杨的办公室就在三楼顶头，邢武高中两年多了总共就没来过几次，好事一般轮不到他，坏事老杨喊他去办公室他一般也不理她，所以即使有个什么事，这些老师也得亲自到班上喊他。

来的那几次，是办公室那破空调不制冷了，非要喊邢武去帮他们修修看，还不给钱的那种。

所以当老杨看见邢武慢悠悠地晃进他们办公室，还很诧异地问他：“你来干吗？”

邢武从兜里摸出一百块钱往老杨桌上一扔：“报名。”

老杨十分诧异地说：“你要参加冬令营啊？”

邢武淡淡地“嗯”了一声。

这下老杨还没发话，坐在斜对面的朱债老师直接回过头说道：“别浪费钱了，学校包大巴过去，你还占座。”

“？”他怎么就不配拥有个座位了？

邢武拉下脸对朱老师说：“我过去体验生活。这不是自愿报名嘛，怎么到我这儿就占座了？”

老杨把一百块放进抽屉，打着圆场：“行吧行吧，你要去就去，去了别闹事就行。”

“……”

这帮问题学生老杨也接触快三年了，这个小伙子话不多，但看人眼神就不太友善。你要说他坏吧，平时机房出问题了，或是学校什么硬件设备有毛病，喊他帮忙他也帮，除了学习方面不上心，其他方面的聪明才能都异于常人。

他刚从初中部升上来那年，县里提倡教学一体化平台，学校招标买回来一套服务器，用了一段时间校园网直接崩了，连刚搞的网站都不见了，里面重要的数据全部不翼而飞，校长急得到处找人。

那会儿邢武连续旷课天数太多，学校正考虑让他退学，于是就把他喊去教导处。钟校长直接冲进教导处让顾主任赶紧联系一个电子街的听说在维修方面很厉害的人，学校服务器瘫痪了，第二天就有公开课，不能耽误。

然后顾主任打这人电话的时候，坐在教导处的邢武的手机就这么响了。后来老杨也是听当时在场的领导说，邢武就这么当着钟校长和一众人校领导的面慢悠悠地接起电话，看着他们说道，他可以试试看，但他从来不做义工，除非他是这个学校的学生。

于是那退学的事情就不了了之了。一帮校领导从上午一直等到夜里，他最后竟然把服务器恢复了，而且所有数据都找了回来。

从那之后，邢武这个学生就成了学校一个另类且特殊的存在，谁都知道他是来混日子的，但大家都睁只眼闭只眼。

他给老杨的感觉吧，小伙子年纪轻轻，有种让人捉摸不透的老成，所以她没事也不找他，互相留几分薄面，安稳送人家毕业。

此时看邢武还立在她办公桌前，她抬起头严肃地问：“你还有事？”

“找我钱。”

老杨这才想起来，赶忙摸出二十块钱找给他。

邢武把钱往兜里一放又不急不慢地晃了出去，看得老杨和老朱直咂舌。

黄毛下课正在二班门口探头探脑，就没看到邢武，此时见邢武从走廊那头走了回来，问了句：“去哪儿了？”

“去了办公室一趟。”

晴也坐在教室里抬起头对他做了个口型：“报了？”

他朝晴也点了下头，晴也立马对他露出一个甜甜的笑。

黄毛伸头一看奇怪道：“你们和好了？”然后一脸贼笑地扒着邢武，“谁先低头的啊？”

邢武摸了摸鼻子淡淡地说：“她到底要比我矮。”

黄毛一头雾水。

上课铃响了。

邢武拿开他的手丢下一句：“当然得我低头。”

这一整天，冯宝同学都忐忑不安，好几次侧过头用余光偷偷看晴也，心里想着昨天晚上晴也看了他写的信后今天应该会有所反应。可哪想到晴也今天和平常一样，没有任何特殊的情绪，弄得他心里七上八下的。

刚鼓足勇气回过头想找个借口跟晴也搭句话，还没开口就被邢武那可怕的眼神给顶了回去，搞得一天都没找到机会跟晴也说句话。

黄毛听说邢武报名冬令营之后，也想去凑热闹，奈何四班班主任压根儿就不允许他报名，他跑了两趟都被无情地拒绝了，让他不要过去捣乱。他就搞不懂了，人家都能报名，怎么他就是去捣乱的？

黄毛苦哈哈地问邢武，为什么老师就给他报名。

邢武一本正经地告诉黄毛，因为他是这次鞍中赢得大卫杯的关键。黄毛信他个邪，估计晴也闭着眼睛写的卷子都比他们分要高。都是一群无耻的人啊，就这么把他抛弃了。

下午的时候，教室里“倒”了一大片。这两天天气暖和，阳光又好，正是睡觉好时节，然而晴也却依然坐得笔直。

前几天由于和某人处于冷战时期，搞得她蔫了好久，两人昨天和好后，她的状态又迅速调整过来，并且大有要把前几天浪费的时间补回来的意思。

快下课的时候，手机突然振动了一下，晴也低头看了眼，居然是一条转账信息。她点开一看，是邢武转给她的，五万块钱。

她猛地回过头去，邢武并不在座位上。

她掐着时间度秒如年，好不容易打了下课铃，老朱还没走，她就对着胖虎喊了声："饭桶，邢武呢？"

胖虎转过头告诉她："应……应该在操场。"

晴也攥着手机二话不说从后门冲了出去。

冯宝见晴也一个人冲出了教室，犹豫了一会儿，觉得这是个机会，纠结了半天也出了教室往操场走去。

晴也一口气跑到操场，气喘吁吁地看见邢武竟然在打篮球。

说实话，开学这么久了，她压根儿就没看他参加过什么体育项目，每次体育课都是跟一帮男的往那儿一瘫，跟大爷样的，唯一一次马拉松还是用逛大街的模式。

然而眼前的邢武却熟练地左右手交叉运球，速度越来越快，眼里透着势不可挡的霸气牢牢盯着挡他路的人，他突然一个转身，突破重围，又身形一闪帅气利落地带球过人，健步如飞地朝篮筐下狂奔，那挥汗如雨的模样和矫健的身姿在阳光下朝气蓬勃。

不过一眨眼的工夫他就已经冲到篮筐下，起身跳跃的同时，对面一个大高个几乎跟他同时起跳，伸手就打算盖帽。

接下来的一幕却让晴也看呆了，邢武居然在半空中控制身体来了个后仰，顿时形成一道难以突破的弧度，完美避开了盖帽，接着手腕一抛，直接将篮球跃过对方的头顶抛入篮筐中。

场边一群围观的高中生个个欢呼起来，直喊："漂亮！"

邢武扯起 T 恤擦了擦脸，露出线条清晰的腹肌，转眸之间正好看见立在篮球场边的晴也，她眼里闪着光牢牢盯着他。

邢武对她笑了下，她朝他扬了扬手中的手机。

邢武回头望了眼坐在场边的一个哥们招了下手，让他过来补位，然后径直走向晴也。

这时原本打篮球的那帮人也都注意到晴也，集体对着晴也吹着口哨，晴也转过身快步离开了篮球场。邢武回头指了下他们，那群人立马闭了嘴，他很快朝晴也的背影跟了上去。

拐过篮球场边两排树，树很矮，长得也稀疏，晴也停下脚步回头望着他，开口就问："你哪儿来那么多钱？"

邢武逆着光朝她走来，大冬天的，他身上就一件长袖T恤，袖子都卷了起来，靠近时，那汗水夹杂着他冷冽的气息透着一种强势的侵占性。他撩起嘴角对她说："存的。"

"那你存就存呗，给我干吗？"

他目光笔直且坦然："这钱是我妈当初拿你的。这里有三万是我的，这段时间炫岛生意不错，其余两万是我妈拿出来的。"

晴也怔怔地看着他，反应过来是孙叔送她来炫岛时给李岚芳的五万块。

晴也知道那笔钱应该上次就被邢武他爸拿光了，她没想到邢武这段时间到处接比赛替人上分，在顺易挣的钱都存了起来，全数退还给了她。

晴也微微皱起眉对他说："不行，这钱你们得收，我吃住在你家又没给生活费。"

邢武笑着说："你住在自己家会给你爸妈生活费吗？如果不会，我们也不可能拿你的钱。"

晴也无言地望着他，内心有种说不清道不明的触动。

就在这时，冯宝一路寻着晴也走到篮球场附近，他转头的时候正好看见晴也的背影。邢武抬眸掠了眼远处的冯宝，忽然抬手握住晴也的后脑漫不经心地揉了揉。

晴也猝不及防地抬起头，看见邢武眼里的光有些宠溺，声音低磁地对她说："跟我还分那么清啊？"他唇边划过一抹笑意掠着远处的冯宝，那姿势有种说不出的亲昵感。

冯宝瞳孔骤然放大，揉了揉眼睛，以为自己眼花了，吓得张着嘴跌跌撞撞地倒退着，一脚踩到自己的鞋带差点绊一跤，慌乱无比地跑走了。

邢武看着他那副惊魂未定的样子好笑地“呵”了一声。

晴也抬起头，看着他嘴边飞扬的笑意，莫名其妙道：“你笑什么？”

邢武收回目光一脸没事人的样子，掩着笑意：“笑你不嫌我一身汗啊，离这么近？”

“……”谁说男生打完球是一身臭汗的，为什么她觉得邢武这么好闻，难道她已经失去嗅觉了？

然而当晴也回班在走廊碰见冯宝时，刚准备问他有没有报名冬令营他却一脸看见鬼一样，面容惊恐地拔腿就跑。

晴也摸了摸自己的脸，简直莫名其妙。

第二章

坚定信念

y a o y a u z

跨年那天，黄毛、狼呆他们都去了邢武家，说是要共同迎接高中阶段最后一个新年。第二天元旦，学校放假，所有人都暂时卸下压力，就连胖虎和晴也都没再看书了，还顺道喊上史敏一起，在邢武家后院搞起了火锅加烧烤。

烧烤是黄毛提议的，毕竟上次邢武玩游戏赢来的烧烤炉不能摆着落灰啊，还是得拿出来用用。

晴也和胖虎他们讨论着冬令营要带的东西，史敏说零食她包了，到时候她偷偷背一包吃的过去，胖虎点名要辣条。史敏问晴也要吃什么，她明天去买。晴也想了想也没什么特别想吃的，就随便说来盒话梅吧，特酸的那种，无聊的时候刺激下大脑。

黄毛大概酒喝高了，立马就接道："不行不行，你别吃那玩意儿，我武哥怕酸。"

一桌人都没明白过来邢武怕酸跟晴也吃话梅有什么必然的联系，然而晴也却低下头心虚地红了脸。

冬令营严格意义上算是他们奋战高考前最后一次集体活动了，所以大家都很亢奋，只有黄毛一个人弱小无助可怜，眼巴巴地望着他们聊得热火朝天，他都搞不懂为什么胖虎和邢武都能去，他不能去，简直就是泯灭人性啊！

一直闹到半夜，邢武看了下时间，起身对晴也说："你手机是不是在里面响了？"

晴也抬起头："没有啊，我手机在身上。"

邢武递给她一个眼神，她很快反应过来假装摸了摸身上，在邢武进去后，也站起身：“好像手机丢里面了。”

她刚踏入后门，忽然闪出一道黑影将她困在门边逼仄的角落。这时她听见门外一阵疯狂的欢呼，邢武声音很低地在她耳边说：“新年快乐。”

晴也用余光瞄了下墙上挂着的钟，十二点整。这还是她人生中第一次在这样的情况下跨年，忽然感觉整个人被扔进蜜罐中一样。

她踮起脚对他说：“新年快乐。”

邢武的眼睛在黑暗中迷离闪烁，声音透着磁性：“新年有什么愿望？”

晴也自顾自地笑了起来：“希望明年跨年还能和你一起过。”

两人忽然都陷入了沉默。

半晌，邢武温热的呼吸落在她耳畔：“好，无论明年的这个时候你在世界哪个角落，我一定陪你跨年。”

晴也激动地望着他，就这样望着他，什么话也说不出来。

她忽然哽咽了一下：“我其实一直觉得这一年大概是我人生中最糟糕的一年，但你让我的生活变得不一样了，邢武，你是上天派来拯救我的吧？”

他揉着她的脑袋，坚定地说：“不，你才是。”

门外狼呆不停地叫着：“武哥，晴也，跨年了，你们在干吗？”

邢武和晴也都出去了，大家齐齐举杯。黄毛一脸高深莫测地盯着他们俩笑，晴也瞪了他一眼。

胖虎举起酒杯开怀地说：“我……我祝大……大家，生命不止，希……希望不灭，就……就算以后毕业，大……大家各奔东西，归来仍……仍少年，我们不说再见！”

黄毛立马揉着眼睛里的泪花骂道：“我说胖子你有毛病啊？这又不是让你发表毕业致辞，说得这么伤感干吗？”

所有人都举杯齐声喊道：“我们不说再见！”

晴也的内心也有种热血沸腾的感觉，虽然和这些人认识还没有她原来那些同学时间长，不过人处逆境也许感触格外深吧，他们的率真、朴实和可爱给她带来不同的欢乐，让这个灰蒙蒙的扎扎亭每天都丰富多彩，她突然对他们产生了一种战友情。

想到第一天来扎扎亭看见这些“杀马特”时，她觉得自己一辈子也不可

能跟他们玩到一起，甚至从某种程度上来讲，她从一开始的神之蔑视，到现在慢慢放下那层隔阂竟然也能和他们打成一片，她觉得自己的适应能力真是顽强啊，当然，主要是因为这是一群可爱的人。

最后，这场跨年聚会是在以赵妈子家为首的大院邻居集体骂街中结束的。

冬令营那天早晨七点四十分他们准时从家里出发，邢武穿着一身黑色运动装，还背着个黑色双肩包。晴也很是疑惑，说实话，她从来没见他正儿八经背过双肩包，就这副样子还挺帅。

她托了下他的包："你不是说不带东西吗？什么啊这么重？"

"电脑。"

"你带电脑去干吗？"

邢武却瞥了她一眼，直接拿过她的包甩在肩头。

鞍中门口已经停了一辆大巴，董老师带队，随行的是高三年级组的两名数学老师，分别是老朱和另一个姓胡的女老师。

此时董老师正拿着一份人员名单在核对，他们刚走过去，董老师就找到他们四人的名字划拉了一下对他们说："要去厕所赶紧去，不去的上去找座。"

四人都没有要去厕所的意思，于是就先后上了大巴。一上去发现大家来得都挺早，各个班的人都有，乱哄哄的，基本上都是高三的，也有几个高二成绩冒头的好学生。

本来大家看见晴也和史敏上来都朝她们招手喊她们快点，然后便看见跟着上来的邢武和胖虎，瞬间"安静如鸡"。

两人都是一米八多的个子，一上来头直接顶到车顶，立马整个车厢内弥漫着一股无声的压迫感。

胖虎就算了，好歹也是二班班长，谁也没想到今年冬令营邢武会跑来，简直大跌眼镜。而且他一上来，还在哄闹的人都僵着脸面面相觑，而那些其他班的女同学更是一片局促不安。

晴也很敏感地发现气氛不对，回过头对邢武说："你笑一个啊。"

他低下头面无表情地说："我为什么要笑？"

"你不知道你不笑的时候怪可怕的吗？"

邢武懒散地扯了下嘴角，

其他人也都客客气气地对他笑了笑，算是打了招呼。

胖虎找到两排连着的座位，对邢武说："武哥，坐这儿。史敏，你……你们坐后面。"

他们三个全坐下了。邢武站在过道上，把晴也的包放到行李架上，然后把自己的黑色双肩包也放了上去。正好老朱搬了一箱矿泉水上来往前面一放，扯着嗓门说："你们要喝水的可以到前面来拿，八点过十分准时发车啊。"

史敏看了晴也一眼，说："我去拿几瓶水吧。"然后她便起身绕过邢武往前走了。

邢武正好把包放好，顺势就往晴也旁边一坐，晴也诧异地侧过头："这是史敏的座位，你坐前面。"

大巴座位与座位之间比较窄，他长腿微弯调整了一下椅背，淡淡地说："为什么？"

"……"那架势完全就是坐着不肯走的意思。

史敏正好抱着四瓶矿泉水回来，看见邢武坐在她的位置上也是一愣，邢武长臂一伸直接从她手上拿过两瓶矿泉水说了声："谢了。"

也不知道是谢她换座位还是谢她拿矿泉水，史敏只有回身坐在胖虎旁边。

晴也虽然没有去过金中，但一直以为金中不算远，没想到在县城另一头的开发区，还挺远的，怪不得学校要包大巴过去。

车子很快开出扎扎亭，窗外的道路两旁都是矮矮的小树苗，阳光从车窗外透了进来，有些暖洋洋的。晴也看着窗外，回过头的时候，邢武正在看着她，两人相视一笑，这种感觉有种心照不宣的甜味。

老朱真的一刻也歇不下来，站在大巴前面组织大家唱《保卫黄河》，以他的话说，这次是代表鞍中去比赛的，让大家都打起精神，体现出鞍中人的精神面貌云云，所以先来首耳熟能详并且气势滔滔的大合唱振奋一下。

本来大家都不太情愿唱，但老朱带头唱了起来，且他那破锣嗓子让众人实在无法忍受，于是只有用声音盖过他。

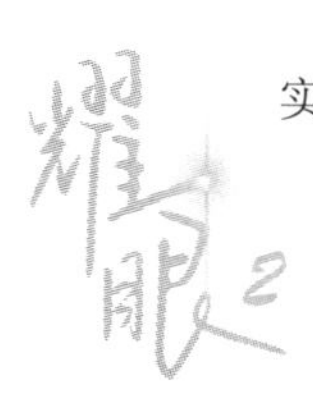

其中，唱得最欢的就是坐在晴也前面的胖虎，那中气十足，那气吞山河，搞得自己跟领唱一样。

晴也和邢武都没有开口，笑眯眯地望着胖虎脸上一抖一抖的肉，心情舒畅。

四十分钟后，大巴停在金中门口，那里早早拉起了第八届冬令营的横幅，大家都跃跃欲试地起身，邢武将他自己和晴也的背包拿了下来，晴也倒是一身轻松地跟史敏下了大巴。

没想到他们刚下车就迎来艰巨的挑战——所有人东西都没放直接跟着金中接待的老师们来到操场，一眼就看见金中那边严阵以待的样子，个个穿着整齐划一的深红色防风衣，站得整齐有序。

而他们这里松松散散的，因为放假学校也没规定要穿校服，加上大冬天的，所以很多人都套着笨重的厚棉袄，光从气势上已经输了一大截，纵使他们唱了一路的《保卫黄河》。

再从人数上来说，他们这里是每个年级每个班稀稀拉拉凑了五十个人过来，而金中那边的高三国际班是要求全员参加，所以人数方面也是鞍中的两倍，晴也顿时就有种想打道回府的冲动，她左右看了看身边的战友，就感觉他们是来搞笑的。

正在她胡思乱想之际，忽然一个哨声把所有人的注意力都吸引到操场中间，只见一个穿着迷彩服的教官拿着喇叭宣布："大家好，我叫王彬，是此次冬令营的集训教官，欢迎金中和鞍中的同学参加鞍子县第八届冬令营活动。

"我和郑教官主要负责冬令营第一天的三项活动，这三项活动我们会以两方学校竞赛的方式举行，优胜一方可以获得鞍子县第八届冬令营的奖章。

"本次冬令营我们依然采取露营的方式，大家注意看远处的地上有两条分界线，红色的区域为金中的露营地，蓝色的是鞍中的，你们今晚露营所需的帐篷已经全部在各自的区域准备就绪。

"每个帐篷可以容纳八个人，因此以八人为一个小队。下面我会和郑教官给大家演示这种军用帐篷的搭建方式，请各位同学注意观察。

"同时请各校老师将八人一小队的名单分配好，演示完毕后，比赛正式开始。这是计时赛，最先完成搭建的三队可以获得第一项比赛的一二三等奖，有两个队进入三等奖的学校获得第一场活动的团队胜利。下面请注意观看这种军用帐篷是如何搭建的……”

晴也忽然有种肠子都悔青的感觉，是谁告诉她冬令营是来数学竞赛的？她一直以为就是来考场试就结束了，怎么才下车包都没放就让他们搭帐篷啊？

帐篷这玩意儿，她唯一接触过的就是以前在北京和同学去公园烧烤，他们带的那种往地上一抖就自动散开的家用帐篷，从来没接触过这么复杂的帐篷，早知道还要搭帐篷她早晨还不如直接装死睡个懒觉得了。

于是她便一点点，一点点，静悄悄地移动到邢武身边，拉了拉他的袖子。

邢武低下头疑惑地“嗯”了一声。

晴也悄声问他：“这玩意儿，你会吧？”

邢武散漫地看了她一眼，仿佛递给她一个“你说呢”的眼神。

晴也苦哈哈地说：“我不管，我要跟你一队。”

邢武嘴角扯起个笑意：“我不想跟你一队。”

晴也瞪着眼睛，凶巴巴地说：“你最好跟我一队，不是说后面还有两项活动嘛，保不齐有我发挥的地方。”

邢武眼尾勾了起来：“你正大光明划水的样子一点都不心虚。”

晴也对他做了个鬼脸就偷偷潜到后面找老朱商量分组的事情了。她想过了，反正她就是继续看下去，即使看会了，也发挥不出来，还不如趁这个时间找个有力的队友赢的概率大些，顺便帮老朱研究研究分组名单。

按照刚才那个王教官宣布的比赛规则，需要两队进入前三才能拿下团队奖，但悲催的是，这次他们鞍中来的人女生居多，男生不多，如何分配的确头疼。

每个小队要保证两名男生，剩余的男生根本凑不齐两队，从三进二的概率分析，晴也建议反正人都不够，干脆集中火力——他们在一个队里放了六个男生，增加赢的概率。

本来董老师觉得邢武体格看着不错，也把他放进六个男生的队伍中，晴也直接出声反对道：“不能这么安排，太浪费了，这样安排我们肯定输，把邢武抽出来，单独一队，这样才有可能保两个队。”

她笃定的语气让几个老师都诧异地盯着她。

晴也“呵呵呵”地干笑着：“我就是建议啊，建议。”

几个老师商量了一番，最终决定把邢武单独抽出来，当然，晴也也浑水

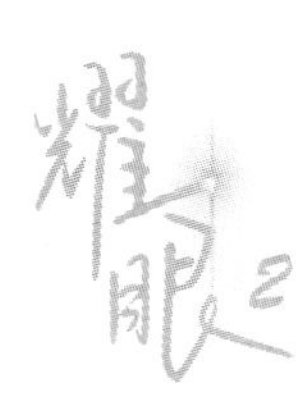

摸鱼地加入到邢武这队。

所以当董老师宣布分队时，她已经笑眯眯地站在邢武身边，还十分语重心长地对邢武说：“看你了哦，老大。”

她这声一喊，分到邢武这队的人全部都围了过来纷纷喊道：“老大我们能‘躺’吗？”

邢武无语地看着面前的五女两男，真想告诉他们，他的人生格言就是“能躺坚决不 carry”，但显然今天遇到七个想要躺赢的，他这是要 carry 全场的节奏啊。

一声哨响过后，所有人都开始跟无头苍蝇一样到处拿材料，看刚才教官弄起来感觉胸有成竹，真对着一堆乱七八糟的东西全部开始抓瞎。

只有邢武依然站在原地，双手抄兜动都没动，晴也回头着急地喊他：“你这是打算投了？”

邢武眉梢一挑：“投？我的赛场没有‘投’这个字。”

刚说完，直接点了两个女生的名字，让她们负责所有支撑杆的分类，点了一个女生的名字让其负责拴绳，让另外两个男的把帐篷铺开，还有一个人负责根据他的指示标记。

晴也指着自己的鼻尖问道：“那我呢？”

邢武斜了她一眼，嘴角一勾：“跟着我。”

于是在所有人还跟无头苍蝇一样的时候，他们这队已经迅速分工好，开始有条不紊地动了起来。

大概由于邢武自带煞气的原因，别的小队总会发生争执或者讨论不止，为了一个东西是干吗用的说个没完没了，他们这队完全没有这个问题，因为压根儿就没有人敢反驳邢武，他一声令下，所有人执行力狂高，生怕做不好被邢武一脚踢倒。

晴也当真跟着邢武后面划起水来，但也不是全程打酱油，大概邢武为了照顾她的存在感，会让她递递东西，打个下手之类的。

晴也发现邢武真是个动手小天才，所有在她看来极其复杂的东西，他只需要瞟一眼就知道用在哪里、怎么弄。

在别的队伍建了拆，拆了建还在摸索的时候，他们竟然一点弯路都没走，一个军用帐篷直接就成型了，惹得对面金中的人急得直跳脚，就连王教官都拿着喇叭跑了过来，看见邢武蹲在地上捆扎立杆的手法，出声问道：“这位同学，你以前搭过这种帐篷啊？”

邢武压根儿就没理对方，作为老大的助手，晴也适时地抬起头替他回答：“搭没搭过的什么并不重要，他这人没什么缺点，最大的缺点就是无师自通。”

“……”王教官一脸蒙圈地盯着这两位同学。

邢武唇边勾起一抹笑意抬头掠了她一眼：“过来帮忙。”

“好嘞！”

二十二分钟，防潮垫一铺他们这队就狂吼起来，一个可以容纳八人的军用帐篷全部搭建完毕，牢靠规整，速度惊人。所有人都朝他们看过来，他们这队的人直接跳了起来，只有邢武蹲在不起眼的角落卷起袖子，喝着矿泉水。

鞍中的人立马跟打了鸡血一样，而对面的金中老师也开始大声吼着加快速度。

由于大家都不敢靠近邢武，所以都围着晴也跳，邢武仰头喝干一整瓶矿泉水看着那众星拱月的画面，好笑地撩起嘴角盯着晴也，还真好意思接受大家的膜拜。

余光一瞥，看见胖虎肥大的屁股就这么撅着，拿着手上的固定架一脸便秘的表情，邢武直接手一抬把矿泉水瓶朝他砸去骂道：“傻子，那个是地框支架，套进去。”

胖虎立马犹如醍醐灌顶，赶忙动了起来。因比赛规则的限制，邢武不能亲自上手，他就蹲在胖虎他们那队的不远处，偶尔发出一两个音节，到底和胖虎多年兄弟，这点默契还是有的，他稍微提醒一下，胖虎就能迅速反应过来什么意思，带着队员动起来。

他们这队有六个男生，是被三位老师寄予厚望的一队，战斗力还是可以的，就是先前没个领队的，各自干各自，毫无章法，此时倒像摸到了路子。

然而就在这时，身后一片欢呼，邢武头一回，金中那边已经搭好了一个，用时四十一分钟。最焦灼的时刻来了，大冬天的，胖虎他们额头上都出了汗，手下明显慌乱起来。

邢武转回头眼神平静地对他们喊了声：“稳住。”

没想到六个男生同时抬头回了他一句：“我们能赢。”

邢武嘴角一勾，站起身抱着胸沉着地出着声。

“斜梁六根少一根，找。”

“那是门立柱不是横杠，长短都不一样，瞎吗？”

“胖子上去拴拉绳。”

“地钉扔给秦伟。”

邢武直接从脚边踢了一把锤子给他。

最后胖虎他们这队用时五十三分钟，仅仅比金中第二队搭好的时间快了两分钟，成功进入前三名。

胜负已定，鞍中这帮熊孩子个个嘚瑟地朝金中倒竖大拇指，然后发出阵阵嘘声。小灵通得意忘形地跑到两个学校的交界处，一个跳跃背对着金中的人撅起屁股摇了摇，那模样要多贱有多贱，连晴也看了都想抽他。

对面金中还真的有女生被气哭了，毕竟是自己的主场，往年金中都是完虐鞍中，结果今年冬令营才开始，身负“人少劣势”的鞍中居然抢先赢了第一场比赛，直接就把金中那些好学生的心态给整崩了，加上这群鞍中的学生赢就赢了，还变着法子刺激他们，导致金中校领导也板着脸，那些学生更是“压力山大”。

后面的小队基本上都是一个多小时才搭好帐篷，搭建完毕后，女生和男生分别选好帐篷，把随身携带的东西安置好。

二班这次来了五个女生，基本上都睡在一个帐篷里。她们选的就是邢武这队搭的帐篷，理由很简单，这个帐篷睡得踏实，其他队搭的帐篷有的歪歪斜斜的，真怕睡到夜里倒了。

董老师拿着喇叭在帐篷外喊道：“放好东西的赶紧集合前往饭堂。”

其他人都赶忙出去了，方蕾一把拉住晴也，紧张兮兮地看了外面一眼说道：“我看到他了。”

晴也笑着问：“长得很帅吗？”

方蕾神秘兮兮地说：“待会儿吃饭时我指给你看。”

两人最后出了帐篷，大部队已经往饭堂那边走了，胖虎那帮男的还坐在操场边上说着话，她们走过去的时候，那帮男的也慢悠悠地站起身。

晴也走到邢武旁边笑着说："等我啊？"

"干吗了，半天才出来？"

"有点事。"

邢武掠了眼样子明显心虚的晴也，勾了下眼尾没再多说。

然而这群人进入饭堂后就傻了啊，本来他们以为是来吃现成的，胖虎早饭没吃一路上都在喊饿，结果进入饭堂才发现哪有什么现成的？

十个人一个大圆桌，桌子上放着一大袋面粉，还有砧板、刀、肉、大白菜，然后就没有然后了。

晴也一脸蒙圈地盯着这些东西："什么意思？让我们干吞面粉和生肉？"

邢武斜了她一眼："你能吞得下去？"

晴也还真咽了下口水，表示臣妾做不到啊！

胖虎立马乐了："我们包饺子吧。"

晴也两眼一黑，这哪是冬令营啊，这是"野外求生"吧？连中饭都得自给自足吗？所以她为什么要来体验人间疾苦？

他们排队洗完手后，胖虎立马就开启了剁肉模式，别说，他那剁肉的架势还真有点菜市场卖猪肉的严肃感。

晴也立马就想到了黄毛："这次黄毛不能来太可惜了，他可会揉面了。"

邢武漫不经心地卷起袖子，露出线条紧绷流畅的小臂，拿过面粉倒了出来，一手和面一手调整水的比例，看那架势也是驾轻就熟啊。晴也站在他旁边不时拿手戳一下问道："行了吗？"

"不行。"

"能包饺子了吗？"

"不能。"

"差不多了吧？"

"没好。"

最后邢武实在忍不住，回手就把面粉点在她鼻尖上说道："闭嘴。"

对面一群人看见晴也鼻尖白白的可爱样全都笑开了。晴也生气地沾上面粉踮起脚就去弄邢武，他头微微一侧晴也压根儿就碰不到他，急得她扯着他的衣服就把面粉胡乱弄在他的下巴上。

就在这时，终于有人说出了那句："你们姐弟感情真好。"

邢武和晴也都愣了一下，旁边剁肉的胖虎还憨憨地补了一句"刀"："那……那可不是嘛。"

"……"

邢武和晴也自觉拉开距离，也不闹了，甚至晴也还十分心虚地挪啊挪，挪到了邢武的对面，和史敏站在一起了。她早已抬手抹掉了鼻尖的面粉，只是看见邢武的下巴还沾着白白的面粉，莫名想笑，他那邪性的短寸配上冷厉的眉眼，加上下巴的白面粉，竟然还很帅是怎么回事？

邢武似有若无地抬眸扫了晴也一眼，虽然他什么表情都没有，但晴也就是想笑。

面和好后，史敏负责擀饺皮，晴也就自觉加入到包饺子的队伍中。

包饺子，她还是很小的时候跟着妈妈过年回老家包过，但小时候那个也不能叫包饺子，而是玩面皮，所以这项技能对于她来说可以忽略不计。

为了不暴露自己的短板，她也正儿八经地拿起一张饺皮，眼神直勾勾地盯着方蕾，现场偷师。奈何方蕾自己也是个二半吊子，包出来的饺子勉强算是个睡着的饺子样，而旁边这位现场偷师的晴也，那包的东西基本上就看不出来是啥玩意儿了。

当她把饺子放下后，所有人都探头围观道："这是什么啊？"

桌子一圈发出一阵哄笑，就连老朱都闻声而来笑道："晴也你这包的是小笼包啊。"

晴也憋红着脸抬头去看邢武，他对她招了下手，她灰溜溜地从人群中退了出去又绕回到邢武身边，他递给她一张饺皮。

当邢武包完第一个饺子的时候，晴也觉得自己眼睛瞎了啊，她根本就没看到他是怎么包的，就见他两手一握一个完美的饺子就成型了。

她张着嘴盯着他，吃惊地问："这是你的独家秘籍吗？"

邢武认真地点点头："传女不传男，看着。"

然后，他便从包饺子的手势开始教起。晴也学东西向来很快，当然，关键得有个靠谱的好老师，例如她身边站着的这位狙师傅就很有耐心，低眸告诉她哪个手指发力把饺皮捏成什么形状，差点就直接握住她的手上阵指导了。

奈何伸到一半他似乎意识到这场面可能不太好看，于是又收回手停留在技术交流层面。晴也试了两个效果不错后，很快就有模有样地包了起来，就连胖虎都啧啧道："晴……晴也，你学得真快，聪……聪明。"

"谢谢啊，范……范统。"

众人齐力，大白菜馅的饺子很快就包成了，胖虎和另一个男生把饺子端去排队等着下锅。

整个饭堂一共放了十几张桌子，乱哄哄的，但晴也观察了一下，虽然鞍中的人干啥啥不行，可是论做吃的却各个有模有样啊，难道穷人的孩子早当家？

其他桌上有人做面条，也有人做包子，明显比金中那边要会多了，晴也惊奇地发现大家都很能干，简直是中华小当家嘛。

邢武见她东张西望的，问了句："饿了？"

晴也没吱声，摸了摸肚子，邢武突然从身上摸出一块巧克力递给她。

晴也双眼一亮："你变魔术的吗？哪儿来的？"

"怕你饿，提前备着。"

晴也拆开巧克力，掰了一块放入口中，甜得她嘴角都弯了起来。方蕾早饿惨了，看见巧克力就两眼发直，晴也又掰了一块后把剩下的全部给他们分去了，她回过身趁别人都在分巧克力时，头一歪将手中的巧克力递到邢武唇边。

他薄唇微启含住巧克力，勾起嘴角侧头盯着她笑。

众人期盼的水饺终于下好了，胖虎和另一个人端了两大碗上来，刚放上桌大家就跟饿虎扑食一样，半分钟不到全部抢光。

晴也坐在座位上简直傻了眼，她举着碗还没来得及下手，居然就没有了，没有了？

正一脸蒙圈之际，邢武夺过她的碗，直接倒了一半抢来的水饺给她，在她耳边落下一句："你挺有先见之明的，我要是不来你能饿死。"

"……"

到底是自己动手做的，大家吃起来都格外香，就连晴也这种平时很少吃

水饺的人，竟然也觉得他们包的这个饺子特别好吃。

等她吃完后侧头看了眼，才发现邢武碗里早空了，他正拿着手机低头坐在她旁边等着她。晴也问了他一句：“你吃饱了吗？”

他长腿一跨站起身：“差不多吧。”

晴也跟着起身说道：“你肯定没吃饱。”

邢武侧眸看她一眼：“饿一顿又不会死人。”

他的饭量晴也是清楚的，这几个水饺还不够他塞牙缝的。

出了饭堂，有半个小时的自由活动时间，有些人往帐篷那儿走去，大多数人站在饭堂门口的空地上聊天。

方蕾走到晴也身边拉了她一下：“陪我去找下魏东好吗？”

晴也转头往金中那堆人那边看了眼，方蕾有些忐忑地说：“我一个人去有点不好意思。”

晴也回头对邢武、胖虎他们说：“我和方蕾有个事啊。”

邢武点了下头，方蕾立马挽着晴也的胳膊，一脸紧张兮兮的样子。

晴也觉得好笑，平时在学校，方蕾就是面对四班曹凡那些女的也没慌过，此时倒是一副忐忑的模样。

哪怕是自由活动时间，金中的人也基本上全都窝在一起，所以当两个鞍中女生往他们那边走的时候，所有人都扭过头来盯着她们。

晴也低声问了句：“谁啊？”

方蕾告诉她：“就左边那个，戴眼镜的。”

晴也一眼望去，那片就一个戴眼镜的小哥，瘦瘦高高，细皮嫩肉的，特斯文的感觉。

方蕾喊了一声：“魏东。”

魏东明显感觉有些不好意思，几步跑了过来。

方蕾对晴也说：“你等我下啊，我跟魏东说两句话。”

“去吧。”

于是晴也站在原地等她。

方蕾和魏东往旁边走了几步。晴也一个人站在金中那些人旁边，笔挺的大毛领橄榄绿收腰外套，保暖却不显臃肿，黑色小脚裤配短款马丁靴，微卷的马尾，干净利落中带着一种难以靠近的飒气。

晴也本身气质出众，五官纯净柔美，金中那边的人很快便盯着她窃窃私语起来，很多人在打听她的名字。

却在这时人群中一个男生直接朝晴也走了过来，对她说：“你好，晴也，这么巧你也报名冬令营？”

晴也侧过眸便看见了那位发型台风都吹不倒的叶英健，混在一帮穿着一样衣服的金中学生里面，晴也压根儿都没注意到他。

她打量了他一番，唇边划过一抹似有若无的笑意。这人真是搞笑，来参加个冬令营头发抹得跟要参加婚礼一样，要不是旁边全是他同学，她真想对着他拍一张照发给流年狠狠耻笑一番。

当然，即使在心里吐槽一万遍，晴也面上依然淡淡的：“不算巧，毕竟就我们两个学校来参加，以我们各自的成绩，只要你身体不出问题，我们碰到的概率基本上百分之百。”

叶英健诧异地说：“为什么是我身体出问题，不是你？”

晴也歪了下头，顺了顺马尾：“谁知道呢？”因为她就随口说说。

她清淡的神情中透着股漫不经心，迎着光皮肤嫣红透白的，很是好看。

但是叶英健当真了，他挺起胸膛，拍了拍自认为很健硕的胸脯，非常严肃地告诉她：“晴也同学，我想你对我可能有什么很深的误会，我是个生活很规律的人，每天早晨都会早起跑步，保证每天的运动量，另外，周末我也会参加游泳课程，我已经大半年没有感冒发烧了。”

“你跟我说这个干吗？”

叶英健大概是不想给晴也留下体弱多病的坏印象，所以特地解释了一番，但此刻他自己也不知道为什么要解释，于是就这么尴尬地盯着她。

看得晴也实在忍不住笑了起来，心里已经骂了不下十遍二百五。

叶英健摸了摸自己硬邦邦的发型，一本正经地对晴也说：“我已经听说了你上次的月考成绩，一次发挥好不代表次次发挥好，明天的大卫杯，我势在必得，不会对你手下留情。”

这到底什么人啊？

上次月考过后晴也听说金中最高分是639，出自国际班，想必就是这位一

副我家有矿我最牛的叶英健同学。

两强相对，晴也摆了个请的手势，笑着说："千万别留情，咱们没有什么情分可讲。"

叶英健看见晴也身后的方蕾朝她走来，憋着个脸不服气地转身走了。

晴也问了方蕾一句："说完了？"

方蕾点点头："走吧。"

就在晴也准备转身之际，忽然听见金中人群里有人说了句："挺好看的，我也想买件。"

另一个女生阴阳怪气地说："我在网上见过一样的派克服，一两百块而已，傲个什么劲儿。"

晴也回过头盯那个短发妹看了眼，面无表情地收回视线，方蕾也盯着晴也身上的外套看了看。

两人往回走的时候，方蕾忍不住问了句："晴也，你身上的派克服真的一两百啊？"要是真的她也想买一件啊。

晴也似笑非笑地反问道："你说呢？"

方蕾犹豫了一下，摸了摸那大毛领，又问："你家是不是很有钱啊？"

"你和邢武快三年同学他家有没有钱你不知道？"

方蕾竟无言以对。

晴也朝邢武走去，他抱着胸靠在旁边，斜睨了她一眼，淡淡道："聊得挺欢嘛。"

晴也诧异地立在他面前："你说叶英健啊？"

"嗯，地主家的傻儿子。"

联想到刚才叶英健一堆莫名其妙的话，晴也瞬间就没绷住，捂着嘴咯咯笑出了声，拍着邢武的肩："你别说，我还真挺喜欢他的。"毕竟奇葩年年有，他算独一个。

邢武冷着脸，侧了下头，拿开她的手，还掸了掸肩头，又双手抄兜直起身子就往操场走。

晴也赶忙追了上去，撞了他一下："喂，你干吗啊？"

邢武往旁边挪了一步跟她拉开距离："这位女施主请自重。"

晴也一脚就朝他踢了过去。

邢武眯起眼睛斜了她一眼，把跟在后面的胖虎、方蕾一行人看得大跌眼镜，邢武什么时候这么好脾气了？果真大姐大就是大姐大啊！

等他们走到操场后，发现下午的竞赛项目已经全部布置完毕，居然是变态的障碍闯关。

晴也一拍脑门："不会吧……"

邢武却不以为意地说："看上去挺好玩的。"

哪里好玩了？

王教官跑了过来，一声"列队"，金中和鞍中的人以红线和蓝线为界站好。

王教官宣布中午的这顿饭就是他们第二项比赛，名为"自己动手，丰衣足食"，目的是培养大家团队协作的能力和自食其力的能力。

根据观察金中和鞍中的同学在第二轮比赛项目中均表现得不错，能够根据现有的食材填饱肚子，但是由于金中表现得更加出色，所以第二轮比赛金中获胜。

什么鬼？

鞍中这边立马发出一阵不服气的嘘声，金中那边也不甘示弱，吼了起来，到底人多，这一吼，声音直接就压过了鞍中。

晴也压根儿不知道这个评选标准是什么，要说动手能力，他们鞍中用面粉变出的花样明显更多，难道是比谁吃得快吗？但要是比谁吃得快他们这桌肯定第一啊。

她当即就举起手，董老师跑了过来问她："晴也，你什么事？"

"我想问你借下喇叭。"

她刚说完，邢武直接拿过董老师手上的喇叭递给她。

晴也当仁不让地将喇叭举起朗声问道："请问王教官，第二轮比赛的评选标准能公布一下吗？也好让我们知道输在哪里？"

王教官的脸部表情肉眼可见地抽了一下。

晴也嘴角轻扬，不屑地盯着他。

他旁边的郑教官立马接过喇叭，很是圆滑地说："金中的同学在吃完后，主动帮助饭堂的阿姨收拾桌子，行为习惯也是我们考量的标准之一。"

晴也唇边的笑容敛了下去，收拾个毛线，他们从饭堂出来的时候，金中那些人分明也站在外面晒太阳。

晴也一声质问，加上郑教官的回答，明眼人都能看出来这不过是一句说词。

邢武在旁边淡淡地落了句："算了。"

晴也绷着脸道："谢谢。"

关了喇叭递还给董老师的时候，似乎还听见董老师轻轻叹了声。

然后王教官就开始宣布下午第三项比赛内容，两个学校女生和男生各出二十名同学参赛，进行勇者闯关，包括匍匐过障碍、走独木桥、攀岩等，中途两边可以安排其他不参赛的同学在绳子外围砸沙包干扰对方进程。

邢武低下头去看晴也，她一副憋着气的模样。

他拉了下她的头发："至于气成这样吗？"

晴也不满地撇了下嘴角："我不是气他们不公平，我就是气我们学校的人为什么这么尿。你看那三个老师屁都不敢放，要是吃饱就算了，关键还没吃饱。"

"还饿吗？"

晴也抬头看了他一眼："我是怕你饿。"

邢武眼尾微弯："我扛饿，待会儿哥哥带你飞。"

"弟弟。"她纠正道。

邢武递给她一个不友好的眼神让她自己体会。

晴也十分自信地对他说："这种障碍赛我以前军训参加过。"

邢武笑而不语，果真到了商议参赛者名单时，她自告奋勇加入到了砸沙包的队伍里。

她还正儿八经地在邢武面前跺了跺自己的马丁靴："我这是鞋子没穿对，不然肯定参赛。"

"……"邢武想的却是，就她那天扔铅球的准头，待会儿别盯着自己人砸就谢天谢地了。

比赛开始后，男女队轮流比，一次每个学校上两个人。过程还是挺激烈，参赛的人个个都很卖命，甚至卖命得有点搞笑，特别是匍匐前进时，晴也看见胖虎那肥胖的身躯，就像一坨大肉在地上一拱一拱的，最后连上衣都给他拱得卷上去了，露出肥胖的大肚皮，实在是辣眼睛，周围女生都笑翻了，沙包也不砸了，集体对着他喊：“精神小伙！”

胖虎羞得脸色通红，赶紧把衣服拉好，这样一来就落到了最后。方蕾早笑抽了，但到底是自己班的班长啊，笑归笑，还是组织大家砸金中的人，帮胖虎拖延时间。

晴也举起沙包刚准备砸过去，突然不知道从哪里飞来一个沙包直接砸到她脑门上。虽说沙包是软的，砸人身上不太疼，但这么硬生生地砸在她脑门上，还是有点冲击力的，把她惊了一跳，不过她也没在意，左右望了下，揉了揉脑门后继续对准金中的人。

胖虎虽然匍匐爬行速度慢，但过了这关后，他突然又开启了绿巨人式的爆发力，鞍中这边全都在热血沸腾地喊：“范统，加油！范统，加油！”

旁边金中的人一听这名字，当即笑倒一片，也跟着喊：“饭桶，漏油！饭桶，漏油！”

范统最后在这组成绩还不算丢人，拿了个第二回来。后面是女生组，方蕾活动活动手腕脚腕，一脸志在必得的样子，晴也提醒她一句：“魏东在盯着你看，奥力给！”

方蕾整个人顿时跟打了鸡血一样，哨声一响，第一个就冲了出去。平时上体育课也从来没见她如此拼过，那劲头就跟终点有两百万等着她一样，很是恐怖啊！

而下一组准备的人已经在起点就绪，邢武一身黑色劲装，鬓角斜飞的横杠透着无法阻挡的煞气，眼眸一扫看向场边的晴也。她脱了外套，穿着黑色紧身针织衫，姣好的身段一览无遗，举起双手跟随众人高涨的呼声为方蕾加油打气，充满朝气和活力。

晴也似乎是注意到邢武的目光，转过头的时候对他露出明媚的笑容，却在这时，晴也感觉眼前一黑，她还没来得及躲避，又一个沙包直击她面门。这次是砸到她左眼，她顿时捂住眼睛，感觉到丝丝疼痛，不禁觉得也太奇怪，怎么老中招？

晴也再睁开眼时，看见邢武的表情明显变得不对劲，一双眼睛发出锐利的狼光在人群中不停扫射。

只这一个眼神晴也便清楚，莫不是有人故意盯着她砸吧？两次都砸到她脸上，这是带 GPS 定位功能了？

她也立马在人群中巡视了一圈，但比赛正在进行时，场面太混乱，好多沙包在半空飞舞，根本锁定不到可疑对象。

晴也揉了揉眼睛，感觉沙包上沾着的沙子砸进眼睛里了，难受得她眼睛都红了。

邢武遥遥地看着她，眉头微皱。

晴也对他摇了摇头，表示没事，此时周围响起一阵欢呼，方蕾这轮比赛赢了第一，她高兴得都跳了起来。

于是她又立马把刚才的小插曲忘了，对着邢武举起手臂竖起大拇指。邢武明明没有看她，嘴角却划过一丝笑意。

这个不经意的表情引起了金中女生们的注意，晴也竟然发现很多女生开始拿出手机拍起照来了。

一声哨响，邢武矫健的身姿快速跃过起点线，第一个就是匍匐穿越障碍物，身体要完全贴在地面，稍微抬一下碰到上面的网子就必须从起点重新开始。

邢武身体紧贴地面，利用手臂来回的扒力和脚蹬力，速度极快地通过障碍。

晴也以前军训时学习过低姿匍匐，属于拓展训练中挺重要的一项技能，但真正能做得标准且快的人并不多，大多数人都像胖虎那样，连滚带爬。

下午正当日头，骄阳似火，黑色运动衣下的邢武，身形矫捷，就连腰部线条的力量都清晰可见，那干净利落的动作，目似箭光的眼神，像一头势不可挡的黑豹，凶猛帅气。

成功迷倒一片敌方阵营的美眉，那些妹子居然开始狂吼："邢武加油！"

果真"颜狗"真是毫无原则、毫无底线啊，气得金中的男生全都破口大骂。

晴也这才知道邢武的名气可以嘛，连金中的妹子都认识他，她还真低估他的魅力了。

等邢武爬出障碍物时，后面三人基本才到一半的位置，他直接跳上晃动的绳梯，迅速爬上高台，开始进行第二项的过桥。

独木大概在两米高的位置，底下铺着软垫，但这个独木是圆的，还带滚动的那种，绝大多数人都卡在第二关，需要反复过桥。这关主要是考验平衡力，难就难在很多对手都选择在这关疯狂砸沙包，所以给本就难以通过的关卡增加难度，一个小小的沙包往往就能让本就处于不平衡状态下的参赛者瞬间失败。

所以在邢武刚爬上绳梯时，金中那边的人已经抓起沙包跃跃欲试了。

就在他们举起手准备砸的时候，也就那么两三秒钟，甚至有的人不过是眨巴了一下眼，邢武已经过去了。

就连晴也都用劲挤了下眼，以为自己瞎了，他真的就这么过去了，就像瞬间移动一样不可思议。

几乎所有人爬上绳梯后都要停顿半分钟到一分钟的时间，寻找平衡点，观察独木的滚动规律，才敢下脚，哪有人能想到邢武刚爬上绳梯一秒都没有停顿，直接用冲刺的速度跑了过去，快如疾风。

那些还举着沙包准备砸的同学全部"黑人问号脸"，什么情况？

邢武身后那三名对手还停留在匍匐前进关卡，他已经直接跳上第三项攀岩过墙了。

指导员为他拴上安全绳，他便跃上攀岩墙，那速度、那身手、那准确的判断力，直接就让两个学校全部沸腾了。

董老师激动地跑到攀岩墙下面对着邢武喊道："不急不急，求稳，肯定能赢。"

老朱站在最后面笑眯眯地对金中的孙广权嘚瑟地说："我学生。"

这几乎是高中三年他唯一肯承认邢武是他学生的一次。

邢武的面色依然是那副淡淡的样子，看不出什么情绪。晴也此时已经不喊加油了，只是站在外围攥着双手紧张地盯着他。

他腰间勒着安全绳勾勒出紧窄的腰身，双臂偾张结实，每一个落脚点都精准有力，越到上面难度越大，可以落脚的地方距离也在慢慢拉大，前面的人都是选择横向移动到最右边那个蓝色的落脚点再爬上去。

而邢武的身体却突然呈现一个极限位，长腿一跨，利用双臂的力量支撑，将身体直接甩到最近的黄色落脚点，把所有人看呆了，心都跟着一晃一提，就连底下的王教官都不禁发出一声："厉害。"

此时所有人都紧张地望着邢武，已经完全忽略了那三位才从匍匐前进关

卡出来的参赛者。

他在耀眼的阳光下，精悍的身姿爆发出势不可挡的力量，震撼了所有人，也让晴也的心脏跟着燃烧。

邢武翻过攀岩墙刚准备下去，然而就在这时，突然一个沙包又朝着晴也飞过来，晴也的余光很快感觉到一团东西，她猛然转头，沙包直接砸在她的鼻梁，她鼻尖一酸，眼泪立马条件反射性地迸出来。

所有人眼睁睁看着才下到三分之二的邢武，突然就从那么高的地方直接跳了下来，解开腰间的安全扣大步朝场边走去，伸手拽住一个金中的小平头男生的衣领，连人提了起来跃过围栏绳摔进场内。

一切不过发生在电光石火之间，众人只听见邢武狠戾的一声："手不想要了？"

大家根本没有反应过来到底发生了什么事，邢武直接就对着小平头男生的脸给了一拳。

这下两边学校的老师和学生全炸了。

王教官赶忙跑过来，吼道："怎么回事？"

邢武站着没动，气势逼人。金中和鞍中的老师也立马跑过来，这个被打的小平头男生赶紧叫嚣道："你们都看见了，这人莫名其妙打人。"

就在所有人把诧异的视线投向邢武时，晴也捂着脸就冲了进来，挡在邢武面前对着那些老师教官指着这位被打的男同学："他拿沙包砸我脸，还有眼睛和鼻子，砸了三次！"

晴也刚才鼻梁被砸得酸了一下，还一副双眼通红的样子，本来那些看向邢武的目光全部又转移到金中这个小平头男生身上。

"我没砸！"小平头男生回头看了眼他身后一个女的。

晴也一眼瞟见是中午说她穿一两百块派克服的那个短发妹。

她寻思着跟这女生也无冤无仇啊，甚至都不认识对方。

她收回视线，朝着王教官挤了两滴眼泪，眼泪是本来就在眼眶里的，她刚才还准备擦了，此时看这情况对他们不利啊，干脆挤出来得了。

晴也本就生得白净柔美，此时鼻尖通红的楚楚可怜样，再哭那么一下，教官到底心软，就问这个小平头男生砸人家不参赛的女孩干吗。

小平头男生憋着一脸的气也不说话。

不知道哪个在后面喊了句："你是不是喜欢人家啊？"

小平头男生直接来了火，那个短发妹走了出来说道："你们说汪阳砸人，谁看到了？他刚才一直站我旁边，我都没看到。"

"那就是你砸的？"邢武直接截断了她的话。

面对邢武冷厉的眉眼，短发妹顿时没了声音。

胖虎他们也一起围了上来，两方学校的老师都不想把事情搞大，毕竟高高兴兴的冬令营，一年就一次，又是竞赛形式难免产生摩擦，没出什么大事赶紧化解最重要。

于是孙广权插嘴道："不争执了，不管是谁砸的这位女同学，现在既然搞不清楚就不再讨论这个问题，下面不允许再发生这样的情况，不然校方肯定严处。

"至于这位男同学，为自己学校的女生打抱不平也能理解，但是方式方法不对，毕竟你先动了手，这样，你跟我们学校的汪阳道个歉，这件事我们就到此为止。"

旁边一群鞍中的学生立马吼道：

"凭什么啊？让他先跟晴也道歉。"

"对，先跟晴也道歉。"

各种抗议的声音此起彼伏地响起，加上本来中午那场比赛输得就莫名其妙，这下鞍中学生心里积压的怨气更是爆发了出来。

董老师见自己学生火气都很大，也怕两个学校的学生起冲突压不住，赶忙吼了一声："都不许讲了！我再提醒你们一遍，很多人都成年了，要对自己的行为负责。"

说完，董老师走到邢武身边低声对他说："你就道个歉吧，双方都找个台阶下。"

邢武不屑地扯了扯嘴角："要我道歉行，他得跪着听。"

话音刚落，站在小平头男生身后的胖虎直接踢了一脚他的腘窝，他当即双腿一弯跪倒在地。邢武立在他身前，漫不经心地弯下腰，抬手拍了下他的头，居高临下地说："抱歉了。"说完直起身子双手抄兜直接离开了比赛场。

小平头男生跌跌爬爬地站起身，气得回头直瞪短发妹。

其他老师也都赶紧息事宁人地组织继续比赛。

看了眼邢武的背影，晴也和史敏说了两句话，然后朝他追了上去。

邢武迈着长腿已经走出操场，晴也气喘吁吁地追了上去，一把拉住他："你去哪儿？不比赛了？"

邢武停住脚步回过头："没意思，找个清静的地儿，你出来干吗？"

晴也看了看他，干脆说道："那我也不回去了。"

邢武低眸手指轻抚她的鼻尖："疼吗？"

晴也立马笑了："疼什么啊，一个破沙包而已。"

"那你哭成那样？"

晴也拽着他的袖口，狡黠一笑："其实，我是个演员。"说完就拉着他往帐篷那儿走。

邢武长臂一拽，直接将她拽回身前，居高临下地说："担心我啊？"

晴也目光闪烁地凝视着他："你说呢？这里是别人的主场，我怕那些人找你麻烦，待会儿别冲动了。"而后歪着脖子盯着他，"不过，你还在攀岩是怎么能发现到那个人砸我的？"

邢武压了下嘴角："我只是恰巧往那边看。"

"看什么？"

"看你有没有在注意我耍帅。"

晴也抿着笑意拽着他继续往前走："能不看你吗？没听见那么多姑娘对着你尖叫啊？得意吧你！"

邢武就这样被她牵着，声音懒散地回："小随意发挥，我们去哪儿？"

"去吃东西。"

晴也怕邢武没吃饱，所以事先问了史敏吃的放哪儿了，然后带着邢武直接去了她们那个帐篷。

都是女生住的帐篷，虽然没人，邢武也没进去，就坐在帐篷外的空地等她。

晴也进去翻出一桶泡面，然后倒上保温桶里的烫水，又拿上她的话梅走出帐篷。

女生这个帐篷的位置在几个帐篷中间，挡住了风，还有暖暖的阳光，所有人都在比赛，这里寂静无声，他们俩并肩而坐，还挺惬意。

晴也将泡好的面递给邢武，泡面一打开香气四溢。

她巴巴地看着，问道："好吃吗？"

邢武看她那馋狠了的表情，挑起面条送到她嘴边。

晴也吃了一口，由衷地夸赞道："真好吃。"

于是他们一人一口，很快就干掉了一桶泡面，就连汤都一人一半喝光了。

晴也叹了一声，感慨道："你说我们怎么这么惨呢，为什么要交八十块钱跑来吃泡面？我突然很想去吃那家简餐了，牛排它不香吗？"说完扔了一颗话梅到嘴里。

邢武双手撑在身后，懒洋洋地睨着她，她回过头的时候，暖金色的光跳跃在他的瞳孔里，里面映出小小的她，他清晰的喉结上下动了动，目光掠过她的唇突然开口道："酸吗？"

"唔，有点。"

"我尝尝。"

晴也刚拿起话梅罐子，邢武直接探过身叼了颗梅子过去。

她笑着问他："酸吗？"

"甜的。"

四点多的时候，有人陆续回来了，胖虎热得就穿了一件短袖，老远看见邢武和晴也悠闲地坐在帐篷前，直接喊道："我……我说你们俩跑哪儿了？咋……咋不喊我的？"

他们俩对胖虎露出谜之微笑。

晴也问了句："战况如何？"

胖虎把外套狠狠往地上一扔："输……输了，武哥那局硬是没，没算分，不然我们还能争取一下，真……真是窝囊气，我想去理论的，老……老董不让我去，说重在参与。"

后面的人也都回来了，邢武扫了眼，个个一脸怒气的样子。他问："又起冲突了？"

小灵通跑过来，掀起衣服擦着汗说道："我们骂了他们几句，比赛比不赢，

嘴上也要快活一下。”

邢武冷呵道：“出息。”然后眉眼一凛对他说，“衣服拉下来。”

小灵通还没反应过来，胖虎手一抬帮他拽好衣服说道：“是……是啊，你掀……掀什么衣服，还有女生在。”

小灵通这才后知后觉地看了眼晴也，晴也倒是压根儿没有注意他，挺沉默的。邢武掠了她一眼，虽然她没什么表情，但邢武清楚她八成心里不爽。

她这人吧，对于这种无关紧要的比赛得失心不太重，但本身的正义感让她挺看不惯这事的。

不过一帮少男少女骂几句也就过去了，丝毫没影响大家聚在一起瞎胡闹的心情。

晚饭的时候，终于有顿正儿八经的饭菜可以吃了，但恼火的是，吃饭前还要让这些鞍中学生观看金中颁发第八届冬令营的奖章，刺激他们一下。

虽然就是个戴在脖子上的破牌子，但金中的人个个嘚瑟地举起来朝鞍中的人显摆，那模样也不比早上小灵通好到哪里去。

导致晚上胖虎吃了三大碗饭，跟和谁怄气一样。

第三章

勇夺桂冠

y a o y a n 2

吃饭的时候晴也才知道晚上有篝火舞会，虽然两个学校因为白天的比赛闹得不大愉快，但依然不影响这帮年轻男女对篝火舞会的激情，例如胖虎，一吃饱后又生龙活虎地扒着邢武的肩，贼兮兮地说：“武……武哥，我们晚上看……金中的美女去啊？”

晴也就站在胖虎旁边，抬眸盯着邢武。邢武感觉到了她的目光，半笑着说:“滚，个个歪瓜裂枣的。”

胖虎立马不服气地说：“有……有个挺可爱的。”

大概男生讨论起妹子总是一头劲，然后胖虎就扒着邢武把他往一边带，说得那叫个眉飞色舞。

夜幕降临，下午进行障碍赛的地方已经被清空了，中间搭了一个很大的篝火台子，大家陆续散步到那里。

人挺多的，篝火瞬间点燃了少男少女的热情，每个人脸上都洋溢着雀跃的欢笑。

他们围着篝火席地而坐，哄闹声此起彼伏。移动式音响循环播放着一些热歌，不知不觉间，两方学校的人突然battle起来，具体是怎么发生的，晴也当时正在和史敏说话压根儿没注意到。

等身边的人全部激动地吼起来时，晴也才和史敏停止交流齐齐看了过去，就见金中的一个小个子随着劲爆的热歌突然就跳起了街舞，还非常狂地对着鞍中这边摆着挑衅的手势，他后面一群金中的学生全部发出嘘吼声。

小灵通急得跑来跑去地叫道：“快点，快点，我们也拿点绝活出来啊。”

所有人面面相觑。

晴也觉得真够自取其辱的，也不知道谁开的头。

她在北京时待的班上，想要找出一个没有才艺的人都难，基本上从幼儿园阶段开始家长就将孩子往各个方向培养，从鞍中家长闹事取消晚自习一事便能看出来，这里的人普遍不太重视子女教育，更别说其他特长的培养了。

然而让晴也没想到的是，虽然鞍中人正儿八经的才艺一个也拿不出来，但是“歪门邪道”一个比一个强啊。

继一个高二小伙子表演两边眉毛上下抖动这项让人看不懂的特殊才能后，相继出现什么生吞拳头、鼻孔塞硬币、锁骨装水（请勿模仿尝试），还有个五班的男同学竟然表演坐地上把腿放在脖子上这种已经完全超出理解范围的姿势，直接就把对面的金中人看得那叫个目瞪口呆。

但是由于鞍中人少，应付起对面的金中人，基本需要全员出动，所以干脆就从左到右一人拿个绝活出来。

晴也满脸黑线地问邢武：“怎么办？我们要不要尿遁？”

邢武盘着腿斜睨着她：“你就这点出息？你不是挺多才多艺吗？”

“乐器类的基本上都能摸出歌来，但这里也没有乐器啊，你打算怎么办？”

邢武侧头问了句方蕾等人：“有纸和笔吗？”

方蕾抽了支笔扔给他，又问另一边三班的女生借了个本子。

邢武刚接了过来，就轮到他左边的胖虎了，所有人都朝胖虎看去，只见胖虎突然站起身，拉了拉已经缩上去的羽绒服，忽然一个收腹，运气。

当他发出第一个音的时候，所有人，包括鞍中、金中的学生还有周围老师教官们的心脏全部提了起来，原本嘈杂的环境顿时寂静无声。

晴也再怎么也没想到他竟然一张口便是《今夜无人入睡》的高潮部分，帕瓦罗蒂演唱的经典曲目。所有人的心情都随着这首气势磅礴、情绪充沛的歌声不停起伏，胖虎那中气十足的嗓音仿佛自带音响，浑厚扎实的高音一出，大家起了一层鸡皮疙瘩，晴也不可置信地盯着他，仿佛就连场中的火苗都随着他的歌声蹿踊腾升。

他最后一句“seiTu（是你）”的声音强度越来越大，连续喷发的高音让他体内的力量决堤般爆发，点燃所有人的激情和感动，很多人瞬间热泪盈眶，他渐弱的收尾，让那百般揪在一起的心情随着他的歌声豁然开朗，全场静止。

胖虎刚才闭着眼唱得太投入，当他睁开眼望向周围时自己也被吓了一跳，不明白大家为什么都一副傻了的表情。

下一秒随着对面金中一个矮个子的起身，几乎所有人都站了起来疯狂地朝胖虎鼓掌吹口哨，小灵通他们几个男的直接就跳到了他身上去。

这时候也不分什么金中鞍中了，所有被歌声打动的人都为胖虎送来了掌声，白天胖虎遭受到多大的耻笑，这会儿就接受了多大的赞美。

就连晴也都对他竖起两个大拇指朝他喊道："棒！你可以原地出道了！"

胖虎不好意思地低头傻笑，大概长到这么大，除了唱吧那几百个粉丝，第一次被人这么当面夸，怪不好意思的。

然而就在大家为胖虎激动时，邢武一直坐在地上，低着头在本子上不知道写什么，也没什么人注意到他。几分钟过后，这股热潮慢慢退去，小灵通才又嘚瑟起来开始呛声对面金中的人。

金中下面出来的是一个女生，个子小小的，圆脸大眼，巧的是她也是唱歌，唱了一首《挥着翅膀的女孩》，虽然声音还挺干净清透的，奈何刚才胖虎那一首男高音太炸，这一比较下她明显弱爆了。

这女生唱到后面自己也心虚地红了脸，没唱完就下去了。本来稀稀拉拉也没什么人鼓掌，这女生更是感觉挺丢人的，谁知道胖虎突然就带头鼓起掌来吼道："好！"

女生抬头感激地看了胖虎一眼，胖虎碰了碰旁边的邢武对他说："快看快看，我说的就是她，是不是长得挺可爱？"

邢武抬眸掠了眼又继续低下头盖上笔盖，然后把笔扔还给方蕾，这时所有人的目光都投向邢武。

晴也凑过去在他耳边良心建议道："要么你把音响捶坏了，表演个现场修音响？"

"是我有病还是你有病啊？"

"……"

众人只见邢武漫不经心地拿起面前从本子上撕下的纸，这分明就是五分钟前胖虎起身唱歌的画面，周围的同学、场中的篝火、胖虎陶醉的样子全部

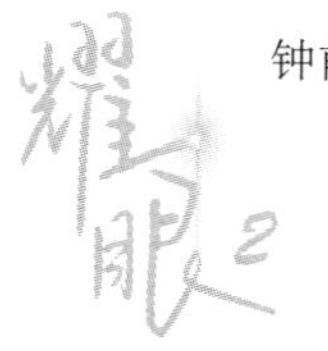

勾勒出来，甚至他那有些漫画式的光影感，让胖虎整个人看上去伟岸无比啊！

而这幅画竟然是他在几分钟内完成的。

晴也震惊地说：“你居然会速写？”

邢武却扯了下嘴角：“什么速写？不就画画吗？”

胖虎乐开了花，凑过来对邢武说：“武哥，能，能送给我吗？”

邢武把纸往胖虎身上一扔，胖虎顿时激动得当宝贝一样仔细看着，还说回去要裱起来。

又轮到金中的人，对方大概已经江郎才尽，竟然也开始学起鞍中这些无厘头的才能，一个手长脚长的女生站起身，右臂从后脑绕一圈碰自己的鼻子。

胖虎喷了句：“什……什么鬼玩意儿？”

然后他自己也试了试，碰到耳朵就再也碰不过去了。

邢武转头看向晴也：“你要不要找个变态的题型，表演现场解题？”

晴也拉开外套，对他说：“那不行，明天比赛还没开始，不能暴露实力。”

邢武撩起嘴角看着她把外套脱了，里面是一件黑色高领紧身针织衫，下身黑色小脚裤配上马丁靴，姣好的身段一览无遗。

众人只见晴也走到场边上，漫不经心地撩起头发，用手腕上的黑色发绳将一头发长发绑了起来，火光跳跃在她白净的肌肤上，那惹火的身段配上柔美的面容，很快吸引了所有人的目光。

小灵通对着邢武问了句：“晴也要干吗啊？”

邢武耸了耸肩，表示不知道。

就见晴也突然举起双手，身形在火光中修长优美，然后突然左脚点地向前上步，下腰，倒立，竖叉，直接一个前桥翻了过来，右腿落地的同时，左腿再次伸向前方，重心继续前移，腰部柔韧纤细，空中分腿，绷脚落地，连续翻了三个前软翻，那唯美柔软的身段看得周围男生狂吼不止。

最后晴也稳稳落地，回身，一个标准的 endingpose（结束姿势）。

鞍中这边的人都热血沸腾地喊着：“晴也！晴也！晴也！”

晴也收手往回走，背后很多金中的人得知了她的名字，也朝她喊道：“晴也，看这边，这边。”

晴也回过头，见有人拿相机对着她，于是露出完美的笑容，对面一片金中的学生立马就吼了起来。

她走回邢武身边坐下，邢武似笑非笑地说：“你会跳舞？”

晴也微微喘息着回道：“学过中国舞，没学成，只会几个基本功唬唬人。”

他挑起眉梢扬了扬下巴：“你随便一唬看来已经造成巨大杀伤力了。”

晴也听着他的话怎么一股子酸劲呢？

她憋着笑看了他一眼，身体一晃撞了他一下，悄声落下句：“我名花有主了。”

这句话让邢武侧过头盯着她。他没有表情，然而晴也却在他眼里看见一片从未见过的漩涡，带着势不可挡的力量和炽热的魔力。

大概气氛已经嗨到爆，所以连平时内敛害羞的史敏，今天也豁出去了，居然念了一段难度极高的绕口令，听得所有人咂舌。晴也真的不知道原来她口才可以这么溜，要是改掉害羞胆小的性格，她说不定日后还真能够成为一名金牌导游。

轮到方蕾，她拿出一枚硬币要变魔术，还需要金中出一名同学配合她，很多人举手表示愿意配合，然后她选了魏东。

到底她变的是啥子魔术晴也愣是没看懂，就见她不停在魏东身边晃来晃去，搞得魏东很不好意思，一直腼腆地笑。

一轮 battle 过后，金中那边的学生都开始闹腾。

晴也不知道他们在闹腾什么，就听见音乐声音突然放大，篝火一蹿，整个气氛都嗨起来。

方蕾侧头告诉史敏和晴也：“他们在说篝火舞，你们赶紧先找好一个搭档。”

史敏一脸慌乱地说：“可是我不会跳舞啊。”

“很简单的，你跟着走就行了，千万别单着啊。”

在这种男女人数不对等的情况下，被剩下来到底是件丢人的事情。

方蕾已经瞄好魏东，史敏却惊慌地左顾右盼，完全不知道该怎么办了。

晴也回过头看着邢武，邢武显然也听见了方蕾的话，转过头，嘴角微撩：“干吗，想跟我搭档？”

晴也压着笑意：“你觉得我会单着？”

邢武半笑着垂眸点了点头："行，那我们各玩各的。"

晴也眼眸一闪："不如这样，比一把，待会儿谁先找到搭档，另一个无条件答应对方一件事。"

邢武抬眉侧睨着她："挺自信啊。"

晴也立马直起身子，抬手将发绳一拿，瞬间一头柔顺微卷的长发便散落下来，在火光的映衬下明艳动人。她朝他挑衅一笑，唇边若隐若现的小酒窝散发着勾人的魅力。

邢武眯起眼睛斜着嘴角："还打算用美人计了？"

晴也甩了甩长发，露出谜之微笑："愿赌服输啊。"

邢武要笑不笑地看着燃起的篝火，已经有个鞍中的女生走入场中，先是介绍了一番篝火舞的历史由来和背景，又说了一番他们接下来篝火舞的形式，音乐声一换，大家就可以自由寻找合适的舞伴走入场中围着篝火。等正式音乐响起，篝火舞开始，男女生面对面，两组动作换一次，女生不动，男生全部向右移动一位交换舞伴。

在这个激情燃烧的岁月里，这种集体活动无疑是少男少女最期待的时刻，特别还有很多互相不认识的同龄人，那些即将面临毕业分离的少年更是蠢蠢欲动，空气中都充满了雀跃和兴奋的味道。

当音乐声一换，他们这边第一个冲出去的就是小灵通和方蕾，两人直接连人影都不见了，其余人基本坐着没动，都在观望。

晴也身边的这位大爷直接双手撑在身后呈现半躺的姿势，慵懒不羁，可谁能想到突然一个女孩就这样直直地朝他走来，立在他面前，红着脸有些紧张地说："邢武，那个，我能和你一起搭档吗？"

"……"

霎时间，空气有两秒的凝结。晴也转过头不可置信地看着这一幕，而另一边的胖虎已经炸了，因为立在邢武面前的女孩正是他们说了一下午的那位可爱女生。

随着胖虎的一声吼："我去，你……你就是金中校，校花谭苗吧？"

旁边鞍中的兄弟们全部过来强势围观。

这位校花有些羞涩地顺了顺耳边的碎发，圆圆的脸蛋略低下盯着邢武笑。

胖虎见人家校花都邀请半天了，邢武动都没动一下的样子，急得就将他拽了起来催促道：“武……武哥！”

晴也眉头微蹙，邢武懒洋洋地起身瞥了她一眼，擦过她身边时顿了下，落下句：“真不打算和我组队啊？你还有机会。”

“哼！”晴也直接头一扭傲娇地望向别处。

然后邢武就这么被一帮男的推了出去，双手抄兜慢悠悠地往场中走。

那校花比较娇小，才到他胸口的样子，侧头望向他，一脸仰慕的模样。

晴也不爽地吹了下刘海，却在这时一只手伸到了她面前，她抬眸一看，那位发型台风都吹不倒的叶英健同学不知道什么时候立在她身前，左手背在身后，微弯着腰，将右手伸给她，十分绅士地说：“晴也同学，我能请你做我的舞伴吗？”

晴也眼睛一睖：“我跟你很熟吗？你请我干吗？请就请了不知道走快点，就这么几步路有那么难走？”

“？”叶英健身体僵硬，满脸不知所措。

晴也抬手就一巴掌拍在他掌心借力而起，气场全开地迈着步伐往场中走，然后不知道怎么的，她指尖是落在叶英健的手背，他托着她的样子像极了“小健子”送老佛爷进场的架势。

邢武和晴也一走，胖虎和史敏中间便空了，他们俩尴尬地对视一眼。胖虎挠了挠头，结结巴巴地开了口：“那……那要么，我……我们俩一起？”

史敏略带局促地点了点头，于是胖虎站起身将她拉了起来。两人虽然放学天天接触，又是一个班的，但在这种氛围下难免有些不自然，导致走入场中面对面站着后，都有些不太好意思看对方。

晴也目光向右扫去，邢武和她中间隔了五六组人，纵使在一群男生中，纵使他的神情如此散漫，但那无法隐藏的锋芒依然让她一眼看到他。

此时那位校花正探着身子，面露笑意地在对他说话，他垂着眸看着地面。

隔得太远，晴也看不清他的神情，只能看见那位校花一脸痴迷的模样。

她收回视线无语望天，然而站在她对面的叶英健却突然激动起来：“晴也，你怎么对我翻白眼啊？难道你就这么讨厌我吗？”

“什么意思？”晴也收回下巴一头问号地看着他。

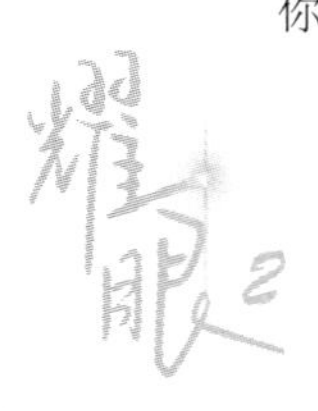

叶英健忍不住说道：“我从第一眼见到你就有种英雄惜英雄的感觉，你没有这种感觉吗？你难道不觉得我们就是一类人吗？”

晴也满头黑线地抽了下嘴角：“相信我，我们不是。”

叶英健却急了眼：“怎么不是了？”

晴也很平静地告诉他：“上次月考我685分，你639分，中间差了46分，这就是差距。”

叶英健活了十八年一直被模仿却从未被超越，自认为是天降英才般的存在，从小到大在学习这条道路上，遇神杀神遇佛杀佛，头一次被人堵得哑口无言，顿时悲从中来，气得红了眼，然后，哭了。

晴也震惊地看着叶英健，压根儿就没想明白这舞还没跳呢，怎么聊个天还能把这男的聊哭了。

她十分尴尬地拍了拍他的肩安慰道：“你哭什么啊，下次考试加把油就是了，服了你了。”

邢武侧过头，正好看见叶英健捂着脸，晴也还露出一脸慈爱的微笑……他细长的眸子瞬间冷了下来。

晴也忽然感觉左边有道十分不友善的目光朝她投来，她下意识地转头看去，对上的便是那位白天屡次找她碴的短发妹。

如果说晴也之前十分不解自己又不认识这妹子，对方无冤无仇干吗总针对她，然而此时看见对方的眼神，很多事情便一目了然了，貌似中午叶英健主动找她说完话后，这妹子才突然针对她的，她稍微一想便绕过弯来。

晴也玩味地收回目光，勾着脑袋对叶英健说:“有人在看你呢，不嫌丢人啊，笑一个呗。”

叶英健也意识到自己作为一个“天妒英才”，不应该表现得像个懦夫一样，于是一本正经地清了清嗓子，扯起嘴角又跟啥事没发生一样。

晴也余光一瞄。

果不其然，那短发妹看见叶英健对晴也笑被刺激得不轻，整张脸都绿了，坐实了晴也的猜测。

正式的篝火舞音乐响起，男女贴手换位转圈，步伐都是非常简单的循环动作，换到第二个舞伴的时候大家基本上都已经掌握了，晴也面无表情地看着刚换到面前的男生，看是自己学校的，随意聊了两句：“你哪个班的？”

这男生有些热切地说：“你不记得我了吗？你隔壁一班的李晋涛啊，我们每天都能碰见的。”

“……”晴也陷入了深深的自我怀疑中，天天见面吗？为什么她一点印象都没有？

她干干地笑了下，说了句百分之百不会出错的话：“哦，原来是你啊。”

李晋涛见晴也记起他了，忽然咧嘴笑了起来，刚才贴手的时候，他没好意思碰晴也，还想着下一轮一定要鼓起勇气碰她的手，然后就没有下一轮了，因为又开始换位了。

这个集体舞真是考验颜值的时候，基本上长得好看的女生，其他男生都巴巴地张望，恨不得快点轮到自己。

第三个就到了胖虎，胖虎对着晴也“嘿嘿”傻笑：“没……没想到，我……我还能和你跳舞啊，我回……回去跟黄毛讲，他肯定……肯定气死了。”

晴也举起手贴上胖虎肥胖的手掌，有些诧异地说：“你一个手指抵我两个，你怎么连手指都能吃这么胖啊？”

“……”

胖虎收回手又跟她比了比，于是本来是跳舞的，两人硬是在那儿比手。

想起他的歌声，晴也突然对他说：“你刚才唱得真牛，没想到你还会唱《今夜无法入睡》这种歌啊？你学过吗？”

胖虎憨憨地说：“没，没学过，就上次在，在 B 站看见外国一个选秀节目，有，有人唱这歌，我就自己学着唱了，其，其实我也不知道歌词什么意思。”

“……”

“范统，你的声音真的很适合去唱歌剧。”

又到了换舞伴的时候了，胖虎其实还想和晴也聊聊歌剧，但是他必须往旁边跨了。

就这样又轮了几个人，邢武终于移动到晴也右边的一位，两人无声地对视着，眼里藏着只有他们才能读得懂的火热。

这时晴也才发现，哪个女孩跟邢武跳舞真是倒了八辈子霉，这是要贴掌的一种舞啊，然而这位大爷全程双手抄兜，需要换位的时候，他就跟散步一样晃到对面，毫无节奏感可言，搞得跟他对跳的女孩都很尴尬，晴也忍着笑倒是和面前这位金中小伙搭配得挺默契。

终于，又到了换位的时候，邢武慢悠悠地晃到晴也面前，晴也本来还想酸他几句跟校花跳舞是不是很爽，可他真立在自己面前时，熟悉的嘴角，上扬的眉眼，让她又忍不住想笑。

新一轮开始，邢武终于将他“金贵”的双手从兜里抽了出来。这种舞男女双方走向彼此时并不会碰到对方，只是擦肩而过贴掌换位而已，然而当晴也抬手贴上他的大掌时，他却一把攥住她的手，声音低浅地说：“和别人有说有笑还挺享受啊？”

晴也压着嘴角的笑意：“你不享受吗？”

两人交换位置，晴也刚准备挣脱他的手退回原位，未曾想邢武突然将她一拽直接拉到身前，居高临下地睨着她：“享受个什么，跟傻子一样转圈圈。”

第二组动作开始了，所有人又开始循环，只有他们俩站着没动，晴也侧了眼旁边人诧异的目光，再次看向他：“要换人了。”

邢武嘴角一勾，直接就把晴也拉出人群，他们身后又开始进行新一轮的替换。

“还想换？你没有这个机会了。”

火光跳跃在他的脸上，照得他的轮廓忽明忽暗，亿万繁星仿若尽数落在他的眼底，化作细碎的流光不停下陷，让人着迷，晴也的心脏好似在某一刻停止跳动，天地万物之间，只有她与他。

她笑看着他：“那你想干吗？”

“你输了。”他直直地望着她。

晴也躲开他发烫的眼神，低着头笑：“然后呢？”

邢武直接拉着她大步离开，身后是漫天的火光、喧闹的气氛和激昂的音乐，他们就这样偷偷溜走了，本来还快步走着，不知不觉便跑了起来，就好似想赶紧逃离那个傻傻的转圈圈一样，越跑越快。

金中很大，在夜幕笼罩中像一个未知的迷宫，晴也第一次来，跟着邢武身后没跑一会儿就晕头转向了，刚绕过教学楼，忽然迎面而来一个保安，邢武身形一闪直接将晴也拉到漆黑的过道，两人跟逃命一样疯狂奔跑，虽然他们也不知道为什么要跑。

穿过过道从另一头出了教学楼是东南角的小树林，两人不约而同一头扎了进去，累得弯着腰面对面喘着粗气，看着对方的狼狈样，才发现他们现在的行为不比傻子转圈圈好到哪儿去，两人突然就跟点了笑穴似的乐得合不拢嘴。

晴也抬手捶了他一下："你跑什么？"

邢武叉着腰笑道："不知道啊。"

两人又看着对方乐了半天，却在这时，一阵晃荡的钥匙串声让他们俩瞬间静止，那个保安竟然拿着手电筒也从教学楼的过道穿了过来准备去锁后门传达室。

邢武对晴也摆了个噤声的手势，拉着她轻手轻脚走到小树林最里的那棵大树后面，虽然两人没啥好心虚的，但到底大晚上的，被保安逮到盘问一番也是件麻烦的事。

大树周围全是一些杂乱的植被，可以完美地遮挡住两人的身影，晴也为了保险起见将身体贴在树干上进行掩护，然而邢武还在伸头往外看，她一把将他拽了过来。

斑驳的月光穿过枯叶落在晴也的瞳孔里，闪着动人的光泽，她望着他，清甜的呼吸喷洒在他的鼻息间，痒痒的，他俯下身望着她，眼尾带笑。

朦胧的月光下，他英挺的轮廓和一丝痞笑的神情让晴也忽然变得局促不安。

她垂下眸，睫毛不安地颤动着，轻声问他："你把我带到这儿，要干吗？"

邢武唇边的笑容更深了些，撩起嘴角，眼神直勾勾地盯着她，暧昧不清："是你说愿赌服输的。"

晴也忽然感觉心跳的速度要爆表了，身后是那串晃动的钥匙声不停逼近，她眸光颤抖地盯着邢武，人生头一次陷入无尽的慌乱，完全不知所措，最后声音发抖地问："你说。"

她长长的睫毛好似覆上一层雾气，柔美澄澈，又脆弱得仿佛一副随时要

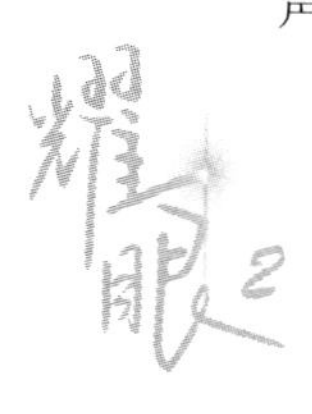

被吓晕过去的样子。

这环境已经超出她的接受范围了，她一脸要哭不哭的样子，在身后钥匙声和邢武的盯视下，她承认，她整个大脑一片空白，有那么几秒钟感觉人是飘的，各种不真实的感觉。

随着身后的钥匙声渐行渐远，邢武慢悠悠地直起身子，晴也仓皇地抬眸扫了眼邢武，竟然发现他在笑，笑得一脸人畜无害的样子。

晴也顿时反应过来，这人故意吓她的。

她抬起腿就给了邢武一脚，哪料邢武就势捉住她的腿，威胁道："还闹？"

晴也瞬间变成自然卷小绵羊低下头不敢动了。

邢武看她这副模样，放开她不再逗她了。他很快换了个话题，低声跟她说："你上次不是说怀疑大卫杯金中泄题吗？"

晴也对于他这突然切换的话题还处于一脸蒙圈中，于是点了点头。

"我前几天黑进了金中的服务器，改了题库。"

"什么？"晴也刚说完赶忙捂住嘴，左右看了看，不可置信地盯着他，"真的假的？你怎么黑进去的？"

邢武神情淡淡地说："我前年黑过一次，前几天看了下，他们系统没升级过，漏洞还在，所以我又黑了一次。"

"不是，你前年才多大啊？还有，你黑金中的服务器干吗？"

邢武掠了她一眼："金中有个小子到处瞎传，说我鼻子是整的。"

"？"晴也看着他高挺的鼻梁，一个没忍住，"扑哧"笑出了声。

"所以你就黑了他们学校服务器？我以为你会把他揍一顿。"

邢武眉眼微抬，神情散漫，告诉晴也本来是准备把那小子揍一顿，兄弟几个都已经出门了，嫌风沙迷眼睛，又回去了。于是那天晚上邢武闲得无聊就捣鼓一下，查到那小子在学校论坛的 ID 密码，于是就用那小子的账号发了一篇名为《我眼中的校长》的帖子，然后那小子第二天就被校长约谈了，听说还请了家长，至今对方都不知道这篇帖子是咋回事。

晴也笑看着邢武，真想不到他能干出这么损的事，随即想到一个问题："所以你带电脑是？"

皎洁的月光下，晴也看见邢武唇边划过一抹捉摸不透的笑意，他看似随意地说：“有用。”

晴也没再继续问下去，而是立马想到另一个问题：“如果真存在泄题，肯定不会泄给很多人，我觉得顶多确保一个人夺冠，其他人不可能知情。”

邢武随口说道：“会不会是地主家的傻儿子？”

晴也略微思索了一下：“应该不会是他。叶英健这人虽然奇葩，但自尊心挺强的，白天还向我宣战来着。”

“哦？”邢武意味深长地盯着她。

晴也却突然问：“你题改动大吗？”

“不大，动了几个条件和数字，要是死记硬背的答案肯定能看出猫腻。”

“也就是，明天比赛的题目你已经全部看过了？”

邢武要笑不笑道：“我光知道题型有什么用，我又不会写，你要不要看？”

晴也却果断拒绝了：“不看。我要是看了和那些泄题的人有什么区别，我要凭自己本事参赛。”

邢武挑了挑眉梢，眼里流露出些许笑意。

这时，又一阵脚步声朝着小树林这里而来，邢武带着晴也隐藏起来。

晴也和邢武的身影被树干挡住，同时听见身后草木窸窣的声音，很明显有人也进了这片树林。

晴也霎时间睁大双眼屏住呼吸，这怎么能想到他们在如此隐蔽的角落聊个天竟然还能碰见人。

晴也慌乱地抬头看了眼邢武，邢武半垂着眸，微蹙起眉似乎在注意外面的动静，好在脚步声走到一半的时候停了，不知道是不是觉得里面杂草太多，外面的人并未走到最里面。

一阵小风吹过，小树林里凉飕飕的，晴也的外套还丢在篝火堆旁，刚才一路狂奔并不觉得冷，然而此时站定才感觉到阵阵寒意。

她缩着手臂，邢武低眸侧身给她挡住风。

听见外面一个男生说了声：“方蕾，你……”

后面又说了什么晴也没有听清楚，然而听见方蕾的名字后，晴也已经反应过来身后的两人是谁了。

她顿时抬起头盯着邢武，邢武眼里已是一片了然的神色，联想到白天晴

也和方蕾一直鬼鬼祟祟的，邢武自然猜到是怎么回事。

但头疼的是，他们明知道身后的两人是谁，此时也不好出去，给方蕾看见他们俩这大晚上的也躲在这儿，有口也说不清，所以唯一能做的就是按兵不动。

晴也一颗心七上八下疯狂跳动着，恨不得马上人间蒸发了，这都什么破事啊，他们不过是想逃出来，不想转圈圈而已啊，金中这么大的地方，这都能撞着？不带这么玩的，要不要明天去买个彩票啊？

然而就在这时，魏东突然说了句："方蕾，你不能这样。"

"你不喜欢我吗？"

"我……我不是这个意思，只是我们现在还不能在一起。"

"为什么？"方蕾的声音变得有些尖细。

"你不要多想。还有几个月就高考了，我不想分心，你也加把油，到时候我们俩考到同一所学校再在一起好吗？"

方蕾的声音变得有些颤抖："你觉得我能和你考到一起？"

四周忽然陷入诡异的沉默，两人都没有再发出声音。

半晌，魏东对她说："不要放弃好吗，我不想你后悔。"

"你凭什么认为我会后悔，还是你怕你会后悔？"

"是，我怕我会后悔……"

"……"

然后晴也和邢武就听见那两人居然在这件事上发生了争执，最后落得不欢而散，脚步声渐远。

晴也长长地舒了一口气，终于不用饱受折磨了。

她抬眸看了看邢武。

邢武嘴角勾起一抹令人头晕目眩的笑意，目光如水地盯着她："那个赌，如果是这个，你愿意吗？"

晴也此时看着他，已经完全分辨不出这一次他是来真的，还是仍然在玩笑。说实话她没想过这个问题，起码现在她没想过，毕竟现阶段成绩更重要。

她眼睫颤抖得比刚才还厉害，弱弱地说："我……"

"傻瓜。"邢武突然捏住她的鼻子笑得放肆，"同样的坑你还能栽两次啊？

学霸。”

晴也猛然意识到自己又被他耍了。

她当即就一拳捶在他胸口：“浑蛋！”

话音刚落，一道人影从一侧走了出来，他们两人身体一僵同时侧头看去，然而看见的就是比他们更受到惊吓的方蕾。

他们听见刚才两人争执半天，还特地等了一会儿没有动静才松懈下来，谁能料到魏东走后，方蕾压根儿就没离开，此时三个人六只眼睛均呈现出一种震惊的神情。

当然，其中最震惊的还是方蕾。当她发现树后面有动静，到亲眼看见这两人是晴也和邢武后，自己的三观在瞬间被刷新了N次，颤颤巍巍地出声：“你们……”

这就是他们刚才不愿出去的原因，不是他们怕被方蕾看到，而是有些事情就是这么让人难以解释，但是再难以解释既然已经被她撞破了，只有硬着头皮解释。

邢武在刚开始的震惊过后，已经迅速恢复，依然是那副神色淡淡的样子。

晴也尴尬地抬头看了他一眼，对方蕾说：“就……我们不想一直在那里转圈圈，就溜出来了。而且我们其实不是姐弟，没有血缘关系，只是两家人认识而已。”

方蕾一双眼睛睁得老大，迅速吸收着晴也口中的信息，整个人静止了好一会儿，似乎在把这些突如其来的信息串起来，半晌才接了一句：“怪不得。”

一句没头没脑的话，也不知道她在说怪不得什么，怪不得他们姐弟感情如此好？

回过味来的方蕾也感到了一丝丝尴尬，随后有些狼狈地说：“这种场面碰上真是让人尴尬。”

说完她就转身跑了。

他们走回篝火场的途中，晴也撞了下邢武问道：“讲真的，我可以无条件答应你一件事，你打算让我做什么？”

邢武逆着光，喉结清晰立体，虽然晴也不知道为什么会注意到他的喉结，

但她忽然觉得邢武的喉结很好看，特别是上下滚动的时候很是性感。

然后她看着看着就没忍住，伸手打算碰一下，手指就快要碰到时邢武一把攥住她的手，眼神犀利地扫了过来："男人喉结不能随便碰。"

"为什么？"

"会死。"

"真的假的？"晴也瞬间缩回手，满头问号。

邢武似笑非笑地睨了她一眼，说道："我还没想好让你做什么，先欠着吧。"

"那希望欠着欠着你就忘了这事了。"

"放心，忘不了。"

他们回到篝火场时，那个转圈圈舞终于结束了，还有一些人不愿离场在那儿玩，估计要不是老师限制九点前必须离开，这些人大有玩通宵的劲头。

有人拿手机蓝牙连接了音响，放了一些很劲爆的歌曲，群魔乱舞。

晴也想着幸亏金中位置偏，周围没有居民区，不然妥妥要被投诉扰民。

她沿着场边走了一圈都没找到自己的外套，邢武也帮她四处找了找，问："还没有吗？"

"没啊，我就脱在这里的，手机还在口袋里，你打一下。"

邢武拿出手机拨打了晴也的电话，手机显示无法接通，晴也回头去找史敏，史敏看小灵通跳得太搞笑了，正在拿手机拍他。

晴也跑过去问："史敏，看见我外套了吗？"

史敏侧过头扫了眼她们刚才坐的地方："不在那儿吗？"

"不在。"

一边的胖虎听见晴也在找外套，突然想起什么说道："我……我去，刚才那件被扔……扔进火堆里的外套，不……不会是你的吧？"

晴也脸色霎时变白，问："在哪儿？"

胖虎指着篝火台那里，晴也跑了过去，看见篝火台边缘有一小截军绿色的帽檐，帽子上的毛早已烧得没有了。她找了一圈衣服都没找到的话，那这件被扔进火堆的外套大概率就是她的了。

邢武也走了过来问道："怎么回事？"

史敏和胖虎都跑了过来。

晴也被气得不轻，沉着脸转过身看向史敏和胖虎：“你们有看到谁拿我衣服了吗？”

胖虎摇了摇头：“就……就半个小时前，有……有人问谁，谁外套着火了，也没……没人回答，我……我也没在意。”

史敏手上的视频还在录着，邢武看见她的动作，蹙了下眉问道：“你这个视频录了多长时间？”

“篝火舞结束就开始录了，三班罗馨的手机没电了，让我帮忙录一下回去要传给宣传部的。

“现在能关了吗？”

史敏突然就明白了邢武的意图，当即关掉视频，几个人全部凑了过来围着史敏。

事情还要追溯到晴也做前桥之前，她将外套脱了，手机在前软翻中不便携带，后来跳篝火舞她身上没兜，自然将手机放在外套里，而当时大家的外套都脱在场边，全是自己人她压根儿就没想过会有人拿她外套。

然而真实情况却是在史敏接替三班罗馨拍摄后，他们待的那块地方人就暂时空了，以至于谁也没注意到底是谁拿了晴也的外套。

视频倒回半个多小时以前，在看到第七分钟的时候，镜头里的人在欢声笑语，镜头外的邢武却说了声：“停一下。”

史敏赶忙按了暂停键，镜头对焦的只是一群人围着一个男生跳舞的画面，并没对准他们之前待的地方，也看不出什么异样。

于是三人都抬起头不明所以地望着邢武，邢武却对史敏说：“手机给我下。”

史敏没敢大意，把手机递给邢武。邢武快速将视频拉到刚才那个时间，几个操作之下视频突然被他放大好多倍锁定到右上角的方位。

此时晴也赫然看见在一群人的背后，有一个穿着金中红色防风衣的女孩从这群人身后一闪而过，手里正是拿着一团军绿色的东西。

邢武再次将这个镜头拉了回来，定格，侧脸是个完全陌生的女孩，并不是他们学校的，但当晴也约莫看见那个女孩的发型时，猛然抬头目光如箭般射向四周。

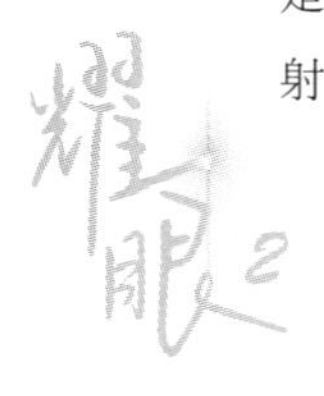

而后她的眼神突然聚焦在某处，一把夺过邢武手上的手机便大步朝那走去。

邢武和胖虎对视一眼，也跟了上去，史敏更是脸色大变跑上前。

金中那些人穿外套的，拿水的，都已经起身准备回帐篷休息，所以当晴也的脚步不断逼近时，陆续有人停下手上的动作看着这个气势逼人的女生。

晴也在离那个叫田薇的短发妹仅一步之遥时猛然停下，面带怒色地问："我的衣服是你扔进火堆的？"

四周的人全部转头去看田薇，她左右看了看并没有示弱："你是谁？"

晴也嘴角轻蔑一勾，扬起手中定格的画面对上她的脸。胖虎已经走到晴也身后，人高马大的，此时脸色不好的样子看着就怪吓人的，还直接对着田薇骂了句："装……装什么装？"

邢武立在晴也的另一侧，眉峰一凛，面色阴冷，锋利细长的眸子不怒而威。

田薇大概被这样的阵仗吓到了，神情有两秒的慌乱，很快又抬起头对着晴也就叫道："你们神经……"

"啪"的一声，那个"病"字还没从她口中蹦跶出来，晴也扬手就是一巴掌甩在她脸上。

本来哄闹的空地瞬间寂静无声，就连那些没注意到这边动静的人，随着这响亮的巴掌声全部回过头来惊悚地看着这一幕。

胖虎和史敏万万没想到晴也连废话都懒得说，上来就给了一巴掌，被晴也突如其来的举动吓了一跳。

不要说旁边不明真相的围观群众，就连邢武都怔了一下，认识晴也这么长时间以来，虽然他很清楚晴也不是那种能忍气吞声的人，但往常她即使暂时吃亏也会忍着，等待机会再报回去，从来没有看过她当场爆发的一面。

而这位突然被打的田薇更别说了，整个人都被这一巴掌打蒙了，此时鞍中那边还在哄闹的人也都围了过来，里三层外三层地将他们这一片围得严严实实。

晴也往田薇逼近一步，纤瘦的身形突然迸发出两米八的气场，压得田薇惊慌失措地看向身后。

两个金中的男生看不过去了，立马走上来，手刚扬起准备指晴也，邢武一扇直接将那人的手臂打到一边也上前一步，一边的胖虎自然也护到了晴也另一侧。

晴也斜了眼那个准备指她的男生，出声问道："再给你一次机会，还要不要替她出头？"

那男生大约和田薇关系不错，此时的表情介于不服气和敢怒不敢言之间。

晴也轻蔑一笑，下一秒扬手又是一巴掌甩在田薇脸上。

田薇不可置信地捂着脸怒目而视，声音都变得凄厉起来："你还打？我要报警！"

谁也没料到一直性格软弱的史敏，在晴也身后突然说道："你说晴也打人，谁看到了？她刚才一直站在我旁边，我都没看到。"

史敏将白天出自田薇口中的话原封不动还给她。

鞍中的人顿时想到白天比赛中发生的事，全都吼了起来："没看到，没看到……"他们自动用人墙将晴也这边围得严严实实的，外面不明真相的人当真什么也看不到。

鞍中人气势很足，这下金中人自知理亏，全都三缄其口。

晴也丝毫不惧，反而再次向前一步，眼神压迫着她，声音提高了几个分贝："可以，你报警也行，找律师告我都行，但算账这回事讲究先来后到，我先找的你，我先算。

"第一掌是白天砸我脸上的三个沙包，礼尚往来还给你，第二掌是你烧我衣服的事。

"你不是说我的派克服一两百吗？我现在可以很明确地告诉你，那件衣服正价 3889 元，消费记录我去银行随时打给你，我手机也在衣服口袋里，要没记错的话是八千多。

"你人为造成我一万二的损失，现在给你两条路，第一条你赶紧报警，我把手上的证据交给警察，一万二的损失我一分不会让，故意破坏他人财产金额达到五千就能立案了，不知道牢房里能不能高考。

"第二条路，你不想赔也行，一万二就当姐高兴，买你两个巴掌。"

田薇听见"立案"两个字时身体往后踉跄了一下，脸色惨白。

周围人都呈现吃瓜状，第一次看见还能这样操作的，打得那是个豪气。

一万二对于这些县城的高中孩子来说已经是巨款了，自己是拿不出来的，要赔钱肯定要惊动家长。田薇整个人都开始不对劲起来，她身边的小姐妹赶忙拉了拉她小声催促道：“别报警了，算了。”

田薇气得浑身发抖，却拿眼前的人一点办法都没有。就在这时，一直站在后面的叶英健挤了过来，往田薇面前一站，他个子颇高，直接挡住田薇的身影面对着晴也气势逼人的眼神。

金中的人全部屏气凝神，叶英健的爸爸是靶厂的厂长，在这个小县城也算得上家大业大，平时上学放学都有专车接送，加上他成绩优异又是学生会主席，在金中学生中颇有分量。

此时金中的人见叶英健居然站了出来，瞬间振奋人心，就连田薇都感动得一塌糊涂，声音很弱地叫了声：“叶英健，谢谢你。”

可让所有人没想到的是，叶英健突然一转身子站到了晴也旁边，盯着田薇：“田同学，我一直觉得你挺上进的，我完全不相信你能做出这样的事情。”

晴也微蹙了下眉梢，侧头看了眼叶英健，邢武也冷冰冰地抬了下眸，打算他再叨叨直接一脚把他蹬到旁边去。

田薇更是猛点头希冀地看着叶英健，可谁也没想到叶英健下句话却是：“你知不知道在这样的集体活动中，你的行为不仅代表你个人，更是代表我们金隆中学，代表我们每一位金隆中学的老师和学生，我为你的行为感到羞耻，我代表金隆中学学生会正式对你发出警告，希望你息事宁人，不要再胡搅蛮缠，让鞍中人笑话我们。”

晴也微蹙的眉突然上挑，邢武差点就没收住已经拔出的“一百米大刀”。

田薇不可置信地睁着眼睛，硬生生被气得红了眼睛，狼狈不堪，最后是被一群金中女生拉走的。

叶英健转身对晴也说：“你没有外套的话，我待会儿可以协调学生会给你送一件我们学校的冬季校服，希望你不要感冒，明天我们可以好好比一场。”

“……”敢情搞了半天就是怕她一气之下明天不跟他比赛了？还真是奇葩中的战斗机。

晴也没有拒绝，点点头：“那麻烦你了。”

叶英健想了想又说道：“你不打算继续追究田薇的责任，学校也不会承担你的损失，如果你有什么不方便的话，我或许可以提供给你一部手机。”

晴也眼眸一瞥，和邢武对视了一眼，他就站在叶英健身后，抬起手刚准备对着叶英健硬邦邦的后脑壳拍下去，晴也抿唇一笑赶忙向他跨了一步，拉住他的袖子对叶英健丢下句：“不需要，姐不差这点钱。”说完直接拽着邢武走了。

胖虎和史敏看了看叶英健也跟了上去。

回去的路上，胖虎直说：“痛……痛快，晴……晴也，没……没想到你也会打人啊？”

晴也转头笑道：“我不会，你没看到。”

史敏立马笑了：“对，我们没人看到。”

一帮人畅快淋漓地回了露营区，已经陆续有很多人回来了，邢武和胖虎把她们送到帐篷口停住脚步，胖虎对她们说：“那……那你们早，早点睡。”然后对邢武说，“武……武哥，我们走吧。”

“我跟晴也说句话，你先去。”

胖虎“哦”了一声，没当一回事，先转身走了。史敏说去打热水。

周围人来人往，两人规矩地站着，邢武双手抄兜，半笑着说：“下午不是叫我别冲动吗？你这是给我带坏了？”

晴也却傲娇地一甩头发：“我不打没把握的人。”

她不差一件外套和手机，与其让田薇赔钱，她更想出出这一天的恶气，所以在走向田薇时，她已经把主动权拿捏在自己手中，让田薇翻不出任何水花，被打也只能认着。

邢武知道晴也今天被气得不轻，这还是他第一次看见晴也在外人面前火力全开的样子，像只霸气的小狮子。

他在外面也见过不少凶狠的女孩，但那些不良少女无非仗着人多狐假虎威，给人感觉凶悍而已。

而晴也临危不乱的底气和支撑她直击软肋的思维，让人看见了她内心深处强大的气场。她总是有本事让他眼前一亮，他甚至不知道她还有多少他不知道的一面。

邢武就这样望着她勾起嘴角，对她说：“快进去吧，别冻着。”

晴也扬唇一笑："晚安。"

晴也进帐篷时发现方蕾已经躺下了，她一个人睡在最角落背对着人一动不动，晴也想到刚才的事也没去打扰她。

不一会儿金中一个女生为晴也送来了一件冬季校服，和他们身上穿的那种红色防风衣一样，于是晴也只能暂时套上敌军的战袍。

半夜的时候晴也似乎听见身旁有抽泣声，她睁开眼伸头看了看方蕾。方蕾声音很小，但还是能在黑暗中看见她的肩膀一抽一抽的。

晴也暗暗叹了一声，站起身翻出纸巾又走到方蕾面前，方蕾抬头看了晴也一眼，有些不好意思地用被子蒙住了脸。

晴也默不作声地将纸巾放在方蕾枕边，她刚躺下，方蕾又突然坐了起来看着她。

晴也就感觉黑暗中一个人一直盯着她，盯得她浑身发毛，干脆也坐了起来，悄声问："你睡不着啊？"

方蕾指了指外面，于是两人悄无声息地出了帐篷。

露营区没了喧嚣吵闹，早已归于一片寂静，只有大片星空铺洒在头顶，开发区这里空旷无人，夜晚的星空格外明亮。

晴也看见方蕾依然双眼通红的，说实话这是晴也认识她以来，第一次看见她这副样子，也有些尴尬，不知道怎么安慰。

方蕾却抬手揉了揉眼睛，一把拽住晴也，似下定很大的决心般恳求道："晴也，你能不能帮我？我想了一晚上，除了你，我不知道还能求谁。"

"帮你什么？"

"我想考厦大。"

其实在晴也听见方蕾打算考厦大时还挺吃惊的，毕竟认识她这么长时间以来，她和绝大多数那些鞍中混日子的学生一样，上学散漫随性，作业没有一天不靠抄的，总分三百多的成绩要在短短几个月内提高到六百分左右，晴也觉得不大可能。

可方蕾就那样看着晴也，皎洁的月光映在方蕾坚定的瞳孔中，晴也避无可避，更不可能直接告诉她放弃吧。

晴也试探地说："很难。"

方蕾却爆发出前所未有的信念："我知道。"

"会很苦。"

"我不怕。"

"你得牺牲睡觉、刷手机、出去玩，甚至吃饭上厕所的时间，还有可能被逼疯。"

方蕾忽然抬手重重地拍在晴也的膀子上，不甘地说："如果以后再也见不到魏东，我才会被逼疯。晴也，你告诉我该怎么做，我一定不会退缩。"

晴也侧眸望着方蕾，忽然笑了起来，仿佛自己也被她这深更半夜抽筋式的热血感染了。她抬起头望着夜空，长叹一声："你让我想想看。"

似乎直到晴也答应帮她，方蕾才像突然又找到了人生方向，那丧到极致的情绪终于化为动力，两人又回帐篷睡觉了。

晴也临睡前，还看见方蕾两只眼睛瞪得像铜铃一样，斗志满满。

第二天早晨大家用完早餐后在学校老师的组织下前往赛场，是金中运动场临时改造的，几乎每年大卫杯都在这里举办。

到那里后晴也才知道大卫杯举行两试，第一试四十五分钟，题目难度相当于他们日常试卷的压轴大题，满分 100，90 分以下的全部刷掉，90 分以上的进入第二试，第二试一个半小时，都是变态题，没点奥数思维一般很难脱颖而出。

晴也找到自己的姓名落座后，观察了一下四周，百来个座位全部拉开，赛场纪律非常严格，几个学生中间就有一个监考老师，还有摄像全程记录，想作弊基本是不可能的。

邢武离她很远，坐在靠后的边上，她回头扫了他一眼，他正在低头百无聊赖地转着笔，似乎是感觉到晴也的目光，抬头掠了她一眼。离他不远的胖虎立马对晴也笑着招手，晴也牵起嘴角收回目光，深呼吸调整了一下自己的状态。

第一场比赛对她来说小随意，顶多有一两题比日常刷的大题绕一些，但对她来说都不是问题，而且她知道为了比赛的公正性，邢武提前动了手脚，

如果她再不拿出点真本事，岂不是辜负了他冒着风险黑了人家的服务器。

所以今天晴也特别集中精神，写完每题都仔仔细细检查了一遍，以至于她是以满分的成绩闯入二试的。

同她一样考了满分的还有四个人，全是金中的，叶英健也在其中，另外三个中晴也认识一个，魏东，方蕾的男神，看来的确有些实力。

让晴也没想到的是，那天被邢武暴揍的汪阳竟然也能考满分，果真人不可貌相。

而鞍中这边只有晴也一个人拿了满分，进入二试的加上她总共也就六个人，另外五个人都是挂着 90 分勉强挤进来的。

来参加冬令营的同学，学习水平参差不齐，所以会有一轮淘汰赛，结果就哗啦啦淘汰了一大片。

胖虎激动地在好远处跟晴也比画“8”“2”，意思他得了 82 分。虽然没能进二试，但这个成绩对胖虎来说绝对算得上突飞猛进了。晴也对胖虎竖起大拇指，可把胖虎乐坏了。

邢武走到台子边领取自己的背包，往外走的时候，他拉了下包带，晴也清楚双肩包里是电脑，虽然她并不知道邢武带电脑的用处。

很快，这些被淘汰的人陆续走出比赛场。

硕大的比赛场突然就剩下二十九人，除了鞍中的六个人，其余二十三人全是金中的，气氛突然变得极其紧张，特别是五个第一轮考了满分的人之间，不免互相打量起来。

关键晴也还套着金中的校服，鞍中唯一的种子选手穿着敌军的战袍，不知道的以为叛变了，着实有些诡异。

叶英健回头看了眼晴也，对她做了个口型“加油”。

晴也自信一笑，还他一句：“已满。”

转眸看着也回过头来的田薇，晴也早晨都没注意到她，没想到她也进入了二试，此时两边脸颊还通红的。晴也回想了一下，莫不是昨晚自己的力道太狠？她无耻地对田薇露出一个腻死人不偿命的笑容，把田薇气得紧紧攥着笔，浑身发抖。

第二轮比赛开始，晴也一拿到题秀眉就拧了起来，果然相比之下，第一场比赛只能算是热身赛了。

同样 100 分满分，第一大题就是填空题，直接写答案，晴也想着她要是邢武就在第一大题动手脚，因为没有计算过程，就算内定选手发现题目不对，想根据公式套答案也没有公式套，所以大概率第一题的答案会选择死记硬背。

不过此时她显然也顾及不了那么多了，她来之前就做过假设，就算内定选手拿满分，她只要也考个满分出来，那么鞍中依然不算陪跑。

只是这套题越写下去，对于满分她越没把握。

一个半小时没有一个人提前交题，整个赛场寂静无声，比赛结束，所有参赛者坐在原位，有专门的老师统一收题，县教育部门的工作人员现场装订密封姓名条，然后请外面等候的同学进场。

由鞍中和金中的老师根据答案进行现场改题，教育部门工作人员进行监督，所有试卷的批改过程全部投放显示在大屏幕上，二十九张卷子批改完毕后，教育部门工作人员统一启封姓名条，宣布大卫杯的获奖者。

可以说整个过程还是很刺激的，如果没有泄题的话，赛制这样看还挺严谨公平的，就连晴也都跃跃欲试起来，进来的同学按照原先的位置坐好。

此次是由金中主任孙广权和鞍中朱债老师根据现场拆封的答案卡进行合作改题，旁边是鞍中的胡老师和一名金中的数学老师进行复核工作。

晴也就见老朱拿着个答案卡，不时对着孙主任指手画脚的，不知道发生了什么，两人才批阅第一张卷子就发生了激烈的争执，火药味十足。

别说底下的学生了，就连周围的老师都目瞪口呆，老朱直接指着答案说道："这题肯定错的，不信你们算。"

胡老师和旁边几个老师都凑了过去。

一堆老师正在热烈地讨论着，下面也是哗然一片，晴也瞬间就明白过来发生什么了！

她猛然回头去找邢武，却看见邢武的座位空空荡荡，不知道他去了哪儿，并没有回来。

晴也紧张地再次看向台上。果真邢武和她想到一起去了，他一定是在第一大题动了手脚，所以金中事先准备的答案和现在的题目有出入，按道理说这种填空题，老师一般根据答案卡直接批了，老朱居然能在第一张卷子就发现题目和答案不匹配，压根儿就没有完全依赖答案卡上的答案，牛！

晴也这还是第一次对这位“暴躁大叔”另眼相看，此时只能等待台上几位老师的最终定夺。

她还特别注意了下那位孙主任的表情，一直沉着脸据理力争，当然最终经过几位数学老师的计算，提供的答案果真是有误的。

老朱直接就把纸上的答案划掉了，在旁边写了个正确答案然后催促孙主任别吵了，继续批改，不要耽误时间。

就这样，批阅才得以继续进行。只是让人没想到的是，大概是老朱心里存疑，每题都自己重新做了一遍，结果一连发现三道答案卡上提供的答案是错误的题目，老朱瞬间就怒了，当场一拍答案卡质问孙广权怎么回事。

晴也估计那位孙主任此时应该发现题目不对劲了，但奈何目前这个情况只能捏着鼻子继续批改，而脸上已是一阵红一阵黑。

底下坐着全是学生，老朱也不好发作，要不是人这么多，他肯定要骂一句：“作为老师答案都整不明白，误人子弟！”

最终老朱气得亲自改答案，旁边几个数学老师也都围过来复核，那张答案卡已经没人再敢用了。

二试的题目难度大，所以一群老师也商量了半天才确定标准答案，因此耽误了一些时间，不过后面的卷子改起来就快多了。

八九张卷子下来了，基本上都是七八十分，连一张85分以上的卷子都没有，晴也的眼睛牢牢盯着前面，一直没有等到自己的卷子。

大约批到第十三张卷子的时候，突然出现了一个88分，场内顿时沸腾起来，胖虎差点从座位上站起来喊晴也，晴也没听见，鞍中人只有同时叫她，她才回过头去，好多人都在激动地问她：“是你吗？是你吗？”

晴也摇了摇头，众人才又失望地坐了下去继续等待。

而当她收回视线的时候，正好看到叶英健骄傲地昂起头，她立即明白，这张88分的卷子是他的，可以。

一大半卷子都过去了，晴也还没等到自己的，鞍中的人开始变得越来越焦虑，几乎每批一张都要问一遍晴也：“是不是你的？”

晴也自己却稳坐在位置上，她根据几个老师的批改内容已经算出得分了，所以一点都不慌。

就在这时，她突然接收到老朱的视线，他就这样跟叼烟一样叼着支笔抬头盯着晴也似笑非笑了一下。虽然下面坐着很多同学，但晴也几乎可以肯定下面那张应该是她的卷子，老朱认得她的字。

果不其然，卷子一翻页，屏幕上出现她整洁娟秀的字体，晴也嘴角一勾，对着身后的鞍中同学们点了下头。

所有人跟打了鸡血一样，全部狂吼着站了起来，就连前面改试卷的老师都全部抬起头不明白这些学生叫什么。

整个批改过程，晴也纹丝不动，其他人却直搓手，比她要紧张多了。

试卷改到最后一题，老朱露出欣慰的笑容，96 分，和晴也算的一样，错了两个小地方。

别说鞍中的人，就连金中的人看到这成绩都炸了，叶英健嫉妒得连眼珠子都要瞪了出来，满脸不服气的样子。但事实证明，在这种高难度的比赛中，晴也还能拉他 8 分之多，两人的差距不是一点半点。

而让大家都没想到的是，紧接着晴也这张卷子的后面，又出现了一张 92 分的高分卷，场内再次一片哗然，都在猜测这个人是谁，所有卷子改完，并没有再出现高分。

胜负已定，鞍中顿时狂欢起来，就连老朱都站起身，优哉游哉地套上笔盖，拍了拍孙广权的肩，就等教育部门的人启封了。

然而就在这时，原本大屏幕上正在投放的试卷内容突然一黑。

大家并未在意，以为哪个老师关了，可很快黑掉的屏幕再次亮了起来，这时所有人的目光瞬间又望了回去。

大屏上突然跳出一个主机页面，有人在移动鼠标，几番操作下，上面显示一个名为《第八届大卫杯比赛试题》的文件夹。

文件夹是加密的，但是操控电脑的人很快将这个文件夹打开了，随即点开一个文档，这时大家才发现文档里是刚才二试的题目。

晴也盯着大屏手指有规律地敲打在桌面，突然停住。不对，这不是他们二试的题目，或者应该说这和他们二试的题目非常像，只不过某些地方有出入。

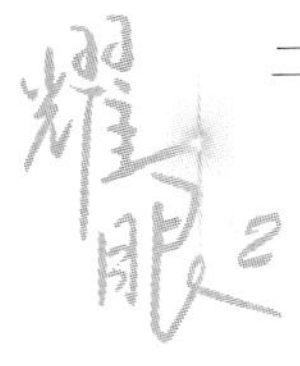

她牢牢盯着那些题目过了一遍，猛然怔住。这应该是邢武没有改过之前的二试卷子，不知道他什么时候已经将题库复原了，这么说，此时正在远程操控的人，难道就是……邢武？

晴也紧张地左顾右盼。虽然邢武并不在这里，可晴也知道他一定就在附近某个地方。当她意识到后，顿时心跳加快，这种刺激让她双眼放亮，却又要装作和大家一样不知情的样子。

原本已经站起身的老朱也回过头去，他几乎和晴也差不多时间发现题目的异样，让人没想到的是，下一秒他突然大步走向那位教育部门的工作人员，夺过还未启封的卷子就快速翻找起来。

没有人意识到发生了什么事情，只看见老朱直接拿着卷子扔在了孙广权面前，这次老朱没有顾及学生在场，直接发了好大的火质问他。

旁边的老师，还有教育部门的人全部围了上去，台上炸开了锅，台下的学生因为不明所以，因此也炸开了锅。

只有晴也依然安静地坐在位置上，嘴角微勾，冷眼看着这一切。

老朱果然很给力，改过的答案过目不忘，他直接在这堆卷子中找出了那张和大屏上题目完全吻合的答案，把试卷拍到孙广权面前。

此时老朱已经气得完全不想理孙广权了，而是回身跟那位教育部门的工作人员据理力争，旁边的老师们也脸色发紧，越听神情越凝重。

晴也想着既然事情已经被揭开，这些领导总得商量个处理结果，她猜测最坏的结果这次大卫杯的成绩全部都被取消，即使这次来一趟得不到任何名次，端了这个暗箱操作也是件大快人心的事。

时间一分一秒地过去。半个小时后，由这位教育部门工作人员重新走上台，宣布取消二试中 92 分的成绩，本届大卫杯得主为最高分 96 分的鞍中高三（2）班晴也同学，第二名是金中国际班 88 分的叶英健。

出乎意料的是，第三名 84 分的居然也是鞍中的，晴也隔壁一班的一个小个子男生，老朱很是欣慰。

底下顿时一片哗然，都在问为什么取消 92 分的成绩，小灵通在后面又随口提了句泄题的事，事件迅速在同学间发酵。

他也只是嘴上缺个把门的，想到什么说什么，没想到这次还真给他说准了，那张被老朱单独拎出来的92分卷子，所写的答案和他们之前用的那张错误很大的答案卡上的内容不谋而合，更诡异的是，和大屏上显示的二试卷也不谋而合，种种迹象表明，这位同学提前就掌握了二试内容，所以即使在试卷题目变动的情况下，他还能写出和答案卡上完全一样的答案，因此经讨论，这个人的成绩必须被取消。

而其他试卷经逐一核查并没有发觉异常，所以这个92分被禁赛后，大卫杯照常颁发。只是大概出于保护学生隐私，这些领导并没有公布这位被禁赛的学生是谁，至于后续会不会有什么处罚或者说法，晴也并不知道。

但是自打小灵通多了这么一句嘴后，鞍中这边常年受到不公平待遇的学生就怒了，指着孙广权的鼻子骂。要换作平时老朱肯定不会放任这种情况，毕竟他还是为人师表的人民教师，怎能看着自己带的学生如此没礼貌。

可今天，他只是双手背后站在一边，气得管都没管，毕竟有些话他早想骂了，碍于自己还是个教师骂不出口。

他带学生参加过好几次大卫杯了，虽然之前他也怀疑过比赛的公正性，但没有证据他不能胡说八道，今天证据摆在眼前，老朱心里那叫一个痛快。

晴也上台从教育部门工作人员手中接过大卫杯和证书，胖虎激动得都快站到桌子上了，对晴也吼道："看这边，笑一个。"

他举着手机对准晴也，旁边的史敏和方蕾他们都高举手机，晴也越过人群看向他们，露出无懈可击的笑容，完美收官。

金中那边的人却灰头土脸的，而且都是你看我，我看你，除了叶英健，看谁都像被泄题的嫌疑对象。

这是鞍中人第一次拿下大卫杯，就连带队的董老师都很激动，散场前举着喇叭喊道："大巴已经在校门口了，想去厕所的自己去，待会儿大巴会直接开回学校，不回学校的到我这里报备。"

金中这边也开始陆续散场，晴也拿着奖杯朝方蕾他们走去，却看见方蕾朝着她不停地往魏东的方向指，大概人太多了，又太吵，她喊魏东他没听见，让晴也帮她叫一下。

晴也正好路过魏东身边，拍了他一下，魏东不知道是不是在发呆，突然被惊到，颤了一下抬起头错愕地看着晴也，晴也指了指门口那边对他说："方蕾叫你。”

这时魏东才后知后觉地转回头，方蕾朝他挥挥手跟他说她要走了，魏东也抬手朝她挥了挥。

晴也的目光落在魏东面前的草稿纸上，魏东收回视线抬头看了眼晴也，迅速将草稿纸握成团笑了下：“恭喜你。”

晴也露出个淡淡的笑容：“谢谢。”便往方蕾他们走去。

一群人围着晴也有说有笑地走出赛场，晴也问史敏一试考多少，史敏不好意思地说考了 76 分。

方蕾考了 65 分，还问晴也她有没有救。

晴也却看着脚下的路若有所思，不知道在想什么，没有回答她。

方蕾立马慌了，拽着晴也就问道：“你不会让我放弃吧？”

晴也抬起头忽然用一种很奇怪的目光盯着方蕾，看得方蕾心里发毛，可很快她便露出一个自信的笑容：“拜我为师吧，为师绝对不会让徒儿前途未卜。”

方蕾一扫阴霾，狗腿地挽着晴也的胳膊，胖虎在旁奇怪道：“咦？我……我武哥怎么，怎么不见人啊？”

刚说完就看见邢武撩着袖子坐在前面的路牙边等他们，胖虎几步朝他跑了过去吼道：“武……武哥，你去哪儿了？怎么……怎么能错过这么重，重要的时刻，晴也拿，拿了大卫杯啊！”

明媚的阳光洒在邢武清晰的侧脸，他嘴角勾起一丝弧度看向胖虎身后的晴也，晴也的目光似有若无地扫过放在他身边的背包，心照不宣地笑了。

她径直朝他走去对他伸出手，邢武抬手朝她击了个掌，在外人看来他们在庆贺取得大卫杯，只有他们自己清楚，他们庆贺的是联手扳倒这恶心的暗箱操作。

邢武拎起背包站起身，晴也笑着侧头睨了他一眼，将手中的大卫杯交给他，他低眸接过看了看。

这是属于他们共同的奖杯，他为她披荆斩棘，斩断所有障碍，她必定能够勇夺桂冠。

鞍中人一扫两天的阴霾，归时个个昂首挺胸。

邢武和晴也落在他们后面，他问了句：“什么结果？”

“多亏老朱坚持，那个人被取消参赛资格了。”

“知道是谁吗？”

晴也沉默地看了他一眼，又抬头瞧了眼方蕾的背影，半晌才长长舒出一口气，回道：“不重要了。”忽而又玩味地问他，“你考多少分？”

邢武优哉游哉地说：“62分。”

晴也激动地说：“哇，史敏终于超过你了，不容易。”

“……”邢武满头黑线，怀疑她激动的点不是他及格了，而是史敏超过他了？

时间还早，邢武问晴也：“去不去县城？”

“去县城干吗？”

“你不用手机了？”

晴也这才想起来，她已经是个没有手机的人了，于是果断点头：“去。”

然后两人跟董老师报备了下，与众人分道扬镳出了金中。

金中这里比较偏，车子不好打，两人站在路边上等了一会儿，晴也勾着头看见他把地图越拉越大也没看到一辆车。

她还嘀咕了一句：“我们是不是应该先跟校车回去，然后再去县城啊？”

邢武收起手机：“太绕了，等一会儿吧。”

话音刚落一辆奥迪停在两人面前，车窗落下后，叶英健从后座走了下来问道：“你们怎么还没回去？”

晴也看着他回道：“我们去县城。”

叶英健倒是客气了一下：“我正好要回家，不如顺道带你们过去。”

他刚说完，晴也拽着邢武的袖子丢下句：“那谢谢了。”然后直接把邢武拽进了奥迪后座，车门一关。

叶英健一脸蒙地看着他们快如闪电的操作，灰溜溜地绕到了副驾驶座。

路上叶英健问他们去县城干吗，晴也告诉他买手机。

说到买手机，叶英健还特地把自己的号码写给晴也，让她买完手机记得加他一下微信号，他有几个题目想发给她共同探讨一下。

晴也嘴角一抽看向邢武，邢武眯起眼睛回睨着她。

到底蹭了人家一路车，晴也还是象征性地接下了叶英健的小字条，随手放进包里。

车子开到县城最大的商场门口停下了，晴也和邢武下了车，她回头对叶英健打了声招呼："谢了啊。"

叶英健刚准备说话，不远处突然有人喊了他一声："健健。"

叶英健往窗外看去，随后下了车对喊他的那个中年男人说道："大舅，你怎么在这儿？"

"有事。"

晴也和邢武同时望去，却看见叶英健大舅身边站着的男人正是江老板。

江老板还没说话，叶英健大舅突然指着晴也："莫扎特？"

晴也莫名其妙地望着这个老男人，十分确定自己绝对不认识他。

邢武侧头问了句叶英健："你大舅姓什么？"

"姓贾啊。"

两人同时反应过来眼前这位叶英健他大舅，就是那位要在夜场听莫扎特的贾总啊，果真不是一家人不进一家门，好一家子奇葩啊！

晴也和邢武对视一眼，朝那边笑了笑。

江老板对邢武说："过来玩啊？"

邢武回道："买点东西。"

江老板似乎和贾总还有事，没有多做停留就拉开了后座的车门，此时他们才看见刚从旁边商场走出来的舒寒，穿着贵气的酒红色皮草，身后跟着个男人，左右手提的全是购物袋，男人将购物袋放进江老板车子的后备厢里，而舒寒直接拎着小包包走向江老板。

到了近前，江老板搂着她的腰，瞥了眼远处跟她说："你邢老弟。"

舒寒回过头，看见邢武和晴也后，视线有几秒的停滞，最终她只是面无表情地朝他们点了下头，便直接坐进江老板的车子。

江老板关上车门拉了下外套对邢武说："走了，回头到我那儿喝酒。"

邢武招呼了声："慢走。"

江老板绕到另一侧上了车，晴也和邢武依然没有动。车子发动后，舒寒落下车窗，眼神空洞地望着窗外，江老板将手搭在她的肩上，便是这么短暂的一眼，车子已经消失在他们的视线中。

晴也抬起头去看邢武，他的眉拧了一下，但也只是稍纵即逝的表情便恢复平常，对晴也说：“走吧。”

晴也却一直注意着邢武的表情，试探地问：“你是不是不太舒服？”

邢武侧头望着她：“不舒服什么？”

“舒姐还是跟了江老板。”

邢武淡然地笑了下：“这是她自己的选择。”

对于舒寒这件事，这是邢武唯一的评价，无论舒寒之前多么挣扎、多么后悔，最后她还是低头了。晴也虽然在看见舒寒上江老板的车时，感觉心里挺不平的，他们之前为了她的处境各种担忧，结果她还是跟了江老板。

不过邢武说得不错，成年人的世界里没有对与错，只有利与弊，这是她自己的选择。

第四章

凛冬将至

yaoyauz

邢武把晴也带去卖手机的地方，让店员拿了一部新款。

价格不便宜，晴也直接笑着对店员说："谢谢，我们再看看。"然后把邢武拉到别处。

邢武一把拽住她："替我省钱？"

"谁要你出钱了，我自己买。"

"我送你手机有问题？"

"没问题是没问题，只是没必要。"

邢武长臂一伸拽着她的马尾笑着说："你的钱给我好好存着到留学用，听到没有？"

虽然人来人往，虽然熙熙攘攘，可晴也却因为他这句话突然有种莫名的感动。

最后在她的坚持下，买了部两千多的手机。她从用手机以来，什么新上市她爸就直接给她买什么，从来不会过问价格，这是她第一次用比较便宜的手机。

说实话，就是心疼邢武的钱。所以回去的路上她就在邢武面前各种炫耀新手机的功能，多么便捷、多么好用、多么强大。

邢武就看着她表演，这款手机再强大也抵不上她原来用的高端机，只是邢武不点破。下车后，他停在炫岛门口，突然将她拉到身前对她说："先用着吧，以后给你换好的。"

晴也垂着脑袋，心里说不出的五味杂陈。

进家后，邢武接了个电话，顺易老板貌似出了什么事，喊他们都过去一趟，邢武直接拿起包跟晴也知会了一声。

邢武一直到很晚才回来，说顺易可能打算关门了，老板家里出了点私事。

晚上临睡前，两人一人躺在一张床上闲聊。晴也告诉邢武方蕾想考厦大的事，邢武直接语气淡漠地回道："她能考上厦大，我就能考上北大。"

晴也想想的确是这个理啊，毕竟两人一个62分，一个65分，起点还挺靠近的。

邢武侧头见她没吱声，问道："你觉得可能性多大？"

晴也盯着天花板："要说实话吗？我觉得为零。"

"那你为什么要答应她？"

晴也在黑暗中侧过头望着邢武，一双浑圆的眼睛漆黑明亮："你没听过一句话吗？任何时候都不要浇灭一个人的希望，因为你不知道这丝希望会给别人的人生带来怎样的天翻地覆。"

"哪个名人说的？"

晴也侧过身笑着说："我。"

"……"

而后她忽而正儿八经地说："这几天抽空我想去趟食品厂。"

"去那儿干吗？"

晴也翻了个身面朝上，其实这段时间她一直在琢磨，小灵通和冯宝都跟她提过放学后跟着胖虎他们一起复习的事，她不可能把所有人都拖来邢武家，或者去他们任何一个人的家里都不现实，要不是方蕾这几天缠着她，她可能还没有打算去找谢老头。

不是她善心大发，在没来扎扎亭之前，她过得一直挺自我的，从来不爱多管闲事，当然，她原来身边的人大多如此，自扫门前雪。

可也许是因为邢武吧，因为他纯良、坦诚，他身上有着所有晴也从未遇见过的"真"，她才开始渐渐用心去看待他身边的每一个人。

她开始发觉不是这些人不爱学习，或者自甘堕落，只是生在这样的环境里，大家一起迷茫，一起彷徨，一起下沉，暗无天日，没有出路，也压根儿不知道什么是出路。

顶多像黄毛一样，学着自家老爸的样子以后混口饭吃，不知道人生规划为何物。

不知道是晴也影响了他们，还是他们也在慢慢影响着晴也，她突然发现高考对于他们很多人来说都是重要的转折点，不仅仅是她自己。

例如史敏希望摆脱嫁人补贴家用的命运，胖虎为了不让家里人的希望落空想继续深造，方蕾为了自己的爱情奋起追逐，所以成败与否全在这次至关重要的高考。

这或许对他们所有人来说已经不是一次单纯的考试，而是他们成年后对于人生的第一次抉择。在没遇到晴也之前，扎扎亭的这些人都把命运交给了天，而遇到晴也之后，他们才知道原来“命运”可以牢牢握在自己手中，同时晴也也似乎找回了从前大家一起向着同一个目标奋斗的信念，而不是刚开学那会儿的格格不入，独自奋战。

因此，她需要解决场地问题，而她唯一能想到的地方就是食品厂，所以她决定找时间去会会谢老头。

冬令营结束后的日子，就像从炎炎的夏日突然过渡到寒冬，每个人都能感觉到气氛不一样了，虽然大家依然嘻嘻哈哈的，但似乎所有人都如梦初醒，还有十几天就期末考了，期末考一结束他们的高中就剩最后半个学期，绝大多数人必须去面对学习生涯即将结束这个现实。

大概只有邢武没有受影响，他每天依然很忙碌。顺易没多久还是关了，他少了一份收入来源，接了更多零散的活儿，晴也时而下课回过头想跟他说话，发现他累得趴在桌上睡觉。

每当那时，她都不忍心叫醒他。

好多次她都在想，她来到这里对他来说到底是好是坏，他好像变得更累了，为了供她出国读书，他不敢有丝毫松懈，他对她说过，以后他不能陪在她身边，但是多准备点钱出去总是有底气的。

他为了给她更多的底气白天接活，晚上代练，日子也很忙碌。晴也时常想自己给了他什么，短暂的回忆？青春的苦涩与甜蜜？似乎什么也没有。可她已经想不了那么多了，对于现在的她来说，只有闭着眼睛向前冲，别无他路。

从冬令营回来后，晴也就花了点时间为方蕾弄了个思维导图，整理出所有题型的方向和易错题，还有必须要死记硬背的知识点。这是一座非常难啃的巨山，特别是死记硬背的部分，晴也帮不了她，她必须独自面对，才能拿下这块最易得的分。

但是晴也给方蕾标好了时间节点，哪天必须要背会什么，并且和方蕾说得很清楚。她时间有限，如果在她规定的时间内方蕾完不成这些任务，那么她将不会再在方蕾身上浪费时间。

方蕾清楚晴也虽然好说话，但她是个原则性极强的人，她说到就一定会做到。方蕾不想让晴也放弃她，所以这段时间熬得连黑眼圈都出来了，就连课间李文卉她们喊她去厕所，她都能不去就尽量不去。

让晴也没想到的是，方蕾记忆力很好，背东西很快。她其实一直很疑惑方蕾这记忆力当初为什么不选择文科，方蕾给出的回答是："怕写字。"

"……"

而从冬令营回来后，晴也的确履行了诺言，帮杜奇燕改头换面。杜奇燕的身材其实不算差，就是穿着太乡非，整天松松垮垮的，跟流年两人站在一起，就像裤子永远提不到腰上一样，垮着个裆，明明圣诞节都过了，身上还叮叮当当挂得跟圣诞树一样。

晴也直接让她把那些廉价的装饰品拿了，对她很认真地说："如果以后你不知道穿什么，在身上做减法，千万不要做加法，懂？"

杜奇燕想的却是，晴也为什么连这件事也能跟加减法联系到一起，莫不是写题写魔怔了？

晴也带杜奇燕换了一套驼色的皮毛一体机车服，杜奇燕一开始是拒绝的，她说这种衣服不适合她，在晴也的坚持下，她套上了这件衣服，终于把那松垮的裤子换成了窄脚的牛仔裤配小高跟靴。领着她回炫岛的时候，流年直接就没认出她，还对着她问："剪头还是烫头？"

当视线移到杜奇燕脸上后，流年整个人都呆住了，晴也在旁看见他的表情笑道："烫头，拉直，染黑，嗯……我想想，最好看着是黑色，在阳光下泛着淡紫的那种，你看着办。"

流年立马就对着杜奇燕笑了起来，露出两颗傻傻的小虎牙，杜奇燕倒是

给他看得不好意思起来。

晴也上楼刷题了，几个小时后当她再次下楼时，就连她自己都差点没有认出杜奇燕。

也许是杜奇燕原来总喜欢那种非常蓬松的发型，导致她给人的刻板印象就是头大，可现在突然把头发拉直，才发现她其实头根本不大，脸的大小也很适中，而且杜奇燕的腿其实还挺细的，这么穿很显身材，完全就是脱胎换骨，果然人靠衣装。

最后一步，晴也把卸妆棉扔给她，让她把那一脸李岚芳同款妆容卸掉，然后用了二十分钟给她上了个非常简单的日常妆，搞定。

邢武此时正好拎着工具箱从外面回来，他盯杜奇燕的背影看了眼径直去洗手了，回来的时候晴也堵在后门。

晴也神秘兮兮地拽着他走到帘子那儿指着外面：“你看那美女怎么样？”

杜奇燕侧坐在高脚椅上和流年说着话，邢武根本就没认出她，还正儿八经打量了一下，问道：“谁啊？你朋友？”

晴也憋着笑催促他：“你就说，好不好看？”

邢武却抽了张纸巾擦了擦手：“送命题？”

晴也睃了下眼睛，邢武笑道：“好不好看得看脸。”

晴也立马朝那边喊了声。

杜奇燕转回头的时候，邢武被吓了一跳。

晴也将杜奇燕自认为很美的包装全部拿掉，还原她本来的面貌加以修饰，虽然不能算得上惊艳，但比起她原来的造型看着顺眼多了。

于是和邢武打了声招呼，晴也就这样和杜奇燕去食品厂了。

杜奇燕这身改头换面吧，去掉了那些乡非质感差的东西，浑身上下只有三种颜色，终于不像圣诞树了，干净清爽，站那儿不动的时候还有点酷，当然前提是，她不能开口说话，一开口就崩了。

果真，今天的杜奇燕回头率比往常高多了，去买水的时候还被个小哥哥搭讪了。大概她第一次被人搭讪，不仅给了人家微信号还激动了半天。

于是去食品厂的路上她就被晴也教育了一路，对方是什么人都不知道就敢给人家微信，就算知道对方是什么人，哪怕她有意思也不能说给就给了。

杜奇燕觉得晴也说得很有道理，女人不能太主动，要矜持，然后问她：“那你一般什么时候给微信？”

晴也陷入了谜之沉默，她貌似是主动问邢武要微信的，这就尴尬了。

晴也本来以为谢老头会跟她谈场地的租用费，她心里都估好了一个价，反正就几个月，只要不太贵她问问大家意见，大不了平摊。

但没想到谢老头见到晴也很热情，毕竟最近她走了两批货，也算给他赚了点小钱。这家食品厂本来就濒临倒闭，白天都没什么人，更别说晚上，所以谢老头听说他们想用厂房晚自习，很大方地答应了，大概跟杜奇燕一家很熟的缘故，并没有提费用的问题，只让他们电费自己交，然后就继续跟晴也打听她客户来源的事。

晴也虽然没有做过生意，但从小跟着老爸后面耳濡目染也有点商业意识，知道经销商和厂家之间最忌讳的就是谈客户资源，所以她这方面警惕性很高。虽然她不认为谢老头真能撬单，但她还是有所保留，特别是流年手上握着的那批本土资源。

从食品厂刚出来路过靶厂后门的时候，一群混混蹲在路边抽烟，晴也和杜奇燕刚从二区拐过来，那群人的目光就像狼一样盯着她们。

随着一声“美女”，杜奇燕明显感觉有些不自然，晴也倒是侧过头迎上那人的目光。这一看，倒是看到了一个熟面孔，那不是“未亡人”杨刚嘛，几月不见头发都留长了，搞得跟迪克牛仔一样，就是那一脸的痘太碍眼，没密集恐惧症的也被生生看出密集恐惧症。

晴也拉了一把杜奇燕，杜奇燕不知所措地停下脚步，晴也朝那群人抬了抬下巴。

杜奇燕转过头，倒是猛然把杨刚吓了一跳，他不可置信地站起身牢牢盯着杜奇燕，随后扔了烟大步走了过来，满脸惊讶和不确定：“燕燕？”

杜奇燕面对杨刚依然有些胆怯，晴也抬手在她后背拍了一把，迫使她直起身子，也仿佛给了她一些底气，她开口问杨刚：“干吗？”

杨刚从头到脚打量了她一番，笑了起来：“你变漂亮了。”

晴也冷眼看着他。杜奇燕换了一身的确变漂亮了，但这位“未亡人”倒

是越来越辣眼睛了，一身破布条纹衫，腰带上挂了一把锁。晴也还认真眯起眼瞧了瞧确定自己没有看错，真的是一把货真价实的锁，就好像家里保险库里有座金矿生怕别人不知道似的，还是说现在这个县城流行在裤腰带上挂锁？好反潮流的风尚。

总之他这把锁周围还有一排叮叮当当的装饰挂件，就跟把地摊穿身上一样。她突然就明白杜奇燕之前为什么能在茫茫人海里相中杨刚了，敢情两人都有个做棵圣诞树的美好愿景啊。

杨刚一改之前的态度，问杜奇燕最近怎么样，杜奇燕也很平常地告诉他上下班，和之前一样，然后这个厚颜无耻的杨刚就开始约她明天去县城玩了。

杜奇燕刚准备说话，晴也在她身后拽了下她的头发，她话到嘴边突然结巴了一下，故作姿态地说道："没空。"接下来挺了挺胸，"昨天你对我爱答不理，今天我让你高攀不起。"

"……"姐们，装过了啊。

她们俩扬长而去，留下杨刚在身后骂骂咧咧。

要说冬令营之后有三件事情是让他们意想不到的，第一件是从朱偾老师口中听说，在鞍中校领导跑了两趟教育部门过后，从明年起大卫杯的承办资格，由金隆中学，改为鞍中和金中合作承办，所有参赛试题的流程都会秉承着公正透明的原则，双方学校均参与并互相监督。

虽然跟这届高三生已经再无关系，但他们听说后依然感觉振奋人心，以胖虎的话说，他们用自己的血肉之躯为后人筑起了长城，尽管话说得让人掉了一层鸡皮疙瘩，但的确有点造福学弟妹的意思，能让一个数学竞赛回归到本质，晴也觉得这八十块钱也算值了。

第二件事让邢武和晴也大跌眼镜，金中的孙广权经多方打听联系到了邢武，并在电话里告知他怀疑近期学校网络安全问题，希望他能去一趟金中检修。

晴也笑着问邢武去吗？邢武很淡然地说去，有钱赚为什么不去？

然后他正儿八经地跑到金中替他们搞服务器漏洞了，还挺负责任地告诉金中那帮人服务器需要定期升级维护，这些老师当真虚心受教，一个个都留了邢武的电话，说有什么问题再联系他。

于是他去了半天赚了一千块优哉游哉地又回来了。晴也这才发现，不知不觉她和邢武冬令营的一百六已经回来了啊，这波不亏。

她还特地问了句邢武是不是真替他们把漏洞补上了，邢武点了点头。

她又问他没留个洞啥的以防万一。

邢武一脸鄙视地盯着她，说他得对得起他的职业。

晴也很想问问他啥职业，万能维修师？自己挖坑自己补的那种？

第三件让他们意想不到的事是，他们放学晚自习的小团队本来只有六个人，仅仅十天不到，期末考前已经有十来个人了，几乎二班但凡有点想冲大学的人全都来了。

谢老头还挺有心，看一群学生如此刻苦，特地把院子里的大圆桌搬进厂房擦干净给他们用。

期末考试成绩下来了，方蕾看着成绩大哭一场，比上次考试总分就多了二十多分，350 分都不到，厦大录取线对她来说遥不可及。

史敏稍稍有了进步，上次考试全班倒数，这次已经能考三百多了，这对她来说实在太不容易了。

进步最大的是胖虎。胖虎虽然平时说话不利索，其实还挺聪明的，属于一点就通的那种，这次总分直逼四百，照这样下去再努力个半年考个大专肯定稳，可一旦离目标靠近，想得到的便会更多。

胖虎拿到分数后想了整整一个晚上，发信息问晴也，他有没有希望冲二本。

晴也很快回复他：一定能。

她几乎是不假思索，按照本省往年的二本录取线，半年时间胖虎再多拿 50 分她觉得完全不是问题。

晴也回完这条信息就睡了，可她并不知道胖虎抱着这条信息看得热泪盈眶，立马就套上衣服仿若打了鸡血一样开始夜战习题册。

让所有人惊叹的是，晴也这次期末考的成绩是 702 分，直接破了“7”字大关，这是鞍子县有史以来考出的最高分。也不知道校领导是怎么想的，还把晴也的头像做了一个红色海报贴在橱窗里，那海报不知道是什么人设计的，把她脸四周做了金光闪闪的特效，就跟她要升天了一样诡异，颇有种如来佛祖的既视感。

晴也只去看了一眼就恨不得拿把铁锤把橱窗砸了，贴海报就贴海报，为什么还要在她头上写上“希望之星”四个字，搞得她跟特困户一样。

于是在她的强烈抗议下，学校挂了一个星期就撤了。怕给她造成什么心理负担，钟大校长还亲自安抚了她一番，让她不要有心理压力。

压力个毛线，她单纯就是认为那张海报奇丑无比，下次要挂她照片能不能跟她商量一下，找一张美的，虽然她自认为360度无死角基本也找不出丑的，但是美工要换一个，这个五毛的特效还是免了。

晴也这段时间放学都跟小伙伴们在食品厂复习，邢武也很忙，几乎每天晚上都见不到人，她这边结束后，邢武有时候才晃晃悠悠地骑着摩托车来接她，问他最近晚上都在忙什么。邢武说在跟黄毛考驾照，她就奇怪了，考驾照晚上考？邢武只是告诉她白天上课没时间，报的夜间班，可以晚上去练车。

果不其然，他们备战期末考时，邢武和黄毛一放学就跑去练车了，也是忙得见不到人。

期末考一结束紧接着就是大家期盼的寒假，说来时间过得很快，晴也不知不觉已经在这里从暑假过渡到寒假。虽然也就半年的时间，可她却感觉来了好久，认识了好多小伙伴，也似乎发生了很多她觉得这一辈子都不会遇到的事，比如在高考前遇到了生命中最大的意外。

她再次打电话给孙叔询问爸爸的情况时，孙叔给她带来个好消息，那个证人已经对接上了，但是由于春节将近，上诉需要拖到年后。

虽然是好消息，可想到爸爸要在里面过节，晴也的心情到底很低落。这是她长到这么大第一次过年和家人分别，独自在异乡，平时忙碌的生活她倒不觉得有什么，可随着寒假的到来，周围人都在准备过新年，就连李岚芳这几天都在置办年货，她才感觉到一丝丝落寞。

似乎她唯一还能做的事就是闲来无事为胖虎他们讲讲题。对于高考，她学习生涯这么多年从没松懈过，到了这一刻还能提升的东西已经有限了，她会花一部分时间准备留学的语言和预科方面的软实力内容。

方蕾在期末考后，整个人消沉得不行，所以晴也他们也没叫她，只是让她没想到的是，放假第二天，她原本以为不会有几个人来，结果竟然无一缺席，就连方蕾都收拾好心情重新出发。

他们的那股劲儿也在潜移默化地影响着晴也，所以她每天很早离开炫岛，很晚才回去，她有一整天的时间可以帮他们从基础的东西开始梳理，而且根据她多年刷题的经验，能够精准地拎出重点题，到了这个时候，每过一天都像在抢分一样，谁也不知道一分之差自己的命运会流落到何处。

有一天小灵通和晴也提了一句，一班也有人听说了想过来，问她行不行。

晴也没有意见，于是放假后的一个礼拜，人数从十几人渐渐逼近二十人，人一多，她说题就有些费劲，在纸上写的东西还要传阅，效率难免拉低。

不过很快就要过年了，谢老头也要关厂房回乡过年，所以他们只能暂时散了，至于谢老头什么时候能回来，他也没给个准信。

因此第二天晴也只能独自在家刷题，看资料，上网关注些留学信息，晚上吃饭前邢武就回来了。也许是天冷的原因，他奶奶近期食欲下降，经常耍脾气不肯吃东西，所以邢武这几天都是赶在吃饭前回来。

晴也看见他时常要耐下性子不停逗他奶奶，他奶奶才会停止发出那种奇奇怪怪的声音，虽然她并不知道他奶奶能不能听懂他的话。

有时候奶奶就是不肯吃，邢武急得一头汗，连李岚芳都气得大骂“饿死算了，老不死的东西”，但邢武依然会耐下性子坚持把饭给她喂下去。

有时候晴也挺不忍心看的，她觉得这样日复一日对着一个难以伺候的老太太，换作她可能早崩溃了，她刚来时还觉得李岚芳对奶奶太凶，可这么长时间下来，她似乎渐渐能理解李岚芳的烦躁。

面对着这样一个和自己毫无血缘关系的老太太，还三不五时出点状况，上厕所洗澡都要人伺候，时间长了再多的耐心也会被磨砺光吧。

有时候她看邢武太累，想搭把手，但他不会让她帮忙，这么多年以来他早已习惯把这份负担自己扛了。

晴也吃完饭就回房了，她不想继续看见奶奶那副样子，可她也不知道这样的日子什么时候才能是个头。

没一会儿邢武上来了，她回过头问他：“奶奶肯吃了吗？”

邢武有些疲惫地脱了外套拉了把椅子坐在窗边：“吃了点，回房睡了。”

晴也才舒了一口气，问道：“最近她怎么总是这样？”

邢武似乎已经习以为常，低头转着手中的打火机："正常，医生说是脑血管病引起的。"

在晴也看来很累的事情，邢武只是云淡风轻地带过，晴也望着他，忽然问道："累吗？"

邢武半垂着眸依然转着打火机声音淡淡道："我小时候调皮，从来不肯坐着好好吃饭，到处跑，她也是这样喂我的，你说她累吗？"

晴也沉默了，没再说一句。她见他没有要走的意思，放下笔看着他："你今天晚上不用去练车吗？"

"不去了，驾校放假了。"

"你练得怎么样？"

邢武抬眸似笑非笑地说："我这人没什么缺点，最大的缺点就是无师自通。"

晴也终于也有了丝笑容。

看着她干净纤细的手指，邢武上手抓住，对她说："明天带你去县城买新衣服吧，我们这里过年小孩都要穿新衣服。"

晴也的眼睛渐渐弯了起来："我又不是小孩。"

邢武笑着说："小孩，你快过生日了。"

"小弟，你也快过生日了。"

两人看着对方都笑了起来，却在这时门口一道声音突然传来："武子，你明天去县城买点春联回来贴啊，顺便……"

李岚芳僵在房门口看着他们，话锋一转："你们在干吗？"

晴也瞬间吓得脸色煞白，邢武却淡然地将晴也手掌一转，平静地回："替她看手相。"

"看你个头，整天胡说八道的，你给我出来少烦晴也。"

邢武慢悠悠地松开晴也站起身，走到门口时回头对她撩了下嘴角，徒留晴也一颗心还在扑通直跳。

二月初每家每户都开始置办年货，小小的县城比大城市过节气氛还浓，黄毛和胖虎听说邢武和晴也要去县城买衣服，十分没有眼力见地非要跟去，说大家一起买。

黄毛跟胖虎两人果真是“烂兄烂弟”，看中的衣服都一个样，两人一人买了一件蓝色羽绒服，一胖一瘦还挺搭。晴也选中了一件白色圈圈绒的外套，价格很便宜，可是看着很暖合，摸上去也很舒服，但显然邢武并不这么觉得，他一眼看见这件外套就觉得贴上了杜奇燕的标签，十分臃肿。

晴也笑着说：“我试给你看。”

于是她让老板找了她的号往身上一套。很奇怪的是，明明很肥大臃肿的外套，穿在晴也身上却很合身，她白净精致的五官藏在一团白绒毛里，像个巨可爱的雪人。

邢武压着嘴角的笑意：“买吧。”

他付了钱转身准备走，晴也却拉住他：“你也买一件吧。”

“我又不是小孩。”

黄毛和胖虎对视一眼，莫名躺枪。

他问晴也想不想去买点进口零食，他知道商场后面有一家，大概也是鞍子县唯一一家卖进口零食的地方，晴也听到好吃的双手赞成。

于是邢武成功转移了他们的注意力，并没有再提买衣服的事，可晴也惦记着他过年还没有新衣服，于是年前她对邢武说去史敏家，然后偷偷又跑去县城为他挑了一件很酷的黑色大衣。她觉得以邢武的身形穿上一定很帅，他们正好可以黑白配，完美。她想着给他一个惊喜，年三十早晨再拿出来送给他。

扎扎亭的人平时生活自由散漫，可过年的时候仪式感却很足，可能一年到头唯一认真对待的事情就是春节了。

过年前的几天，邢武虽然天天在家，但一刻也没闲着，晴也就看见他一会儿爬到外面擦窗户，一会儿又在拆卸油烟机清洗，年前大扫除的任务几乎全部落在了邢武身上，李岚芳也把炫岛打扫了一番，奈何邢武嫌她搞不干净直接把她赶去打麻将了。

晴也下楼看了一圈，发现李岚芳忙活了半天的确跟没打扫一样，比如乱糟糟的东西压根儿就没有收纳，只是换了位置继续乱糟糟地放着，她就不知道李岚芳忙了一早上把杂物从左边移到右边有什么意义。

更抓狂的是，李岚芳居然拿她上万块的日默瓦行李箱晒咸鱼，行吧，一

箱子腥味她是装不了衣服了。

怪不得邢武实在看不下去，他平时懒得管李岚芳这摊子乱七八糟的东西，但过年前还是会动手收拾妥当。

邢武奶奶这几天一直很奇怪，不时在房间里鬼叫，邢武还要三不五时去看她的情况，于是晴也就拿着抹布帮他擦着一扇扇镜子。

等邢武回来后，晴也已经全部搞定了，他愣了下大步朝她走去，夺过抹布扔在一边，攥住她冻得通红的手，语气不善地对她说："下次不许干这些，长了冻疮怎么写字？"

晴也眨巴了下眼，抬头望着他："我就是看你太忙了，反正我这几天也没什么要复习的了。"

邢武很浅地笑了下："真想帮忙啊？"

晴也点了点头。

"那帮我把寒假作业写了。"

"……"

这半年来晴也的生物钟早已固定了，即使闹钟不响她每天五点半依然准时醒来，就是周末也不会超过六点半，就像她的心中拧着根发条没有丝毫松懈。

可奇怪的是年三十的前一天，她竟然一觉睡到了中午，好几次想醒来却困得怎么也睁不开眼，迷糊中总感觉还在自己的家，北京的家，半梦半醒之间她总是能听见妈妈的声音，妈妈正在指挥家里的阿姨准备年夜饭，楼梯上有很多人上上下下，爸爸在她房门口问妈妈："小也还没醒啊？"

妈妈笑着说："你家小懒虫睡得像小猪一样。"

梦里晴也的嘴角轻轻上扬，她拼命想睁开眼，她想推开房间的门，她想拥抱一下自己的老爸老妈，大喊一声"新年快乐，红包拿来"。

可当她努力挣脱那道无形的枷锁睁开眼后，头顶是泛黄的天花板，余光还能看见碎花帘子晃啊晃的，街道上有三蹦子的声音由近到远，还有人扯着嗓子的说话声和吐痰声。

晴也有一瞬间的恍惚，那一秒之间她突然忘记自己身在何处。

而当她回过神来时，那种失去父母的悲痛再次像洪水猛兽般吞噬着她，让她的情绪突然跌落谷底。

可这糟糕的情绪都随着楼下的咒骂声戛然而止，她只听见李岚芳不停骂着难听的脏话，一切如旧，她似乎也已经习以为常。

穿戴整齐，洗漱完毕下楼的时候，李岚芳的骂声居然神奇般还没停止，甚至连口水都没有喝。晴也不禁想，以后要是有人组织什么骂人大赛之类的，以李岚芳的实力一定能够拔得头筹。

邢武独自坐在另一边抽着烟，眉宇间淡淡地拧着，见晴也下楼后，侧头睨了她一眼，对她说："去吃饭。"

晴也没有立马去后院，而是倒了杯水在旁听了会儿，才听出点意思。

李岚芳骂街的原因大概是邢武他爸大过年的还没有回来，人也联系不上，于是李岚芳便各种咒骂他爸死在外面算了，死了大家都省心之类的。

邢武又缓缓将头一移，偏向外面的街道。对于李岚芳的咒骂，他只是神情淡漠，没有任何期待，也没有任何失望，就好像李岚芳在骂一个完全陌生的人。

他把烟掐灭，走到后院帮晴也将饭菜热了一下，晴也还嘀咕着："我怎么睡到现在啊？你怎么也不喊我呢？"

"看你睡得太香了，不忍心叫你，你平时睡眠不足，补一下觉没坏处。"

晴也又想到刚才那个逼真的梦，想到自己妈妈就在房间门口和爸爸说着话，那种好似推开一扇门就能看见爸妈的真实感还萦绕在她心头，搞得她一整天的情绪起伏都很大。

更无语的是，她眼皮子还总跳个不停，根本停不下来的节奏。

所以吃饭的时候，她突然抬起头盯着邢武，邢武坐在她对面也莫名其妙地看着她："干吗？"

"你看我眼睛。"

邢武看了几秒后就突然大笑起来："你跳什么？"

"我也不知道啊。"

在晴也的记忆中，她之前有过两次这样眼皮狂跳不止的状况，第一次是她被爸爸接到医院见妈妈最后一面之前，第二次是孙叔突然来学校找她，告诉她爸爸被抓那天。

所以当晴也的眼皮再次狂跳不止时，她非常慌，一整个下午都坐立难安。

她甚至打了个电话让孙叔无论如何去看看爸爸，她怀疑是不是爸爸遇到什么事了。她越想就越担心，什么《肖申克的救赎》《越狱》的情节通通蹦跶出来了。

由于第二天就是年三十了，孙叔去看她爸还得找律师，大过年的她不想总麻烦人家，年后要麻烦的地方还有很多。

可她还是慌，于是让孙叔还是委托律师跑了一趟。孙叔在傍晚前告诉晴也她爸爸一切安好，她爸爸还托律师带话给她，让她一定要好好的，等他出来。

然而晴也那疯狂跳动的眼皮并没有因为这通电话而安静下来。

邢武见她楼上楼下来回不知道跑了多少趟，整个下午都像热锅上的蚂蚁似的，终于看不下去了，让她穿上外套带她出去转转。

晴也还反问他："为什么要出去转转？"

"看你精力挺旺盛，帮你消耗点，你是不是过年太兴奋啊？"

晴也无法解释自己这奇怪的情绪，只能跑上楼穿上外套。

于是邢武拿上摩托车钥匙直接跨上车在门口等晴也，晴也换上她的圈圈绒外套，背上小包包下了楼。

果然离开了炫岛，那种不安的情绪便好了很多，她坐在邢武身后漫无目的地在大街上晃悠，一离开扎扎亭，她便将脑门靠在他的背上，喃喃地叫着："邢武。"

"嗯？"

"邢武。"

"嗯。"

"邢武。"

"……"

"我想我妈了……"

天色白茫茫，仿若有厚厚的云层阻隔着天际，看不见一丝蓝天，随着夕阳的陨落，大地连丁点光亮也消失得无影无踪。

邢武终于把车子停下来，回身想去看看她，她也只是将脸埋在他的背上，安静得出奇。

他干脆下了摩托车，转过身去看她："那怎么办？"

晴也将脸埋在他的胸口声音闷闷地说：“你就让我靠会儿，我在你身上能找到妈妈的感觉。”

邢武无语地低头看了看她，无奈地顺了顺她的脑袋。

“怎么还跟个小孩子一样，想妈妈能想哭鼻子啊？”

“我在别人面前不会这样。”

邢武不再出声，去年的今天她应该还在北京的家里，爸妈都在她身边一起迎接新春，可短短一年对于她来说已经物是人非，陪伴她多年的亲人一个也不在身边，这种感觉一定不好受。

邢武轻抚着她的后脑勺对她说：“带你去个地方。”

晴也才终于抬起头看着他：“哪里？”

“去了就知道了。”

于是邢武重新发动了摩托车，穿过一条条幽暗逼仄的街道，带晴也去了一条她从没去过的街道，那里晚上还全是摊子，而且人特别多，全是来买烟花爆竹的。

晴也已经有很多年没有玩过这些东西了，记忆里还是很小的时候爸爸过年会带她放鞭炮，再后来禁止燃烧烟花爆竹，她再也看不到这些东西了。

邢武停下摩托车，带她挤进人群，很多周边城市的人特地开车过来买，品种繁多，各式各样的烟花，蹿天猴，小鞭炮。

邢武对她说：“你喜欢玩什么？多买点回去明天放，我们这里年夜饭之前都要放鞭炮。”

所以他直接拿了两挂红色的长鞭炮，晴也则对那些稀奇古怪的小玩意儿感兴趣，有蝴蝶形状的，有甲壳虫样式的，她不停好奇地问老板这个放出来是什么样子的。老板告诉她这些都是五块钱一个，喜欢一样拿一个回去放放看，老好看了。

于是晴也兴奋地拿了个塑料袋开始挑选，而邢武则直接走到另一个摊子那儿，蹲在地上跟老板讲价格。没一会儿他搬着个大箱子过来，把晴也挑的这些小玩意儿付了钱，晴也问他买了什么。

他笑着说：“猜。”

晴也拎着塑料袋不停伸头往箱子里看，奈何邢武太高，他把箱子扛在肩上，

她跳着都看不到里面，于是着急地说："给我看看嘛。"

邢武就受不了她话不好好讲，撒娇的语气，他近来发现这真是他软肋，很显然，晴也也发现了，现在只要一不如意就来这招，弄得他一点脾气都没有。

他把箱子拿了下来给她看了一眼，晴也立马"喔"了一声："这是那种可以在天上开花的吧？你们这居然还有卖这种的？"

邢武半笑着说："这就是大城市没有，只有我们这种小地方才敢卖的东西。"

晴也激动极了，倒退着走到邢武前面："是不是很贵啊？"

"不便宜。"

"不便宜你还买？"

"我总得下点血本给你留下点属于我的回忆，免得你以后忘了我。"

他依然在笑，一副没正行的样子，晴也却突然气呼呼地停住脚步堵在他面前，对他说："你知道我不会的。"

旁边带着小孩的年轻夫妇盯着他们笑，邢武余光瞄了眼，对她说："旁边的人在笑你。"

晴也局促地往旁边看了眼，看到一旁的路人时，立马脸红到耳根，拎着塑料袋就一个劲地往前走，头也不敢回。

没走几步她突然又停下来望着街边的冰激凌机，邢武直接将她肩膀一揽霸道地说："你想都别想。"

结果晴也死活不肯走了，又露出她可怜兮兮的眼神对他说："就一口，我不管，不给我吃我不跟你回去了。"

邢武直接给她这副无赖样气笑了："那行吧，你在这儿，我先回去了，有事电话联系。"

然后他一转身真准备走了，晴也立马双手抱着他的胳膊愤愤地说："你虐待我，对我不好，一个两块钱的冰激凌都不给我吃，抠门，小气，我要发朋友圈。"

邢武无语地抽出膀子："你能耐了啊，晚上肚子又疼怎么办？"

"你照顾我。"

邢武笑了起来，发觉真的拿她一点办法都没有。

于是邢武蹲在摩托车边点燃一根烟，晴也拿着冰激凌满足地在塑料袋里翻来翻去，然后翻出一个小蝴蝶递给邢武。邢武用烟帮她点燃扔在一边，蝴蝶立马原地转圈圈，闪出一圈五彩缤纷的烟花，噼里啪啦地响了起来。

他侧头去看晴也，她跟个孩子一样拿着冰激凌直蹦跶，璀璨的光映在她白皙的脸上，仿若她整个人也被点燃般，明艳动人。她看着烟花，邢武看着她，都不禁笑了起来。

烟花灭了，小蝴蝶变成了黑乎乎一团，晴也又开始在塑料袋里翻找出一个蜻蜓递给邢武。邢武再帮她点燃，烟花一着，她的大眼立马就有了神采，很怪异的是，让邢武想起了那个童话故事，卖火柴的小女孩，似乎只能通过火光看见妈妈的样子，火光消失再次陷入黑暗。

所以晴也不断递给他烟花让他点，可每个烟花也只能维持短暂的十来秒，他也不接了，对她说："你确定年还没过就全部放光了？"

晴也这才想起来，又忙把烟花收进袋子里，蹲在他的面前指着他的小天使："我其实一直很想问你，你干吗在摩托车上贴个哆啦 A 梦？"

邢武将烟踩灭，侧过头呼掉烟雾，目光悠远地说："不是我贴的。有次准备出门看见我奶奶蹲在车边，我没叫她，蹲在她旁边问她在干吗，她告诉我'我孙子最喜欢机器猫了'，那时候她早就不认人了，但还能记得我小时候喜欢机器猫，挺神奇，我就一直没撕。"

晴也不禁想起，来扎扎亭的第一天，她看见一个大男孩摩托车上贴着蓝胖子，还很鄙视，没想到这张贴画背后是如此让人心酸的事。

每次听邢武说起他奶奶，晴也都会感觉很惆怅。

在邢武只言片语的描述中，晴也总能看见一个很顽皮的小男孩，不听话到处惹事，让家人头疼，让父母生气，可只有他奶奶一次次包容他、陪伴他，带他穿过四季冷暖，可真当他长大成人，不再顽皮捣蛋，变得懂事能干后，他奶奶却已经认不出他了，这种感觉不免令人揪心。

她低着头将冰激凌吃完，邢武看着她唇边的白色，忽然抬手帮她抹掉，宠溺地说："回家吧。"

回去的路上邢武怕风太刺骨，骑得并不快，他让晴也把手放进他的外套兜里。暖暖的温度让晴也昏昏欲睡，她便闭着眼睛对邢武说："我有时候觉得就这样留在这里跟你过日子也挺好的，饭来张口衣来伸手，人生也不过如

此。”

邢武笑着说：“你堕落了。”

“嗯，我决定过年这几天堕落一把，不看书不刷题，纯玩。”

“你开心就好。”

“邢武。”

“嗯？”

“邢武。”

“嗯。”

“邢武。”

“你又想妈了？”

“我想睡觉了。”

“别睡，容易冻着，快到扎扎亭了。”

话音刚落，忽然有消防车从远处的街道疾驰而来，晴也支起脑袋望了眼，奇怪道：“大过年的不会哪家失火了吧？”

“谁知道呢。”

然后两辆消防车速度很快地拐过街道直奔扎扎亭，邢武和晴也都愣住了。

晴也催促他：“骑快点回去看看，不会是认识的人吧？”

与此同时，邢武已经加快车速往回骑，刚路过街口的小店，漫天的火光将漆黑的夜照得透亮，街道两旁站的全是扎扎亭的街坊。

有人看见邢武回来了，对着他大喊：“不好了武子，你家失火了！”

晴也和邢武同时看见那座熟悉的房子被火光吞噬，浓烟滚滚，仿若炼狱。

晴也长到这么大从来没有亲眼目睹过这样的场面，好多人，认识的，不认识，拿着水壶、脸盆不停往里泼水，然而这一切只是杯水车薪，火在凛冽的寒风中上蹿下跳，仅一眨眼的工夫就蹿到老高，火光冲天。

好多人四散逃开，消防车的声音响彻天际，大火烧得砖瓦噼里啪啦作响，像有无数双手敲打着地面，凄厉刺耳。

邢武直接扔掉摩托车，晴也眼睁睁看着他不顾阻拦跟着消防员一起冲了进去。

那一刻，她感觉天旋地转。

她就站在原地，不停朝邢武狂吼，叫着他的名字，可他根本听不见，或者连她都已经听不见自己的声音，四周呼救、喊闹、哭声不断，无声的声音从四面八方袭击而来，直击着晴也的灵魂。

奶奶还在里面，邢武不会丢下她，就像小时候他无数次犯浑他奶奶也不会丢下他一样。

晴也的心脏狂跳不止，呼吸困难，整个世界在她眼前天旋地转。

她看见了李岚芳，头发凌乱地坐在炫岛对面痛哭，周围全是她的牌友，不停地把李岚芳从地上拖起来，李岚芳边哭边叫着："武子啊，你别进去，武子啊，我们一家怎么办啊……"

晴也耳边充斥着李岚芳悲恸的哭叫声，此时只感觉浑身发冷，冷到牙齿打颤。她机械地朝大火走去，却被消防队的人拦住，告诉她退到马路对面，这个房子随时要倒。

浓烟不停从里面扑向街道，打在脸上，她感觉呼吸越来越困难，妈妈被盖上白布时的恐惧再次浮上心头。她绝望地对着大火喊着邢武的名字，眼泪像关不住的水闸从眼眶里流了出来。

她不知道该怎么办，她不知道自己还能做什么，整个灵魂都在震颤，周围的一切都在她眼前变得模糊，不真实，迷幻。

直到一声巨响，她突然被个消防员推开，那个消防员对她吼道："快到马路对面，横梁倒了。"

她一边向后跑一边回头去看，刚才和邢武冲进去的几个消防员此时全部跑了出来，可是她没有看见邢武。

房顶烧出了一个大窟窿，滚滚浓烟从窟窿里腾升至天际，晴也心中的那根弦终于断了，她不顾一切地冲过去拽住一个消防员就问："刚才跟你们一起冲进去的人呢？他人呢？"

"没出来！"

晴也踉跄了一下，旁边另一个消防员问她："你是他什么人？"

"家人。"

"我们准备二轮营救，做好心理准备。"

晴也怔怔地看着面前的消防员，直到被他们强行拉开。

她就这样站在马路对面望着滔天的火光，整个人仿若跌入冰窟。周围的声音全部消失了，眼前的火焰变成了恐怖的地狱，正在一点点将邢武从她身边拉走，她的身体里突然爆发出强大的力量，不要命地喊着："邢武，你出来！邢武，我害怕，你快出来，我求求你了！你出来好不好……"

"轰"的一声，二楼塌陷了。

没有了，他们的家没有了，那个她住了半年的地方再也没有了，随着这一声巨响，她身体中最后一丝力气仿佛也被抽走，整个人滑落到地面，无声地喊着："邢武……我不能没有你……"

她从来没有如此清晰地意识到这个问题，他早已在悄无声息中扎根在她的世界，如果他离开了，她的世界也会随之轰然坍塌。

却在这时，一道声音出现在街道另一头，对着她喊道："晴也！"

晴也泪眼模糊地侧过头去，神奇般地看见邢武居然从小店那条巷子绕了出来，浑身狼狈地背着奶奶朝这里跑。

她跌跌爬爬地站起身就朝他冲去，停在他面前不可置信地望着他："你怎么出来的？"

"从隔壁赵妈子家后门跑出来的，你的电脑，接着，我快拿不住了。"

晴也一把接过他夹在腋下的笔记本电脑，抬手就抱着他大哭："我快要被你吓死了！"

李岚芳也跑了过来，三个人抱作一团，仿佛从鬼门关里闯了回来。邢武背上背着奶奶，脖子被两个女人勒得快喘不上气了，无奈地说："先松开我，我把奶奶放下来。"

邢武将奶奶放到路边，他说里面的火还没烧到厨房，厨房里有煤气罐，怕火势控制不住，所以不让晴也和李岚芳再靠近炫岛，包括炫岛周围的人家全部都撤离了。

邢武放下奶奶后跑过去告诉消防队后院火势的情况，比较幸运的是，他们吃完饭就出门了，李岚芳去了旁边打麻将没在家，而奶奶的房子在后院另一侧，邢武冲进去的时候，奶奶的房间没有被火势蔓延，所以他冲上二楼拿了电脑直接背着奶奶就踢开隔壁赵妈子家的门逃了出来。

晴也此时站在十字路口，浑身发抖地看着已经面目全非的炫岛，就连门口三色灯架的罩子也已经破碎不堪。她不知道这场火是从何引起的，可是这一切都让她有种后怕的感觉。

所幸这场大火没有造成人员伤亡，但炫岛的二层小楼已经成了一片废墟，奶奶被邢武接出来后一直坐在路边不停地来回摇动，嘴里念叨着奇奇怪怪的声音，就像某种古老的咒语，听得晴也倍感压抑。

她不是一个软弱的人，在得知邢武安然无恙后，便已经收起眼泪，特别是在李岚芳还在不停哭时，她实在无法再增加邢武的心理负担，让他独自面对三个濒临崩溃的女人。

她将白色圈圈绒外套脱了下来罩在奶奶身上，跑到对面小店买了两瓶水，递给李岚芳一瓶，又给奶奶喂了些水下去，外套不停地往下滑落，她干脆用手拽着。

整整将近一个小时大火才终于扑灭，消防队又做了一番确认才离开，彼时已经将近夜里十二点，周围的邻居逐渐散了。

隔着空荡的街道，邢武回身望着她们，晴也不知道他此时在想什么，会不会觉得自己的人生糟糕透了，现在连家都没了，还要拖着三个女人。

可仅仅是短暂的停顿，他已朝她们大步走来，没有片刻犹豫，也看不出任何情绪，好像这么多年，已经习惯将自己的情绪隐藏得很好，起码晴也看不出任何破绽。

但她清楚，这是他的家，他从小长大的地方，他的内心不可能没有波动。

然而再大的波动，邢武现在也顾不上了，夜已深，他必须先把她们安顿好。

他对李岚芳和晴也说："我刚进去看过了，奶奶的房间还好，我们先把她弄回房。"

奶奶依然坐在地上，身上裹着晴也的外套，神情呆滞。

晴也有些为难地说："奶奶她可能，可能拉裤子了……"

她刚才就闻到味道了，可她也不知道该怎么办。她从来没有遇过这么窘迫的事情，只能先拿衣服围着奶奶。

此时邢武才掀开衣服看了眼，奶奶坐的地上一摊湿湿的。李岚芳边哭边骂:

"老不死的，尽会找事，真是倒了八辈子穷霉了，摊上你这么个死老太……"

"够了！"邢武凶狠地回头对着李岚芳吼了一句。

晴也从没见过他这个样子，怔怔地望着他。

邢武背起奶奶就往后院走，李岚芳一边骂骂咧咧一边帮邢武托着老太太，晴也沉默地跟在他们身后。

当晴也再次踏进炫岛时，她前几天擦的镜子，熟悉的凳子、破皮沙发、收银台、洗头床、麻将桌，所有的一切都已面目全非，她定在炫岛中间抬起头，可笑的是竟然可以透过残破的屋顶看见漆黑的夜空。那一刻，她突然意识到，这个她最后挡风遮雨的地方也随着一把大火彻底消失了。

她同样不知道自己此时是什么心情，绝望？迷茫？崩溃？难过？这些都变得微不足道，她只是感觉像在做梦，眼前发生的一切都十分不真实，不像是自己的人生，越来越虚幻。

她收回视线看着漆黑的前方，已经没有后门了，直接走几步就到了后院，他们平时吃饭的木桌和棚子也没能幸免，厨房外面的墙已经漆黑一片，玻璃也炸裂了，她透过窗户看向里面，水台周围一片狼藉，好在并没有烧到煤气罐那一头。

她转过身往奶奶的房间走去，她突然很庆幸奶奶的房间是单独建在后院的另一侧，否则她不敢想象这场大火会给邢武带来怎样毁灭性的打击。

她快步走到房门口，李岚芳拿着盆与她擦肩而过，边哭边骂："糟老太，临死都不让人省心。"

晴也没有见过这样的李岚芳，虽然她平时也骂骂咧咧的，可总是那副横眉竖眼的样子，何曾像现在这样脆弱得摇摇欲坠。

她走进奶奶的屋中，看见奶奶被放在床上，屋里臭气熏天，邢武正在替奶奶翻找干净的换洗衣服，地上还放着个大盆，大概是准备给奶奶清洗一下。

李岚芳很快回来了，将打来的热水倒进盆里，晴也卷起袖子说："我来吧。"

邢武听见她的声音猛然抬起头，眼神尖锐得可怕。他忽然站起身大步走到门口就将晴也扯出奶奶的房间，一把带上房门。

厚重的云层遮住了月光，寂静的夜像被黑暗彻底笼罩，看不见一丝光亮，可在门被带上的那一秒里，晴也依然在邢武脸上看见了一闪而过的难堪。

他对她说："你……要么先去厨房等一下吧，外面冷，我弄好奶奶带你找地方休息。"

他棱角分明的下巴上沾着黑灰，流畅的线条紧紧地绷着，深邃的眼眸透着难掩的疲惫，在晴也的注视下目光闪躲地撇开眼。

晴也读懂了他的不堪，他不愿意再让她看见屋里的一幕，他不愿再把这些狼狈呈现在她的眼前。

那一瞬，晴也很想哭，可她知道自己不能哭，不能此时此刻在他面前哭，他不需要同情，不需要可怜，已经够糟糕的了，她不能让他觉得更糟糕了，她需要为他保全最后的体面。

所以她强忍着泪水声音很轻地说："好。"

邢武转身就进了屋，可晴也并没有去厨房等他，她跑了出去，眼泪在凛冽的寒风中像刺骨的刀子，她从来不知道生活可以这么艰难，每走一步都像在刀刃上狂奔，看似风平浪静的小船也有可能因为一个浪彻底沉没，谁也不知道下一个浪又在何处，何时打来。

十几分钟后，晴也敲响了奶奶房间的门。邢武打开门，她气喘吁吁地递给他一包东西："给奶奶用这个吧，可能会好点。"

邢武低头看着晴也递到面前的女性用品，他不知道此时，十二点多，街上空无一人的情况下，她是如何弄到这包东西的，他只是拧起眉深深地看着满头大汗的她，哽咽了一下对她说："去喝点水，我马上就好。"

晴也点了点头，她依然没有进厨房等邢武，而是又走回那片废墟之中，这里的夜犹如她初来的那天一样，静得仿若全世界就只剩下她一人。

不安了一天的心直到这一刻突然就冷静下来，她站在原来的炫岛门口，无声地望着一片狼藉的街道，忽然想到了很多问题。

他们接下来住在哪儿？理发店没有了，生活来源怎么办？流年和杜奇燕也要失去工作了……

很多的问题接踵而来，让晴也突然感觉到一座无形的大山压在自己的头顶，她似乎突然理解了邢武眼底深处的疲惫和深深的无奈，这到底是一种怎样的压力，让人不堪重负。

她长长呼出一口气，蹲下身抱着自己的膝盖眉头紧紧皱着，忽然有什么东西闪了一下，她已经移开的眼神又重新落回到地上，看见一个金属的圆环，她用脚拨了拨，在黑灰里拨出一个Q版的假面骑士，用一个变形的金属环串着。

她并没有在意，站起了身。当她的视线再次落在那个假面骑士上时，忽然有种说不出的感觉，她觉得自己好像见过这个东西，而且就在最近，在某个地方见到过，可她却死活想不起来了。

她再次弯腰将那个假面骑士捡了起来，邢武在后院叫她："晴也，你在哪儿？"

晴也将面骑士随手放进口袋里回过身对他说："我在这儿。"

再次坐上小天使穿过扎扎亭时，街道两旁杂乱不堪，空气中弥漫着刺鼻的烧焦味久久未曾散去，两边的住家早已熄了灯，空荡的街道清冷凄凉。

晴也坐在摩托车后面紧紧抱着邢武，她不知道邢武带她去哪儿，也不想问。

她也不知道邢武这样照顾了奶奶多少年，大小便失禁这件事应该不止一次了，以往邢武从不会让她看到这些狼狈的一面，直到一场大火将所有不堪揭开，她看见了他最真实的生活，她除了心疼，更多的是一种无能为力的难过。

奶奶的房间收拾出来后，李岚芳暂时先跟奶奶睡在一个屋，至于晴也，邢武把她带去了四条巷的"客来大酒店"，也就是孟睿航上次来住的那家小旅馆，可在今天这种情况下，年三十的前一天，还能有旅馆住对晴也来说已经很奢侈了，起码能有个洗澡睡觉的地方。

邢武办的并不是一晚上的入住手续，晴也看见他直接在跟那个胖女人谈包月的事情。她有时候挺佩服邢武的，这种情况下还能想到这个问题，但这的确是很现实的问题，虽然这里一晚上的费用不高，但是如果长期住的话，一个月也要三四千，直接谈包月的确划算多了。

最后邢武先付了一千块，拿了收据带着晴也上去了。晴也身上只有一个傍晚出门时的背包，还有邢武拼死抢救的笔记本电脑，这已经是她现在的全身家当了，甚至连外套都没有，只有一件单薄的毛衣和脏兮兮的牛仔裤，她此时只想脱掉这一身好好洗个热水澡。

他们到房间的时候已经将近夜里两点。房间还算整洁，却只有一张大床，并不是双床房，她愣了下。邢武对她说：“我去换个标间。”

晴也一把拉住他：“算了别折腾了，我想洗澡。”

邢武却站在房门口并没有进去，只是对她说：“你住这儿，我去黄毛那儿。”

晴也放下包和笔记本电脑，沉默了一瞬，转头看向他：“我不想一个人。”

是的，她不想一个人，起码在今天这个晚上，她无法一个人入眠，闭上眼睛，脑中都是熊熊燃烧的大火，那种恐惧的感觉还如此真实，直到这一刻都挥之不去。

邢武进屋带上门，没再说什么，让她赶紧先洗澡。

浴室很快传来水声，邢武却根本没有在意，他只是深锁着眉坐在窗边点燃一根烟，轮廓隐在半明半暗之间，周身布满着厚重的压抑，整个人陷入沉思。

以至于当浴室的门打开他都并没有回过神来，直到晴也上了床钻进被窝叫他：“喂。”

他才后知后觉地发现烟已经烧完了。他将烟头掐在烟灰缸里，抬头看着她：“早点睡吧，我等你睡着再走。”

晴也看着他浑身脏兮兮的样子，几乎没有一处干净的地方，拧起眉对他说：“没几个小时天都亮了，还走去哪儿？你去洗个澡吧。”

邢武没再坚持，替晴也关了灯，然后起身去了浴室。

晴也独自躺在大床上却毫无睡意，也许今晚发生的事情太突然，太让人无法接受，让她很难入眠。

邢武洗完澡出来后，晴也翻过身看着他，他下身裹着浴巾，擦着头上的水珠，微弱的光线勾勒出他精窄的腰身，腹间那道触目惊心的疤此时却透着一股邪性和难以抵抗的性感。

晴也的声音埋在被窝里对他说：“上来吧。”

邢武扔掉毛巾，拉开被角躺了上去。他侧头看向晴也，她就躺在他身边，散发着令人心安的幽香。他牢牢地盯着她，声音又沉又磁：“吓坏了吧？”

晴也的双眼在黑暗里像潭清泉一般柔软地注视着他，没有说话，却听见他说：“我在里面听见了，听见你叫我了，我想冲出去，但是房梁塌了，我冲不出去。”

晴也的嘴唇微微颤抖着：“你是疯子吗？那种时候还管电脑干吗？”

邢武侧过身子，轻叹了一声："我本来还想帮你把复习资料抬下来，火太大了，我只能拿电脑了，这个貌似对你挺重要的。"

晴也想起刚来扎扎亭时，找传说中的狙师傅修过电脑，所以他应该知道这台电脑里的东西对她来说很重要。她此时的心情复杂至极，抬起手捶了他一下："疯子！"

晴也侧头看着他，声音很小地说："你怎么不说话了？"

邢武只是睁着眼看着屋顶，眼神发直。

晴也感觉奇怪，干脆探过身子凑到他面前："你怎么了？没事吧？"

邢武的眼神渐渐移到她的脸上，声音沙哑低沉地问："你想让我说什么？"

她声音哽咽地说："你在想什么就说什么，现在就我们两个人，没关系的邢武，你觉得难受就发泄出来，我陪你一起扛。"

"我想和你在一起。"他说出了他正在想的事。

可当邢武真说出这句话后，又像是突然清醒一样自嘲地笑了起来，突然坐了起来，却在此时晴也一把拽住他，目光漆黑明亮，没有丝毫闪躲，眼眸深处闪着晶莹的泪光："小武爷这么㞞的吗？"

邢武有些怔然地望着她，目光复杂地说："你今晚也看见了我的生活是什么样的，晴也，你的半步，我得天涯。"

她的眼泪顺着眼角无声地滑落在枕边，她不给他退缩的机会，目光坚定地说："有谁能拍着胸脯说自己的生活清澈见底，没有半点混浊？哪个家庭没点破事，哪个人能完美无缺？是，在来这里之前我也没想过会跟一个穷小子，但我晴也看上你的那一刻，你就是唯一的人选，没有之一。"

他们像两个孤苦伶仃的孩子，互相支撑着对方。

良久，邢武在她耳边说："生日快乐。"

晴也忘记十二点已经过了，今天是自己的生日。

她可怜巴巴地说："我饿了。"

邢武对她说："房间有泡面，吃吗？"

"吃。"

他起来烧水，晴也就趴在床头抱着被子，眼神跟着他来回晃。

邢武倒上开水后回头看着她像个娇羞的小媳妇一样，整个人都躲在被窝里，只露出一双眼睛不停瞄着他，于是他转过身靠在旁边的小桌上盯着她笑。

晴也的眼睛也逐渐弯成了月牙，屋里很安静，他们谁也没有说话，只是这么心照不宣地看着彼此。

面好了后，邢武用被子把晴也整个裹了起来。

晴也的手臂伸出被子刚准备接泡面，邢武还是不忍又把它塞了进去："你裹好被子别冻着。"

晴也跟个木乃伊一样眨巴着眼："那我怎么吃啊？"

邢武卷起面条吹了吹送到她嘴边，她眯起眼笑了起来乖乖张口。

晴也边吃边对他说："你觉得我们算不算幸运啊？幸亏我们晚上出去了，不然会不会被困在大火里啊？

"我其实想想挺细思极恐的，之前我的外套和手机被人扔进火里，然后我今天突然做了一堆稀奇古怪的梦还睡过了，醒来后眼皮不是跳了一天吗？这一定是上天的某种预示。"

邢武睨了她一眼："快吃吧，神婆。"

邢武喂饱她后，又帮她把被角塞了塞，对她说："你先睡吧，我抽根烟。"

他把房间的灯拧暗了，走到过道关掉了浴室灯，脚下却踩到什么，他把东西捡起来看了眼："这是什么？"

晴也伸头看见是那个假面骑士，不知道什么时候从她口袋里掉了出来。

她对邢武说："刚才在火场捡的。我没在流年和燕燕身上见到过，更不可能是你妈那些牌友的，消防员也不可能携带着这个灭火吧。"

邢武将东西拎到眼前仔细看了看，果真是个很丑的挂件。他将东西放在床头柜上随口说道："也许是哪个客人丢的。"

说完他便往窗边走去，晴也望着他的背影出了声："前天开始就没有客人了，我们还里里外外打扫过并没有看到这个东西，而且我总觉得见过这个，并不是在炫岛。"

邢武回过身望着她，渐渐拧起眉。

不知道是不是房间太黑的原因，他眸中的光好似暗得深不见底，良久，他对她说："睡吧。"

晴也看见他坐在窗边，探身将那扇不大的小窗户推开了一些，她不明白

这里的房间无论住家还是旅馆为什么窗户都小小的，像牢房一样压抑。

她闭上眼睛想着，以后她一定要和邢武住进有大大落地窗的家里，可以眺望远方的那种，她不想再被这种小小的窗户困住了，再也不想了。

可虽然眼睛是闭上了，她却毫无睡意，不过十几秒没有看见邢武，她又睁开了眼，她不知道自己是不是着了魔了，只是不想将眼神从他身上移开。

关掉灯的邢武，刚才那丝笑容又消失在黑暗中。他修长的手指间夹着一根烟看着四条巷万年不变的街道，丝丝寒风从窗户的缝隙溜了进来。

外面的温度已经零下，晴也窝在被窝里都感觉到有些凉意，然而邢武却仿佛浑然不觉，他手指间的烟雾飘向窗外再消失不见，侧脸隐在黑暗里，只有手间的星火忽明忽暗。

晴也突然想起倘若邢国栋不是邢武的亲生父亲，他奶奶也不会是他的亲奶奶，所以这份恩情似乎显得更加沉重。也许这就是邢武无论如何也不愿意丢下他奶奶的原因吧，这个世界上从来就没有无缘无故的幸运，有的只是在某一段人生当中，有人真心待你，不计回报。

晴也轻轻出了声："会有的。"

邢武缓缓转过头看着她，她目光坚定地注视着他："虽然我们现在一无所有，没关系的，以后该有的都会有，一定会的。"

邢武终于将未抽完的烟掐灭，把窗户关上走了过来，掀开被角上了床。

他对她说："我不会让你一直过苦日子。"

晴也忽然眼眶湿润："你这样会让我丧失斗志。邢武，我要走了你怎么办？"

这是晴也第一次为他产生了动摇，她甚至开始想象离开邢武后的日子会变得多么艰难，她如何在没有他的国度独自度过四年光景？她现在甚至感觉一天都困难。

邢武低头望着她莹润的眸子："如果我们两个人当中必须要有一个人自私，我希望那个人是你，没有商量的余地。"

晴也听懂了邢武的话，如果她留下来，那么自私的人会变成邢武，如果她离开他，那么自私的人就会变成她，无论如何，他们当中都有一个人要做出自私的选择，邢武说没有商量的余地，直接掐断了她动摇的苗头。

第五章

✦

傲霜斗雪

y a o y a u z

晴也不清楚自己什么时候睡着的，也许天都快亮了吧，室外飘起了晶莹的雪花，仿若夜的伴舞，悄无声息地粉饰着这看似太平的人世间，让一切变得纯净洁白。

晴也已经很久没有这么疲惫过了，一觉便睡了整整一天，再次睁开眼时已经是第二天的下午，昨晚的一切都好似一场极其不真实的梦，梦里她穿过了地狱到达天堂，她感受了人间疾苦和矢志不渝，所有的记忆都有些恍惚。

她撑着身体坐起来，屋里还残留着属于邢武的气息，可他的人却并不在这里。晴也摸着手机打给他，然而他却并没有接电话。

晴也挂了电话看见床头放着一个袋子，她翻开看了看，里面是一套干净崭新的衣物，还有一件白色的羽绒服外套。

她刚放下手机邢武的电话回了过来，她匆匆接起“喂”了一声。她只是想打电话问邢武他在哪儿，没想到自己一出声竟然有种娇嗔的味道，连她自己也惊了一下，窘迫得不敢再发出任何声音。

电话那头的邢武听见后，语气里似乎透着愉悦：“醒了？”

“唔。”这下晴也故意压着嗓子，让自己的声音听起来正经一些。

“衣服看见了吧？窗边的桌上有个塑料袋，里面有吃的和饮料，你起来后自己先吃点东西垫垫肚子，我在家有点事，一会儿就去找你。”

“好。”晴也咬着唇握着手机没有动。

邢武的声音里透着些许宠溺：“你先挂。”

晴也将自己的身体埋进被窝里，却并没有挂，也没有讲话，她把手机拿

到眼前看了看，邢武也没有挂。

她轻声叫他：“你还在吗？”

“在。”

晴也抱着被子在床上打了个滚，心口酥酥麻麻地问他：“衣服你一早去买的吗？你才睡几个小时啊？”

“没睡。”

晴也回想昨晚的点滴，虽然自己也很难入睡，只是不知道邢武竟然一晚上没睡着。

她对他说：“那待会儿见。”

“嗯，你挂吧我听着。”他的声音透过听筒落在晴也耳边，让她的脸颊又有些灼烧。

“那你快点回来。”

话刚说出口她就赶忙把电话挂断了。

她想赶快见到他，可她也不知道自己怎么就把心里话给说了出来，这可真是有点丢人，然而她现在光听见他的声音已经抓心挠肺了。

于是她干脆掀开被子穿上衣服走进浴室。

刚进浴室晴也就怔住了，邢武不知道什么时候已经将他们昨晚的脏衣服洗干净挂在晾衣架上。

晴也的内心翻腾不止，心绪复杂。

他说不会让她一直过苦日子，可即使是在他们现在处境如此窘迫的情况下，他依然没有让她吃半点苦，纵使他们无家可归，纵使他们已经一无所有，可她并不觉自己跟着邢武有多苦，反而有种甜甜的感觉快从心口溢了出来。

她洗漱完毕后，完全忘了邢武叮嘱她先吃点东西垫垫肚子的事情，她心里还记挂着炫岛和奶奶的情况。

然而当晴也踏出旅馆一脚陷进雪地里时，完全蒙了，她不知道昨天夜里什么时候下的大雪，破败的街道已经看不出原本的面貌，四处被一片皑皑白雪覆盖着，入眼之处已然变成了一片雪白的世界，随着新年的到来焕然一新。

扎扎亭的很多人都回农村祖辈家过年了，剩下的人都窝在家里打麻将、推牌九、看电视，加上一场大雪更是让所有人足不出户，空荡的街道清冷静谧。

这里可没有机关单位组织铲雪，更别提什么市政部门铲雪车之类的，所以原来只需要十分钟的路程晴也却走了好长时间，深一脚浅一脚，雪没过了她的脚踝，连她的小皮靴里也跑进了冰冷的白雪。

当她看见已经失去颜色的三色灯柱后，突然有些着急地迈开步子跑了起来，她也没想到脚下一滑会摔一跤，正好被站在街边的黄毛看见，他扯着嗓子喊了声：“我去！晴也啊？”

然后他赶忙过去扶起她问道：“你跑什么啊？”

她若无其事地拍了拍身上的雪，云淡风轻地回：“锻炼身体。”

“……”

“邢武呢？”

黄毛说：“在里面，你最好别进去。”

黄毛越是这样说，晴也越是大步往里走，可刚踏进炫岛她就愣住了，胖虎、大黑、花臂和犬牙他们都站在这片废墟之中，个个脸色都不大好的样子。

晴也直接往后院冲去，还没走出这片废墟就听见邢武狠戾的声音：“你干脆直接回来替我们收尸不好吗？”

“呸！大过年的说什么！”

晴也刚走到后院就听见李岚芳的声音，她的脚步戛然而止，终于知道外面的他们为什么脸色不对劲了，那个像风一样来无影去无踪的邢国栋终于回家了，或者说他虽然回来了却已经无家可归了。

远处赵妈子和吴家人都扒在窗口向外看，李岚芳在扎扎亭这么多年强势惯了，哪受得了大过年的被别人看笑话，几步走过去扯着邢武的膀子对他说：“武子，你能不能别这样。”

邢武额间青筋暴出，一把甩开李岚芳的手反问道：“那你想让我怎样？你们又打算怎样？一个破理发店开了这么多年，钱呢？还有你，整天吹牛说在外面做生意，什么生意一千块都拿不出来？这个家要不是你也不至于到今天这样！”

邢国栋气得浑身发抖上去就给了邢武一拳。

晴也不可置信地看着这一幕，手脚冰冷。

邢武邪性地抹了下嘴角一把就将邢国栋提了起来。

李岚芳瞬间就崩溃了，哭喊着让邢武松手。

邢国栋没想到邢武打算还手，抬起头就狠狠瞪着他："儿子打老子？你反了不成？"

邢武的表情阴沉得可怕，眼神咄咄逼人地盯着他，声音低沉讥讽："你是我老子？"

李岚芳突然踉跄了一下，邢国栋那张狂的表情顿时就慌乱起来。晴也就这样眼睁睁地看着这个家里最不堪的谎言被生生撕开，每个人的内心都是那样的鲜血淋漓。

她没有丝毫犹豫地跑了过去从身后抱住邢武的腰，不停地对他喊着："邢武，我们走，我们现在就走好不好？"

她一点都不同情邢国栋，她甚至巴不得邢国栋被打一顿，可她清楚地认识到，邢武把邢国栋打一顿之后，李岚芳和屋里的奶奶会难过，没有人想看见自己的家在过年的时候四分五裂，她们难过邢武只会更难过，所以她必须要阻止这一切的发生。

邢武那濒临疯狂的冲动终于随着晴也的声音被拉了回来，好似这个世界上只有晴也能将他从失控的深渊拯救回来。

他松开了邢国栋，回身望着她。

晴也担忧地深深拧着眉，又重复了一遍："跟我走。"

邢武终于找回理智，对她说："去外面等我，我马上出来。"

晴也走回原来的后门处时，看见邢武没有再搭理邢国栋，而是走到另一边将一大袋子菜扔进了厨房。

她穿过废墟看见犬牙他们都蹲在炫岛外面的街道边。

晴也忽然感觉有些动容，也许是这两天发生的事情太多，她今天有些多愁善感起来。

无论如何起码邢武还有这帮兄弟，能在他出事后放弃家人团圆赶来陪他，能在他难堪的时候自觉给他保留空间。

晴也无声地走过去蹲在他们旁边，伸出手指在干净的雪地里划拉着，不知不觉写出了“邢武”的名字。

胖虎把手上搓的雪球递给她玩，她接过后在手上掂了掂，然后砸向街道对面，淹没在另一堆白雪之中，然后把手伸给胖虎，胖虎又搓了一个给她砸着玩。

没一会儿邢武走了出来，大黑站起身一把搂着他的肩说：“完事了没？完事了都去我那儿，菜都备好了。”

邢武什么话也没说，在大黑后背拍了两下，兄弟之间不需要过多的言语，一个动作就全在里面了。

他余光瞥了眼脚下，看见雪地里写着自己的名字，这两个字他写了这么多年都写不端正，他也没见过除了晴也还有谁能把他的名字写得跟书法一样有模有样。

他眼里泛起一丝柔光掠过几人寻找到站在后面的晴也，两人的眼神无声地交汇着。

一群人踏着雪朝大黑家走去，邢武走在前面对大黑说：“还缺什么？我去买。”

“买什么啊，我那儿囤货充足，包你从年三十吃到正月十五。”

邢武拍了下他的肩回头去看晴也，她走在最后，在雪地的映衬下嫣红透白的。

谁也没想到这时黄毛插了一句：“武哥你得好好说说她，下雪天的不能跑，刚才跌了一跤。”

晴也直接踩了黄毛一脚，黄毛大叫一声：“你踩我干吗？”

晴也瞪着他，邢武立马问道：“跌到哪儿了？”

她短促地回：“没。”

“那你跑什么？”

晴也仓皇地盯他看了眼，眸子里像蒙着水汽一样晶亮。邢武嘴角终于撩起一丝弧度：“知道了。”

大黑家离扎扎亭不算远，虽然房子不大，但是有个很大的院子。自家盖成了简易房，放了张大圆桌，他爸妈一大早就到他奶奶家过年了，大黑早上接到犬牙电话听说邢武家出了事，便没跟他父母过去。

他家过年备了不少菜，大黑一进家就围上围裙开始炒菜，那大勺颠得还真像模像样的。花臂他们窝在客厅打开电视等饭吃，犬牙直到这一刻才得空问了几句邢武昨晚的情况。

邢武从零食盒里剥开一颗棒棒糖扔进嘴里跟犬牙聊了两句，回头看见晴也靠在厨房门口看大黑颠勺。他瞟了几眼起身朝她走去，靠在另一边对她说："大黑他叔叔在县城那头开小餐馆的，他在那儿干过一阵子。"

晴也想，怪不得看他那架势轻车熟路的。

这是晴也第一次和群男的一起吃年夜饭，不，准确来说这是她第一次离开家人，和一群刚认识不过几个月的同龄人一起过年。

这种感觉，有些奇妙。可闹腾的他们很快让她忘却了那思乡之情，看着他们喝着酒说着一些有趣的童年往事，这对成长环境截然不同的晴也来说，一切都那么新鲜有趣。

年夜饭很丰盛，虽然不如往年爸爸在饭店订的年夜饭菜肴名贵，可味道和种类却根本不输那些大饭店，晴也一整天没吃了，一上桌就胃口大开，他们喝酒的时候，她自己默默吃了两碗饭。

兄弟们酒喝开后话题又绕回到邢武家失火的事，晴也才知道一大早警察来过邢武家，原因是昨晚他家失火造成周围几家邻居的外墙受损，而且因为他家那个后院是公用的，难免涉及公共财产，希望他家能赔偿损失。

至于火灾的原因，也没啥调查之类的，这里不禁烟花爆竹，所以每年过年总有那么几家发生不同程度的火灾，警察对此类事情似乎也司空见惯，来了一下就走了。

因为是年三十，为了不影响大家过年，也没有继续追究赔偿的事情，不过提了一下，说年后再处理。

晴也不知道是哪家要追究赔偿，不过周围也就那么几家跟炫岛挨着，这个时候不指望邻里互帮互助，起码别来落井下石，但对于这穷地方的人来说，高尚的品德值不了半毛钱，日子都过不好还指望能济困扶危，做它的春秋大梦去吧！

晴也总算知道为什么刚才邢武会发那么大的火，出了这样的事情，一家人的生活没有着落，为人父母要主意没主意，要钱没钱，大过年的街上连卖菜叶子的都没有，要不是邢武弄来一大袋子菜，他们还沉浸在自艾自怜之中，完全连生存都不考虑了。

晴也的心情忽然很沉重，她觉得压在邢武身上的事情太多了，他要照顾她，要照顾家里人，还要应付周围那些破事，怪不得他连觉都顾不得睡了。

花臂叹了一声说道："武哥啊，你这个年过得糟心啊！"

邢武却瞥了眼晴也，不疾不徐地说："也不算太糟。"

晴也侧过头迎上他的目光，看见他深幽的眼底藏着只有她能读懂的温柔，是的，也不算太糟，起码他们还站在一起。

黄毛立马咋呼道："这还不糟啊？武哥不是我说，你心态真好，要我早疯了。"

邢武见晴也还挺喜欢那盘卤鸭爪，干脆连盘端到她面前，心不在焉地说："房子没了可以想办法，人在就好。"

一帮兄弟附和着："那倒也是……"

于是他们喝酒侃着陈年往事，晴也就坐在邢武旁边，边啃鸭爪边做个忠实的听众，还听得津津有味的，浑然不觉嘴边沾上了卤汁。

邢武侧头瞄了她一眼，抽了张纸巾对她说："脸过来。"

晴也手脏脏的，只能把脸凑到他面前，邢武轻柔地替她拭了下嘴角。

胖虎也不知道自己怎么搞的，总是不自觉朝邢武和晴也看，就老感觉，两人有些怪怪的，他之前也没有这种感觉，不知道今天是怎么搞的。

可是他看了看周围，没一个人有反应的，对于他们的举动看了跟没看见一样，就连平时嘴碎的黄毛也没啥反应，胖虎觉得自己今天一定是脑壳坏了。

花臂倒是问了句："那你们昨天晚上睡哪儿的？"

邢武随口回："开了个房。"

晴也低着头默不作声。

犬牙开了口："舒寒现在到县城住了，要么你们先上我那儿住段时间？"

邢武淡淡地说："不用了。"

胖虎倒是十分热心地说："你……你们也总不能一直开……开房住啊，这……这费用也吃不消，要么武哥你，你住我家，反正我床大，咱……咱们

俩挤挤。”

其他人点烟的点烟，倒酒的倒酒，没人吱声，黄毛跟看个傻子一样盯着胖虎，那叫一个着急啊！

邢武似笑非笑地摸出根烟对他说：“我不跟男人睡。”

晴也捏着一次性杯子，谜之尴尬。

邢武低头将烟点燃，把烟盒扔给对面的犬牙问了句：“昨天晚上大曹在哪儿？”

犬牙接过烟盒抽了一根出来：“和小彬那群人在狂人网咖包夜。”

邢武悠悠吐出烟雾面无表情地看着犬牙：“初五过后找个时间帮我约下大曹。”

桌上忽然安静下来，就连晴也都抬起头盯着邢武，他侧脸的轮廓锋利冰冷，看不出丝毫情绪，可正是这样的他，才让晴也感到不安。

黄毛到底沉不住气，抢先问道：“武哥，你找大曹干吗？”

邢武嘴角叼着烟，手臂搭在椅背上跷着腿，看似散漫不羁，眼底的光却冷到极致，半低着眸深吸了一口烟缓缓说道：“会会他。”

晴也只感觉心跳加快，那种不安的情绪越发加剧，可周围全是人，她无法刨根问底，只能拧着眉牢牢盯着邢武。

邢武感觉到她的目光，侧眸睨着她，朝她笑了下，似乎在让她不要担心。

犬牙问：“想好了？”

邢武的目光依然就这样锁在晴也的脸上，嘴角也依然轻斜着，看着晴也回答他：“既然碰了我的底线就做好鱼死网破的准备，把这句话带给他。”

晴也在他的注视下心跳不断加速，她似乎猜到邢武要做什么，可她无法估计他要做的这件事会有什么后果。

但很快邢武便岔开了话题问黄毛驾校什么时候开门。

黄毛愣了一下：“啊？什么驾校？”

邢武淡淡地笑了下：“傻了？”

黄毛立马反应过来回道：“初七。”

邢武没再吱声，客厅电视里播放着春晚小品，院子里一帮人也吃得差不多了。

大黑进屋拿了一个信封扔到邢武面前，邢武垂眸看了眼，黄毛他们也陆续从身上摸出信封递给他。

大黑说道：“没多少，兄弟几个一点心意，你先拿着。”

最后，犬牙从外套内衬兜里摸出一个扎好的黑色袋子放到邢武面前，什么话也没说。

晴也没有想到这些平时看上去一穷二白的社会青年，在这个时候会掏光积蓄来挺邢武。

黄毛和胖虎还是学生，也没有什么经济来源，就这样他们还拿了几千出来，大黑、花臂的信封厚厚的，不会低于一万，至于犬牙，人狠话不多，晴也估计那一沓至少得有两三万。

她不知道邢武此时此刻什么感受，可她心里却翻江倒海的。

在邢武处境最困难的时候，这些兄弟陪在他身边，义无反顾地挺他，这种义气让她动容。

她侧头去看邢武，他只是垂着眸，浓密的睫毛掩着眼里复杂的光，没有出声。

晴也很自觉地起身去了客厅，给他们兄弟之间一些说话的空间，她清楚有些场面她不在或许对他来说更自然些吧。

她坐在客厅看了会儿春晚，没一会儿邢武就在外面叫她：“晴也，走了。”

她起身拉好羽绒服拉链，他们都开始穿衣服准备散了，她走到邢武身边，邢武碰了她一下：“跟大黑打声招呼。”

晴也很懂事地对大黑说：“谢谢你的年夜饭，果真是鞍子县特级大厨的味道。”

她对大黑竖起大拇指，大黑笑着说：“明天再来吃呗。”

邢武摆了下手：“不了，还有事。”

晴也对大黑说：“新年快乐。”她余光看见大黑刚才放在邢武面前的信封还在桌子上。

大黑也对她说了句：“新年快乐，路不好走回去注意点。”

出了大黑家已经快十一点了，大家走到路口就分道扬镳了，室外气温很

低，积雪没有半点融化的迹象，不过夜晚的雪景四处晶莹透亮，闪着点点亮光，似照亮他们回去的路。

晴也走在邢武身边，默不作声地看着他。

邢武早晨临时在一家小店买的一套运动装，没办法，昨天那套衣服是脏得穿不出去了，他虽然不是多讲究的人，但一向会把自己收拾得清爽干净，这套做工并不好的廉价运动衣，难得穿在他身上竟然一点都不掉价，就是很单薄看上去并不暖和。

两人走了一会儿，晴也开了口："你没拿他们的钱？"

邢武双手抄在裤兜里，看着"苍白"的前路，淡淡道："都不容易。特别黄毛和胖子哪有钱，还不是跟家里人拼的，这个钱我怎么拿？"

晴也沉默了。她猜到邢武不会拿，他本来就不喜欢麻烦人，在这些人当中更像精神支柱般的存在，虽然年龄不是最大的，但他们都会叫他一声哥，不仅是因为他的魄力和胆量，更多的是他会设身处地为这些兄弟考虑，让他们无条件拥护他。

邢武看着她好路不走，尽走那些没人踩过的厚厚积雪，一把将她拉了过来说道："好好走。"

晴也不听，傲娇地说："走自己的路，坚决不走别人走过的。"

话说得还挺有骨气，实际上就是想踩雪玩。邢武看着她那贪玩的样子觉得好笑，这貌似是他从早到现在唯一放松下来的时刻了。

没走几步，晴也还是忍不住问他："你要找大曹是不是怀疑他和家里失火有关？"

邢武嘴角浮上一丝冰冷的弧度："这场大火的时机很玄，正好赶在过年前一天，如果是人为的，跟他脱不了干系。大曹这个人睚眦必报，上次在我这儿栽了跟头，我还一直奇怪怎么这么长时间都没有动作。"

"那早上警察来你怎么不跟他们说？"

邢武收回视线掠着她："怎么说？证据呢？"

晴也忽然想起刚才饭桌上邢武问犬牙昨晚大曹在哪儿，如果大曹一直跟人在网吧上网就有完美的不在场证明，按照这里警察的办事效率，估计顶多问一下就算了。

她担忧地说：“那你找大曹准备怎么办？他要是不承认呢？”

“不需要他承认，很多事情见了面大家心里就有数了。”

晴也拽着他的袖子对他说：“我不想你去。”

邢武顺势攥住她冰凉的手放进口袋里：“你退一步，别人就会更进一步，今天是房子，明天会是什么？”

晴也突然打了个寒噤，虽然上次听犬牙话中的意思邢武和大曹这么多年不对盘，但她还总认为只要邢武不去招惹大曹，大曹也不会怎么样。

可她第一次如此清晰地认识到，那个他们口中的“了结”多么迫在眉睫，纵使邢武不想迈出这一步，但有些事情已经由不得他了，因为大曹动了他的家人，动了他最在乎的东西，他不可能再忍下去。

晴也突然就感觉一把无形的大伞笼罩在他们头顶，像巨大的牢笼，让人无力挣脱，难道真要像邢武所说的鱼死网破吗？

她正在发着呆，身体忽然就腾空了，把她吓了一跳，等她再反应过来时人已经到了邢武的背上。

她垂在他的耳边问他：“你背我干吗？”

“你感觉不到自己的鞋子潮了？”

“唔……下午出门就潮了，然后又冻硬了。”

“……”

他们走回小旅馆时，晴也的脚已经冻得没有知觉了。

一进屋邢武就把她放在床上脱掉了她的鞋子，又脱掉了她的袜子，她一双小脚冻得通红，还有点肿肿的。

邢武把她的脚握在掌心，帮她轻轻按了按。

晴也立马脸颊通红，不大好意思地往回缩：“你干吗？”

邢武瞥了眼她娇羞的样子，好笑地握住她的脚踝：“别动，我帮你按一下，不然长了冻疮有你受的。”

她莹润的小脚白净匀称，邢武一只手就能握住她两只脚，在邢武看来女孩子的脚真是小得可爱。

他指腹的薄茧总是让晴也有些微微战栗，脸上的红晕一直未曾退去，邢

武半抬着眸看她。她乖巧地坐在床边，浑身泛着少女的清透诱人，那绯红的脸颊像可口的樱桃。

邢武对她说："你先洗澡。"

然而等晴也从浴室出去后才发现邢武已经睡着了，手机还抓在手上，但人已经睡沉了。

她绕到他身边，俯下身认真地看着他。他呼吸很均匀，眼窝也很深邃，长长的睫毛耷拉着，浓眉有些微微上扬，透着些许叛逆的味道，不过闭上眼睛的他卸去那一身的攻击性，像个安静的大男孩。

邢武的警觉性很高，平时他闭着眼，晴也睡在另一张床上看他，他都能感觉到，今天的他也许是太累了，她离他这么近看了他半天他都没有反应。

说来人到底不是铁打的，昨晚他们才遭遇了一场惊心动魄的火灾，他一夜未眠，早上又要去买东西，又要应付警察，安排家里的事情，再强大的人熬到现在也该精疲力竭了吧。

晴也将他的手机抽走放在床头，又替他拉好被子，不过她却并没有睡，而是打开笔记本电脑连上旅馆的 Wi-Fi 上了一会儿网，研究了一会儿网店的经营模式，又七转八转看了一会儿论坛和帖子才关了电脑上床。

晴也其实一直有点认床的，比如她刚来扎扎亭的时候就曾因为邢武家的床板太硬适应了好长时间，以往她出去旅游最在意的就是住宿条件，纵使地方再好玩，回到酒店一打开门如果一股霉味，或者让她感觉压抑不干净，那基本上是一趟失败的旅程，所以她出行根本就不可能住这种小旅馆。

可也许是因为邢武躺在她身边的原因，她竟然破天荒地没有认床，很快就睡着了。

年初一晴也并没有赖床，七点多就醒了，邢武竟然比她醒得更早，因为她睁开眼时他已经不在房间里了。

以往的大年初一是晴也最忙的一天，要么就是老爸的朋友下属过来拜年，要么就是跟着老爸老妈跑到别人家拜年，反正每年的行程都差不多，一大早起来穿上新衣服打扮一番，跟着爸妈到处收红包。

不过今年却是最特别的一个春节，她发现醒来后竟然无事可做，邢武怕她起床冷，走的时候已经给她调好了暖风的温度，所以晴也起床后也不想套上毛衣，走进浴室看见邢武的长袖T恤干了，干脆拿了下来套在身上，温度刚刚好。

她准备洗漱完打电话给邢武，不过在她梳头的时候邢武已经回来了，手上提着个保温桶，还有些奇怪地看了眼站在浴室的晴也："醒这么早？"然后走到窗边，把东西放在桌子上。

晴也放下梳子问他："今天还有地方卖早饭吗？"

"没有，我回家弄的。奶奶昨天晚上不肯吃东西，我熬了点粥给她喂了下去，过几天可能要带她去趟县城的医院。"

晴也走了出去问道："怎么了吗？"

邢武将保温桶打开，一勺一勺地将粥舀出来，声音有些闷闷的："情况不太好。"

邢武背对着她低着头舀粥，整个人似笼罩在一片阴霾之中。

晴也几步走了过去将手搭在他的背上。

邢武感受着她传递来的温度，紧锁的眉终于稍稍舒展了一些。

晴也对他说："我有话跟你讲。"

邢武听着她的语气，动作停滞了一瞬："怎么了？"

"我昨天听黄毛说这里盖个房子二十来万就够了，我身上有三十万，二十几万盖房子，还有几万配点家具家电什么的应该能搞定。"

邢武勺子一放扯开她的手就转过身蹙眉盯着她："我昨天连他们的钱都没拿你认为我会拿你的钱？更何况这些钱是你读书用的，你想都别想。"

晴也料到邢武会有这个反应，也料到她说出这话他一定会有些生气的，所以她直接朝他凑了过去。邢武毫不客气地拉开她，她大眼一睖，小脾气立马就上来了："你再扯我手试试看！"

邢武不动了，不过脸色并没有多好看。

晴也澄澈的眸子牢牢直视着他的双眼："你听我说完，这三十万我们在原址上重新盖个房子。你上次不是给了我五万吗？我没动，年后我们去找谢老头谈谈，看看能不能五万块盘下他的厂子。"

邢武的眉头越皱越深了："你要盘下那个快倒闭的破厂？你在开玩笑吧？"

晴也却无比认真地说："我没跟你开玩笑，我现在的钱也不够留学的，而且钱这种东西，放在那儿不动只会越来越少又不可能变多，反正就这几个钱，不如赌一把试试看钱生钱。你想想看，我上学要钱，奶奶看病要钱，一家人生活都要钱，炫岛没了，我们必须得有经济来源，流年和燕燕暂时也没有着落，我们可以喊他们一起干，苦就苦点呗，万一成了呢？"

邢武却思索了片刻，说道："经营厂子没那么简单，你要上课要备考，我也不可能整天守在那儿，况且我们没人干过那行，从生产到包装到发货都要人，我们即使盘下了厂子也没有钱去招工人。"

晴也却眼神灼灼地望着他："小灵通说其他班也有人想过来，我怕谢老头有意见暂时都压着人数呢，如果我们自己把厂子盘下来，复习的地方也有了着落，年后我想开个高考补习班。"

邢武握着她的肩膀弯下腰看着她："你想把厂子盘下来开补习班赚钱？"

晴也笑了起来："想什么啊？我怎么可能赚同学的钱，我是那么见钱眼开的人吗？你刚才不是说没钱招工嘛，那我给他们讲题，费舌费脑的一分钱不收，他们顺手帮我们个忙不算过分吧？"

邢武瞬间反应过来，直起身子感慨道："套路深啊！看来你都计划好了？"

"嗯，想了两天，我觉得可以试试看。谁都是从不会到会，从小白到老手的，反正我们已经够穷的了，也没什么输不起的不是吗？"

"你要盘厂子我没意见，但是那三十万留学的钱我不会动。"

晴也垂着眸，缓缓将脑门抵在他的胸口，声音温软地说："邢武……我们不能没有家。"

这道声音结结实实地撞进他胸口堵住了他所有要说的话，他的内心受到极大的触动，"他们的家"对他来说有种特殊的魔力，他从未想过像晴也这样一个从大城市来的白富美，聪明、漂亮、高高在上，有一天会心甘情愿跟他共患难。

他此时内心的情绪如排山倒海般而来，表情凝重地低眸看着她。

晴也抬起头对他说："会有的，我们什么都会有的，以后我们会有大房子、好车子，还有很多钱，用不完的钱……"

说到这里，她自己笑了起来，那灿烂的笑容像和煦的阳光照进邢武的心底。

“所以不要想那么多，钱可以慢慢赚，但家不能没有。这件事听我的，没有商量的余地。”

邢武的眼底终于有了丝毫松动。

他看着晴也乐观自信的样子，好像心底笼罩的那层阴霾也消散了一些。他不知道为什么眼前的这个女孩像宝藏一样，总能在他最低落的时候给他带来光亮，让他对她无法自拔。

他往她手上塞了一个东西。

晴也低下头，发现邢武竟然给了她一个红包，她以为今年自己收不到红包了呢，顿时就笑了起来对他说：“你等等。”

她翻开自己的包。其实她也准备了一个红包，给邢武的，只是没想到她先收到了他的。

她把事先准备好的红包拿给邢武，踮起脚对他说：“新年快乐，你包了多少？”

“自己看。”

于是两人同时打开红包，发现居然很有默契，都包了一千块。

他们抬头望着彼此不禁笑了起来，还笑出了点凄凉的味道。

晴也边笑边说：“我们怎么就这么惨呢？还得互相压岁。”

邢武揉了揉她的头催促她上床盖住腿，别冻着，他把粥给她端到了床边。

吃早饭的时候晴也又详细和他讨论了一下盖房子的事。这件事她真是一窍不通，不过邢武懂得挺多，比如黄沙、水泥、砖块的价格，比如框架结构和砖混结构每平方米的价格也不一样，邢武约莫估计了一下，所有材料他自己跑腿买，找熟悉的朋友来弄能节省不少钱，估计十几万就能搞定。

晴也这么一听激动得都恨不得赶紧去取钱了。邢武提醒她：“过年，别说东西买不到，也没人接活，最快也得等到年后。”

晴也想想倒也是，她笑着说：“我没什么要求，就是我的房间得搞个大窗户。”

“那干脆搞个阳台不好吗？”

“可以搞吗？”

邢武看着她满眼期待的样子，扯起笑容：“为什么不能？”

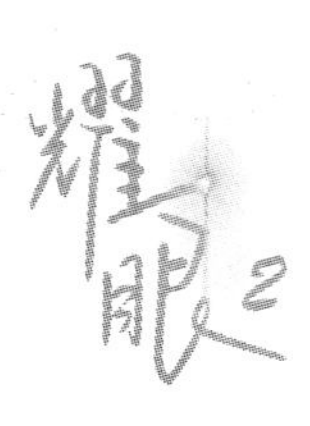

“太棒了！”晴也立马激动起来，仿佛已经迫不及待看见新家的样子。

她喝完热粥后感觉胃里暖和极了，眼睛晶亮晶亮地望着邢武：“那我们今天干吗？”

邢武将保温桶收拾好，看了看她，又低头沉默了一会儿，才对她说：“如果真打算盖房，有些事情我必须要先处理好。”

晴也眨巴了下眼：“什么事？”

“家里的事，我中午回去的时候再说吧，你到时候就别跟我回去了。”

“不，我要跟你回去。”

邢武看了她一眼，欲言又止。

晴也又开始卖萌撒娇了：“哪有大过年把我一个人丢在旅馆的嘛，我就要跟你回去，你处理你的，我不说话。”

邢武半笑着说：“换衣服吧。”

家里依旧和昨天没有什么变化，他们回去的时候，李岚芳在厨房忙，邢国栋坐在奶奶房门口叼着烟。晴也不知道昨晚三个人是怎么挤在这么小的房间里，这种生活她来这里之前想都不敢想。

李岚芳往厨房门口看了眼说道：“回来了？”

邢武“嗯”了一声进屋看了看奶奶，晴也跟了进去。奶奶依然是那副无意识的样子躺在床上，表面看上去和以往并无二样，不过邢武天天照料她肯定能感觉出来什么不对劲的地方。

中午的时候，李岚芳将饭菜端进房间，就放在一个折叠的小茶几上，一家人算是吃了开年的第一顿团圆饭。

晴也吃饭的时候一直默默观察着邢武，不知道邢武回来打算处理什么事，邢国栋端着碗蹲在房门口，李岚芳坐在奶奶床上。

邢武把鱼肚子的刺剔掉，将鱼肉夹给晴也，让她吃饱点。晴也默不作声地低头吃着饭。

虽然今天这个家无一缺席，但气氛并没有多融洽，反而一顿饭下来，几乎没人说话。晴也能明显感觉出来每个人的心里都压着事，搞得像“最后的晚餐”一样。

果不其然，刚吃过饭，邢武靠在门槛上点燃一根烟，对李岚芳说：“先别收了。谈谈吧，这以后日子怎么过。”

邢国栋抱着个膀子站在房门口，李岚芳将手中的筷子丢下。晴也抬头望了望他们，很自觉地起身出了屋。

也许是刚遭了这么一劫，院中的雪也没人有心情去铲，前天夜里下的大雪到今天除了厨房门口那一块，其他地方的雪依然堆着。

晴也走到一处无人的角落蹲下身搓了一团雪，她小时候特别喜欢这种没有被人踩过的干净的雪，每次北京下大雪她总会拖着老爸出去堆雪人，就好像哪个冬天不堆个雪人都白过了一样。

邢武半垂着眸开了口：“既然房子没了，理发店也没了，你们又拿不出钱来，后面你们打算怎么办？”

李岚芳唉声叹气地低着头。她不过是个没文化的中年妇女，家里遇到这种事情已六神无主，让她拉下脸到处借钱她做不出来，周围这些牌友虽然平时关系处得不错，但真落到一个“钱”字上，谁都避之不及。这点她在这里生活了一辈子比谁都清楚，而且眼下的情况也不是借个三五千能渡过难关的。

邢武看向邢国栋，邢国栋瞪着眼睛说：“你看我干吗？我有什么办法，我过几天还要复工。”

邢武狠狠嘬了口烟点点头：“那这样吧，你把你妈带走，我妈我自己照顾。”

邢国栋和李岚芳愣了下，就连远处的晴也都抬起头望着邢武。

邢国栋不可理喻地说：“你个小子胡说八道什么东西？”

邢武淡淡地瞥着他：“睡在床上的是你妈，你不照顾谁照顾？有赡养义务的是你，不是我，我只养我自己妈。”

“我还是你爸呢！”邢国栋那土匪气势又上来了。

邢武只是有些讥讽地说：“你是我爸？你对我尽过什么抚养的义务？是供我吃供我穿了？但凡你能说出一点我也认你这个养父。”

“养父”两个字从他口中说出来刺耳无比，事到如今，那不堪的谎言已经揭开，邢武也彻底和邢国栋撕破了脸，没什么情分可讲了。

李岚芳突然从床上站了起来走到邢武面前扯着嗓子说：“武子你这说的什么话？你这是让我们分家啊？”

邢武又将视线瞥向李岚芳："你要不想分家也行，你跟他一起走，一起照顾奶奶，反正我也不需要你们管，但他要是一脚把你蹬了，你也别回来指望我。"

李岚芳震惊得瞳孔都在颤抖，气得一巴掌打在邢武的膀子上，直接打落了他手指间夹着的香烟。

邢武低头冷笑了一下顺势将烟踩灭，抬头看着邢国栋，眼神淡淡的："你要嫌奶奶麻烦不想照顾也行，你跟我妈离婚，白纸黑字写清楚，从今以后这个家的任何人、任何东西都跟你没有半点关系，奶奶留在这儿，我可以替你赡养她到百年，否则，今天下午我就会带着晴也离开，以后你们怎么生活跟我无关。"

晴也收回视线，弯下腰将手中的雪球越滚越大。她如来前答应邢武的那样，他处理他的，她没有吱声，只是在院子一角安静地等着他。她清楚邢武根本不可能不管奶奶，也不可能放心把奶奶给邢国栋照顾，更清楚邢国栋这样的人自己都要养不活了，压根儿就不可能拖着一个半瘫的老太太。

邢武正是掐准了这点才会逼邢国栋做出选择，从前他可以睁只眼闭只眼日子就这么凑合着，邢国栋每次回来拿钱拿的也是李岚芳的钱，一个愿打一个愿挨，他除了偶尔跟李岚芳大吵一架也管不了什么。

但现在不一样了，如果他们打算重新盖房子，那么这个房子包括以后家里的一切他都不会让邢国栋有半点染指的机会，更不可能让邢国栋有任何可能动晴也的钱，他必须在这之前彻底跟邢国栋断了关系，才能保障他们一家人往后的生活。

然而李岚芳和邢国栋并不知道他们打算盖房子的事，所以对于邢武突然提出要他们离婚这件事，李岚芳破口大骂，闹着说邢武在逼她去死。邢武只是好笑地看着自己老妈一副要死要活的模样，云淡风轻地说："我不逼你，离不离婚是你的事，你不离婚看他愿不愿意带你走？"

一句话把李岚芳呛得说不出话来。这么多年她早已看透邢国栋这个人，也听过一些风言风语说他外面有人，有没有她早已不想再去追究，其实她心里比谁都清楚靠他还不如靠儿子，只是突然让她做出选择她难以接受罢了，毕竟这么多年都过来了。

邢武缓缓侧过头看向晴也，她一个人忙得热火朝天的，已经堆了个雪人的身子，正在滚脑袋，还一脸认真的模样。

邢武心头那纠结多年的怨恨似乎也随着她轻快的步子消散了，他边看着晴也堆雪人边对他们说：“你们自己好好商量商量吧，最迟不要超过初七给我答复。”说完他大步朝晴也走去，帮她把雪人的头堆到了身子上，然后去厨房拿了根胡萝卜扔给她。

晴也弄了两个眼睛出来，把胡萝卜插上去。

邢武拿出手机对她说：“站过去我给你拍一张。”

于是晴也站在雪人的后面，比起一对剪刀手，笑得清甜温暖。

从家出来的时候，不知道为什么两人都感觉如释重负。

邢武回来一趟的目的就是劝自己父母离婚，这种大过年亲手拆散自己家的事情说来缺德，却有种畅快淋漓的感觉，就像身上一块早已烂掉的肉，终于狠心割掉了。

晴也却有些担忧地说：“你妈不会想不开吧？”

邢武却很果断地说：“不会。她就会在我面前卖惨，我一走她才不会委屈自己，你以为她傻？两人早该分家了，我不逼她，她永远不会迈出这步。”

晴也想想倒也是，李岚芳虽然整天把邢国栋挂在嘴边骂，但其实他在不在家对她来说真的影响不大，她照样打她的牌过她的日子，只是一辈子就这样过来了从来没有想过改变，也不知道怎么改变，但出了这个事，邢武需要替一家子日后的生活打算，所以有些事情便由不得她了。

过年的街道冷冷清清，所有店铺全部关了，邢武本来想带晴也去补些日用品，奈何雪太大街上连辆车都没有，他们只能步行回旅馆。

傍晚前邢武又出去了一趟，从黄毛家拿了个电磁炉回来，晚上他们俩就围在窗边的小桌子上吃火锅，虽然因为条件有限没有那么多菜，可晴也却兴致很好，还撺掇着邢武开两罐啤酒庆祝下他们的开年第一天。

邢武见识过晴也喝醉发酒疯的样子，所以一般情况下他不会给她喝酒，不过今天就他们两人，他纵容了她一次，反正喝醉了也没外人。

晴也一喝酒就上脸，才半罐酒下去，白皙的脸颊就粉扑扑的，说起话来

也不似平时条理清晰，反而有些没头没脑和邢武天南海北地胡扯。

邢武不喜欢喝慢酒，一罐啤酒早空了，依然是那副面不改色的样子帮晴也涮着菜。晴也和他这些兄弟吃过这么多次饭，从来没见邢武喝醉过，有时候他们疯起来，白酒加啤酒混着喝，而且那喝法相当恐怖，就连白酒都一口干的那种，例如昨天黄毛就是被胖虎送回家的，其他人的状态虽然不至于不省人事吧，但基本上都是喝大的样子，唯独邢武，晴也从没见他失过态。

她托着腮，一双眼睛有些迷离地盯着他："喂，你到底有多能喝啊？"

邢武将涮好的肉片夹给她，淡笑道："抵上十个你应该没问题。"

晴也感觉自己的酒量受到了一万点的暴击，立马又拿起啤酒喝了一大口报复一下。

她爽快地放下啤酒罐看了看四周感慨道："这大概是我最难忘的一个新年了。你说很多年后我们回想起来得多好笑啊，窝在破旅馆里吃火锅，还只有一、二、三、四，嗯……加上这瓶腐乳勉强凑足五个菜吧，我以后要站在最高学府的毕业典礼上发言，就说感谢我最最最最最亲爱的表弟，是他用五个菜的火锅养活了我……"

邢武低眸笑了起来，放下筷子："你少给我丢人了。"

晴也昂起胸拍了拍自己："我怎么能给你丢人呢？我可给你长脸了，我难道不是你最爱的小可爱吗？"

嗯，邢武已经基本确定能说出这话的小可爱喝醉了。

他的视线移到她手边的啤酒罐上，其实他很想一把夺过来帮她喝干得了，但经过他一秒半的思考，他这个举动大概率会让对面小可爱疯狂跳脚，严重点还会不停质问他为什么抢她酒，所以他放弃了这个举动，默默起身烧了一壶水，然后放了一杯温水在她面前。

结果晴也那最后一口啤酒真的就跟养鱼一样，喝了足足一个多小时，邢武知道她大概是不能喝了，又不愿承认非要逞能，所以当她把最后一口喝下肚时，邢武比她还如释重负。

晴也伸了个懒腰嘟嘟囔囔："我睡觉了。"

嗯，邢武已经基本确定她快要没意识了。

他起身收拾残局。等他全部收拾好后，果真看见晴也竟然就这样蜷在椅子上抱着膝盖闭上了眼。他摇了摇头将她抱上床，又用热毛巾替她擦了擦，她无意识地扯了下毛衣领子，很不舒服的样子。

邢武只好把她挪到怀里，替她掀了毛衣，然后赶紧把她塞进被子里。

晴也睡得并不安稳，翻来覆去地一直在踢被子，邢武只能一遍又一遍地帮她盖好。不知道过了多长时间她才安稳下来，不乱动了。邢武为了转移注意力专心看了一场比赛，等比赛结束他再一转头，晴也就这样躺在他旁边睁着一双大眼安静地盯着他。

邢武“我去”了一声直接扔了手机：“你现在几个意思？梦游还是醒了？”

“我没睡着。”

邢武都被她那副正儿八经回答的样子给逗笑了，整个人跟摊烂泥一样叫都叫不醒居然还谜之自信地说自己没睡着。

他眼里刚浮上笑意就听见晴也对他说：“生日快乐。”

邢武愣了一下，立马拿起手机看了眼，十二点整。

说实话，当下的感觉吧，他并没有惊喜，反而感觉有些惊悚，他都不知道晴也在醉成那样的情况下是怎么能掐着点突然清醒还祝他生日快乐的……

晴也有些自责地说：“我本来给你买了一件衣服，准备当礼物送给你，但是烧了……”

邢武的心情更加复杂了，半夜十二点睡在身边的女人突然跟他说烧了件衣服给他？那折磨了他一晚上的邪念突然就被浇得透透的，还突然很想念句阿弥陀佛怎么回事？

更诡异的是，晴也睁眼说了那么一句“生日快乐”翻个身又睡着了，一夜都没再醒来过，搞得邢武失眠到清晨。

初二早上和前一天一样，邢武早早回了一趟家，他得照看奶奶，还得弄点吃的过来，回来比昨天迟了半个小时，因为包水饺耽误了一些时间，煮熟了带回来给晴也吃的时候还是热的。

晴也吃饱喝足后去浴室洗了个澡才终于感觉舒坦了。今天室外或许化雪的缘故特别冷，邢武回来的时候身上都带着寒气，所以晴也洗完澡赶紧又上

床躺着把自己包裹得严严实实的。

她突然想起什么对邢武说："对了，今天是你生日啊，我昨晚有没有跟你说过我给你准备了个礼物？"

邢武将外套脱了放在一边，眼神古怪地看了她一眼："忘了？"

晴也一下子坐了起来，莫不是她昨天喝醉又干了什么见不得人的事了？她顿时就闪着一双心虚的大眼，弱弱地问："我……干啥了？"

邢武渐渐逼近她，压在她身前盯着她："你半夜十二点醒来说烧了一件衣服给我，要不是你翻身快我差点把你扔下楼。"

晴也眨巴了一下眼，想象了一番那画面，好像是怪恐怖的，顿时就大笑起来，在床上笑得翻来覆去的，眼泪都笑了出来，随即又可怜巴巴地裹着被子对他说："衣服放在衣柜里，我是打算年三十给你的。"

邢武叹了一声："我也给你准备了礼物，不巧，也被烧了。"

晴也顿时好奇起来："你准备送我什么的？"

"秘密。"

"都没有了还秘密。"

"就是没有了干脆不说了。"

"是要花钱买的吗？"

邢武"嗯"了一声，晴也又追问道："那很贵吗？"

邢武坐在床边，顺了下她颊边的发丝："便宜的东西你能看得上吗？以后再补给你吧。"

晴也突然很难受啊，主要是心疼钱。

晚上的时候，邢武从奶奶那儿回来看见晴也还躺在床上，不禁说道："你再躺下去四肢要退化了。"

晴也嘟囔着："起来干吗？"

"去把烟花放了怎么样？"

晴也的双眼突然就炯亮起来："对哦，烟花还没放。"

那晚邢武带晴也来住旅馆，顺带就把那箱东西寄放在胖女人那儿了，晴也这时才想起来，立马跟打了鸡血一样就要下床，结果双脚刚落地，一步没走稳身体一歪，邢武赶忙拉住她，眼里藏不住的笑意：“我说你四肢要退化了吧。”

晴也气鼓鼓地捶了他一下。

当真是两天没下楼的缘故，都不知道什么时候外面的雪竟然化得差不多了，他们找了处空旷的地方，邢武拿出最大的花炮，晴也赶忙抬手按住他喊道：“等等，等等，你先别点。”

然后邢武就这么眼睁睁地看着她都快跑到两条街开外了，他笑着喊：“你跑那么远干吗？”

晴也已经事先把耳朵捂了起来：“怕炸。”

“不会炸的，过来。”

“我不。”

邢武干脆直接抱着花炮朝晴也走去，晴也抓狂地又开始跑，就跟他手上抱着原子弹向她靠近一样。

邢武无语地停下脚步，只能蹲下身将烟花点燃。晴也双手攥在一起紧张地吞咽了一下，又期待看见烟花又怕邢武炸到自己，还不停地对他喊：“好了没？好了没啊？你快点过来。”

邢武耳边听着她担心的催促只觉得好笑，他两岁就敢拿着大人的烟头点鞭炮了，这种家常便饭的玩意儿竟然把晴也吓成这样，果真是城市里来的大小姐。

他点完引线后站起身朝晴也不疾不徐地走去，晴也却伸着头往他身后的地上看，半天没有反应，出声问了句：“你点着了吗？”

话音刚落，“砰”的一声，只见一道亮光直蹿天际，晴也的视线也顺着那道光亮抬了起来，可一切归于寂静，漆黑的夜静得连风声都消失了，却在这时邢武身后原本陷入黑暗的天际突然炸开一道光，他就这样朝她走来，流光四溢布满夜空，他仿若身披七彩霞光，那震撼的画面直击她心中，绚烂多姿的颜色照亮了她晶莹的眸子。她撒开脚步就朝邢武奔去，邢武伸出双臂稳稳接住她，漫天的烟花就在他们头顶绽放，他在她耳边对她补说了一句：“生日快乐。”

那是晴也所有生日中最难忘的，她没有了家人，没有了归所，可这个男人给了她全世界。

他们放光了所有大大小小的烟花鞭炮才回去，晴也从来没有这么痛快过，竟然还在回去的路上对着邢武勾肩搭背地大唱生日歌，对他说他们俩生日相差两天，以后都一起过得了。

他们大半夜的出去浪了两个小时，回到旅馆都已经凌晨两点了，洗完澡躺在床上，在被子里手牵着手，但谁也没有睡意。邢武问："有没有什么生日愿望？"

晴也沉默了一瞬说道："不知道，太多了，希望爸爸能没事，希望我高考发挥正常，希望你奶奶病情稳定，希望……"

她侧过头看着邢武："希望十年后你还能我旁边问我这个问题。"

邢武没有说话。

想到十年后的光景，晴也突然兴奋起来："十年后我们是不是得有宝宝了？"

邢武笑着说："你还是个宝宝，巨婴，你要再生个宝宝那得多可怕，我一手抱一个。"

黑暗中，晴也"咯咯"地笑了起来，声音清脆悦耳。

未来，对他们这个年纪来说有些迷茫的词汇，谁也无法预见，只能天马行空地想象着。

良久，邢武看了下手机对她说："快三点了，睡吧。"

晴也睡着后便什么都不知道了，再睁开眼已经是中午了，她忽然觉得过年这几天可真颓废啊。

她起床后看见窗边的小桌上放着一个方方的小盒子，盒子上面靠着一张卡纸，她下床走到窗边拿起那张纸，整个人都愣住了。

画中的她闭着眼嘴角挂着恬静的微笑躺在一片柔软洁白的蒲公英中，微卷的长发披散在身旁，似梦似幻，空气中飘浮着漫天的蒲公英布满整张画纸。

晴也光洁的锁骨和裸露的小腿有种禁忌的美艳，却因为一片雪白的蒲公英显得圣洁唯美。

比起那天邢武随手画出的胖虎，这张画要细腻很多，甚至连晴也闭着眼时根根睫毛分布的形状都如此生动，让她看了都不禁脸红心跳的。

她赶忙拿出手机对着这张画拍了一张，她实在太喜欢这张画了，简直到了爱不释手的程度。

她不认为有任何一个画家能画得有邢武好，因为她在这幅画中看见了只有他们才懂的依恋。

卡片后面是一个四四方方的蛋糕盒，里面躺着一个很小的蛋糕，也没什么复杂的图案，就一个爱心的形状。她听见身后开门的声音回过头去，看见邢武从外面进来。

“你去哪儿了？”

“在楼下和老板聊了两句。”

晴也拿着那张画问他：“我昨天睡着后你一直画到几点啊？”

“天亮。”

他说得很轻松，晴也却皱起眉：“那你又没睡几个小时吗？”

邢武几步走到她面前：“睡不着，迟到的生日，蜡烛还是要吹一下的。”

“到哪儿弄的蛋糕？”

“一个朋友家有烤箱，早上去研究了一下。”

晴也有些吃惊地说：“你自己做的啊？”

邢武有些不自然地挠了挠头：“朋友也帮了点忙。”

晴也眯起眼睛抬着头：“你朋友男的女的？”

邢武推了下她脑门：“想什么？男的。”

然后晴也便脑补一大早两个男的窝在厨房研究烘焙蛋糕……

她眼神古怪地问：“你朋友没问你蛋糕做给谁的？”

邢武却掰过她的肩膀笑道：“这还用问吗？”

然后邢武就把那小小的爱心蛋糕拿了出来，晴也评价道：“为什么不在上面弄点什么，这光秃秃的。”

“本来想写几个字的，但我这字，有点影响美观，还是算了。”

他拉上窗帘，把唯一的一根蜡烛插上去，对她说：“许愿吧。”

晴也拉着他：“一起许。”

于是他们便一起过了这迟到的生日，然后同时把蜡烛吹灭了。晴也忽然觉得很想笑，虽然不知道为什么特别想笑，就是有种又凄惨又幸福的感觉。

刚认识邢武的时候，她哪能想到有一天他会拉下脸跑到一个朋友家做蛋糕给她，她现在特别想知道他那个朋友的心理阴影面积。

晴也出声问他：“你许了什么愿？”

邢武转过身把蛋糕递给她：“和你的那几个一样。”

晴也接过蛋糕说：“那是我的。”

“你的就是我的，给你双倍 buff 更灵验。”

晴也嘴角的弧度像月牙般弯起，吃了口蛋糕，满足地笑了起来。

邢武刚转过身突然手机响了，他侧头看了眼，放下碟子接起手机。房间很安静，晴也能听见听筒里犬牙的声音，他告诉邢武和大曹约好了，初五下午大曹在狂人等他，邢武说了声知道了。

挂了电话，晴也便担忧地说：“你明天要去见大曹吗？”

邢武“嗯”了一声。晴也立马站了起来：“你不会，不会去找他打架的吧？”

邢武瞥了眼她一脸紧张的样子，淡笑着摸了摸她的脑袋：“不会，放心。”

“那你去干吗？”

“找他做个了断。晴也，这件事我不可能息事宁人，我这个头好低，大不了我颜面扫地，一文不值，但往后黄毛他们，包括大黑那帮人都会抬不起头，大曹那边的人更会得寸进尺，没人想找事，有些事不解决不行。”

晴也沉默了，她听懂了邢武的意思。

站在她的角度来看，她不希望邢武去找大曹，她不希望他往后的生活都像在刀尖上游走，可有些事情并非她想的那么简单。

邢武在扎扎亭从小就是孩子王，这么多年身边的兄弟都以他马首是瞻，他一旦向大曹低头，那么跟着吃苦的不会只有他一个人，他那些兄弟都会被大曹的人压榨。邢武可以不管自己，但不可能不管扎扎亭这片兄弟的利益，更何况火灾这件事他也不可能就这么算了。

他要考虑的事情很多，顾及的人也很多，怪不得这几天连觉都睡不好。她不再劝他了，只是对他说：“我要跟你一起去。”

“晴也……”

“我不管。”她既然无法阻止邢武去见大曹，那么她也得跟着他，否则她一个人在旅馆等他肯定要担心疯了。邢武最终还是依了她。

第六章

祸不及家

y a o y a n z

初五那天所有人约在扎扎亭十字路口的小店那儿，晴也和邢武过去的时候都怔了下，街边站了十几号人，邢武只是让大黑陪他走一趟，没想到黄毛、胖虎他们听说后非要过来，还喊上了狼呆那群鞍中的刺头，加上犬牙、花臂他们这些社会青年，活像出去打群架的。

晴也有些忐忑地拉了下邢武：“你确定不是去打架？”

邢武也莫名其妙地朝他们走去，然后看向黄毛：“你们来干吗？”

黄毛很义气地说：“不是怕你吃亏嘛，这种场面怎么能少得了我们。”

邢武笑了下：“行吧。”

狂人网咖是靶厂附近最火的网咖，也是大曹那帮鞍职人的根据地，过年狂人的小年轻反而比平常还多。

邢武穿着一身黑色运动装，留着寸头双手抄兜走在前面，他的身后跟了十几个兄弟，那气势一踏进狂人就让所有人都惊恐地抬起头来。

晴也跟在最后就听见四面八方的声音涌了过来。

“那是鞍中的邢武吧？”

“武哥带人来了，我们要不要先下机？”

“小武爷怎么会跑到我们这片来？搞事啊？”

显然经常来的人对于邢武会出现在狂人都有些诧异。

网管是个和邢武他们差不多大的小哥，鬓角两边全部剃光，看着也不像个好人的样子，迎了上来发给邢武一根烟叫了声：“武哥。”

邢武接过烟叼在嘴上问道：“大曹呢？”

网管用眼神瞟了眼左边：“里面。”然后替邢武点上烟，讨好地说了句，“帮个忙武哥，你也知道，里面那批电脑年前才换的，还是经你的手，你们有事悠着点。”

犬牙立马瞪了他一眼：“滚一边去，再叨叨连你外面的电脑都砸。”

这个网管外号张呆子，人倒不呆，贼得很，是大曹的人，很会见风使舵，年前网吧老板想换一批电脑，张呆子找到邢武，又买烟又要请吃饭的，让邢武帮他们配一批电脑，原因很简单，电子街没人比邢武更懂组装和行情，他给出的配置向来性价比高，而且他在电子街混这么多年往往能拿到别人拿不到的价格，最重要的是，以后电脑出了什么问题，找他解决，方便。

邢武虽然跟这些人向来不对盘，但是人情归人情，赚钱归赚钱，他收下烟，给张呆子报了个还算厚道的价格，答应可以帮张呆子配一批。

结果这个张呆子想赚差价又不知道收敛，在邢武报的价格上加了很多，狂人老板拿着邢武出的单子又找同行打听了一番，才知道价格报贵了，然后这件事便在靶厂一带传开了，都说邢武心黑，做人不厚道。

传到了邢武耳中，他也不是吃素的，直接就找上狂人老板，这才知道是这个张呆子想捞油水，最后狂人那批电脑还是从邢武手上拿的，所以犬牙看见这个张呆子直接不给他好脸子。

张呆子也无话可说，只能靠边站。邢武睨了他一眼，淡淡地落了句：“慌什么，我又不是来闹事的。”

邢武回了下头对犬牙说：“我和大黑进去，你们在外面等。”

却在这时晴也一眼瞥见站在角落的“未亡人”杨刚，杨刚也正在探头探脑地往外看，因为有邢武在的缘故，他并不敢像那天一样过来说话。

晴也就瞥了他一眼便移开了视线，却忽然感觉有什么不对劲的地方。她再次把视线移到杨刚的腰间，杨刚依然非常“潮”地挂着那把大锁，只是左边的吊坠似乎少了那么一个。

晴也猛地拽住邢武压低声音对他说：“那个假面骑士我想起来在谁身上看见过了！”

邢武顺着她的视线扫向杨刚，紧了下牙根没说话，转身进了隔间。

隔间的电脑配置相对高些，大曹那帮人常年窝在那儿，其他人一般也不敢坐里面。

邢武和大黑直接走了进去，大曹早听见动静了，腿跷在电脑桌上叼着烟等着邢武。

邢武面无表情地朝他走去，身边就一个魁梧的大黑，而里面最起码坐了十来个大曹的兄弟。邢武径直走到大曹面前，周围十来个人齐刷刷地站起身，邢武目不斜视地抬起腿挑过一把椅子直接坐在大曹面前，看都不看那些人一眼。

大曹慢悠悠地把烟掐灭，偏了下头瞧见外面的情况，皮笑肉不笑地说：“带了不少人过来嘛，找我干吗？”

邢武细长的眸里蕴着冰冷的刀子：“不是你逼我来找你的吗？”

晴也挤到了犬牙旁边勾着头往里看，她只能看见邢武坐在大曹面前，两人的确没有要动手的意思，看样子像是在谈判，具体谈了什么她听不见。

只是过了一会儿，晴也看见邢武低下头，而大曹不知道说了句什么突然朝晴也的方向看了过来，晴也不知道大曹在看谁，还左右张望了一下。

直到邢武也转过视线紧锁着眉，晴也才确定他们在看自己。晴也的心跳突然漏了半拍，但邢武很快收回视线抬起下巴对大曹说了句话，随即站起身，跟大黑两人走了出来。

晴也只看见邢武表情沉得骇人，整个人仿若没有一丝温度，隔间里没人敢惹他，自觉让开道让他走。

出了隔间邢武径直走出狂人，其他人跟在他后面陆续离开，那些上网的人才都如释重负地呼出一口气。

一出网咖，黄毛就迫不及待地问：“武哥，你找大曹怎么说的？”

邢武没说话，脸色依然阴沉难看。

大黑语气不善地说：“我想不通你为什么答应他，这明显是大曹挖坑给你跳，我说句不好听的，你家这事跟大曹八成脱不开干系，他这就是逼你自投罗网呢。”

邢武嘴角泛起一丝冷弧：“出来混，祸不及家人，可惜他不懂这个道理。”

所有人当中，只有犬牙听懂了邢武到底在说什么，也听出了他的决绝。

犬牙沉默了一瞬，问道："县运会的事，你答应了？"

邢武低沉地"嗯"了一声。

晴也震惊地抬起头盯着他，只是他走在一群兄弟中间，她无法问清楚到底怎么回事。

邢武只是声音很沉地说："县运会我会跟他比一场，谁赢了靶厂以北谁说了算。"

瞬间，所有人都沉默了。靶厂以北包括鞍中、鞍职和扎扎亭，换句话说，输的人即使不滚出这一片，以后也必须得夹着尾巴做人，无条件臣服对方，这就是他和大曹下的赌注。

晴也无法形容此时的心情。正如犬牙所说，大曹既然有这个提议，事情就不会这么简单，只不过目前来看，邢武和他必须要有个了断的形式。大曹背后有暗堂的人，暗堂的人依附靶厂，靶厂的贾总和江老板又有很密切的生意往来，江老板在江湖上蹚，经常需要用人，当然不希望自己看中的小老弟说不上话。

这背后的关系太错综复杂，明面上的利益既然不能动，大曹和邢武就不可能真正意义上去干一架，既不能驳了大佬们的面子，又必须来一场公然的较量，让所有人心服口服，那么这场县运会只能是唯一的途径了。虽然所有人都知道事情并不会那么简单，但邢武已经做出了决断。

从狂人出来，犬牙喊邢武去一趟曹老板那儿，也就是顺易原来的老板，每年过年照例他们都会去给他拜个年，邢武便让晴也跟胖虎他们先回去。

黄毛插道:"晴也别回去了,去我家吃晚饭,武哥你结束直接到我那儿呗。"

邢武看向晴也，她无所谓地点点头，反正回去也是一个人待着，不如跟黄毛他们待一会儿顺便等他。

胖虎、狼呆他们一帮人都去了黄毛家。黄毛妈见他同学来了，十分热情地招呼他们，晴也最后进的门，黄毛妈一看见晴也就迎了上去问道："你就是晴也吧？"

晴也还是第一次见黄毛妈，笑着说："阿姨好。"

黄毛妈那是把晴也从上看到下，感慨道："我们家小功子经常提起你，长得真漂亮。"

“小功子”是什么鬼？

黄毛怪不好意思地把他妈拉开。

他们都进了房间，黄毛打开电视招呼晴也：“随便坐，别客气。”然后拿吃的给晴也。

其他人都常来黄毛家了，也没什么不自在的，一群人看着电视聊天等饭吃。

聊到县运会的时候，黄毛突然来了句：“你们说大曹非要喊武哥参加县运会，会不会跟三年前那事有关啊？”

所有人都沉默了。晴也抬头看了看他们，出声问道：“三年前什么事？”

狼呆插道：“以前曹平上初中的时候在他们校是田径队的，代表学校参加过很多比赛，我没看过现场，听人说他那时候很风光，还有市里体校的老师来找过他，跟他说县运会只要拿到比较好的名次可以直接保送市体校重点培养。”

晴也还是第一次听说大曹那吊儿郎当的样子以前还是个运动苗子，她不禁问：“然后呢？”

黄毛接着说：“结果他比赛前跟人起冲突打了一架被取消参赛资格，跟他打架的那个人是武哥同学，也被取消了参赛资格，当时带队的老师临时找武哥做替补，谁能想到那年武哥拿下了田径五项的第一名，也因为这件事大曹没能被保送体校，只能混个职高，这口气他肯定咽不下。”

胖虎叹了一声：“关……关键是，大曹就觉得……觉得武哥的人故意挑衅他，让……让他失去参赛资格。”

黄毛立马骂道：“关武哥屁事，他也是临时被人拉上去的，才不稀罕那名次，后来几年老董年年做他工作，武哥还不是不屑参加嘛。”

晴也却沉默了，这么看来邢武后来不参加估计也是为了避嫌，如果她要记得没错，别说这些体育项目，邢武平时连体育课都不上，而且他似乎特别排斥这些运动类的东西。

可晴也看过他扔铅球，看过他带球上篮时的矫健，还有和金中那场障碍赛中的表现，他完全有这个实力，但他从没想在这方面露脸。

如果照他们说的，大曹和邢武还有这么一段过去，那么这个县运会，看来大曹酝酿很久了。这或许对大曹来说就是一段执念，所以他不惜使用一切

手段为的就是逼邢武再次参加。

以他们的年龄来说，今年是最后一年可以参加县运会了，高三毕业便不再具备参赛资格，所以大曹不会放过这次彻底扳倒邢武为自己雪耻的机会。

晴也出声问了句：“那邢武和大曹的实力比较起来怎么样？”

他们几人对看了一眼，黄毛老实告诉她：“两人没有正儿八经比过，但大曹的成绩县里没人破过纪录，就连武哥那年的成绩还是差了大曹一点，所以大曹不服气，这么多年都觉得武哥阴他。”

晚上从黄毛家吃完饭回去的时候，邢武问晴也要走了那个她在火场捡到的假面骑士，虽然他并没有说要那个干吗。

回到旅馆后晴也便有些忧心忡忡地问邢武，对于县运会的事有多大把握，邢武却心不在焉地说：“我和他都好几年没训练过了，不好说。”

“如果比不赢会怎么样？”

邢武回过身望着她，眉梢微拧了一瞬，又突然舒展开说道：“比赛结果并不重要。”

当时的晴也没有听懂邢武这句话，邢武也没有解释为什么他并不看重结果，但很快他们的生活便随着新年的尾声越来越忙碌。

邢国栋为了不照顾老太太，年还没过完就吵着说自己要回去工作，这倒真是把邢武气得不轻。

李岚芳虽然前几天还无法接受离婚这件事，但这几天邢武的态度让她清醒了不少，她也认识到自己要是不离婚，儿子可能真不管她了，所以最终在民政局节后第一天上班时和邢国栋协议离婚了。

那边白纸黑字刚写完，第二天邢国栋就离开了扎扎亭，随之邢武也告诉李岚芳打算建房的事，所以李岚芳仅仅低落了一天就又精神起来，还责怪邢武怎么不事先跟她通个气，要是早知道建房的话，指定不能给邢国栋指手画脚的机会。邢武只是看着自家老妈“呵呵”不说话。

这么多年过来了，他妈什么德行他自然清楚，要是早告诉她，她一嘚瑟起来别说邢国栋，估计整个扎扎亭都要知道她家要重新盖房的事。

初七以后邢武说驾校开门了，所以白天他得来回跑，一大早出门，中午回来给晴也送吃的，而晴也也收拾起那懒散的精神，重新投入到刷题当中。

谢老头是初八回来的，晴也不知道邢武怎么跟他谈的，五万块钱不仅把厂房设备经营权谈了下来，谢老头还承诺提供一批原材料，前期免费做指导和过渡。

这对晴也来说简直像捡了大便宜一样，转念一想，不对，这个糟老头子坏得很，这些原材料食品源都是他自家的，要是她能把厂子经营起来他以后还是有的赚。

邢武把流年和杜奇燕喊了回来，初九就到厂子里熟悉流程了，而晴也比较谨慎，初十就开始核对账务。不过还好这个厂子规模实在太小，没什么烂账和债务，所以核对完毕后，晴也就催着谢老头去办转让事宜。

本来她想喊邢武一起去，不过邢武这几天事情太多，又要联系盖房的事，跑建材市场，又要去驾校，还要跑到县城的医院咨询奶奶住院的事，所以办理变更登记的时候她只能自己跟着谢老头去了。

这事要很多手续，晴也也是第一次弄，为了省点代理费，来回往工商局跑了几趟才终于搞定。

当她拿着变更好的材料出来的时候，头顶是个艳阳天，她停在工商局门口，迎着暖阳深吸了一口气，空气干干的，有种冷冽的味道。来这里大半年了，她似乎已经习惯了这种味道，从刚开始的抗拒到现在的心安，只是因为她在这里找到了归宿，那颗动荡不安的心不用再漂泊了。

晴也心情颇好地拨通了邢武的视频通话，邢武刚接通，晴也就嘚瑟地把新鲜出炉的营业执照在镜头前晃了晃笑着说：“我成法人了！”

邢武感受到她的激动，也在视频里对着她笑：“恭喜，晴总，你离赚好多钱又近了一步。”

晴也在电话里笑了起来，可笑着笑着她却感觉不对劲，邢武的身后不时有护士来去匆匆，周围很嘈杂的样子，她问他：“你在哪儿？”

邢武告诉她：“在医院，奶奶从昨天开始什么也不肯吃，我把她带了过来。”

晴也问他哪家医院。好在离她并不算远，所以她直接拦了辆出租车就过去了。

到医院找到邢武的时候，他在住院部的医生办公室里面正在跟奶奶的主治医师交谈，表情很严肃的样子。晴也只是安静地站在门口等他，没有打扰他们。

可饶是这样她还是听见了一些，那个中年医生的意思，奶奶似乎肠道功能衰退比较严重，只能暂时用鼻饲管来帮助她进食。老年痴呆患者如果开始不进食基本上就是晚期的表现，目前没有什么特效的治疗方法，只能住院进行维持加强护理。

最后邢武向医生打听了一下住院的费用，加上护理一个月最起码也得要四千，他谢过了医生起身离开。

晴也和邢武走在住院部旁的那条小道上。住院部这里有些清冷，本来今天对晴也来说是个值得高兴的大日子，可两人都没有说话。

一个月四千块对于还只是高中生的他们来说是一个不小的负担，虽然晴也觉得这个价格包含护理已经很厚道了，但可悲的是他们负担不起。

奶奶已经两天没有进食了，如果把她从医院接走等于直接宣判死刑，别说邢武做不出这样的事，就连晴也都不忍心，虽然他们都清楚奶奶这个病恐怕是治不好了，但是他们无法把奶奶从医院接回家等死。

所以她侧过头看着邢武，出声说道："我们不能放弃，办法总会有的。"

邢武停下脚步看着她，浅金的流光照在她白净的脸上，她的目光是那么炯亮，像当空的太阳，炽热耀眼。她或许并不知道这句话给了当下的邢武多大的力量，他就这样把她揉进怀里紧紧拥着她，所有的话都化作了这个怀抱，沉浸在冬日的暖阳里。

早在初十那天晴也便让小灵通把消息放出去，她的高考强化学习班就要正式开始了。晴也记不得哪次吃饭的时候和邢武提了一下，虽然邢武最近没有时间去厂里，但在开班前的一个晚上，邢武居然给她弄了一块移动式的黑板过来，不过他是夜里才抽空过去组装的。

晴也第二天去厂里才发现那块大黑板，还站在黑板前激动了好一会儿，有了黑板后的补习班突然有了那么点正儿八经的样子。

她在光秃秃的黑板前站了半晌，突然觉得应该写些什么，于是她在黑板的最右边扬手写了六个漂亮的立体空心字“冲北大，占清华”。

写完后，她终于觉得有了那么点冲刺班的味道了，在黑板的最上面写上高考倒计时：105 天。

她望着这个 105 天，心情忽然沉重起来，105 天以后她就必须要离开这里了吗？她忽然有些害怕这个数字。

开班的第一天，晴也以为不会来多少人，她早早到了厂里，和流年还有燕燕讨论生产流程的问题，八点刚过有人陆续来了。

让晴也没想到的是，来的人越来越多，八点半正式开始时，厂房前面坐了三十几号人。这些人有的上次冬令营晴也见过，有的是其他班的，晴也压根儿不认识，幸亏小灵通通知得到位，让这些人自带板凳，否则连坐的地方都没有。

晴也有些怔然地站在前面看着乌泱泱的一群人，发现基本上是鞍中高三年级各个班成绩比较靠前的人。

换言之，这部分人是真的想考出好成绩才愿意牺牲过年假期，得到消息就赶紧过来了。学校晚自习取消后，最惨的就是这部分人也被拖累了，他们当中非常耀眼的高分也许并没有几个，但是绝大多数的人底子并不差，全是各班的尖子生。晴也无声地打量着这些人，把本来准备好的一张试卷默默折了起来，

她站在最前面望着他们忽然就笑了起来，抬手指了指黑板右边六个大字问道：“看懂这六个字的意思吗？”

底下的人无论成绩怎么样，每个人都有些迷茫地看着那几个大字，北大、清华，所有高三学子的梦。

而梦，遥不可及。

晴也直接走到那六个大字前面，目光炯亮地望着他们：“这六个字不是代表学校的名字，而是在提醒你们离终点的差距，我知道你们当中有的人离这个目标只有几十分之差，有的人甚至有三百多分，以后请你们每天踏进这里时看看自己的距离缩短到了多少？

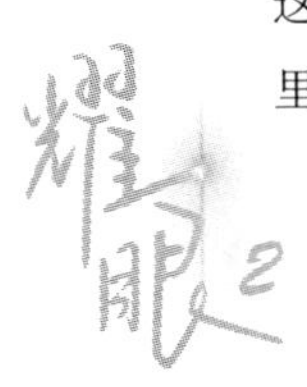

“无论你们来之前的目标院校是哪儿，从今天开始，所有人的目标都是这六个字。”

晴也把手中的卷子一扬：“说实话我今天准备了一张比较简单的卷子，本来我的想法是，能给你们拖一分上来就多拖一分，从最基础的开始讲。但是我现在改变主意了。”

说完她把手中的卷子一扔，直接走到那个令人畏惧的数字面前对大家说：“还有百余天，要与时间赛跑，我们已经没有时间从基础开始巩固了，从现在起，我会直接抓重点题出来攻，不要告诉我你听不懂，听不懂也硬着头皮听，我知道你们一看见大题就害怕，没有一道题比生存更可怕，想想以后吃土可怕还是一道破题可怕！

“我不可能保证每一个人都能考上理想的学校，但我绝对可以保证你们当中，绝大多数人在有限的时间里冲上一本。”

对于晴也笃定的眼神，更多的人还是一脸茫然。晴也看着他们的表情觉得好笑，直接走到桌前双手一撑：“傻了吗？我又不是老朱，给点反应啊！”

大家都笑了起来，胖虎带头鼓掌打鸡血，然后莫名其妙一大早所有人都谜之振奋，感觉要干大事了一样。

其实一开始过来的人都抱着凑热闹的心态，反正自己在家复习也是复习，就是找个人多的地方扎堆。

但几天下来，成绩稍微好点的人便看出了点门道，晴也选的题型极具针对性，基本涵盖了大量的知识点，她选择的题型不是刁钻的难题，也绝对不是基础的题型，而是介于中游段的大题，在讲题的过程中无形中代入了基础的知识点，让成绩弱的那部分人能够不断巩固，也同时拔高了题型的难度，让成绩稍好的那部分人能够不断提高解题能力。

老朱不知道从哪儿听说了这件事，白天的时候经常骑个破自行车跑过来转悠。他家离靶厂不算远，来的时候还经常会从家里带些吃的过来分给这些学生。

晴也一开始对于朱僨老师的大驾光临感觉十分错愕，还有些不太自然，寻思着要不要请老朱上来指导指导。

不过老朱让他们不要管他，他嫌家里人多吵，过来清闲清闲。

其他同学只是感觉听晴也讲题不费劲，比如他们原来看见就会绕过的题目，经过晴也的解析，理解起来似乎也并不是很难。她身上的那种自信和淡然有一种很强大的感染力，让一群复习起来犹如无头苍蝇的人突然就拧成了一股绳。

但老朱作为从业多年的数学老师，来听过几次后便发现一件令他十分震惊的事。

晴也把所有的得分点逐一拆分成考点，再根据考点划分区域模块化进行攻克，把每个模块的考点代入到题目中，再拆解分析，最终夺回一个个得分点。

她的脑中有非常强大的思维导图做支撑，能够精准地摘取到关键的知识点，这中间最难的一步就是拆解，如果不是刷题无数，掌握庞大的题库根本不可能做到如此精准，有些拆解方法连老朱都感到叹为观止，他有时候也会和那些学生一样听得入了迷。

几天后，原本三十人的冲刺班扩充到四十多人。老朱偷偷联合几名高三年级组的老师为这些学生弄来了一批桌椅，晴也再也没想到，一个简陋的冲刺班会在大家的帮助下越来越像那么回事了，而这些高三学子也正式开始了传说中的夜刷生涯。

另一边关于他们扎扎亭的家也正式开始动工了，所以近来邢武要忙于监工和医院两头跑，似乎过年那几天无事可做的日子也随着年后的忙碌彻底结束了。

自从奶奶住院后，邢武白天要赶去县城，每天晚上大概八九点才能回来，所以晴也的晚饭都是去李岚芳那里吃的。

今天她回家的时候看见大火烧的废墟已经被清理干净了。

想到很快这片平地就会重新盖起他们的新家，晴也就很期待。

奶奶住院后，李岚芳暂时住在奶奶的房间里，现在炫岛没了，她每天守着这一片连打麻将的心情都没有了。不过在邢武的嘱咐下，她晚上依然会把饭菜烧好等晴也回来。

晴也吃完饭的时候胖虎正好过来找她一道回厂里，路上的时候，胖虎终于开口对晴也说："其……其实我也不知道，跟……跟谁说，就……就是，

我想上音乐剧专业你觉得……”

晴也停下脚步看着他：“你真打算考艺校？”

胖虎有些纠结地说：“我……我没敢跟家里人说，我……我爸肯定会……会骂我。”

晴也却皱了下眉：“这个专业要艺考的，现在都快3月份了，来不及了！”

胖虎突然像泄了气的皮球，讪讪地笑了：“嗨，是……是啊，我都忘了，那……那算了。”

晴也看着他明显失落的样子，有些难以启齿。

最终她还是委婉地提醒道：“音乐剧专业貌似是要考语言的。”

两人无声地往厂里走，胖虎点了点头听明白了晴也的意思，他如果没法克服口吃的障碍，即使赶上艺考可能连初试都过不了。

人有的时候就是很矛盾，希望和绝望并存，让人无法死心，也找不到出口。

晚点的时候，厂里很安静，大家都在刷题，只有机器的声音有规律地响着，这两天他们的第一批货就要出来了，杜奇燕也在另一边的办公室里加班加点搭建网店，每个人都很忙碌。

晴也正在埋头写题，突然人群中一阵骚动，她抬起头的时候便看见邢武从门口单手抄兜悠悠走了进来。

自从补习班重新开班后，邢武一直没有时间过来，这里绝大多数都是鞍中的好学生，平时在学校看见邢武就发怵的那种，除了本班的人，外班有些人甚至都不知道邢武和晴也到底有没有亲戚关系，来这里这么多天猛然看见这位校霸大驾光临，顿时大气不敢喘一下，全部齐刷刷地盯着他。

邢武瞥了眼黑板上的“冲北大，占清华”，眉梢微扬径直走到最后面。

终于有人忍不住提着胆子弱弱地问了句：“武哥，你不会是来收保护费的吧？”

晴也无声地笑了起来，谁也没料到邢武居然从兜里抽出手，还顺便慢吞吞地拿出了一个皱得不像样的破本子往桌上一扔：“我来学习。”

胖虎、方蕾那群人再也憋不住大笑起来，其他班的人看见二班的人都在笑，也状况外地跟着干笑，摸不准这个校霸到底是在开玩笑，还是在开玩笑？

晴也倒是很淡定地抽了张卷子对小灵通说：“发给新来的那位同学。”

“好嘞！”小灵通屁颠屁颠地跑到邢武面前，“武哥，给。”

邢武接过卷子抬头说道：“借支笔。”

“……”方蕾他们又一阵大笑，胖虎抬手扔了支笔给他。

其他班的好学生不时回过头提心吊胆地偷偷看他，发现他还真的正儿八经地写起题来。

邢武往后一坐，那震慑力堪比钟大校长，搞得他们个个都坐立不安的。

一晚上下来，大家才发现这位校霸同学真的不是来找事的，他就坐在最后一排，晴也讲题的时候，他也跟着听，没有任何收保护费的意思。

九点一过，大家陆续散了。晴也还要和流年他们开个小会，她满手粉笔灰，到院子里洗了个手，回来的时候人都走光了，邢武靠在厂房门口看着她笑。

晴也故意朝他甩了甩手上的水。

邢武抬手挡了下：“找死？”话挺凶狠的，语气里满是溺爱。

晴也走到面前梗起脖子：“听得挺认真啊，听懂了吗？”

“那必须听出了最高境界，似懂非懂。”

晴也的笑容在唇边漾开。

闹完后大家开始各自汇报工作，流年说谢老头那边的工人都交接完毕了，这两天跟着他们试用了一下机器，走了走流程，基本准备就绪。

杜奇燕那边的网店也申请下来了，接下来需要产品的图片和文案进行上传。

晴也最后总结了一下目前需要处理的事宜，包括推广渠道、产品包装。对于产品包装，她还是坚持花点成本替换现有的。

这段时间她也做了大量的工作，研究了几个小成本的推广路径，可以联系一些小主播试着带货看看效果。

流年手上握着的那个本地妈妈姐妹团的群现在人数已经直逼大几百号人了，她打算以那个群为基础把群做活，所以晴也直接拿出了一份活动方案是针对本地客户的。

打算在 3 月中旬举办一次试吃会，广邀本县的人过来试吃。

杜奇燕一听还能这样操作啊，弱弱地问：“试吃的意思是不给钱吗？”

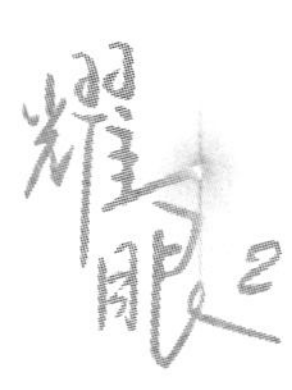

晴也笑着说："当然啊。"

流年和杜奇燕对视了一眼，愁眉苦脸地说："那我们不是赔本吗？"

晴也看向邢武："你和谢老头谈的时候，他答应前期支撑我们一批货的吧？"

邢武跷着腿坐在角落点了点头，晴也当即打了个响指说道："拿着谢老头的货免费做我们自己的广告，知名度打出去，客流量来了，还能顺带走一批货，不香吗？眼光放长远点，我们要做自己的东西，不是指望谢老头的货生存。"

流年和杜奇燕突然感觉思路被打开了。

坐在一边的胖虎插道："晴……晴也，我在唱吧认……认识一些主播，他……他们也玩那些短视频，有不少粉丝，要……要么可以联系下，谈……谈价格。"

晴也一拍手："太好了歌神，我正想怎么联系这些大 V 呢，你帮我问问看行情，这件事拜托你了。"

"一……一句话。"

晴也点了点本子上的纪要："现在最急需解决的是包装问题。我们可能需要购买真空包装的机器，外包装也要找人重新设计，而且需要出一批高大上的图片。"

当然遇到难题，她最先看的就是坐在角落一言不发的狙师傅。在这个扎扎亭，晴也自认为不会有人比他更神通广大了。

邢武看着她那求救的小眼神笑道："现在想到我了？"

晴也要不是顾及人多，早跳他身上逼他拿主意了。

邢武看着她一副憋坏的表情，扯了下嘴角坐直身子："机器这两天帮你搞，包装和拍照的事我明天喊犬牙过来一趟。"

他说得云淡风轻，晴也却疑虑地说："犬牙会吗？"

邢武笑了下："你有什么需求尽管跟他提就是了。"

虽然邢武这样说，但晴也还是持怀疑态度。

不过这算是小食品厂盘下来后他们核心骨干的第一次集体会议，虽然有些随意，有些东一榔头西一棒的，不过经过头脑风暴后，暂时遇到的问题都找到了初步的解决方法。

后天就正式开学了，所以第二天补习班暂停了一天，晴也正好可以利用这一天把包装这个问题解决了，如果要 3 月中旬开试吃会，那么 10 号之前所有生产必须到位，时间那是相当紧迫。

邢武早晨依然要去医院，没有时间陪晴也去厂里，不过晴也过去的时候，犬牙竟然已经到了，脖子上挂着个单反相机叼着烟正在拍院子里的那条大狗。

也许是因为舒寒的事，邢武不在场，晴也独自面对犬牙的时候总有种不尴不尬的感觉，她小跑几步来到犬牙面前随口打了声招呼：“来这么早？”

犬牙的镜头直接平移到她脸上，“咔嚓”拍下了她尬聊的神色，旋即低头盯着那张照片嘴角微勾回道：“没事干。”

晴也才想起来顺易关了，犬牙现在应该也处于失业状态中。

她指了指单反相机：“你的吗？”

“嗯，业余爱好。”

晴也又认真打量了他一番，看不出来犬牙的业余爱好是摄影。他灭了烟对她说：“干活吧，带我看看产品。”

于是晴也领着他去了车间。他们第一批需要上的一共是八种产品，论单价来说都是些不值钱的小吃类，主打无糖无油地瓜干和各类混合果蔬干。

她有些不好意思地说：“我们申请了个网店，需要一批看上去比较有食欲的照片来做宣传。”

她自己说这话都有点心虚，因为谢老头之前非常不注重卖相，所以要想让东西比较有看相基本需要逆天的拍照技术。

犬牙倒是没什么表情，用镜头对了半天，晴也也没敢打扰他。过了好一会儿，她才弱弱地说了句：“要是难办，就先随便拍几张先用着吧。”

犬牙却突然抬起头对她说：“让人分类一样装一些给我。另外，我听武子说这些原材料是自己家的？”

晴也点了点头：“原来那个老板家里自产自销的。”

“联系方式给我个，我明天抽空去生产地转一圈。”

晴也不知道他要去谢老头那儿干吗，不过还是帮犬牙联系了一下谢老头。

而后他收起相机，对她说：“找个地方商量下包装设计的事。”

晴也有些惊讶地说：“你学过平面设计？”

“没有。”

“……”

晴也带犬牙进了办公室，把自己的想法跟他提了下，希望地瓜干那些产品上独立真空包装，外袋的话最好用自封式的那种。

“三边封袋还是八边封袋？”

“……”

犬牙直接在电脑上搜出了一排样式，笔记本电脑一转给她看。

晴也眼前一亮，研究了半天：“这种。”

犬牙“嗯”了一声：“材料呢？PET，OPP，复合铝箔？”

“等等，我不知道你在说什么？”

犬牙抬眸看了她一眼，将笔记本电脑一合站起身：“知道了。”

晴也也跟着站了起来：“知道了？”

“嗯，那没什么事我先走了。”

晴也一脸蒙圈地看着犬牙匆匆的背影，冷汗直飙。

晚上，晴也就这样站在床上，双手叉着腰看着坐在一边的邢武：“真的，他就一句‘知道了’就走了？你说他这是几个意思？”

邢武扯出一丝笑意抬起头：“别站那么高，摔着，下来。”

“不下来，犬牙是不是觉得我破坏了她老姐的感情对我耿耿于怀啊？”

邢武无语地摇了摇头：“他对你能有什么意见，过来。”

晴也盘腿坐了下来一双大眼委屈地看着他。

邢武笑着说：“他是不是问了你什么，你一问三不知？”

晴也心虚地说：“那，他的确谈到什么复合铝箔啥的，我怎么知道他在说什么。”

邢武耐心跟她解释道：“他不是不理你，你不懂材料价格差异，他估计也不知道怎么跟你解释。犬牙做事信得过，放心交给他吧，这件事你别操心了，明天开学的东西准备好了？”

晴也往床上一躺闭着眼：“没有，不想收拾，烦。”

邢武只有起来帮她把包拿出来，将明天开学要带的东西一样样收拾好，再检查一遍。他自己开学都从来没这么仔细过，真是有个学霸在身边，对待开学的态度都不一样了。

让晴也没想到的是，自己愣是操心了两天，吃不好睡不好，睁眼闭眼都在着急，结果两天后当她放学回到厂里时，他们网店的所有架构居然已经弄好了。

犬牙就坐在杜奇燕旁边，杜奇燕在做最后的调整，犬牙不时出声指导一下。

杜奇燕见晴也回来了让她过来看看，没什么问题可以直接上传文案了。

而当晴也走过去的时候，发现所有产品已经上架了，更让她没想到的是，那一张张图片完全超出她的预期，点开单个链接，里面还有食品原材料的配图。她完全没想到犬牙会如此细心，那摆盘加上绿叶的烘托营造出一种绿色纯天然食品的既视感，正是她想要的效果。

而首页更是放上了农家自制基地的配图，让晴也眼前一亮，那大片的收成和农民自制的过程一目了然，没有什么比这种宣传更加到位了。

犬牙打开电脑的文件夹站起身对晴也说："包装设计我找人出了三版不同风格的，材料规格对应的价格是最后那张表，你坐下先看，我出去抽根烟。"

晴也怔怔地坐下来握着鼠标望着犬牙的背影，心里五味杂陈。

从实地考察拍摄，到后期整理修图，到设计封面和咨询材料报价，这在晴也看来可能需要一整个部门的人力才能完成的事情，犬牙三天就搞定了。

她瞬间理解了邢武对犬牙的信任，怪不得她这几天火烧眉毛、心急如焚，邢武却一点都不着急，还劝她别操心了。

她好像终于知道这么多兄弟当中，邢武为什么唯独会和犬牙在一起经营顺易，亏她之前还以小人之心度君子之腹。晴也想想不禁自嘲地笑了起来。

那天晚上，晴也和犬牙还有杜奇燕敲定了最终方案。晚上厂房很安静，犬牙和杜奇燕在办公室里忙碌，流年在研究邢武昨天才送来的真空包装机器，根据新定的规格统计生产量。

晴也趁大家写题的时候，加紧写产品文案。他们近来回去都很晚，她要上课，最迟不会超过十二点，不过有时候流年和杜奇燕回去更晚，只要他们在，晚自习就会一直开着，有些比较拼的，每天会在厂里待到和杜奇燕他们一起

下班，例如方蕾和史敏，当然胖虎每天为了安全护送她们回家，也会跟着她们一起夜刷。

于是等人走得差不多后，晴也读了读自己新鲜出炉的文案，征求大家意见，留下的一小部分人给了晴也很多启发，所以本来她一个人单干，到最后变成了一群人在写文案,果真人多力量大,那一个晚上所有产品的文案都给他们敲定了。

最终核定的时候，她把文字输入到电脑里，不经意抬头的时候，发现她身后竟然围了五六个人都在帮她检查措辞。

当时那种感觉吧，晴也就觉得鼻尖一酸，心里头热热的。人生第一次体验到创业的激情，她突然想到了爸爸，爸爸年轻时也是这样吗？如果他看到现在的自己不知道会是心酸还是骄傲。

想起爸爸，晴也突然动力满满。

本来晴也让杜奇燕明天再把文案传上去，不过杜奇燕坚持弄完再回去，胖虎送史敏她们走了，邢武今天晚上也忙到很晚，打电话让晴也等他，他在来接她的路上了。

于是晴也伸了个懒腰，去倒了一杯水休息一会儿，透过厂房的大门看见犬牙坐在院中的枯树下，她干脆又倒了一杯水走到他身边递给他："辛苦了。"

犬牙抬起头看了她一眼，接过水杯再次望着靶厂前面一排漆黑的职工房。

晴也拖了个小板凳坐在他身边，望着同一个方向，两人都没有说话。

良久，犬牙突然开了口："你还打算出国吗？"

这条路是从小家里人就给她定好的，她读了这么多年的国际学校就是为了去国外深造，可眼下太多问题摆在她面前，无论是金钱的压力还是情感的取舍都让她开始动摇。

犬牙叹了一声："我一直希望你赶紧出国，武子能少为你操点心，他家那个样子这么多年已经把他拖得够累的，身边没哪个兄弟有他过得累。但是现在……"

犬牙摸出一根烟点了起来，抽了一口吐出丝丝烟雾飘散在夜空中："现在你真的离开，武子能掉层皮。"

随着这句话晴也的心脏忽然抽搐了一下，在出国留学这件事上，邢武的态度一直很坚决，也从来没说过她离开以后，他会怎么样。

这是晴也第一次在他兄弟口中听到这个残忍的答案，连犬牙都能看出来他们现在的关系已经无法割舍彼此，三个月后，他们必须面临抉择，这件事像块巨石压在晴也胸口。

她突然扯了下嘴角，低头看着自己影子："那个赌你还记得吗？我说过会把他拉到另一条道上。"

犬牙转过头看着她，手指的烟淡淡地燃烧着。晴也缓缓抬起头望向苍茫的夜空，嘴角泛起浅浅的弧度："你信吗？我快赢了。"

犬牙望着她自信的模样，也扯起嘴角："怎么说？"

"和你打赌时，我只有把握活在他的记忆里，而现在，我有把握刻在他的心脏上，人没有记忆依然可以活，但心脏不跳动一天也活不了。"

犬牙渐渐拢起眉，有些怔然地感受着这句话的力量。

远处小天使的声音响了起来，晴也收回目光望向犬牙："你恨我吗？因为我的出现你姐对生活妥协了。"

犬牙望着从摩托车上跨下的身影，目光深沉："武子是我兄弟，你是武子的未来。"

晴也看着向她走来的邢武，忽而释然地笑了。

那半个月里，晴也很难想象自己是怎么过来的，准确来说，这是她活到这么大人生中最忙碌的时刻。

对于经营一家厂子，从生产到包装再到推广和销售，所有东西对她来说都是第一次尝试，很多时候她也和大家一样在摸索中一点点前进，失败中一点点总结。幸运的是，她不是一个人在战斗，虽然大家都是二半吊子，但是三个臭皮匠还能勉强顶一个诸葛亮。

或许是因为都是一群无所畏惧的年轻人，对未来有着无尽的畅想，敢闯敢拼，不计后果，所以他们投入了全部热情在这件事上。

不过晴也还是为了品牌的事情想破了头皮，这个厂子原名叫"谢老三食品厂"，要让她在食品袋上印上"谢老三"？搞得谢老头跟她爹一样，着实辣眼睛。

这到底卖的还是农家零食，不能太洋气，也不能这个娃那个村的吧，思来想去一直想不到一个比较能够精准定位的品牌名。

然后某天，邢武一边帮她洗着衣服，一边随口说道："就叫'晴谷'吧，简单好记，'谷'这个字和农家有关联，至于'晴'嘛……"

晴也立马跳下床跑到浴室两眼放光："因为我姓晴？"

邢武瞥了她一眼笑着说："主打的果干是纯手工晒干的，这个'晴'字不是恰到好处？"

于是邢武随口的一句话，晴也竟然觉得出奇妙，当天晚上就找人设计了LOGO，到后来她干脆把厂名都变更了，"谢老三食品厂"正式更名为"晴谷食品厂"。

他们的首批新包装出来了，从晴也确定最终版本之后，找印刷厂压价格出样品这些琐碎的事情全都是犬牙在跑腿。

中间晴也几次提到先把预付款给他，或者需不需要定金之类的。犬牙一直说不急，直到第一批包装运来后，晴也看见成品的质量超乎预料的棒，特别是那个立体的"晴谷"标志，晴也越看越有种无法言喻的成就感。

但是犬牙却并没有要她的钱，只是轻描淡写地说后面等厂子赚了钱一起结。

对于这件事晴也心里一直过意不去，她白天要上课，有时候连接电话都不方便，犬牙得应付这些对接人，还要跑腿，哪里还能让他垫钱。

晴也和邢武说了这件事，不过邢武只是回了句："不用顾虑那么多了，他没把你当外人。"

犬牙后来虽然没有问过邢武和晴也的事，但到底这么多年的兄弟，有些事情他不问不代表心里不清楚，或许他一开始对晴也是有些看法，不管是基于舒寒，还是他认为像晴也那样大城市来的姑娘不可能真心待邢武。

无论是他，还是大黑、花臂他们都清楚邢武重感情，他们不是认为晴也不好，只是担心邢武付出太多、期待太多，到头来空一场，不值得。

但经过这次邢武家出事后，晴也的态度让邢武身边这些兄弟渐渐从心底接纳了她，过去的那些顾虑也随着时间的推移变得不那么重要了。

邢武近来更忙碌了，他跟老杨打了招呼，有时候必须得请假去建材市场还有医院。邢武家的情况老杨也很清楚，问他需不需要发动学校捐款。

邢武好笑地说：“这事你跟晴也商量吧。”

老杨还真找晴也商量了此事。

晴也觉得这样公然卖惨跟要饭的一样，难不成还要让她跟邢武在某个周一的早晨，手拉着手站上主席台声情并茂地哭一场博同情吗？

她百分之百保证两人还没站稳估计就能笑趴了，她要答应了这件事，邢武不把她掐死，她也得把邢武掐死，毕竟他们是如此有骨气的穷光蛋。于是乎，晴也果断拒绝了老杨的好意。

晴也回旅馆越来越晚了，最近赶生产进度，赶试吃会的宣传，各种破事每天都让她不得不加班加点。

有时候晴也讲题时，邢武也会坐在最后一排跟着大家一起听。晴也好笑地问过他上课从来都不听的，为什么跑到她的补习班来反而听了。

邢武正儿八经地回答她：“主要还是看老师的颜值。”

“……”

晴也白天出了旅馆就像个女超人一样，忙学习，忙厂里的事，每时每刻大脑都在疯狂运转不曾停歇。

但夜里从厂里离开后，她坐上邢武的小天使便会瞬间像泄了气的皮球，很多次靠在他背后就能睡着了。

邢武怕她摔下去，到后来干脆让她坐在前面。骑到旅馆十来分钟的路程，晴也往往就已经靠在他怀里睡沉了，他还得把她背上楼。

那段时间对他们来说大概是人生中最苦的阶段，做什么事情都没钱、没经验，连睡觉的时间都没有，有的只是对生活的一腔热血，那时晴也最常说的一句话就是，等以后我们有钱了就找个没人的地方好好睡个三天三夜。是的，睡觉成了他们生活中最奢侈的事情。

虽然日子很艰苦，不过也有苦中作乐的时候，邢武三不五时会从县城带些小玩意儿给她。后来晴也细想想，那段时间邢武送给她很多东西，一顶很酷的鸭舌帽，两人一黑一白，一个瓶子似的沙漏，因为两人都是水瓶座，而代表时间的沙漏在那时候对他们来说似乎有着某种特殊的意义。

她那些日用品邢武也一点点帮她配齐了，甚至那段时间连她的衣服袜子

都是邢武帮她买的。

在晴也最不堪负荷的时候，邢武默默地照料着她的生活。虽然在她看不见的世界里，邢武也很忙碌，他和她说下午到晚上的时间他都需要练车，尽管有一次傍晚晴也在扎扎亭碰见了黄毛，她还奇怪黄毛怎么没和邢武一起练车，黄毛倒是很自信地说邢武技术比他差，需要多练练，他毕竟有家族遗传，与生俱来神车手，晴也对于他的胡扯也是一笑了之。

试吃会前夕的一个周末，他们加了两天的班终于把新包装的产品全部生产出来了，然后便是布置试吃会现场。

方蕾、史敏、小灵通、胖虎等人都自发过来帮忙，他们把所有桌子抬到院子里摆成了一个U字形，铺上了干净的桌布。流年负责安排试吃内容的呈现，邢武扛着刚做的宣传立牌放在门口，又和犬牙去路口把横幅挂上，这样周围的居民还有路过的人便能一眼看见这里在举办试吃会。

厂房里面也全部重新打扫过，史敏和方蕾特地跑去买了点装饰用的气球拉花回来把院子里布置了一番，胖虎把黄毛和狼呆也喊来打气球，晚些的时候大黑、花臂，还有邢武其他一些兄弟陆陆续续都过来了，很多人晴也连见都没见过，要不是这次搞活动，她竟然不知道邢武还有这么多兄弟。

他们一人送了一个花篮，整齐地摆在院门口的过道上，两边各十几个，异常壮观，随处都有种焕然一新的感觉。

试吃会当天的人比晴也预计的还要多，她本来认为流年那个几百号人的群里，能来个十分之一就不错了，结果没想到一大早就携家带口陆续来了很多人，大黑也召集了不少电子街的街坊过来捧场，甚至连老杨都带了很多老师过来，她和老朱看见自己带出来的孩子们如今个个都能够独当一面，打包的打包，介绍的介绍，就连一向腼腆的史敏，居然都拿着一个扩音器带领过来的人参观厂房，平时在学校从来不觉得，现在看着眼前的场面，一群老师头一次感觉手下的孩子们长大了。

下午的时候就连李岚芳都带领着一帮扎扎亭的牌友过来光顾生意，虽然是试吃会，所有产品免费品尝，但都是一包几十块钱的小零食，但凡过来的人或多或少在品尝过后都会顺便买点回去。

他们本来准备了充足的库存，竟然刚过中午就已经告急了，这是让晴也万万没有想到的。

所以她赶紧安排紧急预案，让大家留下联系方式，杜奇燕和方蕾做统计，三天内所有购买的产品快递到家，就这样下午才又维持了一部分订单。

两点的时候，流年群里的那批最活跃的主力军小姐姐大妈组团来了，这几十号人里，有的是流年原来的回头客，有的是群里的管理员，总之都是炫岛最早的一批会员。

有些人晴也也认识，她亲自接待了她们，用犬牙暂时借来的那台投影机向这批主力军介绍了一番他们的网店、产品内容，然后打开网店逐一介绍了产品单价，并承诺在场的这批群友可以拿到低于网店价格 30% 的单价，这算是对她们长期以来支持的回馈和优惠。当然她们感兴趣也可以发发朋友圈，问问身边的朋友有没有想要的，这部分回馈他们也可以直接返还。

本来流年他们都认为晴也这么做是为了感谢这些妈妈姐姐长期以来的支持，但他们谁也没有料到正是这群人，到后来成了他们晴谷的第一批分销商。

试吃会到下午四点就结束了，虽然大伙早已累得精疲力竭，但手上还积压了很多单需要生产包装发货，胖虎他们也一直没走，说留下来帮忙。

傍晚的时候，李岚芳带了好几锅菜过来，大家就这样围在一片狼藉的桌子上吃着饭，晴也发誓那顿饭是她这辈子吃过的最香的一顿饭，一群人狼吞虎咽，哄闹嬉笑。

黄毛扒着饭兴奋地问晴也："今天赚了多少钱啊？"

"还不知道呢，待会儿吃完饭我来算算。"

刚说到这儿，流年的电话响了，李岚芳接过他的空碗帮他盛了碗汤。不知道是谁打电话来的，流年在电话里激动地连声说："没问题没问题，我明天安排。"

挂了电话他就转头两眼放光地对大家说："严姐的妹妹不是在县城大市场里吗？刚才她妹妹去她家看到了我们的东西，让我们这两天把产品一样先送两箱过去卖，说待会儿把钱打给我，晴也，是给她让利 30% 吧？"

晴也点点头："对。"

方蕾放下碗擦了擦嘴笑着说："这不生意就来了嘛！"

李岚芳把汤递给流年说道："哟，看不出来啊，你现在业务能力挺强嘛，

之前给我干活的时候怎么八棍子打不出一个闷屁来？”

一群人都哄笑起来。

晴也吃完饭就进办公室盘账了，没一会儿，邢武拿着瓶饮料进来对她说：“账对好了就回去休息，今天不搞了。”

晴也快速把今天收到的现金，还有支付宝微信的账全部调出来清算完毕，而后抬起头看着邢武：“你猜我们今天赚了多少？”

邢武放下手机抬起头：“不低于一万。”

“一万五千多，当然还要除去成本。”

邢武叹了一声：“比预期要好。”

“我打算先把犬牙垫的钱给他，然后给杜奇燕和流年发点工资，他们这段时间太累了。”

“你看着办吧。能走了吗？”

两人相视一笑出了办公室，外面他们还在收拾残局。邢武过去帮流年他们把桌子往回抬，黄毛很无聊地在用烟头烫气球，一烫就“砰”的一声，吓得方蕾一直骂他，越骂他越来劲，追着方蕾烫气球，气得方蕾都要跟他打架了。

史敏一边整理剩下的东西，一边望着他们笑，犬牙站在院门口拆支架，不时看着这群人斜着嘴角，胖虎拿着手机追着他们拍。

晴也随手拿起一包小香薯干，喂了一个到史敏嘴边，自己也咬了一个，围观黄毛和方蕾的气球大战。

胖虎正好走到晴也旁边，镜头一转对着她问：“好吃吗？”

晴也伸手拿了一块给他，突然来了兴致用字正腔圆的伦敦腔介绍起她手中香甜软糯的薯干。

胖虎笑着问她还有什么。

晴也从史敏那里又拿了一包吃的，随即切换成一口地道的纽约腔，听得胖虎和史敏大笑不止。

邢武也走了出来盯着晴也笑，晴也说着说着又切换成印度腔，那不停卷着舌的颤音，逗得李岚芳都在旁边喊了句：“啥西啊？烫舌头了？你斯哇斯哇嘛人的头都吵破了。”

晴也一脸蒙地盯着李岚芳，完全不知道她在说啥子。结果旁边胖虎他们都要笑趴了，就连犬牙都跟着扯起嘴角。

收拾完东西一群人出了厂房往外面走，方蕾和黄毛还较上劲了，两人不知道什么时候从气球吵到了文学上，黄毛非说自己诗词歌赋样样精通，然后方蕾就随口说了两句古诗，让他接，黄毛不但不接，还非说方蕾故意刁难他，找些不出名的诗，转头就让晴也报个。

晴也已经跨上小天使，头也没回地对着他喊了句：“日照香炉生紫烟。”

话音刚落，身后响起一片喊声：“一摸口袋没有钱。”

晴也扬起笑容转过头，他们在夜色中对她挥了挥手，青春时节，年华尚好，她忽然闪出个念头，要是时光永远停留在这一刻也挺好。

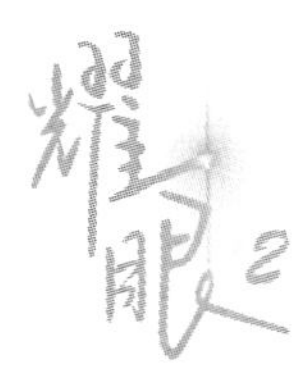

第七章

✦

最终战役

y a o y a o z

晚上晴也站在浴室洗了很长时间的澡，洗到邢武差点冲进去问她是不是洗睡着了。

她打开门直愣愣地看着邢武，忽然垂头丧气地说：“我以前总是怪我爸电话多，就知道忙公司里的事，现在才知道钱真的不好赚。你说我们拼死拼活搞了半个月，这一万多块钱除去成本，再把包装的钱给犬牙，发发工资，啥都没有了。”

她委屈地站在床边，一副要哭不哭的样子：“我还欠着谢老头一批货钱呢，这下货又没了。”

邢武放下手机，抬眸看着她：“万事开头难。”

晴也突然丧气地坐在床边：“中间难，结尾难，好难，我好想买个er200，但是舍不得买。”

“就是你原来用的那个辞典？”

晴也点了点头：“再等等。”

邢武没有说话，低下头拿过手机。晴也的手机突然响了，她拿起来看见邢武转了五千给她。她有些怔然地望着他，他将她拉了过来，顺了顺她的发：“买吧。”

晴也却挣扎着坐了起来：“你不是还要替奶奶付住院费吗，哪里来的钱？”

邢武云淡风轻地说：“接了点散活。”

晴也皱起眉盯着邢武看，邢武懒散地勾起嘴角：“钱的事我会想办法。”

晴也却突然问：“你驾校还需要去吗？都三个多月了还没考出来？”

邢武垂下眸随口说道：“不是过年中间耽误一段时间嘛。”

“唔。”晴也躺了下来，邢武关了灯躺在不远处。

晴也在黑暗中悄悄摸了摸他的掌心，那里不知道什么时候布满一层茧。

晴也转了个身无声地哽咽了一下。

开学后的第一次摸底测验，史敏和方蕾都冲破了 400 分，而胖虎已经直逼 450 分了，晴也依然 700 分出头，老杨让她最后几个月可以适当放缓生活节奏，维持这个成绩参加高考绝对没问题。

值得一说的是，除了晴也，这次摸底测验鞍中又多了几个 500 分以上的，都是出自晴也那个夜刷班的。

鞍子县到底是个小地方，教育资源有限，他们平时能刷到的题库也有一定局限性，晴也这段时间把她刷过且帮助比较大的题库和夜刷的同学进行了大量的资源共享，这对提高思维能力和对题型的把握的确起到了很大的作用。

所以他们这个夜刷班的人在短短一个月内又增加了二十几个人，厂房都已经快坐不下了。

时间就像邢武送给晴也的那个沙漏里的流沙，不停流逝，转眼到了三月底，近来董老师跑来班上找邢武的次数越来越频繁，晴也清楚那场比赛的脚步也越来越近了。

县运会是在三月底的一个周六举办的，那天的天气并不好，和晴也刚来扎扎亭时一样，天空布满厚厚的云层，遮天蔽日，看不见放晴的迹象。

邢武告诉晴也比赛上午就能结束，让她不用早起跟他去，他中午回来陪她吃饭。可那天清晨天刚蒙蒙亮，晴也就醒了，她闭着眼听着邢武起床，穿衣服，洗漱的动静。

直到邢武带上门，晴也才猛然睁开眼一骨碌坐了起来，然后提前到了跟黄毛和胖虎约好的地点。到那儿的时候，狼呆、张凯那群人已经到了，二班的黄志明、孙栋成、小灵通他们居然也全都跟着胖虎来了，浩浩荡荡将近二十人。

黄毛问她：“武哥去了吗？”

晴也点点头，胖虎赶紧问道：“昨……昨天晚上还……还是没说什么吗？”

晴也又摇了摇头，狼呆插话道：“不管了，我们先过去吧。”

让他们没想到的是，在去县运会的路上会碰上大黑他们，黄毛在街对面就朝他喊道：“黑哥，我武哥喊你来的吗？”

大黑一边朝他们走来一边说：“没啊。我们不放心过来看看，你们呢？”

这时大家才面面相觑，发现邢武真的只身一人来参加比赛，谁都没叫。

这件事最近无论是黄毛他们明着说，还是晴也从侧面问，邢武只是云淡风轻地说就过去比个赛，不需要叫人，也不需要人跟着。

但邢武和大曹要在县运会做了断的事情，这片的人都知道，大曹既然那么有把握逼邢武参加，必然做了万全的准备，黄毛、大黑他们又怎么可能眼睁睁看着邢武一个人去冒险。

他们到了鞍子县体育馆门口才看见，道路两旁停满了车子，而内场远比他们想象的情况要复杂很多。

县运会购票入场，往年的县运会稀稀拉拉几个观众，大多还都是参赛者的家属或者朋友，这种本来就没什么存在感的县运会压根儿就不会有什么观众。

县城的这个比赛场馆也不大，可今天看台上竟然乌泱泱坐满了人，大黑他们刚进来，四面八方就投来很多道不太友善的目光。

他们在靠门的最后几排坐了下来，晴也皱起眉在场中找了一圈并没有看见邢武的身影，但她却很快发现，看台的气氛很奇怪，除了一部分各田径队的人和老师，往左手边看去，那边最起码有上百号人都不像是来看比赛的样子，一片面目冷峻，气压低得出奇。

花臂压低声音飘来一句话：“暗堂的人来了。”

这句话落在晴也的耳中，让她的心提了起来。这个名字很久以前她在邢武口中听过，那时候他们去保杜奇燕时和大曹起了冲突，邢武告诉过她暗堂的人不好惹，大曹在靶厂长大，有暗堂的人罩着。虽然晴也当时并不知道暗堂到底是一种怎样的存在，但看眼前的架势，再迟钝也能感觉出来这股暗潮涌动的势力。

黄毛也少有的严肃，看着那边的人，接了一句：“鞍职今天也来了不少人，曹平这是把能叫的人都叫来了。”

大黑靠在椅背上，冷眼看着这一切，半晌，说了句：“对面，沈四那几个老大哥都到场了，一个破县运会开出了这么空前的场面。”

晴也沉默地听着他们的对话，心脏跳动的速度越来越快。她很快看清了眼前的局势，这个县城里的刺头在今天都齐聚一堂了，无论是那些提不上场面的地痞流氓，还是能说得上话的大佬。

能喊这么多人到场，不用猜也知道大曹的目的有多么用心险恶，他就是要当着所有人的面让邢武抬不起头，一下子把邢武的气焰压灭，让邢武永远在这个县城都夹着尾巴做人，成为他曹平的手下败将。

可为什么邢武明知山有虎，偏向虎山行呢？

晴也从一坐下开始眼神就不停地在场内来回扫射，她总觉得有什么不对劲的地方，可总也想不起来，从踏入这里她的心脏就一直跳动不安，但又说不上来是哪种感觉。

离比赛正式开始还有十来分钟，她忍不住起身说：“我去下洗手间。”

大黑随即跟着站了起来，踢了脚花臂：“一起去。”

晴也从洗手间出来的时候，大黑和花臂就站在门口不远处抽着烟，他们虽然没说什么，但是晴也能感觉出来他们寸步不离的行为有些不寻常。

在走回看台的路上，正好迎面而来一群人，晴也走在最后，看见大黑和花臂冷着脸，眼神一直盯着对方。那边大概四五个人，为首的男人三十来岁，留着胡楂有种粗犷不羁的样子，晴也从来没有见过他，然而他的眼神却落在晴也的脸上。

几个人中突然有人把手中的矿泉水瓶子朝晴也砸了过来，大黑反应极快，抬手就是一拳直接将矿泉水瓶捶出好远，落在地上又弹了两下。

花臂当即就骂了句：“不长眼睛？”

砸瓶子的小平头上来就扯住花臂的衣领，大黑直接堵在那个三十来岁的男人面前，冷笑道：“没想到这种事方哥也来参与，墙倒众人推？”

这个被称作方哥的人抬了下手，直接拽住小平头把他往后一拎，似笑非

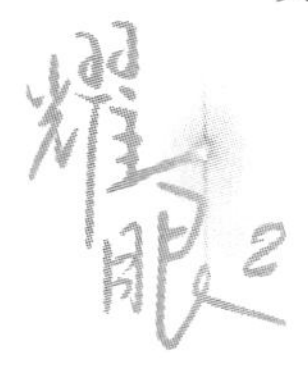

笑地说："热闹嘛，该凑还是要凑的，大家都是来看比赛的，比赛没开始我们还是得尊重下运动员，都别闹了。"

大黑面无表情地盯着他，花臂啐了一口。方哥很快又把视线落在晴也身上，漫不经心地打量了她一番，问了句："你就是晴也吧？"

晴也微微皱起眉，防备地看着他没有吱声。大黑身子一侧挡住了方哥的视线，对花臂说："走吧。"

大黑与方哥擦肩而过，花臂眼神恶狠狠地盯着小平头，晴也垂下眸跟在大黑后面，却在路过这个方哥身边的时候，他突然低头对晴也说了句："待会儿你最好早点离开。"

晴也猛然怔了下，再回头去看这个方哥的时候，他一副什么也没发生过一样，带着人往场馆的另一头走去。

他们走回看台后，晴也坐在大黑旁边问了句："刚才那个方哥是谁？也是来帮大曹的吗？"

大黑侧眼望向对面告诉她："方杰，暗堂里说得上话的人物，也在外面做生意，算是靶厂的固定供应商之一。"

晴也顺着大黑的视线看见方哥那群人走到了对面的看台，坐在大黑口中的那几个老大哥身边，她不禁又想到刚才这个方哥跟她说的话。要她早点离开？为什么要早点离开？他们准备干吗？他是暗堂的人，按道理说应该站在大曹那边，可为什么又要提点她？

所有乱七八糟的念头在此刻全部涌进晴也的脑中，一团乱麻，让她越来越理不清，心脏从刚才进场起就跳动不安。

忽然，她反应过来什么，在人群中扫视了一圈问道："犬牙呢？"

花臂回头对他说："早上打给他没人接。"

晴也的眉头皱得更紧了，犬牙现在在哪里？为什么会不接电话？

邢武家里出事，犬牙二话不说拿钱最多，以往无论邢武到哪儿、碰见谁，犬牙都是第一个站出来挺邢武的，然而今天这么重要的日子，他居然没有到场？一切似乎都透着某种不寻常的味道。

偏偏在这时，县运会正式开始了，看台内立马一阵骚动。所有参赛人员陆续从等待区进场，晴也坐直身子双眸不停颤抖，黄毛突然指着某处喊了声：

“在那儿。”

晴也顺着他指的方向看了过去，在人群中找到了董老师。董老师一身蓝色运动装拿着个记录板在不停说着什么。

晴也的眼神继续在那个角落寻找，终于在几个男生的后面找到了邢武。他穿着黑色的短袖衫，下身灰色运动裤，肩膀上搭着一条宽大的毛巾，他的面前不停有人来回走动。晴也看不清他的神色，只依稀看见他手上拿着一瓶水，低着头捏着塑料瓶子。

报幕员串词过后，比赛项目便正式开始了，邢武参加的还是田径五项，分别是跳远、200 米、推铅球、跳高和 1500 米，大曹报的也是这五项，所以两人决胜负的规则便是五局三胜。

第一场赛道比的是 100 米短跑，两人都没有报名，赛道里面同步在比跳高。邢武终于扯掉肩上的毛巾，他一站起来，那颀长健硕的身形便瞬间吸引了很多人的注意，可不同于上次冬令营的是，今天场内没有女生为他尖叫，有的只是虎视眈眈的目光。

而同时，随着看台那头的一阵吼声，晴也终于看见了大曹。这是晴也第一次见大曹穿着一身白色的运动装，他个子和邢武差不多高，不过身形偏瘦，今天还扎了个小辫子，一脸邪相。

他跟邢武不在一组，不过两人依然透过人群对视了一眼。

晴也不自觉将两手攥在一起。邢武在场边做了简单的热身运动，然后随着小组参加第一场跳高。他腿长个子高，这个项目对他来说有一定的优势，小组赛轻松取得了第一，而大曹那边的跳远成绩也很优秀。

两人虽然自始至终没有什么交集，但都在默默关注着对方的成绩，最后跳高项目邢武拿了第一，而跳远他输给了大曹。

200 米两人被分到了一个小组，不过中间隔了两个赛道，枪响一开始，5 道的外圈起点比邢武前一步，却在邢武刚往前冲时，5 道的人突然向他歪了那么一下，偏偏就是这一下被大曹抢了一秒率先冲了出去，晴也甚至没有看清怎么回事，花臂他们就全部站了起来大喊：“犯规！”

她慌乱地跟着站起身到处问：“怎么了？”

大黑沉着脸说："算不了犯规，5 道那人的脚没越线。"

晴也紧紧握着拳头，手心里全是汗。邢武在落后两秒后便加快速度往前冲刺，而彼时大曹已经遥遥领先，那速度像离弦的箭。晴也的瞳孔骤然放大，心脏跳动的声音直击耳膜。大曹的实力有目共睹，即使搁置了两年多的训练，他的速度依然快得惊人。

邢武和 5 道的人贴得很近，胳膊肘不时碰到一起，那人块头和胖虎差不多，人高马大的，就跟狗皮膏药一样。邢武侧头瞪了那人一眼，便在这时那人的手肘狠狠给了邢武一下，直击他的肋骨，所有人都怔住了。

晴也再怎么也没有想到县里举办的比赛，这些人居然敢堂而皇之在比赛中做小动作。

邢武生生受了 5 道的人那一下，只是微蹙了下眉，脚步没有任何停顿，就在那人作势又往邢武靠时，邢武胳膊一抬，而那个动作在外人看来分明就是他撞了 5 道一下。黄毛破口大骂，晴也急得不禁默默念着："快点，甩掉他……"

最后 50 米的时候，邢武突然发了狠，拼命往前冲刺，不过两秒的工夫就把 5 道的人甩在了身后，那速度同样像一头凶猛的猎豹，快得惊人，然而终点线就在眼前，最后他还是没能赶上大曹，落后大曹两个身位，取得了第二的成绩。

黄毛他们集体狂吼 5 道犯规，吼声一浪高过一浪。

邢武的汗水顺着额头滴落，他抬起 T 恤擦了擦汗朝着他们的方向看了过来。晴也的目光猝不及防和他撞上，她就站在大黑旁边，眼神紧紧跟随着他。

邢武怔了下，渐渐皱起眉盯着她。

晴也知道他在怪她跟过来，他早晨故意说中午就结束回去陪她吃饭，就是怕她跟过来，可她还是来了，她必须得来，她不能看着他一个战斗。

就在这时，裁判跑到报幕处进行交涉。很快，报幕员便宣布刚才的 200 米比赛中 5 道和 4 道存在肢体冲突，被双双取消成绩。

黄毛他们全都蒙了，再怎么也没想到是这个结果，花臂咒骂了一声。

大黑沉着声对黄毛他们说："都别喊了，武子有没有撞他现在说不清楚，肢体碰撞一旦裁决，两人成绩肯定都要取消，他们想比脏赛，这恐怕才开始。"

晴也能看见邢武脸上的表情沉了一下，他走到场边拿过毛巾转头去看大曹，大曹竖起两根手指放在额边对他轻蔑地挥了一下。

一切都那么似曾相识，晴也忽然想起之前在黄毛家他们说的话，大曹想用当年他退赛的方式还邢武一击。

邢武此时一定也看懂了大曹的神色，他对大曹阴冷地笑了下，转过身将毛巾甩在一边。

时间一点点推移，太阳在悄无声息中移到当空，却因为厚厚的云层无法透出半点光来，整个比赛场都像笼罩在一片混沌的黑暗之中，压抑、沉闷。

第四项推铅球大曹失利了，他推铅球的姿势很奇怪，每次要掷出去的时候总感觉像突然没劲一样。大黑默不作声地看着，说道："大曹前年胳膊打架受过伤，这个项目对他来说是废的。"

正如黑子所说，大曹推出去的成绩还不如前面几位小个子的。邢武的身影夹在一群人中间，晴也在大曹推完铅球后，眼神就未曾离开过他，却在这时不知道发生了什么，邢武突然蹲在地上抱着左边膝盖，五官在瞬间揪在一起。

顿时，看台一片哗然。花臂他们全部站起身紧紧盯着邢武，裁判过去问他情况，但很快邢武便拍了拍裤脚站起身冷漠地摇了摇头，大家见他没事比赛也继续开始。

邢武双手放在身前站在原地等待，可晴也的一颗心早已跳到嗓子眼，不对，肯定不对，刚才一定发生了什么事。

她再清楚不过，一般的小疼小痛邢武根本不可能皱一下眉，他刚才那个反应分明像是遭受到很大的疼痛，到底是怎么回事？

晴也再也按捺不住，双手贴在身边紧紧握着拳头。可邢武面色淡淡的，看不出任何问题，包括他后来走到起推点，再到完成整个比赛都没有表现出半点异样，甚至比赛的结果让大黑他们连声叫好。黄毛侧头问道："大黑哥，是不是最后一项 1500 米武哥赢了大曹，这比赛就拿下了？"

大黑点点头："就看最后一项了。"

200 米中大曹的实力已经一目了然，跑步是他的强项。1500 米长跑，拼的就是耐力，没人能猜到最后的结果，场内突然安静得出奇。

就连对面几个原本在吹牛的老大哥都不禁开始把目光投向跑道。

董老师把邢武拉到场边正在不停对他说着什么，晴也看见老朱不知道什么时候竟然也来了，扛着一箱矿泉水正在给鞍中比赛的学生一瓶瓶地发。

发到邢武的时候，老朱还拍了拍邢武的肩，邢武只是拧开矿泉水一言不发。

然而晴也却发现邢武在走到场边落座的时候，左腿甚至都没有弯曲就直接坐了下去。便是这么一个不经意的动作让晴也的心跟着颤了起来，她声音发紧地说：“邢武受伤了。”

“受伤了？”黄毛立马朝邢武看去。

大黑他们面色暗了下来。

胖虎疑惑地说：“不……不会吧，邢武哥为……为什么不说啊？”

不知道，晴也不知道他为什么不跟裁判说，她不知道他要干吗。但她可以肯定邢武刚才一定是遭遇了什么，她现在很担心接下来的 1500 米他到底能不能撑下来，时间已经到了中午。

这是邢武和大曹的五项比赛中最后一项，厚厚的云层中间突然裂开一道细缝，炙热的阳光就这么透过龟裂的缝隙照在赛场中央，那诡异的画面仿若一半是地狱一半是天堂，让整个赛场的氛围都变得紧张起来。

报幕员宣布 1500 米比赛开始准备，鞍中只有邢武报这个项目，董老师亲自把他送到场边不停地对他说调整呼吸，保持体力。

邢武径直从大曹身边擦肩而过走到 2 道，大曹原地做着热身运动，待邢武站定后，突然对他吹了个嘹亮的口哨。邢武朝大曹看去，大曹挑衅地扫了眼邢武的膝盖，邢武冷淡地抹了抹嘴角。

比赛便在一声枪响中开始了，大家上来就抢占跑道，混乱中有人踩了邢武一脚，邢武并没有理会，一圈过后，距离已经慢慢拉开了。

大曹遥遥领先，场内一片寂静无声，晴也牢牢盯着邢武，他虽然保持着匀速离大曹一段距离，但始终紧着牙关，豆大的汗珠从他的额上不停滴落。晴也此时只觉得呼吸困难，空气中那燥热难耐的感觉正如她第一天刚来这个地方一样，压抑到窒息。

三圈过后，邢武突然开始加速，而大曹的体力明显也快到极限，他余光瞥见邢武的身影，面目狰狞地发力，离终点还有半圈的时候，邢武逐渐追了上来，两人的距离只缩短到一个身位。

看台里开始发出阵阵骚动，大黑机警地看着暗堂那边的人，有种不好的感觉。

两人继续跑着，大曹和邢武同时变到 2 道准备超过那个落后一圈的参赛者时，却在刚越过那人时，邢武的衣服猛地被拽了一下，“刺啦”如此刺耳的声音顿时惊醒了所有人。

紧接着，邢武后背便被人狠捶了一下，晴也捂着嘴不可置信地说：“他们到底在干吗？这还在比赛啊！”

大黑看着暗堂那边蠢蠢欲动的架势，顿时脸色煞白：“他们根本就不是来比赛的！”

邢武没有理会那人，继续往前跑，那人死命扯住邢武的膀子，上去就给了邢武膝盖一脚，晴也一声惊呼，邢武重重摔在跑道上。

与此同时，大曹冲过了终点，周围几个参赛的人全都陆续停下脚步。晴也的胸腔剧烈起伏，她看见邢武面色苍白，看见他艰难地撑着身体站了起来，看见他对着终点的大曹冷笑着。

他什么都没有做，在所有人都以为他会还手的时候，他没有动，只是用那种傲睨的眼神看着大曹，仿佛在看一个 loser。

大曹瞬间被他那个眼神激怒了，挥了下手。站在邢武身边的那个男人对着邢武膝盖又是一脚，邢武依然没有躲，也没有还手。

黑子怒吼道：“大曹要废了武子。”

狼呆他们瞬时炸了，全部往台下冲。

董老师和老杨大喊着往邢武跑去，裁判也吹着哨子，鞍职的人跃过围栏，场面眨眼之间陷入混乱，晴也脑中“嗡”地一炸，再去看邢武时，他已经被人围住，无数的拳头落在他身上。

晴也眼泪瞬间就崩了，撒开腿就往邢武那儿跑，却被大黑一把狠狠拉住，他喘着粗气对她说：“去找犬牙！快！找他叫人！”

晴也在看见邢武被围的那一刻大脑已经停止运转，她惊恐地盯着大黑，周围的声音在一秒之间全部消失，耳朵里是嗡嗡嗡的声音，浑身颤抖个不停！

大黑还在不停喊她：“晴也！听到没？”

一秒的断片过后，晴也瞬间反应过来转身就往外跑，与此同时，大黑也朝跑道冲了下去，晴也最后一眼看去时，已经再也看不见邢武的身影，只能看见乌泱泱的人跃过护栏涌向跑道。

晴也跑出场馆，混乱的思绪猛然拧在了一起，脑中闪现那次在医务室时邢武对她说的话。

“你不是脑子好吗，那就多动动脑子。”

“四班那几个女的也不是无所顾忌，我们班有个女的跟她们有过节儿，你可以猜猜是谁。”

曹凡为什么会怕方蕾？方蕾凭什么能在学校横着走？方蕾，方杰。

晴也掏出手机就一个电话打给方蕾：“方杰是你什么人？”

方蕾有些错愕地说：“我堂哥。”

“让你堂哥保下邢武，无论如何！”

场内，方哥挂了电话，瞥了眼身旁的老大哥们，起身说了句：“我去厕所。”

他走到角落，趁人不注意，对着自己的人使了个眼色：“去拖延一下，让子弹再飞会儿，待会儿还有好戏。”

出了比赛场，晴也一路狂奔。她从来没有这么不顾形象地在街头奔跑过，一口气跑到十字路口横身冲出马路拦在一辆三蹦子面前。骑三蹦子的小哥被突然冲出的女孩吓得一身冷汗，刚准备破口大骂，晴也直接掏出一百块扔给他：“五分钟内到达电子街，再给你加一百。”

小哥跟疯子一样在街巷穿梭，横冲直撞。晴也死死扣着门，身体几度被颠了起来，五脏六腑仿佛错了位。她忽然感觉现在发生的一切都如此不真实，怎么可能？他们怎么敢在这种场合打人？

这是晴也活到这么大根本就不敢想象的事情，如今看来大曹在来之前就已经决定在赛场把邢武打趴下。

她突然想起来那天她问过邢武如果不赢会怎样，他告诉她比赛结果并不重要。

大曹要的结果不是在比赛中赢了邢武，而是在这么多人的面前把邢武打倒，让邢武颜面扫地，彻底臣服在他脚下。

而晴也之前一直认为大曹根本不可能在比赛中对邢武动手，因为这是县里举办的比赛，他怎么可能公然在赛场闹事？

直到三蹦子的速度快得直接把她甩在门上时，她才突然反应过来，这不是她原来待的地方了，这里山高皇帝远，周围的一切规则根本就不一样。

正是因为这场运动赛是上面举办的，大曹在赛场对邢武动手，上面为了避责很有可能会把事情定性为比赛冲突，压下来不想闹大，再加上暗堂的势力左右盘旋其中……如果是这样，性质完全就不同了，即使邢武被他们打残了，只要大曹没有亲自动手，依然什么责任都不用承担。晴也突然被自己的猜测吓得脸色煞白。

三蹦子小哥也是把命悬在刀尖上，各种走位把晴也送到电子街，正好五分钟整，晴也掏出另外一百块甩给他，拔腿穿过那条巷子就往犬牙家跑。

她凭着记忆一路跑到犬牙家门口，疯狂地敲着院门。没一会儿犬牙趿着拖鞋把院门打开，看见面前气喘吁吁的人怔了下："晴也，你来干吗？"

"邢武被人围了。"她一秒也没耽搁，直接开门见山。

然而犬牙的目光只是紧了紧，没有吃惊，没有意外，只是问了句："大黑他们过去了？"

晴也望着他的神情，忽然反应过来，不可置信地说："你知道？你知道他会被打是不是？"

犬牙看着晴也情绪起伏的样子，手指攥着院门声音发紧："我劝过他了，这是他自己的选择。"

晴也一把抓住他，抬起头就问："你什么意思？"

犬牙目光复杂地皱起眉，晴也的声音几乎是从喉咙里吼出来："你到底什么意思？"

她浑身都在发抖，眼泪不自觉夺眶而出，抓着犬牙的手颤得厉害。犬牙反手握住她的手腕对她说："你冷静点，武子和江老板都谈好了。"

晴也浑身发冷，思绪越来越乱，只能抓住零星的关键词死死盯着犬牙："江老板？关江老板什么事？"

"这么多年江老板的生意暗堂的人都要插一脚，每年光打点暗堂就要花不少钱，这几年暗堂的人越来越得寸进尺，也想搞酒吧夜场，去年江老板手

下有个场子闹事，被砸过一次，后来查到就是暗堂的人干的。

“他一直想找机会把暗堂整锅端了。武子和江老板谈好了，只要大曹在赛场对他下手，江老板就出手对上面施压，逼上面对暗堂动手。”

晴也怔怔地望着犬牙，忽然松了手，身体一下子倒在院门上。所以犬牙早就料到邢武会被打，或者说只有邢武被打，只有事件不断升级，江老板才好出手。

她终于知道为什么邢武忍着伤继续参加比赛，为什么对于那些小动作视而不见，为什么看见大曹的挑衅按兵不动。

为的就是不断激怒大曹，让大曹忍受不了公然对他下手。只要大曹敢明着来，那么邢武的目的就达到了，下面他要做的就是打不还手，在最后案件定性的时候可以完美脱身，将所有过错甩到大曹和暗堂身上，之后的事情只需要交给江老板运作即可。

所以他根本不看重比赛结果，真正要干的是把大曹弄进去。

暗堂的人有把握能把事情压下去，但他们没有料到江老板在所有人的背后等网收割。

晴也到这一刻猛然反应过来，犬牙很清楚邢武今天必须要面对什么，因此他压根儿不能到场。

这根本就不是一场运动赛，也根本不是大曹和邢武两个人的对决。

暗堂想抢江老板的生意，江老板频繁跟靶厂的贾总走动，暗堂的人坐不住砸了江老板的场子，然后试图打压邢武挺大曹上位，江老板正是想利用这次契机一锅端了暗堂。

而这件事最终牺牲的只会是邢武一个人，背后最大的赢家正是江老板。

晴也在半分钟之内将所有事情全部理清，她直起身子咄咄地盯着犬牙问道：“舒寒知道这件事吗？”

犬牙的眉峰紧紧拧着，摇了摇头：“除了我，没人知道。”

晴也的脸上突然露出扭曲的冷笑：“你就没想过江老板的另一个目的吗？”

犬牙就这样望着晴也，脸色一点点变得僵硬。她讽刺地对他说：“江老板根本就不会到场，他巴不得借暗堂的手把邢武往死里打，带我去找你姐。”

犬牙猛然愣了一下，似突然反应过来什么，二话不说换上鞋拿着摩托车钥匙直接带着晴也杀到舒寒所在的麻将馆，在一个小资的包间里找到了舒寒。

他们冲进去的时候，舒寒正在跟几个人打牌，肩上披着一件镶着手工珍珠的外套，抬了下眼皮没搭理犬牙，然而当看见随后冲进来的晴也时，微微愣了下。晴也直接走到她面前对她说："你现在方便吗？"

舒寒漫不经心地摸了张牌，虽然没有说话，但意思已经很明显，她没空。

晴也抬头看了眼犬牙，犬牙对舒寒说："武子出事了，你能……"

"没看见我在打牌？"舒寒直接打断了他的话。

旁边几人抬起头看着他们，晴也从来没有这么难堪过，她刚准备转身走人，随即硬生生忍了下去，狠狠咬了咬牙，低声下气地说："舒姐，很急。"

舒寒有些烦躁地扔了一张牌，正好放炮给对家。

她推开牌站起身对他们说："等会儿。"便走出了包间。

晴也很快紧随着她进了隔壁的空包间内，舒寒低头点燃一根细烟回身看着他们问道："什么事？"

晴也看了看犬牙，犬牙将江老板和邢武协商的内容告诉了舒寒。舒寒阴着脸听完了，深吸一口烟看向晴也："所以你来找我的目的是什么？"

晴也的指甲陷进了肉里，如果可以，这个世上她最不愿意面对的人就是舒寒，但显然邢武那边的情况好坏未知，她没有任何选择的余地，尊严和颜面，都比不上邢武的命。

她只是这样望着舒寒，一字一句地说："江老板会答应邢武把大曹弄进去，但他也一定会让邢武吃够苦头，至于为什么，你应该清楚。"

舒寒夹着烟的手不经意间颤了一下，很快回道："你们都说了，他之前就和老江谈好了，这事我管不了。"

晴也急得喉间哽了一下，目光颤动地看着她："得不到的就可以眼睁睁看着你的男人因为你而毁了他是吗？"

舒寒狠狠将烟掐灭，双手拍在麻将桌上："跟我没关系。"

晴也瞬间抬起头，眼泪悉数顺着眼眶滑落，邢武被围殴的场景仿佛隔着遥远的距离再次冲进她的大脑，让她近乎发狂。

犬牙在旁边跟舒寒吵了起来，晴也机械地转过身往门口走，她的手握着

门把手，冷不丁地说了句："人有时候挺搞笑的，找个理由去堕落，然后把这一切归结于命运，如果邢武今天在赛场再也站不起来，你是不是还挺痛快？这就是你想要的？"

舒寒缓缓抬起视线看着晴也的背影，然而晴也头也没回直接拉开门大步走了出去。

龟裂的云层渐渐合拢，大地再次归于一片阴沉之中，晴也茫然地走在未知的街道上，周围的一切都开始变得虚幻、陌生，她没有办法了，舒寒是她最后的指望，如果舒寒不肯去找江老板出面，她想不出整个县城她还能找谁把邢武从水深火热之中救出来。

她抬手擦掉眼泪，可眼里的泪水却根本止不住地溢了出来，县城，为什么她偏偏在的是一个破县城，她还能去找谁？

找谁？晴也抬起头怔怔地看着街道旁川流不息的陌生面孔，像给人猛然劈了天灵盖一样，眼泪瞬间止住，她站在路边哭有个屁用？邢武还在另一头受着折磨，她必须得想办法！

找人，找人是吗？他们不是想把事情闹大吗？好，那就彻底把事情闹到最大！

晴也立马拿出手机打电话给流年，让他在群里叫一声，能叫多少就叫多少，叫到人后赶紧去鞍子县体育馆集合。

挂了电话她站在路边又打给了方蕾，方蕾刚接通就气喘吁吁地说："晴也你不要急，我们快到了，你在哪儿？"

就在这时，有人老远喊了一声："晴同学。"

晴也转头之际正好看见一群金中的人从旁边的楼上下来，叫她的正是叶英健，她匆匆对方蕾说："我马上赶回体育馆。"

说完她挂了电话。

叶英健看见她双眼通红，一个人站在路边上，有些奇怪地问："你在这儿干吗？怎么了？"

晴也只是睁着一双大眼盯着他。

叶英健和他身边的小伙伴奇怪地对视了一眼，又问道："你这是要去哪儿？”

晴也突然死死拽住叶英健，把叶英健给吓得跳了起来，却听见晴也匆匆说道：“送我去县体育馆。”

叶英健莫名其妙地打开路边停着的奥迪车门：“你……你先松手啊，我送你就是了。”

晴也在临上车前回头看了眼魏东，忽然凑上前在他身边悄声说道：“我知道你的秘密，帮我个忙，叫你们学校的人赶紧来县体育馆，越多越好，我保证这个小秘密你们学校不会有一个人知道。”

魏东震惊地盯着晴也，晴也给他一个眼神自己体会，便赶忙上了车。

从这里开过去并不算远，晴也看了下时间，她已经出来半个多小时了，不知道那边的情况怎么样了，偏偏副驾驶的叶英健一个劲地回头找她说话，就跟只苍蝇一样，晴也恨不得一巴掌拍过去让他闭嘴。

在她的不停催促下，车子很快逼近体育馆。

然而让晴也没想到的是，不知道为什么前面堵得水泄不通，车子被卡在路口寸步难行，她实在等不了打开车门就下了车。

叶英健探出头对着晴也喊道：“你这就走啦？”

晴也刚准备抬腿往体育馆跑，听见叶英健的声音，突然回过头盯着他。

叶英健被晴也看得打了个寒噤，下一秒晴也又折返回来，打开副驾驶的车门一把将叶英健拽下车对他说：“兄弟，既然你这么八卦不如跟我走一趟吧。不瞒你说，我朋友遇到麻烦了，找他麻烦的是暗堂的人。暗堂你知道吗？不知道问你爸吧。”

“你朋友？就是那天跟你一起去县城的那个？长得挺帅的。”

晴也来气地说：“现在是讨论这个的时候吗？我眼瞎啊？他帅要你提醒？总之你今天帮了我，我也一定会还你这个人情。”

“教我口语吗？”

“教你外星语都行。”

说着晴也便一路扯着叶英健往人堆里冲。

然而奇怪的是，晴也刚才从体育馆出来的时候，门口压根儿就没什么人，这会儿突然不少人群扎堆往那个方向走，好多五六十岁的大爷大妈，还一脸

兴高采烈的样子，那架势跟赶集似的。

叶英健嘀咕了一句："怎么这么多人？"

晴也着急地说："我怎么知道？"

越往里冲情况越来越魔幻，这些大爷大妈居然也是往体育馆里走的，而且因为人实在太多，门口检票的护栏直接被人群冲垮了。

体育馆门口正停着一辆面包车，晴也一眼看见了流年和谢老头，她挥着手就大声朝流年喊。流年听见了晴也的叫声，挤过人群冲过来告诉她："李老板已经带人进去了，我也不知道里面怎么样。"

晴也扯着嗓子问他："怎么这么多人？"

"你不是让我叫人吗？正好谢老头拖了一车鸡蛋过来，准备放我们那里卖的，我直接让谢老头把车开这儿了，我怕他们不来嘛，就在群里说了句体育馆里面可以领鸡蛋，我也不知道怎么来这么多人。"

绝了。

晴也什么话也没说，对他竖起大拇指，扯着叶英健就跟着人群往里挤。

当晴也再次挤回场内的时候，整个人都蒙了。

事情还要从晴也刚离开赛场开始讲起，当邢武被围的时候，老朱、董老师还有场边的裁判工作人员是最先冲上去拦架的，但随着鞍职的人全部跳下来后，场面一度不受控制，混乱中有人拿着接力棒直接就朝老朱的脑门砸了过去，董老师为了护住老朱也跟他们起了冲突，黄毛、胖虎他们一看老朱和董老师也被打了，当即就跟鞍职的人干上了。

随着花臂、大黑也全部跑下去后，暗堂的人终于按捺不住，陆续下场。

便是在这个时候方杰的人趁乱搅和在其中和稀泥，两边劝，无形中拉开了邢武，外场的保安全部跑了进来，但一看那人数也都蒙了。

暗堂的人下来自然就是针对大黑那帮人，他们人数多下手狠，大黑他们寡不敌众，很快便无力招架，节节败退，花臂直接被揍得面目全非。

大曹再也忍耐不住，直接冲进人堆带人堵住邢武，亲自动手。

方杰在暗堂内部一直算是中立的存在，跟谁关系都不远不近，这几年转做正经生意，越来越上轨道，不过说到底他不可能跟暗堂对着干，所以能做的也只是拖延时间，不可能真的站出来帮邢武。

邢武的衣服早被撕烂，身上一道道血印子，却在大曹冲过来时一把掐住大曹的脖子，大曹一拳又一拳狠狠捣在邢武身上朝他怒吼：“你给老子松手。”

邢武不但没有松手，掐在他脖子上的力道越发收紧。周围混乱一片，两人就这么凶狠地对峙着，大曹的脖子给邢武死死掐住，很快就呼吸困难，脸颊涨红，就在这时，一个男的从身后给了邢武一拳，这人手上不知道拿了什么狠狠扎进邢武的后背划拉开一道口子，邢武顿时一阵刺痛松开了大曹。

大曹半弯着腰捂着心窝子大口喘气，才喘两口就发了狠一脚蹬向邢武，瞬间，四面八方的人再次把邢武围住。

在大曹的拳头朝他砸去的时候，他已经不知道什么叫痛了，只是不怒反笑盯着大曹，森冷地告诉大曹：“有种你今天就把我弄死，只要我不死，你就别想活着出去！”

无边的煞气从四面八方翻滚而来，邢武的身上已经找不到一处完好的地方，可他漆黑的双眸却牢牢盯着大曹，不屈、讽刺，让大曹心尖发凉。但很快，大曹便被滔天的怒火吞噬，两眼猩红，怒吼一声过后便像发了疯一样对邢武不停地捶打过去。

方杰看不下去了，对着自己的人招了下手，先走了。

场面一发不可收拾，看台上的几个老大哥也坐不住了，站起来吼了声，大意是让他们适可而止，不要真闹出人命了。奈何大曹已经杀红了眼，脸上露出狰狞阴冷的笑容，扯起浑身是血的邢武就往颁奖台拖。

大黑他们全部被人困住，只能眼睁睁看着大曹拖着邢武的脚往颁奖台走去。邢武已经没了知觉，整个身躯布满骇人的血红色。

没人知道大曹到底要干什么，直到他一直将邢武拖到升旗杆那儿，用绳子拴住邢武的脚踝。大黑他们脸色骤变，突然反应过来大曹要将邢武吊起来，那是多大的耻辱！

胖虎直接发了怒，爆发出人猿泰山般的吼声，一下子干倒了身边三个人，大喊：“武哥，醒醒！”

便是在这时，方蕾带人最先抵达体育馆。整个夜刷班的人都被她喊去了，足足五六十号学生直接冲进体育馆，看见的便是大曹在升旗杆那儿用绳子缠

住邢武的脚踝。

黄毛一眼看见熟悉的面孔，立马对他们喊道："快，大曹要把武哥绑起来！"

方蕾大骂道："变态啊！"

说着，五六十号人浩浩荡荡地朝升旗杆冲去。那场面，那吼声，那怒火把刚准备拉杆的大曹着实震得不轻。

一群热血少年上去就推倒大曹，女生跑去解绳，男生团团把升旗台围住，大有跟他们拼命的架势，虽然一群人当中还有穿着校服，戴着眼镜个子一点矮的四眼妹，但一点都不妨碍他们那随时准备豁出去血拼的气势。

两方的人突然僵持不下，大曹看着这群不知道从哪儿冒出来的人，突然觉得好笑，压根儿没把他们放在眼里，扬起手就警告道："一起给老子滚，再挡路，我打得你们认不得妈。"

大曹已经彻底失控了，今天势必要把邢武吊上去，新仇旧恨一起算，让邢武一辈子钉上耻辱。

这时，谁也没料到李岚芳骑着二麻子的三轮车就冲进体育馆，脱了鞋子就往大曹脸上砸，还一把拽住了大曹的小辫子。

而李岚芳的身后，陆陆续续冲进来很多老头老太，大多数都拎着菜篮子，一看人这么多，以为自己来迟了，一位大爷抓住暗堂的人就问道："小伙子，在哪里可以领到鸡蛋？"

"……"

无数穿着花红柳绿的大爷大妈一窝蜂地往里挤，到处问鸡蛋，结果鸡蛋没问到，就看见李岚芳扯着嗓门喊道："大家都来看看，还有没有王法了，光天化日之下杀人啦！"

事实证明，在任何情况下，永远不要逼急一个中年妇女，在李岚芳的不停煽动下，原本冲着鸡蛋来的大爷大妈瞬间就站到了她那边，提着菜篮子指着那帮社会青年破口大骂。

而晴也抓着叶英健冲进内场的时候，看见的就是好几百号人混战的场景，有大爷赖在地上说自己被打了不让他们走，要喊他儿子过来，有老太疯狂地拿菜篮子砸暗堂的小伙子，有大妈扯着小伙子让他赔老花镜，总之整个体育馆跟菜市场一样鸡飞狗跳。

晴也顾不得那么多直接冲进人群去找邢武，却很快看见黄毛扶着鼻青脸肿的老朱，她隔着几个正在吵架的大爷，就朝他喊道："黄毛，邢武在哪儿？"

黄毛听见晴也的声音，转过头就告诉她："升旗台。"

晴也刚转身就踩到一只鞋子，甚至连好几条土狗都不知道从什么地方跑了进来凑热闹，对着人乱叫。

她冲过人堆直奔旗杆那儿，一眼看见了方蕾，整颗心都提了起来，挤到方蕾身边问道："人呢？"

方蕾二话不说抓住晴也的手臂就把她带到升旗台后面。

当晴也看见浑身是血，倒在地上一动不动的邢武时，仿若有人在她心脏上狠狠插上一把刀子，她腿一软，眼泪"唰"地就流了下来，哭喊道："邢武，你能听见我说话吗？救护车就快到了，你撑住！"

她的手刚碰到邢武，一直闭着眼的邢武忽然反手握住她。晴也怔了一下，他拉了下她的手腕，她赶忙俯下身，他声音微弱地在她耳边艰难地挤出四个字："南门、北门。"

他只说了这四个字眉头便皱得厉害，血从头顶一直流到脸颊，干涸在脸上，触目惊心，一波波疼痛不停袭击着他的意志，他将一直攥在掌心的钢珠塞进晴也的手中猛然睁开眼直直地盯着她。

晴也低头看了眼手心的东西，瞬间握紧，抱住邢武在他耳边轻声说："我知道了，剩下的交给我。"

说完她不顾早已惊呆的李岚芳和叶英健他们，站起身就冲进人群。

彼时那几个老大哥已经感觉出来情况不对劲，不停召集手下的人赶紧撤。魏东喊了大几十号金中的学生杀来体育馆，刚从南门进来正好碰见迎面而来的晴也和鞍中的人，这两拨人绝大多数在冬令营交过手，当时势不两立，如今却并肩作战。

晴也挤出人群站在两拨人面前喊道："一只苍蝇也别放出去！"

所有人一转身对着场内筑起人墙，把刚撤到门口的暗堂人围得严严实实，有人立马调头往北门跑。

而北门那边李岚芳和流年带着扎扎亭的街坊四邻，还有群里的妈妈姐妹

团早已等候在那边，这群人可没有高中生那么客气，看见冲上来的社会青年上去就一顿爱的毒打和教育，有老大妈直接揪着一个小伙子的耳朵就问道："反了天了，你爸妈叫什么？"

体育馆外，警车声已经由远及近，这帮社会青年再也顾不得那么多，全部聚到南门，打算突围。

叶英健此时往所有人面前一站，优雅地摸了摸自己硬邦邦的发型，说道："我看你们谁敢从这里出去。"

刚说完，"砰"的一声被个不知道从哪里冒出来的人揍了一拳，叶英健不可置信地看着那个人，捂着脸急眼道："你知道我是谁吗？你居然敢打我？"

话音刚落直接又被人揍了一拳，旁边鞍中的人不忍直视，赶紧把他拉到一边劝他："你少说两句。"

另一边的方杰早已离开赛场，不过临走时他留了两个人下来看着情况，便是在他回去的路上，收到了一张手下发来的照片，照片中正是叶英健被打的场景，他坐在后座把照片放大一看，忽然笑了起来，转手就把这张照片发给了靶厂的叶总。

前排的手下问了句："方哥，我们去哪儿？"

方杰优哉游哉地锁了手机，跷起二郎腿："回家睡觉，睡饱了等着接盘。兄弟们，好日子来了。"

由于场内的情况已经失控，几个老大哥此时也被困在看台，直到第一批警察冲进来开出一条道，沈老四那几人才从看台走了下来，晴也只看见那几人跟其中一个警察交涉了几句，然后便这么大摇大摆从开道的地方往外走。

她当即就推开面前挡道的人，趁乱冲到报幕处。

场内的喇叭突然传来一阵刺耳的声音，紧接着晴也的声音便响彻赛场，掷地有声："大家看南门，那几个正在往外走的人就是这次闹事的组织者，公然破坏比赛规则，聚众斗殴，甚至对参赛者持械射击，请问谁给他们的胆子？谁又在所有人的眼皮子底下公然放人？"

场内一片哗然。

看见有两个人朝她走来，晴也拿着话筒一边退一边喊道："不要放他们走！”说完直接扔了话筒就扎进人堆。

大爷大妈们的情绪瞬间炸开，场内顿时响起此起彼伏的喊声：“抓人，抓人，抓人……”

那空前的吼声一浪高过一浪。

沈老四他们已经到了门口，撞着人群就要往外挤，正是这时前面突然走来一群人，为首的便是犬牙和舒寒。

他们一进来便直接堵住沈老四一行的去路，南门顿时乱成一锅粥。晴也爬上看台，一眼看见犬牙手里提着个男人，她定睛一看，那个唯唯诺诺的男人，居然是杨刚。

杨刚便是邢武握在手上的最终筹码，杨刚的行踪昨天就被江老板的人掌握了，不出意外应该会在大曹他们落网后，江老板才扔出这张牌捅了他们的窝，但舒寒还是说服了江老板带着杨刚提前杀到赛场，杨刚当场指认大曹的人携带气枪，而晴也手中那颗邢武交给她的钢珠便成了铁证，事情性质立马升级。

鞍子县史上最大规模的多人聚集，耗时整整两个多小时，在上面领导接到消息亲自下场后事情终于有了迅速进展。

但凡涉及此次事件的，一个也没能跑掉，全部带到局子里做案件梳理。

大曹被铐上手铐排着队从体育馆出来的时候，邢武正好躺在担架上被抬上救护车，他缓缓侧过头去，耀眼的阳光穿透厚厚的云层投射在他英气逼人的轮廓上，他的唇边终于露出一丝鬼魅的笑意，那干涸的鲜血像凯旋的标志狠狠刺向大曹。

直到那一刻，大曹才恍然大悟，狂吼着就冲出人群朝救护车挣扎而去，然而救护车门已经关闭，大曹也很快重新被控制住，那便是邢武和大曹的最后一眼对视。

有的人在坚忍中重生，有的人在爆发中灭亡。

邢武在被送上120之前，晴也没能看上最后一眼，不仅是她，方蕾、叶英健那些学生都一并被带回局里问话。

所以她跟着人群离开的时候，只是遥遥地望了眼站在街边的舒寒。舒寒亦如晴也第一次见到时那样，冷艳的外表依然掩饰不了眉眼间那历经沧桑的厌世感，却在她转过头看向晴也时，眼里多了些复杂的光，两人都没有多余

的表情，只是这样对视了一眼，便各自走向不同的道路。

因为南门和北门的及时封锁，大曹的人没能成功把气枪转移，到了局里没多久，在杨刚的指认下，那个在推铅球项目中朝邢武膝盖开枪的人便找了出来。

后经调查，这把气枪出自暗堂，顺藤摸瓜牵扯出暗堂私造钢珠枪案件，成功破获了一批私藏的气枪，事情的走向越来越严重。

杨刚为了脱罪，直接把大曹供了出来，这一供便说出了很多不可告人的秘密，包括大曹指使他在年三十前一天一把火烧了邢武家的事。

经调查，那些在比赛中故意犯规的参赛者，通过手机均排查出在赛前的一周陆续从大曹那里收到了转账红包，包括一些聊天记录也全部被翻了出来，矛头直指大曹。

案件继续发酵，大曹和暗堂的人直接被羁押，沈老四为了疏通关系找到了靶厂的叶总，原本叶总和沈老四这么多年的交情，应该会出面帮忙打点，不至于让事情往恶劣的方向定性，但这次的情况有些特殊，他唯一的宝贝儿子也被牵扯到此次事件中，而且还是在高考前的两个多月被沈老四的人打了。

在叶英健舅舅贾总出面劝说后，叶总并没有将沈老四赶尽杀绝，但是一怒之下还是断了暗堂这些人的后路。

这件事倒是在江老板的意料之外，他本来还在想怎么绕过叶总这层关系，然而这样一来事情就变得简单多了。

流年作为发鸡蛋的源头也被查到请去喝茶了，不过流年一脸呆头呆脑的样子，任凭警察怎么盘问，他的回答始终是食品厂开业，当天是做促销活动去的，有理有据，当场也的确有鸡蛋，群里的信息排查下来就一条“县体育馆可以领鸡蛋”，也没说体育馆“里面”可以领鸡蛋，谢老头的面包车确实就停在体育馆门口，甚至当天从体育馆出来的大爷大妈最后还真领到了鸡蛋，又兴高采烈地回去了，所以最后对于这群莫名其妙冒出来的老头老太，警察也不太好过多追究。

花臂、黄毛、狼呆那些人都受了不同程度的伤，他们是最早参与冲突的人，但整件事情正因为邢武在比赛过程中自始至终没有动一下手，在校方老师受伤，学生自发保护老师，学校领导出面据理力争下，他们当天就被全部放了出来。

至于方蕾那边交代得也很清楚，听说自己学校的老师和学生被人打了，他们当然愤慨，而且因为这些学生都是鞍中高三成绩拔尖的那一拨人，家长们全部围堵到局子门口，质问为什么参加县里比赛的运动项目，学生和老师会被打，要求县里给出说法，所以这部分学生中但凡受伤的全部转移到县医院，没有受伤的当即也都放了。

关于金中的人和这次事件八竿子打不到，为什么也会出现在比赛现场，他们根本啥也没解释，因为叶总亲自跑了一趟，带走叶英健的同时也一并带走了这帮金中的学生，金中的人甚至连口水都没喝得上，是所有人中第一批被放走的。

总之那天局子里也是鸡飞狗跳，还有大爷说自己腿被哪个小伙子踢了，要赔偿的，有大妈说自己从家里带的钥匙丢了回不了家的，还有大伯在局子里放起了外放式随身听，然后堂堂一个警局充斥着“爱江山更爱美人，哪个英雄好汉宁愿孤单，好儿郎浑身是胆，壮志豪情四海远名扬”……

那群等得无聊的人居然还一起唱了起来，场面一度十分混乱。

本来可以关起门压下来的事件，由于太多各界群体的参与，影响力空前之大，很多人都拿手机录了像并传到了社交媒体上，捂都捂不住，当天傍晚市里就来了人要求彻查此事。

在这件事过去很久以后，有人问起 3 月 26 日那天多人聚集的原因，坊间有很多版本的传闻，有人说是因为县里几所中学的学生对比赛规则不满起的冲突，但又由于当天在场的学生都是各个学校的尖子生，所以有人说是因为高三学生压力大，去体育馆举行抗议活动，也有人说是地下势力趁着县运会闹事，但更多一部分人说聚集的原因是体育馆搞促销活动送鸡蛋。

总之众说纷纭，到后面越传越离谱，不过不可否认的是，3 月 26 日当天县里众多参与者亲眼见证了一个盘踞在鞍子县多年的地下势力，是如何被民众打倒后彻底走向分崩离析的。

而晴也一直待到太阳西落才终于被获准离开，那几个小时里她心急如焚，不停询问什么时候轮到她，她什么时候能够走，急得双眼布满血丝。

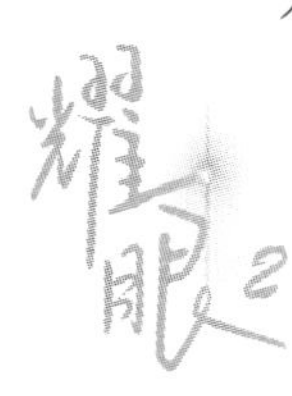

花臂和黄毛他们都受了伤去往医院，大黑和晴也差不多时间出来的，一出局子大黑就拦了辆车直奔医院。

到医院后刚出电梯，晴也就看见李岚芳哭得要死要活的，拽着医生哭喊着赔她儿子的命，周围全是人，无数的陌生面孔在晴也瞳孔里攒动。

一口气卡在她的胸口愣是没上来，她猛然扶着墙一阵眩晕，眼前的画面不停摇晃，越来越模糊，脑中只剩下来时路上大黑对她说的话。

“网吧那次，大曹对武子说如果他不来县运会，会让武子生不如死。”

大曹说这句话的时候看的正是晴也，那时的晴也并不懂他们突然望向自己的眼神，可她记得从网吧出来，邢武说“祸不及家人，可惜他不懂这个道理”。

或许大曹起初不把算盘动到晴也身上，纵使邢武去县运会，要打，他也绝对会奉陪到底。可大曹偏偏动了最不该动的心思，所以从网吧出来的那刻起，邢武就已经下定决心这场比赛的最终目的不是输赢，而是生死。

他是用自己的命在和魔鬼交易，可对于二十岁不到的他们，想从这底层的生活寻求光明，以身犯险，亲入虎穴，这是唯一的筹码。

大黑跑了过去询问情况，晴也的视线也再次逐渐恢复清晰，可是她听不见那些嘈杂的声音，哭喊、争执全都化为了无声的混乱，她的视线牢牢盯着走廊，她看见了很多人，有黄毛、狼呆、胖虎还有许许多多认识的，不认识的全部站在走廊上，甚至还有江老板的两个手下，她扶着墙几乎跌跌爬爬地走到他们面前。

她忽然很害怕，很害怕他们告诉自己那个她最不愿听见的消息，她就这样双眼充满血丝地望着他们，前所未有的狼狈。胖虎看着她几度欲言又止，最后黄毛眼神闪躲地对她说：“你进去看看吧。”

那句话似乎瞬间把所有希望打入地狱，在晴也转身的那一秒，她的手颤抖得厉害，她打开病房的门把手，房间内光线很暗，刺鼻的药水味透着无尽的压抑，她捂着胸口走向病床时，却忽然发现病床上并没有人。

晴也猛地怔在原地，刚准备转身，突然被人从身后拉住。

那一瞬，晴也颤抖得更加厉害，她迅速转过身去，看见的就是那双熟悉的眉眼在半明半暗中对着她笑。

她一时间有些蒙地退后了一步：“你……”然后从上到下打量了他一番，

“你……”

邢武看着她已经语无伦次的样子，气息灼热地说：“死不了。”

晴也的眼泪瞬间就坍塌了，狠狠抱住邢武放声大哭：“干吗吓我？”

邢武痛得“嘶”了一声，晴也身体一僵又赶紧松开他，绕到他的后背，掀开衣服的那一刻，她看见了一道被处理过，但异常明显的伤口。

她慌乱地问：“怎么回事？外面他们在干吗？”

邢武把她拉到床边。

晴也发现他居然还能走路，她记得他的膝盖几度被凶猛地攻击，怎么还能走路？

邢武的手上也包着纱布，可他依然抬手拭掉晴也颊边的泪告诉她：“下午的时候暗堂就有人跟来医院想打听我的情况，现在我的伤情对这件事起到至关重要的作用，所以我可能得装个几天，等江老板那边运作好，事情就尘埃落定了。”

即使现在邢武就躺在她的面前，看着她，和她说着话，晴也的心情依然久久无法平复，她泪眼婆娑地说：“所以你答应我中午回来陪我吃饭呢？”

邢武只是握着她的手无奈地牵起嘴角。

晴也哭得越发凶狠，抽出手声音颤抖地说：“如果我们没有到场，大黑他们都没有去，你就准备一个人硬扛了？”

邢武声音低沉地说：“他们不可能真把我弄死，只要结果都一样，过程并不重要。”

“过程就是你拿自己的命去赌，不死残了怎么办？”

邢武却再次去攥她的手，半开着玩笑说：“残了你再找一个。”

晴也气得抬手就去打他，可手快落下时，她却实在找不到一处完好的地方，就这么硬生生地停在他的身前，被邢武又一次握住：“我跟你说过，不入虎穴焉得虎子，总要有些代价的。”

晴也的眼泪吧嗒吧嗒掉了下来：“作文写不好，忽悠人一套一套的。你的膝盖呢？”

邢武脸上的血渍已经清理干净，只是头上还包着纱布，整个人看上去异常惨烈，可是精神却并没有刚才那样力不可支，反而双眼漆黑炯亮，他从抽

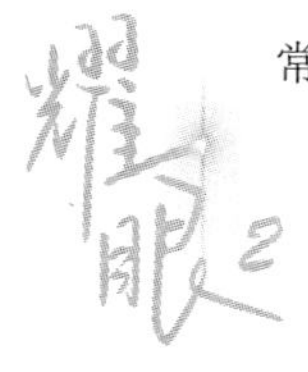

屉里拿出一个东西扔给晴也。晴也拿起来一看，是一对护膝，而包裹着护膝的那层布已经坏了，露出里面的钢片。她震惊地抬起头盯着邢武：“所以你在赛场是装的？”

邢武躺在床上，半笑着拍了拍自己的膝盖：“不是装的，是真疼，钢片戳着腿了。”

晴也将护膝扔在床上，一边哭一边笑，又气又乐，这一天的情绪起伏在此刻全部交汇在一起，她觉得自己此时看上去一定很精神分裂。

邢武对她说：“等我伤好了，高考也结束了，我们去旅游好不好？我还没去过海边，大海美不美？”

他后背伤势严重，不能平躺，只能侧着身子，晴也哽咽地说：“到时候去了不就知道了。”

她的手无意中碰到邢武的额头，才发现他浑身烫得吓人。

晴也的瞳孔震了一下，偷偷去看邢武，发现他已经闭上了眼，她慌乱地站起来，找个借口说要去洗脸。

正好撞上护士进来给他打点滴，她才知道邢武并非看上去那样精神，头颅 CT 显示他有脑震荡、硬膜下血肿等。

他的体力已经到达极限，只是听见晴也的声音，强撑着从床上爬起来。

晴也无法想象他在忍受着多大的疼痛和难受安抚她的情绪。

她一口气跑到医院的天台大哭了一场，随后便擦干眼泪回到病房，让李岚芳回去休息，独自留下来照顾邢武，而邢武已经高烧昏睡过去。彼时，晴也已经整整一天滴水未进，胖虎他们临走时给她买了面包和水，可她啃了两口依然食不下咽。

整整三天的时间，邢武时而昏睡，时而清醒，他醒着的时候，总是催晴也回去上课。晴也被他说急了，直接发了火：“你再赶我走，我就不管你了。”

他就盯着她笑，也不说话。有的人就是这样，不笑的时候冰冷得难以靠近，可是笑起来时仿若天空放晴，大地复苏。邢武的笑容对晴也来说就是有这种魔力，她已经不知道从什么时候开始对他这样的笑容无法自拔。

第八章

✦

临别时分

y a o y a o 2

三天后邢武脱离了危险期，情况明显好转，还趁晴也睡觉的时候，偷偷给她剥了一碗橘子，晴也有时候真的很佩服他那跟铁打一样的复原能力。

晚上的时候，她就窝在他的身边，都不敢乱动，怕碰着他的伤口。好在奶奶和邢武在一个医院，邢武住院的时候，李岚芳还可以顺便去照料奶奶。

这几天，来了很多人探望邢武，有学校的同学、老师，还有邢武的那些兄弟，江老板在某天下午也来坐了一小会儿，晴也虽然给江老板倒了水，但自始至终神情冷漠。

江老板对邢武说："以后我和靶厂之间没有中间商赚差价了，现在出来混，哪讲究什么打打杀杀，无非混的就是个'钱'字，这次的事情你也算出了风头，现在外面人都说你小武爷有量，一个人掀了整个暗堂，老哥我也算为你铺好路了。"

邢武垂着眸面无表情，晴也却转过身不想再看见江老板的嘴脸，到底是生意人，明明为了自己的私心和利益，却被他说得如此冠冕堂皇，甚至不知道的人听了还觉得有点伟大。

真的为了邢武好就不会差点要了他的命，要不是她去找了舒寒，江老板根本就不可能安排人过去，也不过是事后坐收渔翁之利罢了。

江老板并没有待很长时间，只是临走时，他丢下了句意味深长的话："扎扎亭那边要重新规划了，我最近正在跟人谈合作，以后那一片的势力会是我的，当然如果你愿意的话，也可以是你的。"

说完他从小包里拿出一个厚厚的信封放在床头，带着手下走了。

晴也抬头看向邢武，他无声地转动着手上的打火机，突然问了句："我多久没抽烟了？"

"你住院后不就没抽了。"

邢武手一扬把打火机一抛，打火机稳稳落入垃圾桶内，塑料桶晃了晃，他突然说道："戒了好不好？"

晴也转过身有些错愕地看着他。

邢武眼神瞥了眼床头的信封："晴也，帮我把这个钱还给江老板。"

晴也没有问为什么，只是拿起信封追了出去，一直追到楼下，江老板快上车前晴也才喊住他。

他转过身，晴也跑到他面前将信封递给他："邢武让我还给你。"

江老板低眸看了眼信封，忽然轻蔑地笑了下，对手下挥了下手，旁边的人接过晴也手上的东西。

她退后一步看着江老板说道："没有茶的杯子，再价值连城也只是个空杯子，慢走。"

晴也说完转身大步离开，江老板望着她飒爽的背影微微挑起眉梢。

坐进车中他反复回味着刚才晴也的这句话，缓缓说道："刚才那个丫头是在骂我还是……"

"还是什么？"手下的人回过头来。

江老板却看着窗外掠过的破败街道，有小贩骑着三轮电动车拖着一车大蒜洋葱在吆喝，不时几条脏兮兮的土狗满街乱窜，电线杆歪七八扭，信箱上的绿色油漆退了大半，远处水泥墙的房子外，纵横交错的晾衣绳乱七八糟地横着。

他笑着摇了摇头："武子终归不会为我所用。"

邢武的精神状态已经好了很多，每次医生来查房都要感叹年轻人恢复得真快。

邢武身上的伤很多，虽然看着惨烈，但基本上都是皮外伤，不能碰水，自然也就不能洗澡。

这几天连他的寸头都长了些，有些凌乱地顶在头上，莫名有种颓废的帅气。

李岚芳拿了套干净的病号服，让他下床到浴室去，帮他把身上擦一擦。

邢武倒是没什么意见，只不过在走到浴室门口时，他突然回头看向准备跟着进来的李岚芳，对她说：“不要你擦。”

李岚笑骂道：“你个小兔崽子还跟我难为情？”

邢武的眼神飘向正在一旁准备药的晴也，对她说：“你来。”

晴也猛然一愣，抬头望向他，他的眼里藏着浅浅的笑意。

李岚芳回头看向晴也，晴也有些尴尬地和她对视了一眼，低着头跑到浴室门口把邢武推了进去，赶紧关上门就说道：“你疯了？”

邢武靠在一边压着嘴角的笑意，一脸肆意的模样：“我妈毛毛糙糙的，让她替我洗不如发霉算了。”

见她发愣，邢武对她说：“杵着干吗？”

晴也没好气地说：“你想伤口崩开你就乱来吧。”

邢武看着她凶巴巴的样子，忽然挑起笑容：“我以后会不会是妻管严？”

“我哪知道。坐好。”

邢武当真乖乖坐好不乱来了。

晴也让他伸着脖子先帮他洗了头，然后打湿热毛巾绕过伤口帮他擦拭，可是他身上的伤口太多，稍微碰到他肌肉都会紧绷起来，搞得晴也心惊肉跳的，不停地对他说：“疼你就说哦。”

“放心擦吧。”

邢武自始至终没有喊过一句疼，为了缓解她这种紧张的情绪，就随口和她聊着最近厂里的情况。

厂里的生产流年一直在把控，网店那边杜奇燕也在经营着，有些流量是从胖虎介绍的主播那里过去的，虽然单子不多，但陆续也有，估计照这样下去每个月挣的钱只够发他们俩工资外加支付水电费之类的经营费用。

晴也能帮忙的都弄完后，剩下的就得邢武自己来了，便出去了。

邢武从浴室出来的时候，晴也到邢武奶奶那边去了，李岚芳刚打完水回来，念叨着：“就那个姓曹的不是认罪了吗？他家人现在不肯赔我们钱，说没钱，我回头还要上他家闹去。”说着递给邢武一个刚洗的苹果。

邢武随手接过苹果啃了一口没吱声，半晌说了句：“他妈跟人跑了，他

老子赌得连房子都卖了，你跑去闹也不怕他老子拿刀跟你同归于尽？”

李岚芳脸色一白：“不会吧？那也不能就这么算了。我们原先那房子再不值钱，几万块还是要他赔的，再说现在盖房的钱还是晴也出的。”

邢武垂着眸咬了口苹果。

李岚芳在床边坐了下来看着他，欲言又止半天，才说道：“武子，你和晴也，你们……”

邢武平静地抬起头视线：“你想问什么？”

李岚芳低着头苦笑道：“虽然你是我儿子，我肯定是巴不得你好，但是你也得清楚我们家几斤几两，你这样会耽误她的。”

邢武的喉结无声地滚动了一下，没有说话，又啃了口苹果。

李岚芳看着地砖叹了一声：“晴也各方面都好，如果被我们家耽误了，以后我也没脸去见她妈了。我得去曹家把钱要回来给她读书。”

邢武抬头将苹果核扔进垃圾桶，对她说：“这事你别管了，我会想办法。”

半个月后，邢武的脑震荡已经完全复原，身上大大小小的伤口也都结痂治愈，却在某天晴也放学来到医院时，他的病房里站了三个人，晴也有些错愕地推开病房的门。

这三个人打扮得很潮，这种潮一看就不像本地人，他们回头的时候，晴也认出来其中一个人，之前开过跑车去邢武家找过他。

那个叫三圣的男人显然也认出了晴也，打趣道：“哟，武子，上次那个美女啊？”

邢武对晴也招了下手，她放下包走到邢武面前。

邢武笑着介绍道：“晴也。”

晴也对他们笑了笑，邢武对她说：“AEG 俱乐部的。”

AEG 俱乐部，纵使晴也不混电竞圈也对这个俱乐部的大名略有耳闻，旗下有个很出名的战队十分受追捧。

他们没待多长时间就走了。

临走时，三圣对邢武说：“这几天好好休息，下个礼拜见。”

邢武点了点头。

他们走后，晴也将病床上的桌子放了下来，跑出去将碗筷烫了烫，又把刚才从家带来的饭菜一样样铺放在桌子上对邢武说："房子这两天要拉电，你妈今天不过来了。"

邢武无声地接过筷子看着晴也。晴也把饭递给他，又对他说："待会儿吃完我要回厂里，要是晚的话我就直接回旅馆了。"

邢武低着头叫了她一声："晴也。"

"对了，今天模拟考成绩出来了，你猜胖虎考了多少？476分，他自己也没想到，最后再冲一冲他上个本科应该没问题对吧？"

邢武放下饭声音沉闷："晴也。"

晴也将碗直接拍在桌上，站起身就要往外走，邢武终于忍不住一口气对她说道："你不想我去？"

晴也没有转过身，可她已经泪眼模糊，肩膀微微颤抖着。半晌她抬起手揉了揉眼睛，回过身："你伤才好，不能等等吗？"

邢武微微拧着眉，眼里的光深不见底："等不了。下个月国内的EA联赛就要开始了，他们愿意花十万块作为路费让我去上海，差不多需要过去一个月左右的时间。"

AEG俱乐部里面没有FPS赛事很强的战队，FPS是第一视角的射击类游戏比赛，这一直是国内很多俱乐部的弱项，前几年县城出去的那个三圣就跟俱乐部大佬推荐过邢武，自从几个大佬匿名看过邢武的一场比赛后，这几年一直不遗余力地想挖他进俱乐部。

邢武缓缓转头看向窗外，不知不觉已经到春天了，最冷的严寒已经过去了，可这天高地远的县城依然没有百花齐放的景色。他对晴也说："因为钱的事改变自己要走的路，这种浑蛋的事在我身上发生过太多次，所以我不允许在你身上发生，包括家里盖房子的钱，算是我问你借的，这笔钱我也会尽快筹给你。"

晴也抬起头看着他："我不在乎！"

"我在乎。"邢武转过目光坚定地望着她。

空气在霎时间安静下来，邢武走下床来到她面前低头看着她："你是不是不想我去？"

晴也只是无声地摇着头，她不是不想他去，奶奶目前住在医院每天靠药物维持，不需要邢武每天守着。

如果邢武肯为她踏出这一步，对晴也来说也许是好事，只是这么长时间以来早已习惯了邢武在身边，习惯和他斗嘴，跟他胡闹，猛然分开一个月，她有些不知道该如何面对。

邢武扯住她说："应该能赶在你高考前回来。"

邢武出院那天黄毛他们都来了，他们听说邢武要去上海参加 EA 联赛的培训，比邢武还激动，一群男的在大街上兴奋地狂吼，要不是邢武大病初愈，恨不得把他举起来。

虽然狙皇这个 ID 在县城的确很有名气，还有很多人会冒充他的号，但毕竟不是真正的职业选手。

这次去上海，邢武尽管没有明确表态以后会加入 AEG 俱乐部做职业电竞选手，但黄毛他们却仿佛看见了明日的电竞大神。

邢武走的那天早晨，所有人都去送行了，犬牙、大黑他们全部到场，一群人闹闹哄哄到了长途汽运站。

那天天气很好，偶有小风，晴也穿着邢武出院后给她买的浅蓝色小裙子，颜色是晴也自己选的，她皮肤白穿着特显眼，微风拂过她的裙摆。

在大厅门口的时候，一群兄弟上去要给他拥抱。

邢武嫌弃地说："滚，离我远点。"

黄毛他们非要凑过去拉他，晴也站在旁边"咯咯咯"地笑。

哄闹时邢武一把拽过晴也对他们说："我走后，她要有什么事……"

话还没说完，犬牙双手抄兜有些酷地对他说："放心吧，还要你讲？"

他又低头对晴也说："我跟我妈说过了，她这段时间会去医院，你专心顾你的事就行了，奶奶那边不用你操心。"

晴也点了点头。

时间到了，邢武转身进站，一排兄弟扒在外面的栏杆上看着他，他依然是一身利落的运动装，修长的身形硬朗挺拔，随身的行李也只有一个简单的手提包。这是邢武第一次离开家乡，去很远的地方。

晴也一路上都跟着他们嘻嘻哈哈的，直到邢武转过身进站的一刹那，才终于控制不住红了眼眶。

就像有感应一样，他回过头来看她。时间仿佛在这一秒静止了，晴也好似想起了她刚来县城时，一眼就注意到他，轮廓清晰，眼神炯然，那时的她并不知道这个男孩会在她生命中留下这么浓重的一笔。

眼泪模糊了她的视线，也模糊了邢武的身影，她突然有种很难受的感觉，明明才一个月的时间，她这几天也反复告诉自己只是一个月，很快的。

可是不知道为什么，此时看着邢武离去的背影，却好像要各自天涯般心绪不安。

她眨了下眼，随着眼泪的滴落视线再次清晰起来，她看见邢武突然推开人群又朝她阔步而来，对她说："等我。"

邢武刚走的那一个星期，晴也每天按部就班地上课，放学以后去厂里忙一忙，抽空帮大家梳理考点和题型，然后回到旅馆等邢武电话。

虽然邢武离开的第二天晴也已经开始不习惯了，不过还好再晚都能等来他的电话。他到上海后的日子比在扎扎亭还要枯燥，外人看来就是打游戏，可每天大量的训练，不分昼夜，乏味辛苦，一进入训练状态就是五六个小时不吃饭不上厕所，人也会极度疲惫，不过即使再忙，他每天依然会留半个小时和晴也通电话，只是电话里他并不会告诉晴也这些。

俱乐部帮他们租了个单身公寓，他和其他几个选手住在一起，公寓还算干净整洁，只不过都是大老爷们，生活糙是糙了些。

他很想晴也的时候，会想看看她，每次视频一接通，他们总是看着对方傻笑，半天也说不出一个字来，只是这样看着对方，便不想再挪开目光。

在邢武离开的那个周末的早晨，晴也刚起床就接到了胖虎的电话，让她赶紧去厂里一趟，出大事了。

晴也到了那儿才知道，前段时间试吃会结束，她闹着玩用伦敦腔、纽约腔，印度腔随意切换介绍产品的视频，被胖虎传到了自己的短视频号上。

他也不过是无聊随意剪辑了一下，还放了网店的链接，结果早上醒来，他拿起手机一刷，瞬间吓呆了，那条视频不知道怎么回事突然上了热门，几

十万赞，还有很多人给他留言，要求三分钟内找到这个小姐姐的全部信息。

胖虎以为自己瞎了，立马就一个电话把还在睡梦中的杜奇燕叫醒，问她网店那边有没有动静。

晴也听到这里已经直接冲到杜奇燕面前，打开后台一看，一个晚上的时间居然自动成交了三百多单。当晴也看到这个数据的时候，基本上也跟早晨胖虎和杜奇燕的状态一样，就站在电脑前面，人完全就是蒙的。

不过他们蒙完后只能手足无措地打电话给晴也，而晴也蒙完后立马走出办公室，黑板一拖，开始洋洋洒洒列出立刻要落实的工作计划。

最后总结出五大板块，物料、生产、网店、发货和自媒体运营，最后在中间写了一个大大的“人”字。

他们现在立刻马上需要很多人，不然就他们四个人根本不可能完成这一整条供应链。

于是仅仅一上午的时间，他们到处打电话联系人，流年甚至把他妈都喊来帮忙了，而胖虎这时候终于发挥出他身为班长的号召力，一个电话一打，几十号人立马赶来，还有很多补习班的学生自发来帮晴也的忙，直接投入生产线。

谢老头那边还在跟人下棋，接到消息后当即开着他的破五菱之光，把七大姑八大姨全部喊到农村老家，准备货源。

杜奇燕一刻不离地守着网店应付来自全国各地的询问，犬牙直接带了一批纸箱过来负责产品打包。这是极其费工的过程，但他似乎在这方面经验十足，来时连打包器都一并准备了，一个个大小包裹在他们手下出神入化，箱子一转一圈胶带裹得严严实实。

晴也一整个中午连饭都没顾得上吃，到处联系发货的事，结果下午的时候黄毛喊他爸直接开着车过来了，当晴也看见从货车上跳下来的黄毛时，真恨不得给他一个大大的拥抱。

到了傍晚的时候，那条视频的点赞量已经达到一百多万，网店那边还有源源不断的单子。一切来得太突然，一整个白天大家都在埋头苦干，到了晚上晴也才缓过劲来对胖虎说：“这简直是太玄幻了。你要不要研究下自媒体，经营下你这个号？流量等于钱啊胖子。”

胖虎犹如被人劈了天灵盖般，突然发现新大陆，一整个晚上都在研究怎样成为一个合格的自媒体人。

傍晚过后他们就没有再忙了，因为谢老头那边的货还没送过来，胖虎就跟走火入魔一样缠着晴也再录一条试试水。

于是晴也随手拿过一本书卷成话筒，刚准备让胖虎开始，突然摸了摸自己的发型问道："我是不是得打理下化个妆之类的？"

旁边一片喊声："不用！"

晴也笑了起来。

胖虎对她说："你……你就这样，自……自然美，尽量随……随意。"

晴也想想的确随意点好，于是响指一打对其他人说："那你们别都躲在胖虎身后啊，该忙什么就去忙什么，到时候我们的标题就叫'高三学子发家致富奔小康，赚钱学习两不误'，怎么样？"

胖虎突然来了灵感，大呼："这……这个好，有……有噱头。"

所有人立马归位投入到情景中，晴也长发一甩便开始用纯正的发音介绍他们这个麻雀虽小，五脏俱全的食品厂。她还突然起了玩心用搞笑的日式腔说起英文，又切换到韩国腔，还故意跟镜头后面的胖虎互动，问他知道哪个国家吗？胖虎回道："斯密达。"她便笑弯了眼。

这其实也算是她的特殊才能吧，从小到大都在国际学校的缘故，认识很多来自不同国家的同学，耳濡目染下，她就莫名其妙会模仿各个国家人的英语发音，而且从初中开始，每次背课文背单词无聊的时候，她就会躲在房间用不同腔调切换着玩，让背书不那么枯燥。

晴也怎么也没想到自己的这点小乐趣，有一天居然会在自媒体上火了，胖虎回家后，通宵未睡，研究视频剪辑，配乐，特效，凌晨的时候将这条视频再次上传，他就睡了两个小时就被电话吵醒了。

早上很多人同时刷到这条热门，就一上午的时间点赞量破了百万，网店那边直接爆单了。

很多人跪求视频中小姐姐的联系方式，晴也素面朝天却五官精致，清透自然，口语流畅，腔调戏剧性十足，瞬间吸粉无数。

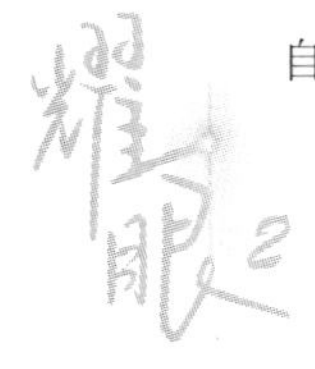

她用韩国腔采访杜奇燕，杜奇燕害羞躲镜头的蒙圈模样，导致很多人都在大喊喜欢那个傻萌傻萌的小姐姐。

甚至还有很多人高呼打包的小哥哥好帅，要看那个打包的帅哥。

胖虎还在想打包的小哥哥是谁啊？

等他跑到厂里看见蹲在院子中裁纸箱的犬牙时，顿时明白过来。

而第二天的爆单量彻底把晴也也给搞蒙了，她首先估算了一下生产量，打了个电话给谢老头问他能不能供得上。

供是肯定供不上了，但谢老头告诉她，他们那片村子很多人家都做这个，保证能给她调到货。

得到这个答复后，晴也便有了底气。

短短两天，所有人都转了起来，黄毛打趣说流年是生产部部长，犬牙是策划部部长，大黑是后勤保障部部长，杜奇燕是电子商务部部长，胖虎是营销部部长，而他，还非常傲娇地说自己是物流部部长。

虽然不过是一句玩笑话，但在所有人各司其职的推进下，五天内他们走了七百多单，胖虎还收到各路要求合作的私信，谁也没想到晴谷会在这么短的时间内成了一家名副其实的网红店。

而他们这帮渣渣各自也收割了一批粉丝，胖虎每天上传的日常视频平均点击量都能在几十万。

一帮一穷二白的年轻人如何通过生产劳动和智慧发家致富成了视频最大的看点，胖虎也投入了更多的热情学习剪辑，跟着犬牙后面研究拍摄和剧本。

他竟然发现自己对于创作剧情如此热爱，就连黄毛每天开着他爸的车子过来拖货都被他拍成了段子。偏偏这个黄毛表现欲十足，在争取做个网红的道路上用力过猛，那一天一套的紧身衣、豆豆鞋、花T恤让他成功成了晴谷短视频里被吐槽得最凶的仔，但越被吐槽大家对于他的出现反应越热烈。

黄毛为了此还特地跑去开通了一个微博，每天致力于上传自己坐在货车里的自拍照，很是辣眼睛。

邢武那边听说晴谷在网上火了，训练之余也会看看他们的视频，在遥远的异乡乐上一会儿。只不过在比赛倒计时的前半个月，他们必须进入封闭式训练。

这些电竞选手大多是十几二十岁的大男孩，以往比赛前经常会出现有人跟女友吵个架就玩消失，甚至到了比赛也找不到人的情况，导致俱乐部损失惨重，所以现在的合同都要求比赛前半个月进入封闭式训练，断掉和外界的联系，全力保证比赛的顺利进行。

前一天晚上，邢武和晴也通了最后一次视频，晴也看着视频中邢武清隽的轮廓问他是不是瘦了。

邢武笑着摸了摸脸，半开玩笑地告诉她："美颜。"

他又叮嘱道："你不能把精力都放在厂里了，等我回去再弄。早饭记得吃，每天都要喝牛奶吃鸡蛋，我刚才打电话给我妈，让她这段时间天天买肉给你吃……"

说到这里他自己也笑了。他的头发又长了些，细细碎碎地落在颊边，也许是刚洗完澡的缘故，没有打理，只穿了一件黑色短袖 T 恤，这随意的模样居然还有点小帅。晴也看着看着就红了眼眶，对着视频撇着嘴说："想你了。"

一句话把邢武也说得有些动容，他低着头揉了揉鼻子，又抬起头，眼里像藏着无数晶亮的星光，却说不出一句话来。

那是他们最后一次的视频通话，在那之后他们之间唯一的通讯也被切断了，晴也不知道他在后来的日子里吃得怎么样、有没有时间睡觉、如果打不好会不会有人凶他。这种空落落的滋味让她的心也跟着空了。

她这边的生活每天按部就班，高考到了最后的冲刺阶段，就像邢武说的，她必须要把所有精力收回来。

不过她从小就从爸爸身上懂得一个道理，钱可以解决这个世上绝大多数的问题。

虽然七百多单一共才到账四万多，除去各项成本就更少了，但人要懂得取舍，才能走得更长远。

所以她把这批货赚来的钱开出了一份兼职工资，鞍中很多渣渣都慕名而来，因此那批好学生很快就被替换下来，他们的第二批订单也在很短的时间内走了出去。

在起初的手忙脚乱中，渐渐上了轨道。虽然每天依然像打仗，但似乎所

有人都摸到了方向。

邢武家的房子建了起来，他走前已经和工人交代好了。这个房子算是邢武亲自设计的，大概轮廓已经能看出来了，每次晴也回家都会特地绕到前门看看她的小阳台，想象着早起拥抱阳光的画面，心情就会变得很美丽。似乎一切都在向着好的方向不断前进着。

她每天中午会趁着回家吃饭的时候顺便去厂里绕一圈，就是在那样一个阳光普照的午后，胖虎突然骑着自行车跑到厂里来找她。

晴也从车间出去的时候，胖虎气喘吁吁地对她说："你爸来……来学校了！"

上个月的时候晴也接到过一次孙叔的电话，孙叔告诉她，她爸爸的事情就快有眉目了，可晴也万万没想到爸爸能这么快出来。

在回学校的路上，晴也迈着急促的步伐，就差狂奔了，终于在老杨的办公室见到了久违的老爸。

在看见爸爸的那一刻，晴也激动得一句话都说不出来。大半年没见，他似乎变了很多，脸上的法令纹深了些，头上不知道什么时候多了几缕白发，又好似什么都没有变，依然西装革履、风度翩翩的中年大叔样。

她一步步踏进办公室喊了声："爸。"

晴盛光侧过头的时候露出了熟悉的笑容，那一瞬晴也心头的大石猛然落地，这么多天的担忧、烦心，在看到爸爸的这一刻全部烟消云散了。

她大步走上前。

晴盛光牵挂晴也多时，待在里面那么久，千里而来终于见到家人，心情也十分激动，从老杨面前的板凳上站起来，一把抱住晴也对她说："小也，我来接你回家了。"

晴也身体一僵，怔怔地退后一步。旁边的老杨看到父女重逢的画面很是动容，拿着表格对晴也说："你爸爸已经帮你把该办的手续办过了。晴也啊，你把这个填一下，就可以和你爸一起回原籍高考了。"

晴也有些蒙地看着老杨："回原籍？"

老杨解释："你户口不是还在北京嘛。学籍转回去以后就可以直接在户口所在地参加高考了，接收的学校你爸爸帮你联系好了，我们这里也会尽快配合你转过去，就是有些可惜，本来还指望你能为我们学校争光啊。”

晴也的眉头渐渐拧在了一起：“回去参加高考？你们在跟我开玩笑吗？”

老杨不解地看了眼晴盛光，晴盛光很快发现女儿的脸色不大对劲，他转过身对老杨说：“这样，我们晚些再来找你。”

老杨点了点头。

出了学校，晴也便对晴盛光说：“爸，我不回去高考。”

晴盛光并没有把女儿的话当回事，还温和地笑着说：“干吗不回去？”

晴也无法告诉老爸自己喜欢上了这里，而且她答应过那个人要等他回来，所以她不能走。

可爸爸刚出来，她好不容易才盼来了爸爸，让她如何告诉老爸不能跟你回去，她说不出口。

她只是低着头闷闷不乐地说：“你怎么说来就来了？电话也不打给我？”

晴盛光微微一愣，听出来女儿的语气中竟然还有点责备的意味。他不动声色地看着晴也说道：“我这几天不止打了一个电话给你，你也不接，孙海没告诉你吗？”

晴也的头低得更低了，厂里对外联系的电话最近全部转到了犬牙那里，自从邢武封闭式训练后，她一门心思花在最后的复习中，手机经常调成静音模式，也没怎么注意陌生号码。

短短半分钟，晴也思想不停地挣扎着。最后，她深吸一口气抬起头看着晴盛光，鼓起勇气对他说：“爸，我暂时不回去，行吗？”

直到这一刻晴盛光才感觉出来女儿并不是随便说说的，晴也虽然从小就很有主意，但是大方向上从来不会跟他唱反调。

晴盛光终于收起表情，有些严厉地注视着她说道：“你的意思是不打算跟我走了？还要留在这儿？”

马路对面停了辆奔驰，孙海本来坐在驾驶座，看见父女俩从学校出来后表情就不大对劲，此时也下了车大步走来。

听见的就是晴盛光质问晴也的这句话，而晴也始终没敢看晴盛光的眼神，沉默地点了下头。

孙海见晴盛光的脸色沉了下来，打着圆场对晴也说：“小也啊，别任性，你爸在里面一直记挂着你，怕你受苦，怕你压力大，每次见到我最先问的就是你，一出来就赶紧联系人替你把学校找好了，我们马不停蹄开了十几个小时的车过来接你回家，你说你怎么还跟你爸闹脾气了？

“行了，别说了，我们先找个地方吃饭，下午你回学校把东西收拾收拾，你不是一直挺讨厌这个地方的吗？”

“我不回去。”晴也依然低着头，只有这句话。她不能回去，她怎么能在这个时候回去？她要是回去了，邢武回来看不到她怎么办？她现在甚至连个电话都没法打给他，她不能就这么不告而别。

晴盛光终于被晴也执拗的态度给气到了，说了她一句：“你简直太不懂事了！”

晴也的眼圈瞬间就红了，这是从小到大爸爸对自己说得最严重的一句话。

午休快结束了，校门口陆续有人返回学校，全都好奇地盯着晴也。晴盛光突然意识到女儿的脸面，没有再继续说她，只是落下句：“你去学校吧，把该收拾的收拾好，我跟你孙叔先去吃个饭，待会儿来你小姨家道个别。”

晴也咬着唇没有说话，刚转过身，黄毛、狼呆那群人才从网吧出来，老远就嬉笑着大喊：“晴也，等等我们，一起走啊。”

晴也匆匆瞥了眼他们没有停下脚步，快速进了学校，而身后的晴盛光却转头看向那群不良少年，个个穿着奇装异服流里流气的，头发染的染，烫的烫，都到了校门口还公然叼着烟。他都不知道晴也什么时候认识这样的学生，听他们叫晴也的语气还挺熟的样子。

晴盛光再次看向女儿的背影时，眉间隐着深深的担忧。

晴也回到班上后，一言不发地坐在位置上。她并没有收拾东西，只是随手翻开一本书低垂着视线。

班上的人都转过头来看她。很多人都见到晴也爸爸中午来学校了，还听说了她要转回北京高考的事，但她冷着脸，眉眼间没有任何温度，没人敢去问她，就连史敏一下午都没敢跟她说句话。

晴也终究是没有待到放学，第二节课结束就提前跟老杨请了假回到李岚芳家。她觉得需要再跟爸爸谈谈，爸爸才过了一道坎，刚出来就千里迢迢来接她回家，她中午的态度的确不大好，她不想让爸爸难过，也不是不想跟他回家，只是她最起码得等邢武回来，想当面跟邢武道个别，她不想就这么走了，一句嘱托都没有，各奔天涯。

可当她回到李岚芳家的时候，爸爸和孙叔已经到那儿了。

晴也刚绕进后院，就看见李岚芳跟晴盛光推推搡搡的，最后李岚芳态度坚决，把那个厚厚的牛皮纸封推到了晴盛光手里，说："这个钱我是绝对不会要的，你别再跟我推了老哥。"

李岚芳虽然贪财，但她也清楚这个钱无论如何也是不能再收了，房子的钱都是晴也出的，她要再收了晴盛光的钱，邢武回来能跟她闹翻了天。

晴盛光余光瞥见站在院角的晴也，收起牛皮纸封没再坚持，对李岚芳说了句："总之这段时间还是麻烦你了，你后面有什么需要尽管找我就是了。"

李岚芳虽然平时在扎扎亭耀武扬威的，不过在晴盛光这样气宇轩昂的男人面前，气场到底矮了一大截，满脸堆笑地招呼他们留下来吃晚饭。

孙海不禁看了眼李岚芳家那还未竣工的房子，压根儿就不知道他们平时吃饭到底是在哪儿吃的。

晴盛光倒是没有点破，给李岚芳留了点面子，不动声色地说："不用了，我们来得急，还有点事。"说完便大步朝晴也走去，递给她一个眼色示意她出来。

晴也转身跟着爸爸出了李岚芳的家，从后院绕到了前院，他们的车子正停在马路对面。

晴盛光出来后没说什么，倒是孙海走到晴也身边，对她说："我们听你小姨说了，你居然搞了个厂子？"

晴也点了点头。孙海望了眼晴盛光的背影，压低声音对晴也说："你爸爸被气得不轻，本来送你过来是怕你原来学校的同学议论你，也担心那些莫名其妙的人找你麻烦，想让你静下心来应付这一年的学习，结果你倒好，把精力花在其他事上。"

晴也闷闷地回了句："同样都是做生意，他还不是很早就出来闯了，我又没违法乱纪怎么了我？"

孙海说："你跟你爸那个年代能一样吗？你现在这个年龄，主要任务就

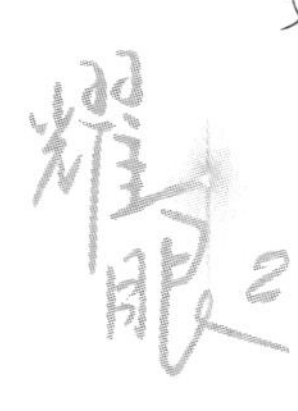

是学习，学业有成还怕以后没有好的事业？”

晴也撇过头去。她无法反驳孙海的这番话，也无法告诉他们这大半年来自己都遭遇了什么才会走到这一步，如果他们不是被逼到绝境，她为什么要选择绝地反击放手一搏？

转眼走到汽车边上，晴盛光停下脚步转过身，孙海当着他的面对晴也说：“听孙叔一句，我也跟你爸说过了，知道你在这里有新的同学和老师，待会儿我跟你爸到县城找个地方住一晚，你也好跟老师同学道个别，那个厂子不行转出去，转不出去回头我找人帮你处理，明天我们再回程，你看怎么样？”

尽管孙海已经尽力在父女俩之间调和，奈何父女俩的脾气如出一辙，自己决定的事都不会轻易动摇。

晴也再一次向晴盛光提出：“爸，我不想跟你闹，我就在这儿参加高考行吗？我保证不会掉链子好好考，厂里的事情已经让朋友帮忙打理了，我会好好准备高考的，我不是不想跟你回去，只是，都来这么长时间了……”

晴盛光一手撑在车顶上，有些不可理喻地看着女儿：“什么叫都来这么长时间？你才来几个月？你在北京读了那么多年书，到这儿才一年不到，你还舍不得走了？”

晴盛光仔细观察着晴也的神情，自己的女儿他当然很清楚，都说女儿要富养，他从晴也出生起，就把她捧在手心，吃穿用度都尽量给她提供最好的，特别是物质上，她要月亮，绝对不会给她摘星星。

听孙海说晴也刚来这里就吵着要回去，他也能想象这落后的县城对晴也来说，生活条件肯定不行，所以他一出来就来接她回家。

但让晴盛光怎么也没想到的是，女儿不是欢天喜地地要跟他回去，反而还说要留在这儿，留在这个连住的房子都没有的破地方。

晴盛光不傻，很快意识到什么，试探地问：“你是不是遇到什么事了？”

晴也抬起头看着爸爸，一双大眼就这么闪烁着，几度想跟老爸摊牌。

但最终她忍住了。爸爸没有见过邢武，从他看待李岚芳家的态度来看，他八成会认为自己被个穷小子骗了，或者年轻气盛被冲昏头脑，甚至以她对爸爸的了解，他大概会气得直接拽她上车就回北京。

所以晴也没法说出口，只能再次对爸爸说：“高考完再回去行吗？”

如果在没来李岚芳家之前，晴也对他说这话，苦苦哀求，晴盛光或许会考虑，毕竟离高考也没多久了，转回去也怕影响她的情绪和心态。

但自从来了李岚芳家，亲眼看见这个家的情况，听说过年的时候家里的房子竟然都被烧了，女儿在这么关键的几个月里，一直安顿在鱼龙混杂的破旅馆将就着……晴盛光心里说不出的滋味，要不是孙海在旁劝说，他恨不得立刻把晴也带回北京。

特别是在中午看见黄毛那群人叫晴也后，晴盛光更是下定决心绝对不会再让晴也待在这样的环境中。

所以他非常干脆地告诉晴也："其他事你想怎么样折腾可以再商量，这件事我不会答应你，你自己看看离高考还有多少天？手续我会替你转回去，你不跟我回北京耽误的是你自己的前途，你想想吧。"

说完，晴盛光便上了车。

孙海有些着急地对晴也说："你听话，别闹了，都什么时候了。"

晴盛光和孙海走后，晴也有些沉闷地转身又走回院子中，坐在后院的门槛上看着自己脚边的影子。她拿出手机不停地翻着她和邢武的聊天记录，最后一条是那天晚上他们视频通话完，凌晨她睡着后，邢武悄悄给她发了一条信息：我也想你。

早晨晴也醒来看见时，雀跃却又羞涩地在床上打起了滚，而此时看见却鼻尖酸涩。

她拨通了邢武的电话，电话那头显示无法接通。她放下手机，将脸埋在膝盖间，双手插进头发里，心绪烦乱。

李岚芳在厨房烧饭，伸头看了晴也一眼。没一会儿晴也感觉面前压下一道阴影，她抬起头的时候，李岚芳递给她一根才煮好的玉米，她顺手接过。

李岚芳在她身边坐了下来，说道："你爸这么多年也没怎么变啊，我还是好多年前见过他一次。"

晴也咬了口玉米安静地听着。

"你那时候才周岁，我一个人带着武子上北京找你妈。"

晴也有些错愕地抬起头看向李岚芳："你去过我家？"

刚问完这句话，晴也就忽然想起，她来这里的第一天，李岚芳的确跟她说过去北京见过她。

李岚芳抬头望着院顶的一方天空，回忆道：“你刚出生的时候你妈身体就不大好，我去见她一方面也是愧疚，从家里出来后就没去看过她。原来还是姑娘的时候住在你姥姥家，你妈比我大好几岁，我过去的时候你妈都懂事了，也从来没说家里人又抱个孩子回去不高兴，或者欺负我什么的，反而那时候我放学贪玩，回去晚了，她还等我一起吃饭，她奶奶塞给她点什么好吃的，她都带回来给我留一份。”

李岚芳提起晴也的妈妈时，倒是十分唏嘘，她长叹一声说道：“我和邢国栋在一起之前就有了武子。”

晴也握着玉米的手紧了一下，虽然这件事她很早就猜到了，但头一次从李岚芳口中听见，她依然有些震惊。

李岚芳告诉她：“那时候我也是没有办法，跑去农村，我原来的爸妈不肯收留我，经人介绍跟了邢国栋，没敢告诉他我有武子的事，武子生出来不像他，他就老疑神疑鬼的，后来到处打听，回来大吵大闹，武子才几个月，他就打武子，大冬天的让武子光着个身子，那会儿武子太小了，我实在是怕武子被他弄死了，凑了点路费带武子去北京投奔你妈。”

晴也有些怔然地望着李岚芳，第一反应却是，她和邢武在很小很小的时候就见过了？

如果她能早点知道邢武儿时的遭遇，再怎么也要拼命让爸妈留下邢武，也许那样的话，邢武的人生会天翻地覆吧，也不会在后来的道路上吃那么多苦。

可她那时候才一岁，很多事情就这么错过了。妈妈没有原谅李岚芳，她无法原谅李岚芳的自私叛逆导致姥姥和姥爷伤透了心，甚至在李岚芳走后，姥姥大病一场做了一次手术，当时病危通知书都下来了，李岚芳依然没去看上一眼。

所以晴也的妈妈不肯再认李岚芳这个妹妹，李岚芳只能带着邢武灰头土脸地回到了扎扎亭。

直到晴也妈妈前几年身体查出异样，在她生命的最后几年断断续续跟李岚芳通过几次电话。

李岚芳感叹道："我以前年轻干了很多蠢事，最不应该的就是从你姥姥家出来，那时候就觉得自己离了家肯定也能过好，别人哪能懂啊，后来苦果子只能自己吃。

"我当初要是没从你姥姥家出来，肯定不会是现在这个样子。人生没有后悔药啊，哪有父母会害自己孩子的。

"晴也，等武子回来，我会跟他说的，他不会怪你的，跟你爸爸安心回去吧……"

晴也埋头咬着玉米，每吞咽一下，喉咙都在艰难地哽咽着。她很清楚一旦跟爸爸回去将会意味着什么，她还有很多话没有跟邢武说，还有很多事情没有决定，一切太突然了，突然到她一团乱麻，睫毛剧烈地颤抖着。

锅里烧了半天，李岚芳赶紧起身去看火，晴也的眼泪终于绷不住了，理性和感性不停交织着，快要把她逼疯了。

李岚芳关了火从厨房出来对晴也说："晚上的饭菜都在锅里了，你要不跟你爸待一块就自己吃，我去一趟医院，老太太这两天又开始犯病了，真是不死不休。"

她进屋换了鞋子，出来的时候突然一惊一乍地说："哦对了，晴也，武子好像有什么钱没结，这两天人家也找不到他，喊我赶紧去领一下，还要对什么数字签字的，我也不懂，你待会儿要是没事去帮他领一下。"

晴也缓缓抬起头看着她："在哪儿？"

李岚芳翻出手机里的短信给晴也看，对她说："可能也没几个钱，你领完后就自己拿着用吧。"

说完李岚芳匆匆赶去了医院。

晴也也从门槛上站起身，下午的太阳依然炽热，灼烤着大地，空气中都是干燥的味道，晴也很不喜欢这种气候，可来这里的这段时间好似也习惯了这种感觉，也许因为这里是邢武的家，连同放眼望去鳞次栉比的自建房、坑坑洼洼的街道、十字路口的小店都要亲切很多，仿佛只要呼吸着这里的空气就能感受到邢武还在她身边，也许一个转身，他就会突然出现在她面前，告诉她：我回来了。

可一旦离开这里，回到爸爸身边，未来的一切便成了未知数，他们分隔

两地后，要怎么样才能让彼此的生活再次交集？

就像两个站在十字路口的人，终究只能转向不同的道路，未来还会不会再在一起，还要多久，都成了未知数。

晴也就这样满怀心思地走出路口，拦了辆车报给司机地址，车子越来越快，窗外的景色从熟悉到陌生，不知不觉中晴也来到了一片她从未来过的地方，有沙子透过窗户吹进她的眼睛里，她赶忙关了窗揉了揉眼，外面尘土飞杨，街道两边光秃秃的，不时有那种很大的货车迎面而来带起更大的尘土。

出租车停在一个大门头下面告诉她这里就是坝道口。晴也付了钱下车走进那个灰蒙蒙的门头后，放眼望去，地方很大，随处可见的货物杂乱无章，到处都是衣着脏兮兮的男人，蓬头垢面的，还有货车不停穿梭其中，轧过地上的钢板发出轰隆隆的响声。一辆迎面而来的面包车横冲直撞，吓得晴也赶忙让开。

乍一看上去，这里类似一个大型的物流集散中心，或者仓储之类的地方，但要比集散中心杂乱无序很多，她这样一个穿着干净的小姑娘出现在这里，难免引来很多好奇的目光。

晴也很快走向一位看上去比较老实的大哥，打听天达财务室在哪儿。大哥脖子上挂着条脏兮兮的毛巾，向后指："一直走到顶，往右边拐找一个红房子。"

那声音几乎是用喊的，听得晴也炸耳朵，还是连声道谢，顺着大哥指的方向一路找去。本来还以为是个像样的房子，来回路过两趟，又在附近问人才终于发现那个简易房就是所谓的财务室。

晴也进去说明来意，财务室里的中年妇女拿出一本封皮泛黄的大册子，找到邢武的姓名，然后扔给晴也跟她说："你坐那边自己对下，没问题在后面签个字。"

晴也说了声"谢谢"，在窗边的塑料椅子上坐了下来。册子上登记着密密麻麻的名字，她看到了邢武的那行，上面时间记录得清清楚楚，是三月份的计件薪酬，从工时来看每天都有六七个小时，甚至更多。

晴也忽然将册子往前翻去，很快找到了二月份的记录，还有一月份的，而十二月份的已经不在这本册子上了，晴也无法判断邢武是从什么时候开始到这里干活的，可他哪儿来的时间？甚至每天五六个小时都待在这里？

忽然，她想起了什么，驾校，邢武告诉她每天要去驾校练车，从什么时候开始？她回忆了一下，似乎是顺易关门没多久，邢武就告诉她报了驾校。

所以那以后他每天很晚才回来，她补习班重新开启的那段时间，邢武甚至忙得比她回去得还晚，有时候他身上总是脏兮兮的，她不是不知道他在外面接了点活，他以前也经常接活，无非是到哪个公司修修网络，到哪个厂维护机器之类的，可她万万没有想到邢武会到这种地方来做苦力。

晴也忽然感觉浑身冰凉，她抬起头看着那逼仄的窗外，晒得黝黑的男人肩上扛着巨大的货箱，压得弯了腰，豆大的汗珠不停从他额上滴落，而货车上这样的箱子一眼望去不计其数，还有男人站在货车车顶，将近三米多的高处，顶着太阳将东西一箱箱往下挪，半天都直不起身子。

晴也身上还穿着长袖，可这些男人早已赤着上身，挥汗如雨，另一边蹲在墙角扒饭的年轻男人，还没吃两口又被叫去抬货，那些老点的男人对着他破口大骂，纵使在这样最底层的生存环境中，欺压、阶级依然无形中存在着。

盒饭就那样扔在地上，整片场地沙尘弥漫，透着压抑的厚重感，混乱，肮脏，像机器一样不停运转的苦力。

晴也的心突然狠狠揪在一起，过去的几个月里邢武正是和这些人一样，干着粗重艰辛的苦力活，甚至还有可能和刚才那个年轻人一样被呼来喝去，承担着更多的活计，为的就是这个账本上的数字。

好几次，她碰到他指尖越来越厚的茧都在想，这样的日子什么时候才能过去？

那段时间他要负担奶奶的医药费、护工费，要给厂里配机器，还渐渐帮她配齐了那些并不算便宜的生活用品，她想买辞典，他直接给她转了钱。

而这些钱，是他在如此恶劣的环境下拼来的。晴也不想也不忍再去看窗外的场景，她突然觉得眼前的每一个人都变成了邢武，她仿佛看见他爬到那么高，那么危险的地方卸货，仿佛看见他热得汗流浃背被货箱压弯了腰，仿佛看见他蹲在那个墙角被满是脏兮兮的垃圾包围着，扒着那盒看上去令人毫无食欲的盒饭。

晴也的脸埋在掌心里，瞬间泪如雨下。她从来不知道自己带给邢武的会是这么不堪入目的生活，他不应该这样，他不应该做着这些最底层的工作，如果不是为了钱，不是为了尽可能赚到更多的钱，他何至于此？

她根本不在乎，不在乎他们现在一无所有，不在乎跟他窝在旅馆里，从她决定拿自己的未来赌他们的前程时，一切都不在乎了。

可他说过他在乎，所以他拼命地赚钱，将所有的艰辛小心翼翼地藏起来，把自己最轻松的一面拿到她面前，然而当晴也踏进这里后，所有真相都被撕开了，血淋淋地摆在她眼前。

他不轻松，一点都不轻松，她甚至不知道自己到底是带给了他快乐，还是灾难！

原来家庭的负担已经让小小年纪的他被迫老成，被迫承受着那么多生活的压力，而现在，她也成了他的负担之一。

三千二百元，这是邢武三月份参加县运会之前半个月的全部薪酬，她甚至看见在邢武下面那人的计件收入整个月不过也就四千多，在这个薪资如此低的县城，半个月三千多的收入，她无法想象他到底搬了多少沉重的货物才换来这样的数字。

从那里出来的时候，是一条长长的石子路，路上没有一辆车，只有偶尔从刚才那个地方开出来的货车从晴也身旁疾驰而过，晴也就这样拖着沉重的步伐漫无目的地走着。

夕阳顺着大地铺洒开浓烈的光芒，却仿佛被阻隔在一片沙尘之上，肉眼可见处全都蒙上一层看不见摸不着的纱，远处的乔木荒凉一片，偶有残败的泥土房早已塌了一半被人遗弃。

晴也顺着石子路爬上山坡，绕过泥土房后，她怔住了，远处浩瀚无垠的戈壁滩雄浑壮阔，大地被夕阳点燃，像一把熊熊烈火灼烧着天地。

晴也黯淡的眸子突然被眼前的这一幕照亮了，她竟然鬼使神差地走到了上次邢武带她来的戈壁滩，就像冥冥中注定一样。

那天在天地苍穹下，在霞光万丈下，他们决定携手共赴未来。

那时的她是那么自信自己能给他带来光明，驱走他的黑暗。可如今看来她给他带来了什么？或许有美好有希望，可同时也伴随着更大的负担。她从来没有想过因为对未来的约定，邢武要付出这么大的代价，他才十八岁，他不应该整天埋在灰头土脸的苦力活中。

他说过因为钱的事改变自己要走的路，这种浑蛋的事在他身上发生过太多次，她又有什么理由为了走自己的路，让这些事继续降临在他身上。

晴也望着这片怒放的大地，突然就释怀了。她无声地笑了起来，笑着笑着眼泪就流了出来。她离开这里，把厂子留给邢武，虽然赚得不多，但足以负担奶奶每个月的住院费了，他不用再为了生计奔波，不用再为了她的学费烦忧，这是他们最好的选择。

有人说高中喜欢的人是能记一辈子的，直到今天晴也才明白这句话的意思。高中的他们啊，就像这个世界上最渺小的尘埃，飘浮在空气中，不知道未来自己会归于何处，没有厚重的羽毛，没有坚实的双翼，多少人在浮浮沉沉中丢了对方，所以曾经的那份真挚才成了心中永远无法磨灭的记忆。

可一辈子很长，她还有很多时间，可以做很多事情，她不是懦夫，所以她不会停滞不前。

晴也转过身最后看了眼这片耀眼的戈壁滩，拿出手机打给了爸爸。

晴也一直沿着戈壁滩重新走上街道才拦了辆车回到邢武家，她将那三千二百元放进了奶奶房间的抽屉里，然后便直接去了县城。

晴盛光和孙海沿着县城绕了一圈，才找到一家看上去还说得过去的酒店办理入住，晴也去那家酒店找到了晴盛光对他说，她跟他回去，但不是明天，再给她一天的时间。

晴盛光告诉她时间紧迫，后天必须回北京，回去后还有手续要办，离高考的日子越来越近，不能再耽误了。

她答应了爸爸。

当天晚上晴也就回到厂里，把所有她能想到的东西全部一项项列了出来，她怕杜奇燕和流年应付不过来，还特地又跟犬牙交代了一番。谁也没想到她会走得如此突然，大家的情绪也都随着她的离开十分低落，好几次流年都想问她："真的就这么走了？不等武哥了？"

可每次话到嘴边，看见犬牙对他摇摇头，他都不忍问出口。

晴也走得比较急，甚至还没来得及跟所有认识的人道别，只是在第二天早晨去老杨办公室填了表。老朱和 Miss 余是最喜欢晴也的，也来对她千叮咛万嘱咐，送她最后一程。在他们从事教育工作这么多年来，从没教过像晴也这样天资聪颖的孩子，如果她不转走，或许她的高考结果会是他们这一生教出最辉煌的成绩，但这个成绩最终只属于她个人，不属于他们，毕竟她生在强者的环境中，如今不过是回到她该回的地方罢了。

从老杨办公室出来的时候，晴也走回二班门口，大家都在自习，绝大多数人都在低头刷题，也有在背东西的，还有几个人在讨论题目。

晴也想起刚来的时候，班上每天都是鸡飞狗跳的状态，特别是自习课，吵得她连写题的心情都没有了。

可如今放眼望去，大多数人都在为了自己的未来做最后的准备，不管这场仗的结果最终会如何，起码都进入了奋战状态。

晴也又将视线移到最后一排那个单独的座位上，那里已经空了很长时间了，明知道不会有人，可晴也每天来教室依然会盯那儿看上一眼，经常下课还会时不时回过头去，好像只要她坚持不懈地回头去找他，他在某一天就会突然出现在她身后，盯着她露出散漫温暖的笑容。

但她知道，她等不到了。

第九章

✦

志赌明天

y a o y a n 2

晴也最终将方蕾、胖虎、史敏、小灵通喊出教室，告诉他们自己准备干的事，这或许是在她临走前唯一能为他们做的事了。

所以当天最后一节课结束后，整个高三有一半的学生都没有走，所有人都集聚在五楼正对大门的走廊上，那空前的场面很快就吸引了门口的众多家长和校方的注意。

几个校领导赶忙到高中部楼下大声质问他们想干吗。

忽然，从五楼的走廊上落下两道条幅，上面红布金字写着“还我们晚自习，还我们未来”，这十余个铿锵有力的毛笔字是晴也亲手执笔。

校领导看呆了，当初决定取消晚自习时，很多老师也去校领导处反映不妥、抗议过，可最终抵不住家长的压力，导致这件事一直没有重新启动，而那些鞍中的孩子大多数对于取消晚自习压根儿不在乎。

让校领导没想到的是，如今这些孩子会突然自发组织起来要求重新开启晚自习，这在鞍中的历史上是从未出现过的事情。

最先是五楼的那些高三生齐呼：“还我晚自习，还我未来！”

而那些陆续往校外走的高一高二生也渐渐停下脚步，热血沸腾地跟着学姐学长们高声呼喊。

钟大校长赶来的时候，看见的就是余晖笼罩下的校园，震耳欲聋的呼声此起彼伏。他在这个学校待了十几年了，经历过太多大大小小的群体事件，但这是第一次，也是唯一的一次，这些平时让他头疼的学生为了学习而高呼。

他接到电话后本来是赶来驱散这些学生的，可真当他站在那巨大的条幅

下时，耳边是学生的呐喊，入目之处是那些高三学子对未来的渴望，那种激情竟然让他也被这些学生深深地打动了。

校门口聚集了越来越多的学生家长，有些是来接孩子的，有些是听说学校学生闹事后匆匆赶来的，周围的居民也全部跑出家门不知道发生了什么事。

便是在这时，方蕾挤进人群把准备好的喇叭交给晴也，晴也问道："你们的父母都来了吗？"

方蕾点点头："我爸我妈都来了，其他班上的我都通知过了，具体来了多少不清楚，反正我们班的家长能来的全来了。"

晴也点了点头，方蕾有些不放心地说："你确定吗？你一旦发声，学校可能会找你的，毕竟枪打出头鸟。"

晴也看着她："我转学手续已经办好了，严格意义上来讲他们管不了我，这件事只能由我来发声。"

说完晴也身边的同学自动为她让开位置。

夕阳的最后一抹余晖洒在走廊上，照亮每个人坚毅的面庞，她在众目睽睽下一步步走到正中，立在两面条幅之间，将扩音喇叭举了起来对着楼下众多教职工、学生、家长和不明真相的围观群众说道："很抱歉耽误大家的时间，让所有原本应该吃晚饭的你们来看一群高三生胡闹，我想现在楼下的校领导和校门口的家长们应该都觉得我们在胡闹，可我们的时间已经被耽误了几个月，不到万不得已我们不会愿意把最后的冲刺时间花在胡闹上。

"我在此代表全体鞍中学生，特别是高考在即的高三生们请求学校恢复晚自习！"

此话一出，整个五楼全体高喊："恢复晚自习！"

这时，那些站在校门口的人当中，一个中年女人突然大声质问道："凭什么恢复晚自习？一天天的课已经够多了，你们想学习的自己回家也一样学，拖着所有人搞到那么晚，万一高考前把身体搞垮了没法参加，这个责任谁来承担？"

周围顿时一片哗然。

一群家长跟着喊："是啊，想学的自己回家学，别搞这种拖堂，现在学生压力本来就够大的了。"

钟校长回头看了看校外的家长们，有些为难地和其他几个校领导对视一眼，学校的态度一向希望息事宁人，所以当初众多家长提出取消晚自习后，校方怕这些家长闹事只能妥协，可如今校方被夹在中间，左右为难。

这大概也是鞍子县史上第一次学生和家长隔空喊话。

史敏在晴也耳边说：“六班的家长。”

晴也丝毫不慌，喇叭一举直接说道：“这位家长在跟我们谈论责任，那我们今天到场的全体学生就来跟你谈谈责任。

“你说想学的可以自己回家学，那么回家后不懂不会的题是不是可以去你家请教你？自己无法理清的复习框架是否可以请你帮忙理清？如果无法合理分配时间，是否也可以请你帮大家分配课后三个小时的复习进程并起到督促的作用？

“你一句怕身体搞垮，就硬生生剥夺所有学生每天三个小时的学习时间，四个月就是 360 个小时，如果因为你们的孩子体质弱，无法承担过重的学习任务，从而耽误所有人 360 个小时的学习时间，大家在这 360 个小时内无法做到效率最大化导致高考失利，这个责任你是否可以承担？

“如果你可以保证我们在场的每一位学生未来的前途，我们立刻散场，请这位家长回答！”

瞬间，更多的家长开始发声力挺恢复晚自习，他们当中绝大多数的家长在取消晚自习时不是没有意见，只是根本没有意识到这是件多大的事，也压根儿没有重视过。

而晴也直接将晚自习和前途挂钩后，有些家长就炸了，原本保持沉默的家长全部开始发声为自家的孩子争取利益。

仿佛在很短的时间内，那些反对晚自习的家长就被声音包围了，两方家长吵得面红耳赤。

晴也再次拿起喇叭看向校领导：“我谨代表所有鞍中学生请求学校酌情考虑恢复晚自习……”

话说到这儿，一群老师已经来到五楼直奔她而来。

晴也侧过头去看着那群老师，眼神毫不闪躲，盯着他们说了最后一句话：“我们，真的没有时间了……”

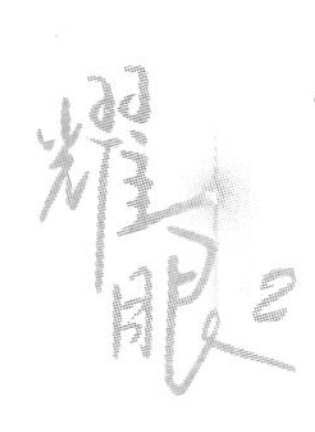

说完她直接将喇叭放在地上，而后她被带去了教导处。在她离开后，那些平日里浑浑噩噩，内敛害羞的学生纷纷蹲下身接过她放下的喇叭，就像一种无声的传承，她走了，把对高考最后的决心留给了他们。

而铺天盖地的喊声终于打动了校方，他们顶着那部分反对的声音，在最后关头为这群高三学子辟出了天地，保证了他们接下来的晚自习场地和教师资源，终于，那些反对的声音淹没在大家的热血中，就连围观的居民都能感受到大门之内学生们被点燃的青春，和对美好未来的向往。

校方最终没有为难晴也，只是对她进行了一番教育。钟校长处理完外面的事走进教导处，晴也抬起头看着他，做好了所有的心理准备，可钟校长只是对她说了句："不早了，快回去休息吧。"

晴也怔怔地站起身，朝他深深鞠了一躬："谢谢校长。"

钟校长什么话也没说，点了点头。晴也快走出门口的时候，钟校长才在她身后落了句："辛苦了，孩子。"

晴也转过头的时候红了眼圈，钟校长笑着说："祝你高考顺利。"

晴也的脸上终于露出了如释重负的神情，她迎着夜色离开了这个待了大半年的校园，熟悉的操场、熟悉的走廊、熟悉的教室，再见了。

晴也是在第二天早晨跟随爸爸离开鞍子县的。除了李岚芳，她没有告诉任何人，她不想看见送别的场景。与其说怕看见别人掉眼泪，其实她怕自己会控制不住，就这样挺好的，悄无声息地来，悄无声息地走。

只是，她一个人坐在车后座不停编辑着信息，想向邢武解释自己的离开，打了很多很多文字，最后车轮碾过一道深坑，坑里泥水四溅，飞到玻璃上，晴也被颠得放下手机看着车窗上的泥点，目光投向玻璃外的画面。

可爱的大妈挎着篮子和卖蒜的老板打着嘴炮，几个初中生你追我赶地跑着，后面跟着几条摇着尾巴的土狗，信箱上褪了色的绿色油漆不知道什么时候被重新刷过，街角卖炸串的摊子，大爷套着破围裙满手黑灰，脸上却亦如她初来那天一样，挂着亲和的笑容。

时间在这里变得很慢，这个似被尘封在上个世纪的县城，有着它自己的安逸和平和，挣扎和彷徨，奋勇和坚韧。

也许它发展得很慢，也许它无法和大城市相比，可这里的人们并不会被与生俱来的环境压倒，也许在未来的某一天，这里会变成一个焕然一新的地方。

晴也的嘴角忽然露出了浅浅的笑容，她低下头将那些冗长的文字全部删除了，只是告诉他：我和爸爸回北京了。

她想，他会懂的。

邢武回来的那天，依然是那群人去车站接他，只不过终究少了一个他最想看到的人。

他回家放了东西，李岚芳将那个装有三千二百元的信封交给了他。

她在旁边絮絮叨叨地说这钱是他干活结的钱，她让晴也去领的，本来让晴也拿着用，晴也最后还是送了回来。

邢武捏着那个信封，感觉手中的分量越来越重，紧紧攥着，指尖微微颤抖。

晚上一群人直接把他带去早已订好的饭店，为他接风洗尘。

一个月说长并不长，可说短似乎也不短了，邢武比走时消瘦了一些，轮廓更加清晰了，板寸现在又长了点，整个人看上去似乎有些不一样了。

一帮兄弟不停地问着他在上海的生活，季赛里有没有遇上什么出名的对手，比赛中有没有好玩的事情等等。

天天混在一起的哥们，久别重逢自然话题不断，但所有人都很有默契，没有去提那个名字，他们没有说，邢武也没有问。

就好似一切都像发生在这里的一场梦，那个明艳动人、耀眼夺目的女孩不曾来过，他们的生活也恢复成以往那样，似乎并没有什么变化。

可终究随着一瓶瓶酒下肚，那些活生生存在的过往在每个人的心间漾开，她不仅来过，还潜移默化改变了身边的每一个人，让他们纵使在她走了这么多天后，依然无法像什么都没发生过般。

黄毛酒喝高了后，最先提到她的名字，他不想再憋了，一整个晚上看见邢武脸上淡淡的笑意，他憋得比邢武还要辛苦。

终于，他将半瓶啤酒连瓶吹下肚就大骂道：“要我说晴也就是忘恩负义，过河拆桥，翻脸无情，要不然怎么连走都不告诉我们一声，我们对她差了吗？谁不是掏心掏肺对她的，她怎么能这样……”

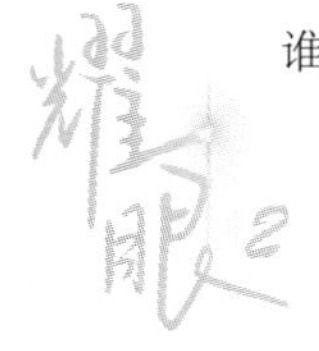

此话一出，刻意营造了一整晚的气氛终于垮塌了，原本哄闹的饭桌突然安静下来，邢武脸上那最后一丝笑意也彻底消失得无影无踪。

胖虎有些听不过去，说了黄毛一句："别……别这样，说……说晴也。"

黄毛来了劲，扔了酒瓶砸在地上就说道："怎么，我说错了？不说我们吧，就说学校那帮老师，哪个不照顾她？学费都给她免了，指望她今年能考出个省状元，我们县的希望都放在她身上了，结果她临高考跑回北京，算什么义气！"

犬牙抬了下眼皮，看见邢武越来越沉的脸色，微微蹙起眉瞪了黄毛一眼，奈何黄毛完全喝上头了，开始口无遮拦。

胖虎这下是真的生气了，站起身就呼哧呼哧地对黄毛吼道："晴……晴也怎么了？她……她来之前成绩就……就好，又……又不是我们县培养出来的，相……相反，她帮……帮了我们那么多，你凭什么这样说她？"

黄毛瞬间低着头抓住自己的头发就是一阵挠，他凭什么这样说她？他不想这样说她，从晴也刚来到这个县城的第一天，他的生命就像亮了起来一样，晴也对他笑的时候，所有不爽的事情都仿佛烟消云散了。他也不想这样说她，可他控制不住自己的心情，他想不通，心里不舒坦，这么多天了，他也无法接受晴也突然离开的事实。

最终，邢武看着黄毛，声音很沉地说："晴也知道我在坝道口接活的事了。"

黄毛突然停止了那疯狂的动作，抬起头怔怔地望向邢武。

邢武接着丢下句："从今以后如果再让我听到谁对她说三道四，我不会客气。"

黄毛忽然惭愧地拿出手机就喊着要打给晴也，还不停地对邢武说："武哥，你打电话问问晴也什么意思？高考后是不是直接出国了？那以后你们怎么办？你问问？"

邢武一把夺过他的手机拍在桌上，郑重其事地警告他们："现在对她来说是最关键的时刻，你们谁都不许在这段时间去打扰她，听到没有？"

黄毛、胖虎他们全都低着头，一言不发。

所以一直到高考前晴也都没有接到过扎扎亭小伙伴们的电话，就连黄毛建的那个群都安静下来，有时候她会自嘲地想，这帮浑蛋是不是把她给忘了。

而邢武也没有再联系她，他比赛结束后就立即要回了手机，本想告诉晴也他快要回来了，可收到的却是她跟着爸爸回北京的消息。

那个晚上整个俱乐部都在狂欢，而他作为主角却一个人跑去外滩迎着夜风站了一整晚，最终他忍住了去找她的冲动。

唯一的一次是在他刚回到扎扎亭后，给她打了一笔钱过去，十五万。

这笔钱好像在告诉她，他回家了，一切顺利。

有时候人真的很奇怪，像邢武这种学渣竟然也会在高考前的一个月莫名其妙被周围的气氛感染，高中三年课都没上齐全过，居然在从上海回来后也会跟着大家一起留下来晚自习。

不知道是因为这是他们最后的时光，还是这是晴也临走时拼命为大家争取来的机会，抑或是他只要坐在教室里，就能感觉到她的存在，仿佛只要一抬头，她就安静地坐在他前面，随时会回过头来对着他笑。

所以这就导致高考前的这段时间，他也很刻苦，跟着大家背书、刷题，刷不明白的，就自己琢磨琢磨，有时候正琢磨着，晴也的声音就仿佛出现在他脑中。邢武发现晴也的声音对他来说真的挺洗脑的，他以为压根儿不会记住的东西，后来证实他偷偷记住了很多知识点。

有时候一道搞不清楚的题，自己瞎琢磨个两天也就琢磨出来了，他还会看着自己连亲妈都不认识的字沾沾自喜一把，要是当初他多花点精力，说不定也是块学习的料。

虽然这期间他还是接到不少比赛邀请的电话，这次季赛，狙皇这个 ID 彻底露了脸，在所有参赛的队伍中脱颖而出，成了国内 FPS 赛事的新起之秀，而他的一张参赛照也在互联网上迅速传播开，他从没想过有一天自己会因为一张照片而得到那么多人的关注。

好在邢武平时比较低调，除了各种游戏账号，他基本上不玩社交媒体，很多业内人士打听到他并未加入任何俱乐部后，他的电话在短时间内被打爆了，一些听过的，没听过的俱乐部纷纷向他抛来橄榄枝，有的开出的条件邢武都不得不承认，很诱人。

AEG 俱乐部很快也向他发来了正式的邀请，请他参加下半年的全国赛，

他暂时没有给出明确的答复，只是告诉他们自己必须得先回来参加完高考。

混了三年了，他觉得有必要先把毕业证书拿到手再去计划接下来的路。

而更让他犹豫的是，加入俱乐部意味着要彻底成为职业选手，那么也许一年才能回来一次，他暂时还无法放下家人，无法放下还躺在医院的奶奶。

听李岚芳说在他走后的这段时间，奶奶的情况非常糟糕，有一次夜里差点停止心跳，所以他回来后除了去学校，大多数时间，都陪在奶奶身边。

亲人之间也许就是有种神奇的纽带，在邢武回来后奶奶的情况稍稍有了好转。

可就是在高考前的一周，那样一个无常无奇的早晨，邢武刚从家里赶来，拉了把椅子坐在病床边，奶奶忽然用一种很慈祥的目光盯着他。虽然邢武知道奶奶很多年前已经失去清明了，可那个早晨，奶奶的眼神仿佛恢复了往日的神采，看他的目光里充满了慈爱。

他疑乎地喊了声："奶奶？"

她没有回答他，他又试探地跟她说了几句话，她依然没有任何回应。

邢武终于放弃了，他出去找护士打药单，再回来的时候他的奶奶走了，在那样一个平常的早晨，走得很安详，仿若嘴角还带着笑意。

直到奶奶下葬后，邢武一直在想，他离开后的那个夜里，奶奶心脏骤停，后来的坚持是不是在等他回来？也许是吧，医生说奶奶那时已失去了对外界的认知，可在他心里，奶奶能感觉到他的存在，一直都是。

奶奶的突然离开像压垮邢武的最后一根稻草，办完后事以后，他把自己关在旅馆，他不让任何人告诉晴也，也不愿见任何人，没人知道他那段日子是怎么度过的。

高考的那天，北京很热，晴也穿着清凉的短袖，晴盛光开车亲自把她送到考场，她下了车抬着头望着耀眼的太阳，不知道鞍子县那边热不热。

口袋里的手机突然振动了一下，她拿出来，看见邢武给她发了一条信息，只有两个字：加油！

晴也却红了眼眶，回复他：你也是。

然后关机将手机交给了爸爸。

高考结束后，鞍中很多人都回到学校举行了盛大的撕书仪式，虽然在老师的一再提醒下，不要的还可以卖废纸换钱，不要撕，但显然那会儿所有人都像放飞的鸟儿，只想通过这种方式呐喊漫漫高中时光的终结。

邢武依然坐在自己的位置上，看着前面空荡荡的座位发着呆。如果是平时他们再怎么也不会动邢武的东西，可那天实在太疯狂了，他们连邢武的桌子都拽走了，顺便把他抽屉里绝大多书崭新的书也拿出来乱撕一通。

邢武只觉得那乱哄哄的场面让他头疼，干脆板凳一踢双手抄兜绕到音乐教室那里，谁知道刚走到那儿就飘来一阵烟味，他看见黄毛一个人趴在阳台上吞云吐雾。

邢武挑了下眉梢慢吞吞地朝他走去，突然朝他喊了声："嚯！"

这声把黄毛吓得差点烫到手，转头看见是邢武顿时松了口气。

邢武斜着嘴角说道："能耐了，在教学楼也抽起来了。"

黄毛把烟递给邢武，邢武低垂了一眼，撇过头淡淡地说："戒了。"

黄毛不可置信地看着他："真的假的啊，这也能戒掉？"

邢武不以为意地撇了下嘴角："这个世上的事对我来说只有两种，一种是我不想干的，一种是我决定干的。"

黄毛乐呵呵地听着邢武那口吻，突然笑了起来："你被晴也带偏了。"

邢武猛然愣了一下，才后知后觉地发现，刚才说的话的确有点晴也那藐视大地的风格，他也低着头跟着笑了起来。

黄毛瞥了他一眼，还是忍不住说道："也不知道她现在怎么样了？考试有没有发挥正常？武哥，你说，她会不会已经在准备出国了？"

邢武双手从兜里拿了出来搭在阳台上，望着那个挂在天际遥远的太阳，沉默不语。

他不知道出国留学需要准备什么，但想必高考对于晴也来说只是刚刚开始吧，要出国的话，准备的事情一定很烦琐。

他叹了一声转身离去，黄毛看着他的背影吼了声："去哪儿啊？"

"回家睡觉。"

从比赛归来到准备高考再到奶奶的突然离世，他没有一天好好休息过，

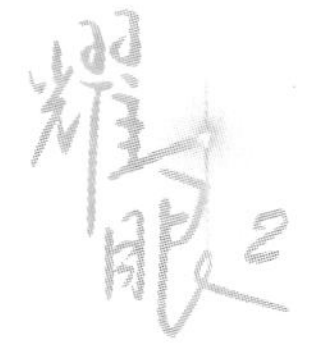

随着高考的结束，他突然感到很疲惫，一头栽进家就没再出来过，就那么睡了整整两天，不分昼夜。

高考前邢武已经把旅馆退了，家里的一楼基本弄好了，只是二楼的软装还没有竣工，邢武晚上的时候就一个人窝在一楼。高考结束的这两天，他整个人就跟睡死了一样，任凭李岚芳怎么叫他起来吃饭都叫不动，好几次李岚芳都悄悄走到他面前，蹲下身把手指放在他鼻息间，怕儿子是不是真睡过去了。

他太累了，长久以来身体的疲劳和精神的压力突然释放后，潜意识里进行了两天的修复状态。

第三天的早晨等李岚芳醒来后，看见邢武已经烧了一桌子的菜，她还吓了一跳问他："你几点起来的？"

"四点半。"

"烧这么多菜干吗？我们两个又吃不掉。"

"无聊。"

李岚芳都被他气笑了："无聊去厂子里看看。"

"待会儿去。"

邢武和李岚芳坐在院中很和谐地共用了一顿早餐，然后邢武便骑着他的小摩托穿街走巷来到晴谷食品厂。

他将摩托车停在院子里，回过头望了眼食品厂门头的那个"晴"字，犬牙前段时间找人重新设计了一下，还在"晴"周围弄了那种耀眼的火光，挺燃的感觉，他看着还挺入眼的。

忙碌的一天从早晨开始，邢武慢慢熟悉着晴也留下的东西，有时候他还会看着她临走时留下的笔记发上一会儿呆，这之后的几天他基本上都是从早忙到晚，然后回家跟李岚芳一起吃上一顿饭。

日子突然变得十分单调，不知道从什么时候开始那个女孩已经成了他生命中的光束，只要看着她就不会觉得生活枯燥无味，可随着她的离开，他好像也突然失去了方向。

胖虎、方蕾他们都在家等高考成绩，忙着择校，而那些压根儿不指望能考上学校的，这几天都在联系邢武，问他厂里缺不缺人。厂里现在就流年、杜奇燕和犬牙，的确也需要一批固定的员工，于是这个不大的食品厂也算给一批高三毕业生提供了就业机会。

生活总是推着人不断向前，邢武一个原本吊儿郎当的维修师傅也开始正儿八经地学起了经营。

为了让厂子能够很好地运营下去，他这几天还去县城逛了一趟书店，买了几本书回来研究一下生产经营模式啥的。

但有时候看着看着实在太枯燥就躺在躺椅上睡着了，犬牙总是笑他大老粗一个整天装文化人，还问他能不能看懂。

看不看懂并不重要，只是他突然很享受这个过程，就像她无数次捧着书的样子。

几天后的一个下午，狙师傅又日常在院子中的躺椅上拿着本书打盹，睡梦中又听见黄毛咋咋呼呼的叫声："武哥，武哥，你看谁回来了？"

下了飞机转大巴，到鞍子县已经是下午了，也许在晴也第一次来这里的时候，再怎么也不会想到有一天当她离开后，还会自己跑回这个地方。

会选在今天回来实属意外，早晨她回学校参加了最后一个班会，跟那些连名字都叫不出的同学道了别，看着他们抱在一起痛哭的样子，她突然很想鞍中的那帮人，很想他。

然后出了学校她鬼使神差订了张机票，一直到两个多小时后飞机落地，她才恍惚地发现自己就这样只身一人，从北京去往了另一个省，甚至没来得及提前告诉邢武一声。

下午的时候她已经出现在他家门口，看着已经差不多成型的二层白色小楼，突然有些不知道怎么面对他。

直到李岚芳拎着菜篮出来看见她，惊讶无比。

晴也没有进去，只是急着问道："邢武在哪儿？"

李岚芳告诉她，邢武去厂子了，于是她便直接转身迎着夏日的微风走向食品厂。

那天她穿了件紫色小碎花的 A 字连衣裙，色调很温柔，透着夏天的味道，纯净动人。黄毛和胖虎很远就看见了那抹身影，他们根本不敢相信远处的那

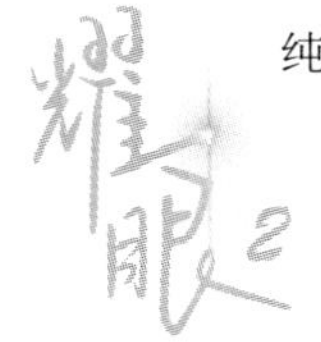

个女孩是晴也，就这样跟了她五分钟才敢喊她。

晴也回眸的刹那，黄毛双眼突然就亮了，胖虎憨憨地对着她傻笑。

在去厂子的路上，晴也听说邢武的奶奶高考前过世了，听说邢武把自己关在旅馆几天不愿见人，听说他不让他们打扰她，听说了很多很多她走后的事情。

直到他们走到厂门口，黄毛对着里面喊道："武哥，武哥，你看谁回来了？"

晴也走进院中的时候，邢武躺在原本属于她的那张专属小躺椅上，深邃的眼窝紧紧闭着，胸前卡着一本厚厚的书，阳光透过斑驳的枝丫投下浅影跳跃在他的脸上，他的睫毛似乎微微颤动了一下。

黄毛迫不及待地又喊了声："武哥，快醒醒。"

邢武缓缓睁开眼，不疾不徐地侧过头。夏日的清风撩起了晴也的裙边，柔软的紫色小花好似随风飞舞，她就那样站在他的眼前，在胖虎和黄毛的身后盯着他笑，唇边浅浅的酒窝静静地绽放着。

邢武漆黑的瞳孔逐渐放大，慢慢从躺椅上坐起身，眼神充满着陌生、震惊，好似无法判断眼前突然出现的人活在他的梦中，还是他的眼前。

黄毛不解地说："武哥，你不认识晴也了？"

他的眼神这才渐渐恢复清亮，从躺椅上站起来的时候，身上的书落在了地上，晴也一步步走向他，弯腰捡起书看了眼，随后将书递还给他，歪着头掩着唇边的笑意："《卓越企业的经营手法》？"

邢武有些局促地夺过书，双手背在身后，目光无处安放地说："什么时候回来的？"

"刚刚。"

然后空气便安静下来了，两人谁都没有再说一句话。

胖虎看看邢武又看看晴也。

就在这时杜奇燕从厂里面冲了出来大喊道："晴也，真的是你，我想死你了。"

随着她的叫声，流年和犬牙他们好多人陆续都跑了出来。

那感觉就像回到娘家一样，晴也很快就被他们拉进厂里，大家围着她七嘴八舌地告诉她最近的情况，而邢武只是站在人群外远远地看着她，而后对黄毛说：“晚上订个包间吧。”

黄毛激动地说：“要的要的，我马上去订。”

晴也发现办公室多了一排文件柜，越来越像那么个样子了，放眼望去文件柜的最上面还放了很多书，都是关于经营、商务、销售的。

她指了指那排书对着流年他们打趣道：“可以啊，挺力求上进啊！”

流年不好意思地说：“那些都是武哥买的。”

晴也听闻后朝着办公室外望去，目光透过人群和站在门口的邢武短暂地交汇了一下，他很快撇开视线垂着眸，晴也的心跳也漏了半拍，那种久违的悸动仿佛只有在看见他时才会莫名其妙地跳出来。

她和杜奇燕、流年他们聊了会儿，然后走出办公室停在邢武面前对他说：“家里弄好了吗？我刚才过去看好像差不多了。”

邢武抬起漆黑的眸：“没进去？”

“没有，就急着……”

晴也没说下去，主要再说下去有些难为情了。她撇过头笑了起来，邢武的嘴角也跟着牵起一丝笑意。

犬牙正好进来看了她一眼，问道：“你就这样回来的？没带东西？”

晴也有些尴尬地说：“没带，我爸都不知道我离开北京了，所以明天还要回去。”

说完，她匆匆瞄了邢武一眼。

邢武垂下睫毛掩着眸里失落的光，然后对她说：“带你回去看看吧。”

晴也点点头。

快出厂子的时候，胖虎对他们说：“武……武哥，包，包间订在老地方了，你……你待会儿早……早点带晴也过去啊，我们要好……好好聚聚。”

邢武应了声，晴也却忽然想起什么对胖虎说：“记得把方蕾叫着。”

胖虎笑道：“我这就去打电话。”

邢武的小摩托明明停在院子里，他却没有骑着车带她回去。

晴也还有些奇怪地回头望了眼问道：“车子坏了吗？”

邢武掠了她一眼：“没有。”

那就只有一种可能了，他不想骑，于是他们就这样漫步回去，路上他们

走得都很慢。

晴也默默观察着邢武，他穿着她从未见过的衣服，不知道是去上海以后买的，还是回来后买的，黑色字母落肩袖 T 恤和一条卡其色的工装束脚裤，也许有些晒的缘故，他还戴了顶黑色的鸭舌帽，晴也渐渐落后他一步从他身后看着他的大长腿，纵使她又回到了原来的生活，周围不再是非主流爱好者，经常能看到不少帅气的小哥哥，可她不得不承认还是邢武最养眼。

邢武见她没跟上来，突然停下脚步回过头。晴也毫无征兆地撞在他的手臂上，不经意间的触碰让两人都像被电了一样。晴也往旁边挪了一步，邢武依然没动，双手抄在兜里，看着她的目光里却盈着似笑非笑的光，让晴也的脸瞬间就红了，她侧过头去。

也许是为了缓解这种微妙的气氛，邢武开口问她："考得怎么样？"

晴也这才重新转过头来："在我这里只有正常发挥和超常发挥，你觉得会是哪种？"

帽檐下的邢武嘴角微勾，无论是哪种，她应该都可以轻松择校了。

于是晴也问他："你呢？考得怎么样？"

邢武正儿八经地回："挺好。"

晴也突然笑了起来："挺好？是多好？"

"低你 300 分应该没问题吧。"

晴也捂着嘴笑出了声，对他竖起大拇指。

两人就这样有一搭没一搭地闲聊着，没有问彼此最近的生活，也没有问彼此接下来的打算，只是像久别重逢的老朋友一样挑一些轻松的话题。

不知不觉就到了家，邢武将门打开，一楼已经完全焕然一新了，和晴也第一次来炫岛的时候差别太大了。

因为理发店不准备再开了，所以一楼进门处是个敞亮的客厅，左右两边各有一个房间，原本邢武是打算把奶奶和李岚芳的房间放在一楼，现在奶奶走了，所以多空出了一个房间。

房子内部还有些软装没有弄好，家具都没有，空荡荡的。邢武指了下左边的房间："二楼还没弄好，旅馆我退了，暂时睡在那儿。"

晴也顺着邢武指的方向进了那间房，里面啥也没有，只有一张很窄的木板床，十分简陋，大概需要等全部弄好才买家具。不过晴也很快想到一个要紧的问题，她今晚睡哪儿？也睡在这张看上去一米二都不到的木板床上？

只是这些乱七八糟的想法在邢武转过身看她的时候，突然全都消失了。她心虚地回头就出了房间，脸红到了耳根。

邢武还莫名其妙地跟了出去问她："怎么了？"

晴也装作若无其事地说："没什么，我去看看二楼。"

楼梯换了方向，可她还习惯性地往原来楼梯的地方走，邢武在她身后笑着说："这边。"

晴也却已经傻乎乎地跑到了那个角落还推开了门。

邢武抱着胸靠在墙上望着她："你不会认为我把楼梯藏在门里吧？"

晴也这才发现门后是一间十分宽敞舒适的浴室，她惊讶地回过头："你在家里弄浴室了？"

夕阳从门缝溜了进来，照在邢武的眸中，散发出柔软的光来："你不是说公共浴室不方便吗？"

晴也转过身关上门的同时，嘴角浅浅地漾开。

她跟随邢武来到楼上。

二楼的格局也完全不一样了，有两个带阳台的房间，和一个相对较小的房间。

晴也问他："三个房间啊，你准备怎么安排？"

邢武指着那个小房间说："书房。"又指着右边的房间，"卧室。"

然后晴也望向左边的那个房间："那里呢？"

邢武耸了耸肩："不知道。"

晴也笑着说："婴儿房吗？"

刚说完邢武挑了下眉转眼看她。

晴也立马咬着唇转身进了右边的卧室，邢武看着她那副羞涩的模样，压着嘴角的笑意跟了上去。

二楼还没有弄好，墙体的腻子才干，晴也进了房间就直奔那个她梦寐以求的大阳台。其实她回北京以后，生活已经渐渐恢复成原来那样，她的房间也有大大的飘窗，可和这里看出去的景色到底是不一样的。

她跑上阳台的时候，夕阳正清晰地悬在天边，天际被染成了红色，张开双臂就有种拥抱大地的感觉。

邢武站在房间里看着她舒展手臂的样子，修长纤细的身形在连衣裙的包裹下楚楚动人。他眼神凝滞了片刻，刚准备叫她，楼下胖虎、方蕾、史敏那群人正好跑来，大喊着："晴也，晴也快出来！"

邢武将要说的话咽了回去。小灵通一抬头很快看见他们站在阳台的身影，仰着脖子喊道："晴也、武哥快下来啊，你们站在楼上干吗呢？"

晴也转身跑下了楼。

她一出去，史敏和方蕾就冲了过来抱住了她，男生们也围着晴也笑，说她又漂亮了。晴也傲娇地拨弄了下长发："什么时候不漂亮了？"

大家笑着闹着勾肩搭背走去饭店，邢武最后出来，锁上门。

晴也回头看了他一眼，他也正好锁好门跟了上来抬头望着她，很多话不便说，只能藏在了这个眼神里。

晴也匆匆收回了视线，邢武手上拿着一件薄薄的外套，他们这里风大，晴也的小裙摆不时被风撩起，露出温润白皙的腿，总是惹得不少目光。

他几步跟了上去，双手环过她的腰间，将薄外套系在她的腰间，大家都停下步子，哄闹着发出一阵嘘声。

晴也有些难为情地对他说："系这个热。"

邢武垂着眸将袖子系上不容置喙地说："围上，饭店开着空调冷。"

晴也没再反驳，又走回史敏、方蕾身边。

晚上狼呆、张凯他们都来了，一大桌子人胡吃海喝着，晴也才听说大曹的案子要判了，不知道暗堂那几个老家伙是不是故意把大曹推出去顶包，他身上被查出来不止背着一两件事，这次估计很难再出来了。

又说起高考，方蕾、胖虎、史敏他们都考得还行，起码能在450分往上走，史敏问晴也出国的学校联系好了吗？

大家都看向她。

只有邢武垂眸转着手里的酒杯，晴也笑着说："先等成绩出来。"

然后她问方蕾："你呢？有什么打算？"

方蕾说："厦大的分应该不够，我最近在研究厦门其他大学的专业。晴也，你待会儿帮我分析分析呗。"

晴也点点头："待会儿吃过饭我们聊聊。"

至于胖虎，他说他还是很迷茫，家里人希望他读的专业他都不感兴趣，他想读的专业，他家人都不让，所以最近和家里闹得有点不愉快。

后来快吃好的时候，晴也见胖虎去洗手间，于是也站起身跟了出去叫住他："班长。"

胖虎转过身挠了挠头憨笑着："班……班什么长啊。"

晴也走到他面前对他说："我回北京后找我爸一个医生朋友了解过，像你说话的这种情况，排除遗传基因，应该和生理发育和心理压力有关，我和她说过你的情况，她听说你情绪起伏大的时候这种症状会得到缓解，告诉我其实是有矫正的方法，你想不想试试？"

胖虎脸上的笑容渐渐消失了，取而代之的是一种无法言喻的激动："什……什么方法？需……需要看医生吗？"

"如果你愿意我回去可以再和她沟通看看，把那个医生的联系方式推给你，让她给你提供一些诊疗方案。不过关键还是要靠你自己，我听说你这种情况会以心理治疗为主，可能就是要花大量的时间在朗诵，练习呼吸啊，发音这样，是个很长期的过程，而且有可能会很辛苦才能完全克服这种语言障碍，你……"

"我……我想试试。"胖虎坚定地看着晴也，仿佛那从高考结束就让他彷徨的情绪突然就找到了突破口。

晴也笑了起来："好，我回去就跟她说，到时候我再联系你。"

胖虎点了点头，晴也转身准备回包间，胖虎喊住了她："晴……晴也，谢谢你，真……真的，谢谢你。"

晴也侧过头扬起嘴角："谢什么。"

她推门进了包间。

胖虎激动之余，埋在心底的种子忽然蠢蠢欲动着，迷惘的前路好似在他心中清晰起来。

晴也进门后，坐在史敏旁边，对面的邢武抬眸看了她一眼，人太多，一整个晚上他们几乎都没说上什么话。

也许是因为所有人都清楚晴也和邢武接下来要面对的路有多艰辛，所以除了史敏问了句晴也学校的事情，其他人都没再拿他们开玩笑。

一顿晚饭在热热闹闹中结束了，大家都喝了点酒，但是点到即止。

散了以后，方蕾对晴也说："我们走一段吧。"

于是晴也和大家一一道别，方蕾微醺地转头对邢武笑着说："把你家晴也借我几分钟不介意吧？"

邢武云淡风轻地扯了下嘴角，坐在街边的石凳子上掏出手机。

于是晴也便和方蕾过了马路，在对面的街角聊了几句。

一会儿过后邢武抬头望去，只看见方蕾的脸色似乎有些不大对劲，最后她紧紧抱住晴也重重地点着头，好像还哭了。

之后晴也将她送上出租车，跟她道了别才又走回马路这边。

邢武站起身收起手机，望了眼方蕾离开的方向问了句："怎么哭了？"

晴也沉默了一瞬，说道："那次大卫杯结束后，我无意中看见了魏东的草稿纸。"

邢武微微蹙起眉峰，有些吃惊："他就是？"

晴也点了点头。

"那时候为什么没告诉方蕾？"

晴也失笑了下，转过身和他并肩走在半暗的胡同里："方蕾那会儿跟打了鸡血一样要我帮她，我要是告诉她，她也许就失去动力了，没忍心说。"

邢武看着地下他们的影子无声地交汇在一起，心不在焉地说："所以你刚才告诉她了？"

"嗯，总觉得应该让她知道，至于她以后的路怎么选，那就得她自己平衡了。"

邢武没有说话。晴也与方蕾的不同在于，晴也再爱一个人也不会迷失了方向，她不会为了另一个人忘记自己的初心，也正是她身上那独一无二的光芒让邢武无法将目光从她身上挪开。

可很快晴也就发现他们走的不是回去的路，她侧头望着邢武问道："不回家吗？”

“回去不好睡。”

晴也又四处看了看：“唔，这里也不是去旅馆的路。”

邢武停下脚步拦了一辆车：“不去旅馆。”

晴也刚想问他去哪儿，他已经打开车门回头看着她，她干脆也不问了。

结果车子直接开去了县城，停在一家很高档的酒店门口，这家酒店很巧的是晴也来过一次，上次爸爸和孙叔过来时住的就是这家酒店。

一晚上五六百块，算得上是这个县城顶级的五星级酒店了。下了车后，她看了眼酒店大门，停下脚步对邢武说：“其实在旅馆将就一晚就行。”

邢武回头掠了她一眼，而后大步走了进去，晴也只好跟在他身后。前台办理入住的小姐姐问他要几间房。

他望了眼晴也，晴也看看天，看看地，眼神乱飘，当没听见。邢武收回目光对前台说：“开一间，住一晚。”

然后，他转头对晴也说：“身份证。”

晴也把身份证递给他，前台又问他：“哪种房型呢？有高级大床房、豪华大床房。”

邢武干咳了一声：“豪华的吧。”

他拿了房卡转身对晴也说：“走吧。”

晴也拉了拉肩上的小背包跟在他身后进了电梯。

电梯门关上后，两人各自看着左右两边的广告牌，空气突然安静得出奇，以至于“叮”的一声响起时，两人都怔了下。

邢武说了声：“到了。”然后走出电梯。

晴也“哦”了一声跟在他身后。

说来奇怪，虽然他们也在旅馆住过一阵子，但这应该算是邢武第一次正儿八经带她出来开房，嗯，还是豪华大床房。虽然晴也不想胡思乱想，但又不得不胡思乱想，一颗心都是提着的，还有点紧张。

邢武回头看了她一眼，她涨红着脸赶紧低下头，想着走廊光线暗，他应该看不见自己红着的脸。

然后邢武停下了脚步，刷开了房间的门，晴也跟着走进去看了眼，果真

是够豪华的，还有个浴缸，一张看上去很大很柔软的床，房间设施也很新，似乎这家酒店是这两年鞍子县新建的。

邢武进去后就坐在沙发上对晴也说："我坐会儿就走。"

晴也坐在床边望着他。房间的灯没有全部打开，只有床头灯微弱的光线，两人隔着几步的距离遥遥相望着，似乎有很多话想和对方说，可真这样突然独处，却又不知道从何说起。

很久，晴也才出声问他："奶奶的事为什么不告诉我？我应该回来的。"

邢武垂着头，声音半哑："你知道的话一定会回来，所以不告诉你。"

晴也的心揪在一起，在邢武最脆弱的时候，她没有陪在他身边，如今才知道，心里有着说不出的难过。

他问："你爸爸没事了吗？"

"没事了，但也和原来的企业彻底没有瓜葛了，他自己又搞了一家公司，最近还挺忙的。"

虽然只是一句很简短的话，邢武却清楚瘦死的骆驼比马大，晴也跟着她爸回去想必也不用再吃苦了。

本来邢武说好坐一会儿就走，可两人这样有一搭没一搭地聊着，谁也舍不得这短短几个小时的相处浪费在睡觉上，哪怕一个坐在沙发上，一个靠在床头，只是这样安静地看着彼此，都是满足和踏实的。

他们聊了很多，却始终没有聊起那个横在他们之间最现实的问题，关于晴也出国的事情，她没有说，他也没有问。

清晨的阳光还是从大地一点点探出来，好似响起最后的闹钟，提醒着他们分别的时刻即将来临。

邢武问晴也饿不饿，想不想去吃早餐，她点头。

于是两人去酒店餐厅用了一顿自助早餐。

吃饭的时候两人选在靠窗的座位，一直看着彼此笑，没有多余的言语，好像只是想牢牢记住对方的样子，不想错过任何一眼。

吃完饭才八点，邢武问她："你几点走？"

晴也打趣地说："想赶紧撵我走了？"

邢武却并没有笑，只是眼神发紧地看着她。晴也也收起了玩笑，告诉他：“最迟下午三点去汽车站，不过没事，这里离汽车站近。”

邢武又看了看时间：“十二点退房，你要不要再上去休息会儿？”

晴也没有意见，两人又坐了电梯上楼。进房后邢武去浴室洗了把脸，出来的时候看见晴也将脸埋在被窝里偷偷地哭。他也跟着红了眼眶，只是他没让晴也看见，抹了把眼睛，走过去将晴也捞进怀中。他的动作很轻柔，就像怕惊了她一样，她就这样依在他的怀中紧紧咬着唇不让自己哭出声。

他轻轻捧起她的脸，看着她纯净柔美的脸上挂满泪水，温热的唇覆盖上去，霸占她所有的气息，占领她残存的意志。

那淡淡的气息麻痹了她的思维，让她瞬间大脑一片空白。

她的脸颊浮上诱人的红晕，美艳动人。邢武望着她迷蒙的样子，加深了这个吻。

那一刻，晴也是蒙的。她上过雪山，坐过直升机，跳过蹦极，但没有一项极限运动有此时此刻让她心跳加速、呼吸困难，明明没有喝酒，却感觉自己醉了。

邢武的眼眸扫过她的心尖，带起一阵战栗，他的呼吸滚烫，灼烧着她每一根神经，她只感觉大脑昏沉，心脏也揪在了一起，眼泪无声地滑落。

他心疼地吻着她唇边的泪，炽热浓烈的气息包围着她，像对待一件爱不释手的宝贝。晴也的心跳声朦胧了耳膜，感受到他的眼，他的眉，他的温度，就在她眼前。

最终，十二点的钟声响起了，再美的梦都有醒来的时刻，他们退了房。

邢武带晴也去吃了顿中饭。可晴也似乎并没有什么胃口，所有菜夹两口就不愿吃了，邢武怕她回去的路上饿，于是点了一盘开胃的小龙虾。他们那里没有小龙虾，都是从外地运来的，所以价格很贵，不过邢武似乎并没有在意价格，晴也不肯吃饭，但小龙虾倒是愿意吃的。

邢武怕她把衣服弄脏了，把整份龙虾都剥了放在她面前，看着她终于就着龙虾吃了点饭才安心些。

从饭店出来的时候已经快两点了，他们牵着手徒步走往汽车站，一路上

两人都没怎么说话，明明好长的一段路，可不知道为什么不知不觉就已经到了。

他们停在汽车站的大厅前，上一次还是晴也送邢武，可这一次却变成了邢武送她离开，她多想他们之间不用再彼此送别。

邢武说他去买票，让她坐着等他。于是晴也就在人群中巴巴地望着他的身影。邢武排队的时候不时回过头来看她，茫茫人海中，他们只要一转头总能第一时间看见彼此，以后呢？他们身边的人越来越多以后，他们还能一眼看见彼此吗？

邢武走了回来对她说：“买好了，走吧。”

晴也还奇怪邢武怎么没把票给她，直到邢武拉着她上了车，她才知道邢武居然买了两张票，他要送她去隔壁市的机场。

上了汽车后，晴也才突然想起来一个问题：“你送我过去，回来还有车吗？”

邢武的眼里却挂着无所谓的笑意：“不知道，去了再说吧，没有我就在那儿住一晚。”

晴也抱着他的胳膊将头靠在他肩上又有种想哭的冲动，其实他完全没必要多跑一趟的，但这样他们就能多在一起三个小时了。

也许是真的累了的缘故，虽然晴也不愿睡着，可大巴颠着颠着她竟然在邢武怀里睡熟了。

等到了邢武才叫醒她，她懊恼地说：“你怎么能让我睡着呢？”

邢武宠溺地说：“看你太困了，不想叫你。”

晴也捶胸顿足地跟着邢武下了车，换了登机牌后，他们不得不在安检口分别。

晴也以往一直觉得在机场拉拉扯扯、腻腻歪歪跟拍偶像剧一样，每次出行要是看见这样的人都自动转开目光，觉得辣眼睛。

谁承想自己有一天也会干如此辣眼睛的事，她依依不舍地望着邢武，邢武攥住她的双手，低头看着她的手背轻轻摩挲着，声音不轻不重地说：“回去以后，就不要再回来了。”

晴也睫毛剧烈颤抖了一下，瞬间泪如雨下，哽咽着说：“渣男！亲完就不要我了！”

她狠狠抽回手，邢武却握得更紧，将她拽进怀中笑着说：“你知道我的意思。”

晴也的额抵在他的胸口，泣不成声。

他不让她再回来了，他活得太明白了，明白到可以预见如果他们继续这样下去的结果。

也许一开始晴也会不辞辛苦地跑回来，为了爱情，抑或是激情，但是终究越来越忙碌和遥远的生活会取代这一切，她会变得越来越优秀、成熟，他不想捆绑住她，捆绑在这个暗无天日的县城里，从这里走出去以后，她有更广阔的天空，她终将变得更加耀眼。

所以他怕，怕她为了他一次次回来，他不忍这样对她，他怕她觉得自己廉价，怕她终有一天会觉得这一切都是如此不值得，怕她终将会痛恨这样的距离，会慢慢离开他，一点点地、渐渐地消失在他的生命中。

是啊，他活得太明白了。正因为太明白了，所以他知道这样下去，他们之间的差距终将会把这份浓烈的情感磨砺光，他不舍得。

晴也离开了他的怀抱，退后一步望着他，眼泪不停地从眼眶里流了出来，她却对他笑着说：“在来这里之前，我已经答应Q大了。”

邢武震惊地看着她：“你说什么？”

“我说我决定留在北京去Q大了。能在国内顶尖学府也没什么不好的，你说过为了钱而改变自己的决定是件浑蛋的事，我现在不是为了钱，是为了理想，人总要有点理想不是吗？”

她一步步倒退着，扬起手臂对他挥了挥手：“我把我们之间的距离缩短了一半，剩下的一半交给你了，你要是丢了我，我可就是别人的小可爱了。”

邢武看着她笑，笑得热泪盈眶。

晴也转过身就冲进了安检口，没有再回一下头。她怕回过头去就再也不想离开了，可她必须狠下心离开，为了他们的未来。

邢武出了机场久久没有离去，他就那样坐在护栏上抬头望着一架又一架的飞机从头顶掠过。

他突然意识到，晴也走了，彻底走了，他要怎样才能追上她？

摆在他面前的，看似有两条可行的路，最捷径的一条，马上买下一趟飞

往北京的飞机，去找她。

奶奶走了，家里的房子盖好了，他少了些牵挂，可以做一个十足的北漂，也许这样他就能立马和晴也在一起，天天看见她。

可是她开学后，身边是来自全国各地最优秀的精英，而他将成为一个最底层的打工者，他也许都无法体面地出现在她身边，又如何能在人才济济的首都给她一片天？

所以虽然这是邢武最渴望的，也是他最先否定的道路。

第二条路答应加入俱乐部，专心准备比赛，年底只要在国内赛崭露头角，明年可以接着打日韩赛，之后再打欧美赛。

可当初他拒绝江老板的好意，就是不想被这种潜在的规则束缚，然而去上海的那一个多月里，他明白俱乐部的合约，不过是跳进了另一种束缚。

他可能前几年都在艰苦训练，一年也见不上晴也两面，每天暗无天日地练习，比赛，反反复复。

这行的大神看似风光，但毕竟只是凤毛麟角，更多的人浪费了青春，消耗了身体，到头来也许只能面临退役后的窘迫处境，绝大多数人二十五岁后精力节奏跟不上只能被迫退役，而职业选手的黄金年龄也就十六岁到二十三岁之间，但凡混不出来，没文化、没钱、没健康，或许只能在俱乐部混个后勤。

倘若他比较幸运，四年后混出了点名气，能弄到点钱，退役后如果还有幸混出点人脉，最好的发展是自己组建俱乐部，开公司，可能再经过个四年，俱乐部才能拼出点名堂。

可八年，这就意味着他得和晴也分开八年才说不定能闯出自己的一片天，八年后，也许真的如晴也所说，她已经成为别人的小可爱了。

邢武想到这里心脏一阵绞痛，直接从护栏上跳了下来。

他无法忍受八年的分离，这样的道路太冒险，纵使八年后他真的像现在预想的这样，而晴也早已大学毕业，她的身边全是业界精英和国内顶尖的杰出人才，他纵使那时赚了点钱又如何，他们的距离依然像隔着遥远的银河系，无法跨越。

那么，摆在他面前的只有一条路了。虽然对他这种从小不着调的混混来说有些荒唐，会让身边人大跌眼镜，但似乎只有这样，他才能在最短的时间里走到她身边。

滚滚的热浪灼烧在沥青上，那腾升的热气像不停蹿动的火苗，邢武脚下的步伐越来越快，澎湃的激情突然在他心头炸开，他一口气走到机场后面的街道拦了辆车，价格都没压就直接杀回了鞍子县。

太阳隐没大地，天边渐入黑暗，他回到扎扎亭时已经入夜。

胖虎刚准备上床睡觉，忽然一阵急促的敲门声让他又摸黑爬了起来，他趿着拖鞋打开门，看见的就是双眼炯亮的邢武。

胖虎看了邢武半天，总感觉邢武今天有些不大对劲，又说不出来哪里不对劲。他有些讶异地说："武……武哥？你去哪儿的？怎……怎么了？"

邢武眼神牢牢地盯着他，直接问道："你的书还在吗？"

"什……什么书？"

"高中的书，撕了没？"

胖虎贼笑道："没……没有，我……我提……提前带回家了，上……上面还有，晴……晴也给我写的笔记呢，没舍得撕，留……留着纪念。"

"给我。"

胖虎回头看了眼墙上挂着的钟，一头雾水："武哥，你……你深更半夜，问……问我要书干……干吗？"

"我打算复读。"

胖虎在愣过一瞬后，突然对着邢武傻笑起来，邢武也终于露出如释重负的笑意。大半夜的，两个男孩，一个站在门内，一个站在门外大笑不止。

晴也一直冲到登机口，才终于找了个安静的角落，双眼还是那副通红的样子。她想她此时一定很狼狈，很丢脸，可在邢武叫她别再回来的那一刻，她的心脏就像被无数把刀子生生割开，血淋淋地疼。

她不知道踏上飞机以后，他们的命运将会何去何从，纵使是再自信的她，在未来那些不确定的因素面前，头一次产生了一种害怕的彷徨。

直到一瓶水递到她面前，她才缓缓抬起头。眼前的女人穿着一身利落的黑色套裙，踩着高跟鞋安静地盯着她："在外面就看见你和武子了，看你们有话说就没打招呼。"

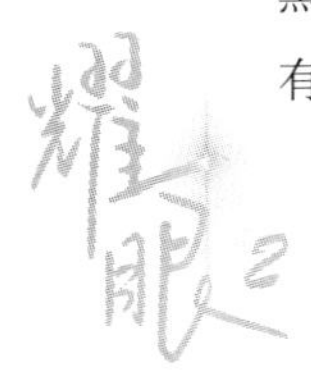

晴也望着舒寒，有些错愕地接过水：“你……”

舒寒顺势在她旁边坐了下来，拿掉了墨镜卡在头顶：“昨天听犬牙说你回来了，这么快就走了？”

晴也垂眸“嗯”了一声：“你呢？去哪儿？”

舒寒长长舒出一口气，目光绵长：“我离开老江了，打算去深圳闯闯。”

晴也转过头怔怔地望着她。

舒寒讪笑了下，声音慵懒：“总不能继续找理由堕落下去，还得往前看。”

她侧过头笑看着晴也，晴也低下头也淡淡地笑了下。

“还会回来吗？”舒寒问。

晴也的眼眶不知不觉又湿润了些，没有说话。

广播里去往深圳的航班即将登机了，舒寒抬头看了眼大屏，对晴也说：“我记不得是哪年，那会儿我们才十来岁，跑去县城套圈，犬牙看中一个MP3，武子想要个游戏手柄，奖品挺好的，套的人特别多，老板在包装盒上动过手脚，所以我们什么都没套到，钱也花光了，一路骂回家。

“后来有很长的一段时间，武子就天天跑去看人家套圈，再后来有一天他就把那个游戏手柄和犬牙想要的MP3套回来了，其实我至今都不知道他是怎么套回来的。

“不过武子这人就是这样，对想要得到的东西总是很执着。”

晴也的睫毛微微眨了一下，舒寒已经站起身重新将墨镜戴上，对她说：“走了。”

晴也抬起视线看着舒寒的背影，忽然意识到，繁花还未荼蘼，岁月不曾老去，时光还在绽放，那么一切并不是终结，而是真正的开始。

第十章

✦

振翅高飞

y a o y a n 2

漫长的暑假过后，所有人的生活都进入了人生中另一个阶段。

方蕾的高考分数居然比她预期的还要高出一些，考了 473 分，她最终没有选择去厦门，而是去了省会城市读播音主持专业，想着可以离家近一些，回来也方便。

之后她没再和魏东联系了，但是听说他高考发挥失常，和厦大失之交臂，也没有去成厦门，而是去了南方的一所大学，再后来，她也就没再打听过关于他的事了。

倒是因为专业的缘故，上了大学后的方蕾和胖虎联系挺频繁的，两人合伙经营自媒体，方蕾做主播，定期开播介绍晴谷的产品，胖虎做运营，两人倒是把自媒体搞得有声有色，几个月的时间就拥有了一批固定的粉丝，也顺便赚点零花钱。

而史敏的高考分数比方蕾要低 6 分，在择校的时候，她的目标很明确，和方蕾相反，她想离家远点，然后读个旅游管理专业。

所以她几乎把所有能够上二本分数线的旅游管理院校都扒了个遍，最后选择去北京。

其实她也不知道自己为什么会做这个决定，但想到晴也会留在北京，她就想离晴也更近一些，就好像从前，无论遇到多么棘手的事，只要晴也在身边，就会感觉特别踏实。

对于史敏来说，第一次离开熟悉的家乡去往一个陌生的地方，她潜意识里便向往着晴也所在的城市，也许生活成本会高一些，但她想挑战和机遇是并存的，趁年轻勇敢地迈出这一步，未尝不可。

胖虎这次高考还不错，原本的目标是考个大专，最后冲刺下来竟然考了498分，还上了学校前50金榜名单中，可把他乐坏了。

但乐过以后，他更愁了。

人往往就是这么贪心，以前只能考三百多分的时候，想着上个大专就知足了，后来考到四百多分又想蹭个二本，可现在眼看着都直逼500分了，他心中那蠢蠢欲动的想法便更加一发不可收拾。

最终，经过了三天的思想斗争，他静下心来和家里人促膝长谈了一整晚。

第二天早晨五点多就跑到了邢武家，同样的场景，同样的两人，一个在门里，一个在门外，只是这一次是胖虎对邢武说：“我……我跟你一……一起复读。”

于是就这样，邢武和胖虎在所有人的震惊中回到鞍中复读了，这震惊的人群中除了扎扎亭的那帮渣渣，最无法置信的就是鞍中的老师们。

要知道熬了三年才终于把这几个头疼的人熬毕业了，想着新上来的高一生还没几个冒头的，校领导们寻思着这几届可以轻松点，结果，这两人又回来了。

教导处的顾主任还亲自把这两人请去喝茶，语重心长地劝胖虎，高考成绩又不错，复读到底为哪般啊。

胖虎在众多老师的打量下有些怪不好意思地说，他主要想用这一年把结巴这毛病试着矫正过来，顺便再提高提高文化课的成绩，来年如果这毛病能克服就报考中央戏剧学院。办公室的老师听说后都笑了，笑完后发现胖虎一脸认真的模样，突然挺佩服这个小胖子的。

然后顾主任话锋一转问邢武干吗要复读，毕竟人家范统好歹是个班长，虽然平时也不老实，但坏得并不彻底，而邢武这种纯混日子的学渣突然跑回来要求复读，没有一个老师能理解的。

邢武只是淡淡地回了四个字：“为了理想。”

要不是顾主任顾及自己这个教导主任的身份，真想回他四个字——“纯属扯淡”。

总之无论如何，两人的复读成了轰动整个鞍中的大事件。

晴也虽然没有留在鞍中参加高考，成为所有人期盼的省状元，但是她所带出来的那批补习班的学生在这次高考中出了几个 600 分以上的，一批 500 分以上的，一本的录取率直接超过了金中，成了鞍中历史上高考成绩最辉煌的一届毕业生。

学校还做了大大的红字报挂在校门口，黄毛他们后来还特地跑回鞍中观赏了一番这张露脸的喜报，找到范统的名字就一阵嘚瑟，个个拿出手机狂拍一通。

拍完后，黄毛站在那张喜报面前说道："要是晴也没走，妥妥在榜首那个位置。"

晴也虽然没留下来高考，但她的自信、她的信念、她那志在必得的笑容无形中影响了很多人，就像耀眼的太阳，只要每天出现在大家眼中，她的光芒就能照耀更多的人。

也许连她走的那一刻都没有意识到，正因为她的出现，鞍中很多迷茫的孩子渐渐有了目标，有了想奋斗的决心。

所以黄毛想到此突然感慨道："晴也真是个活菩萨。"

其实黄毛的本意是想抒情一把，但是奈何书读得少，诗也没背得几首，实在诵不出个所以然来，因此话到嘴边把周围一圈人雷得不行，纷纷转头问他是不是问晴也借钱了。

说到黄毛，高中毕业后由于成绩惨不忍睹基本上也没啥学上，身边有人建议他去蓝翔学个挖掘机，那玩意儿大，开出去老拉风了。

但是黄毛不想离开扎扎亭，他听说邢武和胖虎复读后，还挺高兴的，觉得还能像高中一样天天跟他们在一起混，殊不知后来的邢武和胖虎嫌他太聒噪，怕他影响他们学习，压根儿不带他混。

这就导致百无聊赖的黄毛只能子承父业跑去跟着老爹拉货，一开始也苦哈哈地干了半年，个中辛苦自然不言而喻，忙起来又做司机又做搬运工，晒得又黑又糙。

晴谷的货也一直是由黄毛负责运输，到后来晴谷扩大产能，运输量越来越大，黄毛把他爹给他娶媳妇的钱要了过来，自己开了家小的运输公司，还

正儿八经组了个运输队，在邢武的促成下，不仅和晴谷，还和靶厂建立了长期的业务往来。当然，这都是后话了。

而邢武，高考成绩居然还考了401分，让老杨、朱僨那帮人大跌眼镜，毕竟整个高中三年也没见他正儿八经上过一节课，最后还能考401分，已经算是天才了，要不是高考制度严格，甚至都怀疑他是不是威胁考场同学实施作弊了。

但实际上，他只是认认真真地写了作文。

大家都说以他的头脑，只要这一年多花心思，来年考个五百多分去个211肯定没问题，但他自己清楚，他的目标并不是多考个一百多分。

只有胖虎大概能猜到邢武打算去哪儿，只是这个猜测距离太遥远，连他也只敢猜测，不敢证实。

很多事情就是这样，看着可望而不可即，只有真正决定干了，一头扎进去往前冲，才能最终知道自己到底行不行。

所以那个暑假过后，大家各奔东西，却又重新投入到新的生活中。

每个活在世上的人都在奔流不息，晴也亦如是，其实在她考完后就扒过自己的分数，大概在712分的样子。在分数还没查到的时候，她就同时接到了Q大和B大的电话，让她挺诧异的，不过她偏向理科所以选择了Q大的经管学院。

随着开学之后，晴也正式进入了大学生活，和她想象中还是有点差距的。

原来在鞍中的时候，第二名都被她甩到八丈远，即使还在国际学校时，她也一直是个学神般的存在，可来了Q大以后，那种多年以来的优越感会被瞬间碾压得无影无踪，放眼望去，肉眼所及的同学都是和自己并驾齐驱的人才，甚至有的人不止文化课方面优秀，在其他综合才能方面也非常杰出。

所以她反而成了众多优秀者中的普通人，而大一的学习生活从开学开始就进入到一种非常紧张节奏很快的状态中，这也让她有点蒙，可身边的人都很拼，她也没有理由松懈。

晴也回北京后就和爸爸亲自去孟家答谢过他们，因此晴也和孟睿航也就又有了联系。高考过后何乐菱才终于从那痴狂的状态中彻底清醒过来，家里人打算把她送出国了。

而孟睿航听说晴也留在国内后，脑子一抽也不想出国了，报了 Q 大的外语系，晴也直接警告他千万不要幻想跟她还有可能。

孟睿航却反问她一句：“你跟那个谁发展到哪步了？”

哪步晴也当然不会告诉他，结果孟睿航却闷笑着说：“我会替你保密的。”

说到保密，晴也的确欠孟睿航一个人情，因为不久后晴盛光就亲自找了趟孟睿航，打听晴也去外地的时候有没有交男朋友。

他总感觉晴也这次回来后有些不对劲。晴盛光到底是个生意人，善于察言观色，又就这么一个女儿，自然多花了些心思在晴也身上，不过孟睿航很讲义气地保守了秘密。

忙碌的大学生活其实不会让晴也有很多时间去胡思乱想，但有些人不是不去想，就可以从记忆中抹去的。

她回到北京后和邢武就没再联系过，两人虽然从没商量过什么，可就像一种无声的约定，约定着未来的某一天，他们能再找回彼此。

晴也依然每个月都能收到一笔钱，一笔不少的钱，是晴谷的盈利。

晴也如今并不缺钱了，而当初给邢武家盖房的钱，除去后来邢武一次性打给她的十五万，剩下的钱早已陆续还清了，但每个月十号杜奇燕仍然会准时把钱打给她，从未间断过。

虽然她和杜奇燕提过不用再打钱给她了，但杜奇燕只是回了她一句：别为难我。

她便知道这些都是那个人的意思，而邢武好似也在用这种方式维系着他与她之间唯一的关联。

所以上了大学后的晴也也算是个十足的小富婆，就有种天上掉钱的感觉。

除了杜奇燕之外，因为介绍医生给胖虎的缘故，晴也和胖虎还有联系，听说他现在每天都会花四个小时在朗诵上，这让晴也十分震撼，那相当于除了上课睡觉写题，其余的时间他全部用在矫正上了，这不是一般人可以坚持下来的，毅力非同一般。

起初成效并不大，晴也也挺替他着急的，在北京多方打听，能询问到的方法都告诉他了。大概中途有一个多月的时间，晴也比较忙没和胖虎联系，

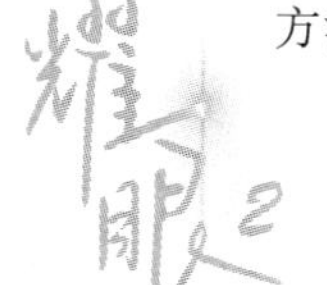

再通电话的时候，他竟然能完整地说出一段语句，顶多中间顿句一次，已经进步非常大了。

当晴也听说邢武胖虎复读后，便从北京邮寄了两箱复习材料过去，当然其中还有邢武非常熟悉的八省真题。虽然讲起来是寄给胖虎的，但所有材料都备了两份。尽管晴也什么也没说，不过胖虎还是很自觉地把其中一箱送到了邢武家。

值得一提的是，每次和胖虎打电话，晴也总会问一句“你在哪儿”。

如果胖虎说“我在家”，那他就是真在家，或者一个人待着，要是他回“在外面”，那么晴也便清楚那个人就在他旁边，一切就好像是一种默契。

胖虎在邢武旁边和晴也通电话，他总会好心地按上免提，让邢武听听晴也的声音，虽然他知道邢武不会去接这通电话。

每次邢武都看似并没有在听，漠不关心的样子，忙着自己的事情，但往往胖虎和晴也聊到好笑的地方时，一回头总看见邢武唇边也挂着浅浅的弧度。

其实胖虎也不大清楚邢武和晴也到底怎么回事，他们似乎都在通过一种无形的方式关心着对方，可这么久了两人就像憋着股气愣是没再联系过彼此。

国庆节后的一天夜里，胖虎从邢武家出来，临走时，忍不住问了他一句：“武哥，要……要是，我是说假如啊，你考不上 Q 大，那你是不是就永远不找晴也了？”

秋风吹起了邢武的衣角，他就那样半靠在门槛上掠着胖虎，眼神漆黑如墨，像一汪深不见底的潭水，让人无法参透。

胖虎讪笑道：“嗨，当……当我没说。”

直到胖虎转身离去后，邢武依然站在原地看着他的背影，突然吼了一声：“没有假如。”

那天以后胖虎没再问过这个愚蠢的问题，也慢慢理解了邢武为什么要这样，也许只有这么做才能逼得自己不断向那个目标迈进，正如他所说，他不会给自己假如的机会，更不会给自己退路。

开学后的一段时间，孟睿航的确没找过晴也，大概他也挺忙的，圣诞节前的那段时间他突然又开始频繁地找晴也，并且经常约她一起去图书馆。

于是在某个风和日丽的午后，晴也语重心长地告诉他：“我们俩是不可能的。”

然后孟睿航也正儿八经地回复她：“我看上你们宿舍的谢钱浅了，搭个线吧。”

两人都愣愣地看着对方，大笑起来。

晴也最终憋着笑意问他：“你看上她什么了？”

孟睿航一本正经地说：“长得很可爱啊，有点像那种动漫里的姑娘，挺腼腆的吧？”

晴也再也憋不出了，捂着嘴大笑起来。

孟睿航看着晴也如此反常的举动，皱起眉问她：“有什么问题吗？”

晴也连忙摆手：“没有，没有问题，我找机会大家一起出来吃个饭，你自己认识下。”

孟睿航甚是欣慰地觉得晴也够上路子。

正好那天阳光和煦，他们坐在靠窗的位置，大概是新年快到的缘故，晴也近来心情也好了些，她突然想起自从上了大学后就没有发过朋友圈了，于是她坐直了身子，顺了顺头发，让孟睿航给她拍张照。

照片里晴也坐在清丽俊雅的图书馆内，长发披肩，岁月静好，脸上挂着恬淡的笑容，一切都那么美好。

于是晴也把这张照片发了朋友圈，配文：久违的阳光。

刚发出去朋友圈就炸了，扎扎亭的小伙伴们纷纷点赞留言问她最近怎么样，好久没有她的消息了，什么时候回去看看他们云云。

但随着黄毛的一条留言：我放大了照片从你瞳孔中看见是个男的给你拍的啊？你上了大学这么快就处对象了？

之后，晴也的这条状态下面“安静如鸡”，没有人再敢说话了。

胖虎想着反正武哥平时也不怎么发朋友圈，应该不会关注到这条动态。

然而第二天早晨便看见邢武黑着张脸，并且一整天都没跟人说过一句话。

晴也最终帮孟睿航把谢钱浅约出来了，算是还了上次孟睿航帮她保密的人情。

当然理由没有太刻意，正好几天后跨年，借着这个时机，约宿舍的人晚上出去撸串，顺便把孟睿航喊着。

除了孙婉敬晚上要待在图书馆没去，其他人都去了。

其实一整晚都挺和谐的，谢钱浅话虽不多，但那惊人的食量让其他三个人都大跌眼镜，整个晚上他们聊天，她从头吃到尾，根本停不下来，晴也就一直没咋想通，她这么小的身板胃口为何如此之好。

但这都并不重要，那晚的重点在于本来大家开开心心出来聚餐，结果旁边那桌有个很壮的大哥也不知道喝多了还是咋的，晴也几次从他身边经过去拿菜，他都有意无意地朝她伸手，她有些反感地绕道回去。

那桌几个男人就有意起哄，用色眯眯的眼神讨论着这边，毕竟这桌除了孟睿航都是女的。

就在晴也他们结束起身时，那桌人不知道是打赌还是咋的怂恿那个壮汉，而后那大哥的手就这么明晃晃地朝晴也臀部抓去。

当时晴也正在和曲冰说话，背对着旁边那桌压根儿没在意，就在那大哥快得逞时手腕突然被人抓住，晴也啥也没感觉到就听见一声惨叫，等她再回过头时，看见的就是谢钱浅攥着那个壮汉的手腕扭成麻花状，上去就踢飞了壮汉坐在身下的板凳，壮汉当即一屁股坐在地上，就这样居然都无法摆脱谢钱浅的钳制，旁边壮汉的兄弟见状上来就想抓谢钱浅，结果这妹子一脚直接把那个瘦高个踢翻了。

晴也连同其他人完全惊呆了，一切不过发生在电光石火之间，甚至他们压根儿没明白过来发生了什么事，然后就被一起请去警局了。

所以本来愉快的跨年夜，四个人是在警局度过的，当警察得知肇事打人的这四人来自 Q 大后，也很吃惊。

那壮汉各种无辜，装可怜，所以主要盘问对象当然就是动手的谢钱浅，结果谢钱浅不知道是困了还是咋的，哈欠直打，一副压根儿不屑解释的样子。

最后还是巧舌的曲冰将事情的来龙去脉说了遍。要知道在叙述事件时，一个逻辑清晰的理科学霸是如何能将死的说成活的，加上受害者晴也站在旁边朝警察叔叔委屈地眨了两下眼配合表演，警察瞬间就觉得壮汉那帮男的活该。

活该归活该，打人到底不对啊，该承担的责任还是得承担，虽然他们没出手，但谢钱浅到底也是为了晴也出头，不能不管她。孟睿航刚准备联系孟爸爸，然后就看见两个气势不凡的男人过来处理此事，再之后他们就没事了。

从警局出去的时候，他们就看见保他们出来的中年大叔开着一辆京牌的幻影，临走时还对谢钱浅说了句："记得回家。"

谢钱浅却一副不大理睬的模样，然后车子就这么扬长而去了，留下风中凌乱的一群人。

所以他们回学校的路上，曲冰就试探地问："刚才那人是你爸啊？"

谢钱浅却淡淡地回道："管家。"

多么魔性的回答，谁家管家开劳斯莱斯啊？家里是有十座矿要管吗？

晴也今晚也不打算回家了，到了校门口已经十点多，曲冰和孟睿航开始争论起什么值域的问题，越讨论逻辑越复杂，后来直接搬出微积分的概念，谢钱浅在一旁听着，偶尔也会参与两句。

晴也一个人走在最后，虽然没有说话，但也在听着他们讨论。忽然街对面有辆车鸣了下笛，这条路一般情况下不允许鸣笛，所以晴也条件反射地抬头朝马路对面看去，就看见街边一道颀长的背影快速退回到路牙上，晴也猛然怔了下，那辆汽车开了过去挡住了晴也的视线，她的心脏突然疯狂地跳动起来，可就是那么一眨眼的工夫，车子开走了，马路对面空无一人。

前面三人停下脚步回过头喊她："晴也，看什么？"

她的目光在街对面又扫视了一圈才松了口气，转过身时，有些失落地说道："没什么。"

回宿舍的路上，他们三人不知道怎么又说起了矩阵的共轭定义，而晴也的情绪突然丧到了极点，他们说的话她再也听不进去一句。

也许是因为刚才那突然出现的幻象，也许是今天这个日子让她想起了他，也许是分开太久，看谁都像他了。

晴也走在最后低着头揉了揉干涩的眼睛，努力压制住胸口那剧烈翻腾的情绪。

最终，她们三人和孟睿航道别回到宿舍，可刚进门，孙婉敬就递给晴也

一个包装好的小盒子，她晚上回来的时候有人送过来，说是要交给晴也的。

晴也问孙婉敬是谁送来的，孙婉敬也不知道，盒子里外什么字条也没留。

晴也坐在床铺打开包裹的盒子，里面是个深黑色的小首饰盒。她几乎是颤抖着打开那个首饰盒，里面静静躺着的是一条吊坠为蒲公英形状的项链。

宿舍三人都看见当晴也的目光定格在那条项链上的一瞬间，整张脸的表情都不对了，下一秒她把盒子一关拿着项链便冲了出去。

夜里的风冷飕飕地吹打在脸上，一年了，去年的今天，所有人都聚在炫岛，他们俩偷偷溜进家躲在门后，他对她说“新年快乐”。

她告诉他新年愿望是希望明年跨年还能和他一起过。

他说过无论她在世界上哪个角落，他一定陪她跨年。

她怎么能忘了呢？

那个人就是他，她看见的背影就是邢武，他来了，来北京了，刚才他看见了自己，一定是想朝她冲过来的，所以那辆车才会突然鸣笛，可她不知道为什么他不肯见她。

她像无头苍蝇一样不停地在那条街上寻寻觅觅，然而无数的人中却没有那抹似曾相识的身影。

她彷徨地站在街头，转身之际，远远地看见了那座青砖白柱的牌坊，在那个刻有校名的标志性建筑猛然撞入她视线中的时候，她突然什么都明白了。

他来找她了，不辞千里，也许在看到她的那一刻，他是想冲向她的，可就是那么一瞬之间，她和身边的一帮天之骄子走进了那座高大的拱门，他止步在了拱门之外，她甚至可以感受到当时邢武的心情，焦灼、不安，或许还有些抗拒。

邢武自尊心那么强的一个人，晴也有时候在想，如果他没考来北京，或者他没法出人头地，是不是当真一辈子不来见她了，她很久以前和他说过她不在乎，可他也和她说过，他在乎，所以她只能拼命忍受着分离后的痛苦。

然而这一切在晴也看见那个拱门后全部打破了，她心疼他，她很清楚自己高中三年到底经历了什么才能踏进这座拱门，而邢武要用一年的时间迈进这扇门，他要付出的代价比任何人都要大。

她甚至能想象他挑灯奋战，生活如一潭死水的样子，可这样的他在亲眼看见自己走进那扇拱门之后，会有多么难受。

这扇门将他们阻隔成两个世界，他终究止步在拱门前没有出现。

晴也拿出手机一遍又一遍地拨打着他的电话，这个熟悉的号码静静躺在通讯录里半年了，纵使无数次翻出来，纵使很多次想拨通，可她从来没有像现在这样冲动。

电话是通着的，邢武却没有接。寒风钻进毛孔里，四面八方的冷意侵蚀着她，她不知道走了多久，无助地站在路边拿起手机对着他就发了一连串语音。

“是你对不对？”

“不要躲着我，出来。”

“你到底在哪儿？”

空气中全是着凛冽的味道，繁星隐没在夜空中，无限的黑暗将晴也包裹住，她蹲下身眼泪“唰”地就滚落下来，带着哭腔发出最后两个字“浑蛋”。

十二点的钟声敲响了，又是新的一年，晴也收到了他的回复。

只有四个字“新年快乐”。

她猛地站起身在那条街拼了命地狂奔着，她可以确定邢武就在附近，在某个地方看着她，她又开始拨他的电话，这一次他接通了，可真当电话接通后，他们俩却突然都沉默了。

终于，邢武先开了口，对她说：“夜里凉，早点回去。”

晴也听见了手机里传来的电台声，他走了。

她死死咬着唇不让自己哭出声，一句话没说，挂了电话。

愤怒、不甘、委屈，所有情绪瞬间就涌入晴也的胸口，在她踏入校门后就感觉一口气喘不上来，扶着旁边的树天旋地转。

她甚至都不知道自己是怎么走回宿舍的，曲冰帮她和宿管打了招呼，一直在楼下等她，才刷卡放她进来了。

一进宿舍晴也便倒在床上用被子盖住自己无声痛哭，她从来没有像这一刻这么想他，想他的眉眼，想他温柔的声音，甚至他温暖的怀抱，无数浓烈的回忆让晴也的情绪彻底崩溃了。

半年多来的忍耐随着今晚发生的一切全部坍塌，直到她的被子猛然被掀

开，胳膊被谢钱浅一把拽住将她整个人扯了起来，她才知道这妹子的手劲是真的大。

她那满脸泪水的狼狈样也随着被子扯掉后暴露在其他三个舍友面前。

曲冰和孙婉敬都看着她沉默不语，只有谢钱浅拉开自己的衣柜，从里面顺出几罐啤酒，开了一罐硬是塞到晴也手中，对她说："喝吧，喝完好睡觉。"

晴也机械地接过啤酒，边哭边喝，宿舍早熄灯了，她们应急灯也没开，就借着月光三个人六只眼睛望着她。

谢钱浅看晴也哭成那样，心里不是滋味，也默默开了一罐，曲冰也跟着喝了起来。

晴也一边喝着酒一边拿出那条项链对着月光，蒲公英吊坠在空气中缓缓地旋转着。那个造型如此似曾相识，晴也又将吊坠拿到眼前仔细看了看，在图案反面的右下角有个很小的"晴"字。

其余三人就看见晴也突然站起身，匆匆走到她的书桌前，拉开抽屉就从里面拿出一幅画平铺在桌上。

谢钱浅就站在离她不远处，侧头看了眼。画中的人躺在一片圣洁的蒲公英间，透着那种让人挪不开视线的禁忌美艳，空气中蒲公英也随风飞舞，女孩闭着眼，嘴角微弯，漾着动人的笑。

晴也将手中那枚吊坠放在画中人的唇边，那落在唇上的小小蒲公英和这枚吊坠的形状惊人的吻合。

当晴也看见这一幕时已经明白，这枚吊坠的造型是他亲手画的，去年生日时他说过送她的礼物以后会补给她，便是这样一条铂金项链。

曲冰和孙婉敬看见晴也的神情也好奇地凑过来，而后曲冰有些怔怔地看着那幅画开口问道："这是你吧？画得真好，是谁画的啊？"

晴也哽咽了一下："我男朋友。"

空气突然安静下来。良久，孙婉敬才说了一句："蒲公英的花语是停留不了的爱，就像种子一样，一吹就散，握也握不住，它的归宿取决于风的方向，风带它到哪儿，它就会去哪儿落地深根，然后顽强生长，所以白色蒲公英的花语也是永不止息的爱。"

她说完后转过身自己开了罐啤酒，坐在书桌前打开应急灯翻开一本书，而晴也已泣不成声。

这是她第一次听说蒲公英的花语，她一直不知道原来这幅画的背后藏着那么多的不安、害怕、决心和浓烈的情感，正如他千里赶来只为了见她一眼，却始终不敢靠近她。

那天晚上她不知道自己哭了多久，只知道她们三个陪她喝到半夜，人也许有时候的确需要发泄，半年来的压抑在一顿痛哭后仿若脱胎换骨般。

第二天早晨醒来，昨夜的那种愤怒、不甘、委屈已经渐渐消散了，冷静过后晴也逐渐理解了昨晚邢武的举动。

如果他出现了，他们就不可能再分离了，她不会肯让他走，他也不会再舍得离开，那他们之前的努力全都会化为泡影。

从那天以后，晴也彻底将自己包裹起来，她的作息再次调回了高考前，每天只睡五个小时，花大把精力在专业课上，准备各项考级。

而自从跨年夜后，孟睿航再也没提出过要追谢钱浅的事，晴也觉得他估计回去衡量过，自认为打不过谢钱浅，还是溜了，倒是近来他和曲冰联系挺频繁，两人有时候还约着一起去图书馆或者晚自习室。

至于邢武，身边人发现元旦过后，他整个人的状态从血拼到了变态的地步，睡觉的时间更少了，无时无刻不在用功，按照晴也打印给他的框架提纲，一点点啃，啃不会的地方就重点研究，研究不出来不给自己睡觉。

他对自己的狠劲连李岚芳都看不下去，好几次劝他算了，别那么拼，可他就像入了魔，谁的话也听不进去。

终于，年前的时候，他把自己累倒了，大病一场，在家熬了三天，被李岚芳硬是拖去庄医生的诊所时，他已经烧到四十度了，整个过年期间，他就天天坐在医院打点滴，看着日头东升西落，数着他人生中最后拼搏的日子。

暗堂被端掉后，方蕾的堂哥方杰吃下了靶厂大多半的供应链。方杰虽然是混混出身，但做人相当圆滑，十分有生意头脑，眼光也不错，所以这几年混得风生水起。

听说邢武的厂子后，有次还特地跑过去找邢武喝茶，过年期间趁着邢武生病，他跑来探病的由头跟邢武谈了一桩生意。

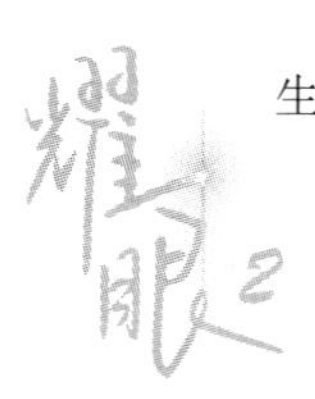

他在去过晴谷食品厂后便了解了这帮年轻人的运营模式，很快嗅到商机，他想投资晴谷，把这个厂转型为零食加盟加上自主研发。

那天，他和邢武谈了很久，包括后期的一些商业模式和供应链管理，想打造本土的互联网食品电商企业。

这个建议的确给了邢武很多启发，邢武自己也很清楚小作坊想要做大，改变模式和拉拢投资是必须要迈出的一步，而方杰也算认识多年，他这人虽然心思活，但利益至上，所以单纯作为生意伙伴的角度考虑，的确是个不错的人选，加上他和靶厂的关系，邢武觉得这是一个可以尝试的选择。

所以春节一过，各项工作便开始进入推进中。

晴谷搬到了新的厂房，有了自己的仓储和独立生产包装线。犬牙正儿八经当起了经理，出入都有名片了，到处出差洽谈整合加盟商资源，而邢武多余的时间则用来搭建互联网团队。有了方杰的资金和人力支撑，线下资源和线上资源的同步进行，从晴也盘下那个厂子到后来短短一年半的时间，晴谷从四个人的小作坊发展成正规的互联网食品电商企业。

如果说晴也当初在那片不起眼的大地播下了种子，那后来的邢武便让这颗小小的种子彻底长成了参天大树，延续晴也的互联网销售理念，半年后，这支平均年龄只有二十出头的团队，在没有实体店的情况下，利用 B2C 的模式，从品牌文化、供应链管理和定制化的服务迅速赢得了属于自己的市场份额，作为鞍子县第一家纯互联网食品企业，也获得了晴谷成立以来的第一轮融资。

而晴也那边的大学生活同样精彩纷呈，大一下半学期的时候，晴也之前火的那段模仿各国口音的短视频莫名其妙就在班级内部传开了，没过多久就传到了系里，辅导员还特地找到她，希望她代表系参加这届的英文辩论赛。

辩论赛的开场便是一段震撼人心的英文演讲，虽然大家的演讲内容都很优秀，但晴也的颜值很快受到更多人的注意，几轮过后，直接面对的便是 Q 大外语系，对方也是个口才很好的女生，不过晴也丝毫不慌，颜值与才华齐飞，全程脱稿逻辑缜密的辩论内容精彩纷呈，迎来阵阵掌声。

更有意思的是，晴也的辩论角度十分独特，并且作为攻方不停挖坑给对方跳，但是对面的姑娘也很严谨，按部就班地严防死守阐述论点，晴也的反应特别快，利用对方论点中的漏洞辩证自己的观点，几个来回下来，对面外语系的姑娘已经有些难以招架，开始上各种事例压倒晴也，而辩论赛中最大的忌讳就是试图说服对方，而不是说服评委。

当晴也发现对手的节奏出现突破口，思维开始被自己牵着走后，唇边勾起一抹不易察觉的笑容。

说到西方背景和历史概况，她丝毫不逊色于外语系的学生，对方甚至几次皱眉，对于晴也所涉及的知识面露出尴尬的神色，在晴也丢出大量的西方发展史作为依据后，辩论形式已经开始渐渐发生倾斜。

接下来她便开始加快语速，用气势和眼神跟对手玩心理战，终于在她的不停攻击下，这姑娘不过慢了半秒便不慎跌入她挖的坑中，被自己说的辩论内容打了脸，现场立马一片哗然，晴也优雅地对她施了一礼："谢谢你赞同我的观点。"

就此，这句话让晴也一举成名，而这场辩论赛也成了近来Q大内部最精彩的话题，后来还被录了下来成为教科书式般的辩论范本。

孟睿航还特别激动地告诉晴也，她已经被他们系封为新晋女神了，甚至很多外语系的人直接喊她"系花"，一个经管系的学生被外语系的人封为系花，倒一时间成了两系之间茶余饭后的谈资。

暑假前，大家各自询问彼此的放假安排，谢钱浅说她要打工，宿舍里其余三人看着她沉默了很久，一个家里管家开劳斯莱斯的人说她要打工？

虽然听上去似乎有些不合乎常理，但是对于她经常语出惊人的行为，她们也习惯了。

然后问到孙婉敬暑假打不打算去哪儿玩，她说假期不是用来休息的，是用来超越的，有的人赢在假期，有的则输在假期。

说完后，其他三人又沉默了，晴也本来还想说先睡几天懒觉都没好意思说出口。

至于曲冰，她说她妈喊她回趟老家，她堂弟高考结束了，她还不知道什么情况。

说到高考，是的，这届高考结束了，从结束一直到放榜的这段时间，晴

也的心情也一直很焦虑，说不上来哪里焦虑，就是莫名地躁动不安。

可诡异的是，一直到七月份，她都没有接到任何消息，无论是好的，还是坏的。

她已经好久没有和过去的人联系过了，而扎扎亭的那帮人也渐渐淡出她的生活，唯一听说的就是史敏回去后告诉她，胖虎被中戏录取了，除此之外，再也没有关于那个人的消息。

只是七月上旬的时候，晴也突然莫名其妙收到杜奇燕打给她的一笔钱，二十万。她还为了这件事特地回了个电话给杜奇燕，结果聊了半个小时才听说晴谷居然即将进行第一轮融资，最近那边忙得不可开交。直到挂了电话，她都忘了问为什么突然打给她二十万——莫不是封口费？怕以后邢大总裁飞黄腾达了，她找他碰瓷之类的？

这晴也就不服了，她学业还没有成，以后谁比谁牛还说不定呢！

什么迷惑的二十万？

整个暑假，晴也过得都很拼，她把时间合理切分，并轨式地准备着进入大二后的几类考证内容，这几乎占据了她一整个暑假的时间。

谢钱浅整个暑假属于人口失踪的状态，倒是孙婉敬经常约晴也出来，到咖啡店或者书店，一待一个下午，但基本上也是互不干扰，各忙各的。

至于曲冰，倒是没事会打电话跟晴也闲聊。晴也听说她那个堂弟直接被保送进了 Q 大赫赫有名的 Y 班，不禁感慨："你们曲家都是什么神仙下凡？"

这个班向来是国内顶尖计算机人才的输出地，半国英才在 Q 大，而 Q 大一半英才都在 Y 班，这个班具体有多牛，毫无疑问是国内计算机专业的顶尖级别，每年 50 人左右的名额，三分之二都是各省保送生和国家级竞赛选手，剩下只能沦为二次选拔的也都是各省的状元，实乃变态一般的存在。

晴也刚上大学那会儿听说之前有家国内大型企业想在 Y 班挖人，不惜花年薪 200 万居然一个人都没招到，最后开出八位数天价才有个师哥勉强过去。虽说传闻的真实性有待考证，但这种尖子汇聚的地方的确是外面的人所无法触及的"高贵冷艳"。

曲冰还说她这堂弟被保送进 Y 班，家里大办宴席吃了三天，但听她弟说他们这届还有更变态的，他们这种数理信息类国家集训队的占了38人，自主招生十人不到，有四个人是裸考上的，这四个人当中还有一个人递交完申请材料直接拿到降分录取的优惠政策，不过这人裸分居然都够上了，降分压根儿没用上，简直优秀。

她们俩在电话里就一阵感慨长江后浪推前浪啊，有如此学弟实乃后生可畏。

一直到了八月底曲冰从老家回来，晴也才恍惚都快开学了，转眼她都大二了。

曲冰早来了几天，不是她想早来，主要是她那个堂弟需要提早报到，所以曲冰还得跟老妈子一样带他跑前跑后的，报到那天还作为家属亲自把他送去了宿舍。

但自从这人送完她弟去宿舍后就疯了，出来就打了个电话给晴也，说她弟有个舍友，长得那叫一个帅。距离上一次曲冰说过这话不过一个月的时间，她参加妈妈朋友儿子的婚礼，看到那伴郎也说过同样的话，所以晴也压根儿就没当一回事。

晴也是宿舍里最后一个到学校的，其他几人比她都要早几天进入状态。

曲冰从老家给她们带了特产过来，没想到两天过去了，她居然还在叨叨她弟那个舍友，在她八卦的打探下，她弟那位颜值超群的舍友就是二招拿到降分政策的牛人，据说他手上有现成的互联网项目成果，在成果展示的时候综评分直接被当场拍板，成为他们这届名副其实的潜力股。

曲冰问宿舍其他几人感不感兴趣。据说刚来报到这位学弟已经被很多人瞄上了，最近向她打听消息的人很多，如果宿舍内部有人有想法，她可以资源优先，出口转内销。

孙婉敬秉承着大四之前不恋爱的宗旨，不打算接她的话，谢钱浅对此不感兴趣，且对曲冰的眼光不大信任，比如曲冰“粉”的那几个据她所说神仙颜值的小鲜肉，她一个都瞧不上，所以直接开门见山问道：“除了长相呢？”

晴也淡淡地补充道：“说出一个让人无法反驳的理由。”

曲冰憋了半天说了句：“他头发多。”

"……"

一帮人大笑起来，毕竟计算机系那帮男的随着年龄的增长发量真是惊人在递减，"头发多"基本上就可以算是秒杀一切的优点了。

结果第二天曲冰说她弟非要喊她请吃饭，尽尽地主之谊，顺便跟学姐们请教一下 Q 大的生存之道。

曲冰倒是爽快答应了，说请可以，喊上他的舍友们，然后回来就拖上同宿舍的参加这个新学期和 Y 班学弟们的联谊 party。

除了谢钱浅有事实在去不了，晴也白天在外面其实也不大想去，但碍于是曲冰的弟弟，人家刚来北京好歹给曲冰个面子。

时间是晚六点，约在 Q 大西门集合，晴也下午跟原来的高中同学在西单碰面，五点离开，打算直接回宿舍整理下跟她们一起出发，结果好巧不巧碰上了爸爸身边的江大律师。

上次晴谷法人变更，晴也还麻烦过他，既然碰见就顺便聊了两句，结果从他这里得知爸爸几个月前去过一趟鞍子县。

当晴也听说爸爸找过邢武后，只感觉脑袋一嗡，无数的情绪像洪水猛兽般突然就涌上心间，她二话不说直奔晴盛光的公司。

那种愤怒的情绪让她一路上脸色都异常可怕，怪不得最近扎扎亭的那帮人像集体消失一样，就连胖虎到北京都一直没有跟她联系。

她一口气冲到晴盛光的办公室。

晴盛光正在跟个下属谈事情，看见晴也脸色不对就让对方先出去了。

人刚走，晴也就将包甩在沙发上说道："我以为你最起码会先找我沟通一下。"

晴盛光看见晴也这副气势汹汹的样子，已经猜到她为什么事来了。他不急不慢地打开茶盖吹了吹漂浮在上面的茶叶说道："有些事可以沟通，有些事我认为不需要沟通。"

"为什么？"

晴盛光将茶盖放在深木色的桌上，语气浅淡地说："就像我这一整套的紫檀木桌椅，你硬是塞进来个刨花板的凳子，你觉得合适吗？也许刷上漆是很美观，但到底不经用，这个道理还需要我教你？”

晴也胸口剧烈起伏着，眼里似能喷出火来，一瞬不瞬地盯着晴盛光，冷声道：“你对他做了什么？”

“我能做什么？不过作为一个操碎了心的老父亲把这番道理也跟他说道说道。”

晴也太了解自己的爸爸了，他绝对不会是说道这么简单，如果他想，他可以用最温和的语言说出最伤人的话。

晴也想到他去找邢武的场景，整颗心都在颤抖。她一步步逼近晴盛光，一把将双手撑在他的紫檀木桌上，咄咄逼人地盯着他：“然后呢？”

晴盛光望着女儿似能滴出血的眼神，脸上突然露出几许讥讽的神色：“然后？你既然知道了我也就明着告诉你，这件事我替你善后了，然后我提出只要他不再来干扰你的人生，我可以给他一笔安抚费，我本来还准备看在李岚芳的面子给他个五十万，让他们安安生生地留在县城过日子，结果我才提个二十万他就直接爽快地答应了，生怕煮熟的鸭子飞了一样。

“看看，你给我睁大眼睛好好看看，你喜欢他什么？你在他眼里就值这二十万，小伙子长得挺硬朗，做人眼高手低，一点气节都没有。”

晴也猛然愣了下，突然想到七月初那笔莫名其妙的二十万，原本愤怒的情绪一转“扑哧”就笑了起来。本来晴盛光都吹鼻子瞪眼睛了，看见女儿忽然如此反常的举动，皱起眉问她：“你笑什么？”

晴也的笑容逐渐变大，到最后有种根本停不下来的节奏。她缓缓直起身子，眯起眼睛道：“爸，我以前怎么不觉得你这么可爱呢？”

晴盛光眉宇深锁地盯着她。

晴也已经走回沙发那儿，拎起自己的小包包，语气嘲弄地说：“二十万的确是少了点。爸，下次这种情况，你应该像电视上演的那样，拿个支票出来上去就写它一个亿，这样才能体现你女儿的价值，二十万你是怎么好意思说出口的？你也不怕被人笑话？”

然后她便打开门，临走前又回头对晴盛光说：“哦对了，我晚上不回去吃。”

晴盛光看晴也这反应，越想越不对劲，站起来就问：“你去哪儿？”

“去和同学聚餐啊。”说完她直接背上包走人。

还没出老爸的公司曲冰那边就一个电话催了过来，晴也说她刚才有事，现在赶过去，让他们先去饭店，发定位给她就好。

曲冰说没事等她一会儿，让她速速打飞的过去。

晴也刚才被气得冲昏头脑，一时间都忘了跟学弟们聚餐的事了。其实从晴盛光公司出来，晴也的心情就挺复杂的，自己老爸背着她去找邢武，邢武居然没有告诉她，纵使他转手将那笔钱退还给了她，但还是通过杜奇燕的手，是当真打算跟她桥归桥，路归路了？这种感觉不免让晴也有些丢脸和恼怒。

要不是曲冰那边一条信息接一条信息催她，她真想打个电话质问下邢武几个意思。

下了出租车，她就一路狂奔到西门。九月初的天气到底还有些燥热，她穿着短短的半袖潮T配上垂顺的高腰阔腿裤，高挑纤细，还有些八月天的火辣。

赶到西门的时候，她鼻尖都冒了汗，老远看见西门侧站了一帮人，曲冰朝她挥了挥手，她赶忙小跑两步过去气喘吁吁地说:“不好意思啊，我临时……”

晴也的话音戛然而止，柔风轻轻舞动着她的长发，夕阳斜斜地染红了那座青砖白柱的牌坊，他们就站在拱门下。晴也双眼瞪得老大，下巴差点掉了下来，怔怔地看着曲冰身后的人群中，一个身形修长的男人，白净的短袖衬衫，清爽的卡其色休闲裤，精神饱满的栗子头发型，鼻梁上架着一副斯文的细边眼镜，嘴角挂着腼腆的淡笑。

晴也此时只有一个想法，地图的另一端出现了一个气质跟邢武截然相反失散多年的双胞胎兄弟？

她甚至有些惊恐地退后了一步。曲冰见她一过来就一副见了鬼的表情，很是尴尬地挡在她身前用口型对她低声道：“我就说帅了吧你们还不信，但你用得着这么夸张吗？一副没见过男人的样子，淡定点啊！表情管理呢？”

曲冰的弟弟已经走了过来，笑着说：“你就是晴也吧？你好，我是曲冰的弟弟曲星。”

晴也的脸依然是僵的，甚至想做出什么表情都做不出来，眼神还在直勾勾地盯着曲冰身后的那个人，偏偏夕阳照着他的眼镜片，有些反光，她竟然看不大清眼镜片后的神色。

曲星见晴也见到自己舍友这个反应，比他老姐还夸张，当即就刷新了他对Q大女生的认识，说好的清高呢？怎么一个个见到男人都跟狼一样？还丝毫不带掩饰的？这么耿直的吗？

他偷笑着一把扯过身后的男人向晴也介绍道："这位是我舍友……"

一阵反光从眼镜片上溜走，面前的男人眼里那深邃幽然的光猝不及防地撞入晴也的视线中，他唇边泛起难以捉摸的微笑朝晴也伸出手："邢武。"

晴也看着伸到面前那只非常熟悉的手，多少个夜晚她曾牵着这只手入眠，多少个时刻她抚摸着他掌心的薄茧，想着他们什么时候才能熬过那艰难的岁月，携手踏入光明。

短短两年时间，他们从互看不爽到渐渐试探再到坚定彼此，经历了辛酸、绝望、痛苦和分离，如今相遇在这耀眼的青砖白柱牌坊下，本应该激动、相拥、痛哭流涕一把，但此时此刻晴也却突然有种想打人的冲动，特别是看着他伸到面前的手，脑子一抽就想上去给他一巴掌。

不过突然又考虑到要真是一巴掌上去，今天这顿饭也吃不成了，为了不给曲冰这对姐弟难堪，晴也努力克制住了这股冲动。

但是旁边几人都莫名一阵尴尬，曲冰赶紧一把拉住晴也佯装没事地笑道："哎呀，热死了，我们赶紧先去吃饭吧。"

曲星也立马附和着："对对，打车吧。"然后局促地瞥了眼邢武。

不过邢武倒并没有表现出任何不悦的神色，只是淡淡地收回手放入裤兜，就当啥也没发生一样。

曲星宿舍也恰巧来了三人，除了他们俩，还有个叫庄思贤的舍友，晴也到了以后他们便走去路边打车，几个男生走在前面，曲冰和孙婉敬拉着晴也走在后面。曲冰捏了把汗对晴也说："你刚才干吗呢？搞得人家多尴尬啊，没看邢武脸都红了？"

"红了？你眼睛有问题吧？"他不穿上衣在我面前晃的时候也没见红过脸啊！

曲冰却说："我上次见他话就少，一看就是那种容易害羞的男生，第一次见面你别吓到人家。"

晴也的声音都尖细起来："他害个什么羞啊？"

由于她这句话声音稍微有丢丢大，导致前面三个男的都侧了下头，曲冰立马狠狠掐了晴也一把："你声音小点。我的个祖宗啊，你怎么不干脆跑到人家面前说的？"

晴也一脸不爽的表情盯着前面那道清俊的背影，突然发现这人是不是又长高了？都成年了还在发育吗？

出租车停下了，他们让学姐先上，结果到了吃饭的地方，曲星他们的出租车反而先到了，三个男的站在商场门口等着她们。

远远看去，邢武的白衬衫塞在卡其色休闲裤里，直筒裤脚还微微卷了几道，显得双腿修长笔直，眼镜遮住了他原本深邃锋利的眉眼，也掩盖住了他眉眼间的煞气，乍一看上去就是个精致阳光的帅哥，反倒他旁边的曲星，有点随意的混搭风，像个不学无术的学渣，就连那个庄思贤，可能长相比较着急的缘故，莫名都给人一种大叔的沧桑范儿，这样一看，邢武反倒成了三人当中看上去最老实的一个，见了鬼了！

而邢武的眼神却落在晴也的腰间，他并没有意识到流行还是什么，只知道晴也身上的这件 T 恤有些过于短了，跟买不起布料一样，手稍微抬一下，细滑的小蛮腰就露了出来。他竟不知道她现在的穿衣风格什么时候变成这样了，当真上了大学就不一样了。

他们直接前往曲冰选的那家自助餐厅，结果到了以后才发现人忒多，得等排号，前面还有十几桌，大概要半个小时。曲冰已经事先团了券，说要不就等一会儿吧。毕竟她请客，其他人也不好意思发表意见。

于是六个人就在门口的等候区坐着，他们三个男的坐在前面一排，晴也她们三个坐在后面。

曲星划拉着手机提议道："要不然我们开一局王者五排？"

庄思贤说："行啊，来吧。"

曲星拍着邢武的肩："会玩吗？"

邢武修长的手指推了下眼镜，低头拿出手机："还行吧。"

曲冰在后面怼了曲星一句："你以为个个都像你不自觉偷着打游戏？别人哪有时间玩这个。"

曲星当即就不服了：“你好意思说我？那你干吗每次晋级都让我带？连我月考都不放过。”

曲冰一阵哑口无言，晴也“呵呵”干笑了声冷不丁地插道：“别这样说你弟，也许别人玩得比你弟凶多了。”

这话曲冰没敢接，看似帮着曲星说话，但怎么有种莫名内涵别人的节奏？

除了他们三个，还差一个，曲星问晴也和孙婉敬哪个上？

孙婉敬连这个游戏 APP 都没有，说还是帮他们看着号吧，晴也倒是有这个游戏，说来还是刚上大学那会儿，晚上睡觉前总会想起原来在小二楼她每晚和邢武的状态，她看书，他打游戏，后来她也下了个王者，的确也玩过几局，感受了一把，然后就一直放着了。

所以她事先声明：“我不会玩啊。”

庄思贤也说：“我也玩得不好。”

曲星无奈地说：“那只有我来打野 carry 你们了，晴也你要不会玩，有没有瑶的体验卡？你就打个辅助跟着我混吧。”

晴也进去愣是找了半天才搞清楚那个粉头发的妹子叫瑶。游戏开始后，晴也就到处闲逛，曲星着急地说：“晴也，别乱跑，出辅助装跟我到对面野区反红。”

与此同时，手机屏幕左边一个 ID 叫“雨后天晴”的发出一条信息：来。

晴也理所当然地以为这个人就是曲星，便朝着游戏里的蒙犽跑去，曲星还在前面喊着：“晴也，快点。”

“晴也，你来啊。”

晴也被他催烦了，回道：“我来了啊，不就在你旁边嘛。”

“你哪里来了？你在下路跟着射手混什么？你过来找我。”

“你在哪儿？”

“……”

就在晴也手忙脚乱之际，突然就响起“First blood”，所有人还没反应过来咋了，紧接着“Double kill”。

下路对线的后羿和对方辅助蔡文姬直接被蒙犽双杀了。

曲星直接说道：“晴也你别来了，你就待在下路跟着射手混吧。”

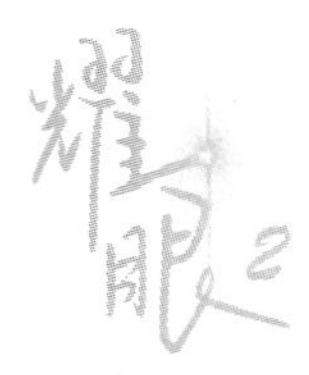

晴也压根儿不知道什么情况，还站在自家塔内点着旁边的技能介绍在研究，顺带问曲星：“这个英雄怎么玩啊？”

旁边的曲冰都看不下去了，说：“你就按个大技能，然后什么也别干。”

她刚说完，游戏里的蒙犽就朝粉发妹子瑶跑了过来，晴也按了个大技能后吓了一跳，屏幕里的粉发妹子突然就朝蒙犽飞去，瞬间附身到蒙犽身上和他合为一体。整个游戏晴也啥都没干，甚至连个技能键都不用按，蒙犽带着她到处收割“人头”，轻轻松松推倒敌方水晶的时候，晴也还没整明白她的队友在游戏里都是谁对谁。

末了，她还混了个金牌辅助。

晴也非常有成就感地说：“这个游戏也不难嘛，我玩得还不错吧？”

旁边几人都用一种不可言喻的眼神盯着她，见过“躺”的，没见过全程都在“躺”还说自己打得好的。

孙婉敬告诉他们号到了，几人起身往餐厅走，晴也还顺带问了句：“刚才那个‘雨过天晴’是谁啊？”

邢武抬眸意味深长地掠了晴也一眼，晴也瞬间反应过来，她从一开始跟的就是他。

曲星很是激动地说：“邢武你游戏打得不错啊，这飘逸的小走位，看不出来啊，我还以为你从来不玩游戏呢。”

“好久没玩了。”

“……”

到了餐厅，他们在一张长桌坐下，三男三女面对面，邢武坐在最外面，晴也坐里面，对面是曲星。

六个人当中晴也和曲冰没有戴眼镜，曲星小弟弟说他戴的是隐形眼镜，其他几个都挂着副眼镜，不知道怎的就聊到大家什么时候近视的。

孙婉敬说她初三的时候开始戴的，庄思贤说他高二那会儿学习压力太大，把眼睛整坏了。

问到邢武的时候，一直坐在里面拿着个大蟹钳的晴也冷不丁地冒了句：“有的人戴眼镜不一定是近视，还有可能是装。”

她坐在最里的角落，整个人笼罩着一层阴影，关键，手上还拿着个大剪刀似的蟹钳，莫名有种这个杀手有点冷的恐怖感。

气氛突然变得有些微妙，晴也就势放下那咬不动的蟹钳，拿起水杯去接水了。

她一走，曲冰立马尴尬地对邢武说："她开玩笑的，不是说你啊。"

邢武低着头淡笑不语。

等晴也绕了一圈，又拿了一盘小食回来时，那个她已经放弃的蟹钳居然已经被弄开了，此时肥美的蟹肉正安静地躺在她的餐盘里。曲冰适时告诉她："邢武要来开钳器帮你弄开了。"

晴也放下餐碟，抬眸往斜对面瞥了眼，邢武也正好抬头看着她。曲冰着急地拉了她一下，悄声说："你不谢人家一下？"

晴也还没说话，邢武便淡笑道："不谢。"

整个过程表现得既斯文又绅士，很能装，还顺带给晴也一个台阶下，搞得她跟不解风情，不懂礼貌，不近人情一样，晴也的内心当时就炸了。

曲星也拿完吃的回来，桌上东西太多，他站起身挪餐碟的时候不小心碰到晴也的手机，手机屏亮了，他正好看见锁屏上的图案，随口说道："这手绘上的美女挺像你啊。"

孙婉敬接道："就是她前男友画的。"

晴也立马抢过手机慌乱地锁了屏，抬起头就看向邢武。邢武漫不经心地送了块小牛肉到嘴里，眼神落在她的手机上。

曲冰倒是说道："你怎么知道人家是前男友不是现男友的？"

孙婉敬很淡然地说："一年没联系，再好的现男友也得变成前男友了。"

曲星听晕了，一副认真脸看着晴也："所以你到底有没有男朋友啊？"

晴也的余光瞄了眼某人，他已经垂下视线，搅动着餐盘里的烧烤酱。晴也嘴角轻扬，果断回道："单身，有好的记得介绍。"

庄思贤笑了："学姐你别开玩笑了，你这条件还要介绍啊？"

邢武终于放下餐具，拿起面前的水杯靠在椅背上目光幽深地瞥了她一眼。

聊了一圈话题又落在邢武身上，大家听说他来自G省的县城，都知道那地方经济条件比较落后，要不是他自己说出口，单看他的外貌气质真不像是那么穷的地方出来的。

曲冰立马看他的眼神都不一样了，带着种励志和敬佩的味道。

曲星玩笑道:“我要有你这长相,我就靠颜值不靠才华了,现在房价这么贵,干脆找个家里有钱的北京姑娘直接在这儿落户了。”

晴也抬起头似笑非笑地看着邢武。

邢武内敛地推了推鼻梁上的眼镜回道：“有钱的北京姑娘啊……”

他故意拖长语调，又说道：“提议不错，可以找个单身的追追看。”

大家都以为他在开玩笑，除了某位北京姑娘撇过头嘴角浮起不易察觉的弧度。

吃饱喝足后才八点，曲星又喊大家去唱会儿歌，大概对于刚结束高考离开家乡来到新环境的大男孩来说，突然就跟放飞了一样，既然今天出来玩了，那就干脆在正式投入新的学习生活之前玩个痛快。

于是大家问哪里有 KTV。孙婉敬高中一直随爸爸在沈阳生活，所以基本上他们六人当中只有晴也算是地地道道的本地人，大家都看向她，她指了指前面：“那边好像有家，不远。”

几人便决定徒步走过去，顺便散散步。路上庄思贤从身上摸出包烟，问曲星抽不抽。

曲星说来一根吧。曲冰上去就拽着他的衣领：“胆子大了？要我告你爸妈？”

曲星拿开曲冰的手就说道：“我之前又不是没有偷偷抽过。”

庄思贤又问邢武：“要不要来一根？”

邢武摆了下手：“我不抽。”

曲冰酸道：“你们够了，别把老实人带坏了，他一看就不会抽烟。”

晴也又冷不丁地“呵呵”了两声。

曲冰转头问她：“你笑什么？”

“我笑了吗？”

“笑了。”

“哦，可能觉得你说的话有点幽默。”

“……”

十点多的时候他们结束了聚会，可惜天有不测风云，从 KTV 出来的时候突然下了大雨，他们得赶在十一点宿舍关门前回去，这就比较尴尬了。

曲星建议道："这样，我冲出去拦车，然后你们上。"

曲冰立马苦着脸："下了车回宿舍还不是要淋雨。"

而邢武已经大步折返回 KTV，交涉一番过后付了押金借了三把伞。

有两把给了女生，他们三个男的留了一把。晴也三人的出租车先到了校门口，曲冰付了钱赶紧把伞撑了起来接孙婉敬，晴也撑开另一把伞，曲冰不停地催促她们："快回去吧。"

晴也却落在最后，一步三回头，终于看见另一辆出租车停了下来，曲星他们三个人一把伞也不够打，他朝另外两人喊道："挤挤吧，回去洗澡。"说完就要去拽邢武。

邢武不习惯跟两个大老爷们抱在一起，别扭地让了下："你们俩打吧。"说着就走进大雨中。

晴也回头看了眼已经走远的曲冰和孙婉敬，咬了下牙转身便朝邢武冲去。

曲星很远就看见晴也踏水而来，有些讶异地喊道："你干吗回来了？"

邢武听见曲星的声音头发湿漉漉地抬起头，风吹起了晴也的小短 T，周身水花四溅，雨水打湿了她的睫毛，她就这样逆着风雨向他跑来，周围两排路灯瞬间哑然失色，他停下脚步，牢牢盯着那抹身影。

她一口气跑到了他面前踮起脚将伞罩在他的头顶，雨珠连成串从伞边滑落形成朦胧的雨帘将两人笼罩住。

她抬眸看向他的时候，他摘掉了眼镜，那双漆黑的眸藏着这个夜里最耀眼的星辰，她的身体微微颤了下，他已经接过她手中的伞。

曲星回头朝她喊道："师姐，麻烦你了，回头请你吃饭，我们先走了。"

说完，他和庄思贤便躲在伞下小跑回了宿舍。

晴也望了眼他们的背影，听见邢武对她说："先送你回去。"

他们向着 36 号楼走去。说来奇怪，晴也憋了一肚子的话要问他，如果不是今天晚上出来聚餐，她大概率也是要打电话质问他的，只是没想到上天跟她开了个这么大的玩笑，他居然就是曲冰口中念叨了好几天的那位学弟，这

一切到底是怎么回事？他为什么没有告诉她？还有他怎么会跑去 Y 班了？

这些都成了本年度最迷惑的事件，可真正两个人单独走在一起时，她居然会莫名拘谨起来，一颗心七上八下的，就感觉左边这人身上的气场像热浪一样不断向她袭来，隔着一拳的距离，她都感觉有些打颤，于是她往旁边让了让。

她让一点，邢武就往她那儿挪一些，然后她又让了让。邢武侧眸扫向她，声音在雨夜里有些缥缈地响起：“游戏里黏我挺紧的，现在怎么不黏了？”

晴也抱着胸有些窝火地说：“邢武你什么意思？”

他的大长腿走得很慢，又把伞往她那儿挪了挪：“你腰不冷啊？”

“关你什么事？”

“我看着冷。”

说完他直接上手试图将她的 T 恤往下拉。

晴也立马就朝他的手狠狠拍去，叫道：“你在干什么？”

“你大学里天天就穿这样？”

晴也直接被他气笑了，极其不爽地“呵”了一声：“你是我的谁啊？管得真宽。”

邢武当即停下脚步，脸上没有丝毫温度。晴也完全不理他，大步就走进雨中，他只能赶忙跟上她的脚步，很快她的头顶又笼罩下一把大伞。

眼看就要到宿舍楼下了，晴也没好气地说：“慢走不送。”说着就要进去。

邢武一把拉住她的胳膊就将她圈在雨棚下，拿掉了伞。晴也身上早湿透了，雨水顺着她的发丝落在了睫毛上，微眨之间又落在了唇上，昏黄的光线下，邢武的白色衬衫被水渍完全沁透，那诱人的线条如此清晰。他就这样低眸看着她的唇，性感的喉结微微滚动着，声音酥麻半哑：“单身？”

晴也就感觉浓烈的男性荷尔蒙铺天盖地将她包裹，她的身体越缩越小，那漆黑的眸子使她怦然心动，完全抑制不住那久别重逢后的悸动，却硬是在泥泞的情绪中捡起一丝面子：“不行吗？”

邢武撇了下嘴角，半垂着眸：“你确定？”

晴也直起身子推开他的手臂，奈何她的力气在他面前约等于忽略不计，他又一把将她捞到身前，顺手就擒住她精巧的下巴微微一提，忽然凑近悬在她的面前再次问道：“回答我。”

他的气息紧紧贴着她，宽阔的肩膀完全将她笼罩在自己的臂弯中，唇与唇的距离近得仿佛要贴到一起。晴也承认她㞞了，呼吸被搅得一团混乱，差点就连站都站不稳了，只是声音有些发颤地说：“还有五分钟我就进不去了。”

邢武没有动，深深看了她一眼，斜了下嘴角手臂一扬放她走了。

晴也一口气才终于重新接了上来，迈开步子就跑进楼里。邢武依然站在漆黑的雨夜里拿着把伞盯着她，眸色炯亮。

晴也进去之前，突然回过头对他大拇指朝下挑衅道：“北京姑娘不是那么好追的。”

邢武当即就笑了起来，那迷人的笑容荡漾在黑夜里，暖了雨水的温度。

第十一章

✦

逆风而来

y a o y a u z

晴也跑上楼的时候，曲冰和孙婉敬刚洗完澡，谢钱浅也回来了，此时已经躺在自己的床上拿着平板电脑画设计图，这妹子说来稀奇古怪的爱好特别多，画园林景观图也算其中一项。

晴也浑身湿透了，洗完澡出来曲冰正好和孙婉敬聊到邢武，晴也擦头发的时候就听见她说：“跟我们不一样，那地方教育资源落后，人家寒窗苦读十来年还不知道吃了多少苦。”

晴也皱了下眉随口说道：“你怎么知道人家寒窗苦读十年，指不定人家在老家怎么浪呢。”说着便放下毛巾。

曲冰和孙婉敬同时看向她。

宿舍里的气氛突然有些安静，直到晴也走回自己的床铺，曲冰才终于忍不住说了句：“晴也，你是不是对邢武有什么意见啊？”

晴也有些讶异地说：“没有啊，我对他能有什么意见？”

“你不觉得你，一晚上都在内涵人家吗？”

晴也有些夸张地问：“我内涵他了？”

这下连孙婉敬都无声地点了点头，表示赞同。

晴也彻底无语了，又从床铺上站起身说道：“我只是觉得你们把人想得太单纯了，是不是戴个眼镜，穿个白衬衫就是老实boy了？然后他一句不抽烟，你们就觉得他肯定不会抽，你们这样出去以后会被男人骗的。”

曲冰听得有些迷糊，反问道：“那你的意思，邢武是那种外表老实的渣男？”

“我没这么说啊，我什么时候说他是渣男了？我只是说你们才见他一两次，凭什么就觉得他寒窗十年老实巴交了？是不是新闻报道看多了？觉得穷地方考上这里的一定是埋头苦读，两耳不闻窗外事的书呆子？也许人家只是在某些方面有些天赋而已。”

孙婉敬听不下去了，帮腔道：“邢武老家那个县，有可能这么多年才出一个Q大才子，就冲那里的学习环境，他要真是那种爱玩的人不可能上得了我们学校。”

“我就是觉得你们看人太片面了，得透过现象看本质。”

曲冰立马接道：“那就说说现象。晚上唱歌我去买单的时候才知道包间费和酒水钱邢武偷偷付掉了，我请你们吃自助餐，团的券一个人198块，不过才花了一千多，人家不好意思还请我们唱歌花了两千多，我知道他老家那个情况我都不好意思让他付钱，这还不够说明一个人的本质吗？

“所以我才问你是不是对邢武有什么意见，第一次见面，他也没哪里失态的地方，你没感觉出来，你一整个晚上都有点针对他吗？”

晴也憋了半天问了句：“我有吗？”

一直靠在斜对面上铺画图的谢钱浅冷不丁地侧过头看着她：“是有点。”

曲冰双手一拍：“看看，我没感觉错吧，钱浅局外人都感觉出来了。”

“……”

所以，原本和谐了一整年的319宿舍，今晚居然因为一个邢武，晴也被围攻了，并且大家一致认为晴也对邢武有着颇深的偏见，要么就是两人磁场不对盘。最后曲冰还和孙婉敬讨论起人与人之间是有那种磁场不对盘的时候，总之吧啦吧啦又聊了十多分钟。

晴也委屈巴巴地爬上床，她都没好意思说她何止有偏见啊，还有偏爱呢！

因此临睡觉前邢武发给她的两条信息，第一条：头发吹干再睡。第二条：你明天中午去哪个食堂？

她手机一关直接没回，并且暂时不想看见这个罪魁祸首。

第二天起床后，晴也对着衣柜发了会儿呆。某人不是嫌弃她现在的穿衣风格嘛，那她偏偏今天穿一条高腰修身的淡绿色荷叶边半身裙，一双美腿明晃晃地露着，紧身T恤勾勒出姣好饱满的胸形，就连早上谢钱浅都盯她多看了几眼，非常突然地说道：“晴也。”

“嗯？”

“你身材真好。”

“……”我谢谢你了。

说来Q大里面有十几个食堂，每个食堂各有特色，不过晴也她们一般只会去东北角的五食堂，没什么特别原因，那里各种菜都能吃到，而且她们也习惯去那儿了。

第二天便正式上课了，宿舍四人都迅速进入学习状态。忙碌了一早上，大家打算约着去五食堂吃东北菜。虽然Q大食堂很多，但到了饭点每个食堂都爆满，幸亏她们来得早抢了个桌子。

刚坐下来没多久，晴也就看见曲冰手一扬喊道：“这边。”

她回过头就看见曲星背着个包嬉皮笑脸地走了过来，关键，他后面还跟了一个人，那个让她昨晚被宿舍围攻的老实boy。

晴也顿时就气饱了，转回头就问了句：“他们怎么来了？”

曲冰笑着打圆场:“我弟说要找我吃饭。你今天正常点,大家都是朋友嘛。”

“……”呵呵，谁跟他是朋友？

话音刚落，一道身影便直接压在她身侧。某人今天换了身纯色T恤，外面罩了件淡蓝色的条纹衫加白球鞋，一副纯情男的模样，晴也看着就火大。

不巧的是晴也身边正好一个空位，他们走过来后，邢武便在她身侧自然而然地坐了下来，他的举动导致其他三位师姐都有些沉默地看着他。

显然他并不知道昨天晚上319宿舍因为他还发生了一场不小的争论，所以大家都清楚晴也对他有偏见，偏偏他还压根儿不知情地往晴也身边坐，其他三人都为他暗暗捏把汗。

果不其然，他刚坐下来，晴也就狼吞虎咽起来。

邢武侧头瞄了眼，淡淡地说了句：“不够再点，吃慢点。”

晴也抬起头看着他藏在镜片后似笑非笑的神情，死命嚼着嘴里的饭菜泄愤。邢武抽了张纸巾递给她，她没接，他便直接上手替她拭了拭嘴角。对面几人顿时倒抽一口凉气，晴也骨子里向来有些清高，对于无事献殷勤的男生警觉性很高，她们想着完了，晴也估计要发飙了。

但奇怪的是，她眼里都快喷火了，却没有动一下，就这样乖乖地坐着给邢武擦，就是那种行动和眼神完全背道而驰的违和感，让对面几人，包括一头雾水的曲星都不知道啥子情况，就感觉气氛莫名有种怪异，又说不上来哪里怪异的错觉。

邢武起身说去买饮料，问大家喝什么。天气太热，大家都想来点冰的，晴也也报了个冰饮，曲星怕他一个人不好拿陪他一起去。

他们刚走，曲冰就说道："你们没发现吗？昨天我请吃饭，他就回请唱歌，今天中午我们点的菜，他就去买饮料了，这种男生家教一定很好。"

李岚芳的脸瞬间就闪到了晴也脑中，她当场差点被一口饭噎死，咳嗽不止。

邢武回头看了她一眼，先拿了两瓶饮料回来问她怎么了。

晴也咳得眼泪都出来了，他拧开水递给她，她接过喝了一口就冲他发起了脾气："我不是要冰的吗？"

那理所当然的语气让对面三人怔了下，认识晴也一年多来，她虽然有时候有点清冷孤傲，但对身边人都是客客气气的，从没见她对谁发过脾气。

更诡异的是，邢武并没有生气，反而低声说道："吃饭少喝点冰的。"

那声音平静中居然透着一丝诡异的温柔，她们三人都怀疑是不是出现幻听了，这语气怎么有种莫名的"苏"啊？

晴也低头拍了拍胸口，便是在这时她领口的项链滑了出来，邢武的眼神渐渐垂下，落在那枚小小的蒲公英上，藏在镜片后的眸光突然就亮了。

晴也察觉到他的眼神，慌乱地将领口的项链又给塞了进去，曲星也拿了几瓶冰水回来了。

没一会儿，大家吃完后起身离开。晴也走在前面，那裙子上淡绿色的荷叶边随着她走路的节奏微微飘荡，温润纤细的腿白得晃眼，无论是从前在扎扎亭还是现在走在校园中，她白净无瑕的肌肤总是那么惹眼。

就连曲星都用胳膊肘撞了下邢武："师姐身材可以啊。"

邢武的眼眸暗了几分。刚出食堂，一阵风吹过，邢武突然脱掉条纹衫就朝晴也走去，手刚伸到她腰间，她忽然转头对上他的眼，镜片的反光阻隔了他的视线，她抬手就去摘他的眼镜，他条件反射性一挡，便是在这么猝不及防下，眼镜狠狠摔在地上，周围几人全呆了。

晴也自己也愣了下，蹲下身捡起眼镜，右边镜片碎了。她无奈地说：“对你应该没有影响吧？”

说完，她把眼镜往自己脸上一卡，透过左边没碎的镜片看去，眼前的场景突然变得有些模糊。她拿掉眼镜就不可置信地盯着邢武：“你居然近视了？”

从食堂出来的时候，旁边几人离他们并不远，一开始并未注意发生了什么，等反应过来的时候只看见邢武拿个衣服去替晴也挡飞扬的裙角，然后晴也反手就把人家眼镜砸掉了，还问人家怎么近视了。

就这一句话，活生生把她在大家印象中的智商硬掰成了负的，其余人直接就呆了啊，怎么有人看见人家戴眼镜还问人为什么近视的？

当时那情况吧，太突然，最先反应过来的是曲冰，赶忙一把扯开晴也就对邢武说：“不好意思，晴也不是故意的。你眼镜多少钱，我们赔你吧，或者带你重新去配一副。”

曲星也有些尴尬地搭着邢武的肩：“没事吧？”

邢武摸了下鼻子，没什么脾气地说：“不用了。”

曲冰对曲星使了个眼色，他拖着邢武赶忙说道：“那我们先走了，马上还有课。”说完赶紧带着邢武闪人。

晴也手上还拿着那副残破的眼镜。曲冰望着她，一言难尽地说：“他刚才只是想给你挡下裙摆，你至于反应这么大吗？”

“我……干啥了？”

谢钱浅在旁提醒道：“你把人家眼镜砸烂了。”

“哦。”

孙婉敬说道：“我觉得你给他钱他肯定不会要，要么你还是重新给他配一副吧，或者请他吃顿饭，不然你让曲星也有点尴尬。”

“唔……”

去教室的路上，晴也攥着那副眼镜，其他三人也都挺沉默，直到曲冰冷不丁地冒了句：“邢武他，不会打算追晴也吧？”

一句话让除了晴也外的其余两人都有点赞同，毕竟从吃饭起他对晴也的感觉就有点不一样，她们又不瞎，只是目前看来郎有情妾无意，不仅无意，还有点灾难啊。

然而晴也这一整个下午都在对着课桌上那副残破的眼镜发着呆。

她不知道邢武为什么会近视了。她记得还在鞍子县时，邢武带她去游戏室打射击比赛，那会儿他眼神多好啊，怎么就近视了呢？

晴也的手指拂过那副眼镜框，想起县运会后邢武受了不少伤，还脑震荡了，出院后没休息多久就赶去上海，然后便是长达一个月高强度的训练比赛，再后来，她回到北京，邢武的奶奶走了，他的日子变成了一潭苦水，她甚至能想象得出他长期熬夜疲惫不堪的模样。

这一路，他到底付出了多大的代价，才从原本没有道路的前方跌跌爬爬硬是走出了一条血路。晴也想到此，紧紧握着那副眼镜，眼睛干涩得难受，满脑子都是他的好，积压在内心的埋怨瞬间都消散了，只是庆幸他最终来了，在离她几栋教学楼的另一头，她甚至可以感受到他和自己在同一片天空下，呼吸着同样的空气，这样的感觉让她整个人都仿若活过来一般。

所以，那是晴也第一次在专业课上走神了，一下午都没怎么听进去。

下午邢武他们的课程刚结束出来，就看见教室外面站着个长发飘飘的妹子，纤细的背影，柔软的淡绿色荷叶裙边微微舞动，回眸之间明净的眼眸淡雅动人，仿若一阵清凉撞入心间。在这个男女比例严重失调的地方很快引来了很多男生的注意，就连邢武也有些诧异晴也会突然过来。

曲星最先朝晴也喊道：“师姐，你来找我啊？”

庄思贤也跟了出来朝晴也挥挥手：“嗨，师姐。”

晴也对他们笑了笑，然后指了下后面的邢武：“找他。”

曲星立马说道：“哦，眼镜的事吧？你别放心上，回头我陪他重新配一副就完了。”

邢武正好走到他们面前，晴也盯着他说：“现在就去配眼镜。”

她并不是用询问的语气，而是不容置喙地说道。

曲星看了邢武一眼，他转头把书递给庄思贤对他们说：“帮我带回宿舍吧。”

庄思贤接过书：“行，那你们去吧。”

他们俩也没当一回事便走了。晴也已经定位到一家比较近的眼镜店，出

了校门走过去不算远。他们并肩走在校园中，斜阳柔柔地洒落下来，大地镀上了一层暖金色。来这里一年了，晴也从来没有一刻像现在这样觉得晚霞下的校园如此美。

她先开了口，问他：“饿吗？要不要先去吃饭？”

他习惯性地将双手抄在休闲裤兜里，垂着眸看着脚下的路：“可以。”

“算了，我怕你吃到鼻子里，还是先去配眼镜。”

“？”

“你待会儿想吃什么？”

“随便。”

“这里没有叫随便的餐厅。”

“你想吃什么？”

“我在问你，说明我不知道。”

“去吃火锅？”

“不去，一身味。”

“烤肉？”

“不想吃，热。”

“炒菜？”

“中午不才吃的？”

“你到底要吃什么？”

“就想找个人少凉快不用排队的地方。”

“知道了。”

“知道了？”

“嗯。”

“哪里？”

她歪着头看他，他也侧过头要笑不笑的样子：“配完眼镜带你去。”

两人便这样说着些无关痛痒的话题，始终离彼此不远不近的距离，一种莫名的情愫萦绕在他们之间，熟悉却也陌生。

晴也在学校的知名度，加上邢武摘掉眼镜后过于惹眼的颜值，一路上引来不少侧目。

到了眼镜店，邢武去验光的时候，晴也就坐在柜台边帮他挑选款式，最后她选中了一款无框镶黑边的眼镜，看上去质感高端。

正好邢武从里面出来，店员对晴也说：“你眼光不错，这是刚出的新款，无框切面，轻薄耐磨，还采用的双色真空电镀。”

“就它吧。”

决定后，她才转头询问了下邢武的意见：“呃，你觉得呢？”

邢武半笑道：“听你的。”

等的时候，晴也跑去付钱，邢武一把拽住她：“不用。”

晴也却坚持道：“必须的。要给我宿舍那帮娘们知道我跟你出来配眼镜最后还让你自己付钱，我回去会被喷死。”

邢武笑着松开她。只能说晴也的眼光太好，这副眼镜不便宜，上了四位数，不过想到自己给邢武挑的款式，她就很期待一会儿后他戴上去的样子。

导致刚配好，她就迫不及待接了过来，先是仔细检查了一番，然后转身对邢武说：“你腰弯点。”

邢武迁就她半弯着腰低下头，她将新配的眼镜小心翼翼地替他戴上，而他始终嘴角含笑看着她。

骤然拉近的距离让晴也的脸颊微微泛红，她的眼神不经意间落到他的唇上，小巧的舌情不自禁舔了下唇。

邢武眼眸突然一沉唤了她一声：“晴也。”

她愣了下：“嗯？”

他的目光渐渐变得浓烈，她感觉他似乎有什么话想说，但是话到嘴边变成了：“好看吗？”

晴也这才直起身子退后一步打量道：“我的眼光绝对没话说！”

“……”好吧，重点是需要夸下自己。

这副眼镜的确和邢武的脸形很配，一戴上去整个人都变得儒雅许多，虽然看着很不习惯，晴也一路上都很想笑。

这就搞得邢武更不自然了，不停地调整脸上的眼镜，还不时望向路过的橱窗看看自己是不是真的很怪异。

路过一家超市的时候，邢武突然停下脚步说："我们买点水吧，那边没水喝。"

"什么地方吃个饭连水都不给喝？"

邢武笑着走进超市，晴也只能莫名其妙跟着他进去。他径直走到卖水的两排货架前问晴也："你喝什么？"

晴也弯着腰在货架前挑选，她的荷叶边小裙子突然就短了一截，邢武眉头一皱站在她身后替她挡着。

晴也拿了瓶饮料回身看他："你站在我后面干吗？"

邢武的脸上却突然闪过一丝玩味："你不觉得你这条裙子短了点？"

"不觉得啊。"

"呵。"

"呵什么？"

邢武夺过她手上的水对她说："你出去等我。"

"我为什么要出去等你？"

"外面凉快。"

晴也眯起眼睛就感觉某人心里有鬼啊。

"外面没有空调，你诓我？"

邢武看了她一眼没说话。

晴也又莫名其妙走到外面等他，隔着超市的玻璃门，就看见他一边排队结账，不时还抬头盯她看一眼。他一出来，她就问道："你是不是又长高了？"

他低着头笑道："是好像长高了两厘米。"

"一米八五了？"

"差不多吧。"

晴也往邢武旁边靠了靠比了下身高，邢武直接就将手搭在她的肩上将她圈到全身前，她的身体突然撞到他胸口，小心脏扑通乱跳了下，抬起头就瞪着他，他一副没事人一样松开她，瞥了眼旁边："有人。"

晴也回头果然看见个大妈。

她转回头问他："我们这是去哪儿啊？"

邢武意味深长地说："带你去个人少凉快不用排队的地方吃饭。"

晴也"呵呵"了两声："才来几天啊，倒摸得门儿清嘛。"

很快，晴也便发现邢武带她走进一栋公寓内。这栋公寓离学校不算远，他们从眼镜店出来走了十几分钟就到了。

是一栋挺新的公寓，刷卡进入后，大厅整洁干净，保安制服周整，晴也拽了下他的衣角："你到底带我去哪儿啊？"

邢武按完电梯回眸睨着她："把你卖了。"

晴也反手就去掐他，他突然毫无征兆地攥住她的手腕把她拉进电梯按在墙上瞬间就夺去了她的呼吸。

晴也的心脏在那一刻骤停了，万物俱寂，百川归海，所有的情绪像被瞬间点燃的大火，她只感觉脑袋一炸，满目只剩下他温柔的眼。

邢武一只手揽着她的腰，另一手按下电梯按钮。

晴也完全被邢武吻蒙了，直到电梯停下，她还脸色通红地回头看电梯里有没有监控，而邢武已经打开了公寓的门。

晴也怔怔地看着眼前硕大的客厅，有些不知所措地站在门口："这是哪里啊？"

邢武靠在门上将她拽了进去："才租的房子。我打算把晴谷的线上团队搬到北京，下周会先过来两个人。"

晴也被他压在门上，距离太近，近到晴也完全无力招架，她眼眸颤抖地盯着他的双眼："什么时候近视的？"

邢武拿掉眼镜放在一边，嘴角露出那让晴也熟悉的笑，慵懒不羁："心疼我？我又没瞎。"

晴也没说话，依然深深地凝视着他。他收起笑容就提起她的腰转身将她放在身后台面上，大手伸到她的后脑，将她按进怀中："高考前总感觉看东西越来越吃力，放榜后就去配了副眼镜，其实还好，就一百多度。你们不是老说我长得不像好人吗？就干脆装一下。"

他故意说得轻松，晴也却越听越心酸，一把推开他就抬起头："放榜为什么不告诉我？"

邢武的手顺着她的发丝缓缓滑落到她腰间，她的身体猛地颤了下，听见

他说：“晴谷那边我们自己搭建了个互联网团队，老家没什么技术人才，这方面我就自己摸索，真正干起来才发现很多地方都不行，后来我就想学这个，分数一确定我就申请了 Y 班，当时我心里也没谱，不知道能不能上。”

晴也双眼通红地盯着他：“录取下来呢？为什么还不联系我？”

邢武若有所思地说：“是想去找你的。”

晴也声音很轻地说：“我爸？他跟你说了什么？”

邢武只是垂着眸说：“不重要了。”

“什么重要？”

他咬着她的耳朵低低地说：“你。”

那滚烫的气息喷洒在晴也的脖子上，让她浑身战栗。

她用了吃奶的劲儿狠狠地将他反推在墙上，踮起脚咬着他的唇，骂道：“浑蛋！”

邢武也毫不客气地提起她的腰就将她甩在冰箱上，撩起她的裙摆对她说：“我不喜欢你这条裙子。”

说着他下手一拉。晴也惊呼了一声，上去就掀翻了他的“纯情”小 T 恤：“你以为我喜欢你的衣服？你穿的这都是啥？”

他紧绷的肌肉猝不及防地撞入晴也的视线。

邢武低头邪性地看了眼，直接单手一提将她整个人都拎了起来扔在沙发上，欺身过来问道：“那你喜欢我穿什么？还是不穿？”

晴也还没说话，他的手直接隔着布料抚到她心脏的位置，斜唇笑道：“心跳那么快啊？”

那敏感的触觉让晴也倒抽一口凉气，望着他揶揄蛊惑的笑意，晴也连声音都在颤抖地叫道：“邢武！”

然而下一秒她的身体突然悬空，眼前一黑，他已经将她放在那张崭新柔软的大床上，突然声音温柔地从喉咙中溢出：“想我吗？”

三个字让晴也瞬间泪崩了，她抬起拳头就捶在他胸口：“不想。”

邢武任她发泄，凶狠地吻了下去：“我想你了，很想。”

他顺着她的肩胛一路吻下去，晴也的身体仿佛过电一样抖得厉害，所有感官都被他控制了，任由他肆意操纵，猛如骤雨，最终在他疯狂的肆掠下溃不成军，意识不断沦陷。

这么多年的压抑让邢武习惯性地忽略自己内心的欲望，所以一旦打开这个口子，他心里的渴望就会像洪水猛兽般倾泻而出，一发不可收拾。

晴也能感觉出来邢武失控了，或者说这才是最原始的他，褪去所有伪装和压抑，她不忍心阻止他，虽然这对初经人事的她来说有点折磨。

但她只是紧紧咬着唇，忍受着这一波又一波的浪潮，这种陌生的感觉渐渐滋润着她的心间，充斥着她整颗心脏，她就这样被邢武带着打开了另一扇新世界的大门。

混乱中，她蒙眬地睁开眼，泪水模糊了她的视线，断断续续地对他说："我想你……很想。"

混乱中晴也咬破了他的肩膀，他也毫不客气地在她身上留满了痕迹，最后汗水打湿了晴也的发丝，旖旎美艳地散落在周身，脸色潮红，眼里都是柔软的光。

他直接就将她扛进了浴室，打开花洒，探身在她耳边气息温柔地说："要我帮你洗吗？"

晴也没有拖鞋，只能赤着脚踩在他的脚背上，身体软绵绵地靠着他。邢武嘴角微斜拿下花洒，她看了眼他右肩上的牙印，突然强迫症犯了，干脆又踮起脚在他左边肩膀上也咬了个。

邢武疼得"嘶"了声，拿起花洒就浇在她头顶："属狗的？"

晴也满脸是水地抬起头瞪着他："你怎么还随身带套？"

刚说完看见邢武嘴边压制的笑意，她立马反应过来："刚才买水把我赶出去是买那个？你带我回来就是为了睡我的？"

说着她就夺过花洒对着他的脸。

邢武也不躲，笑得像朵灿烂的向日葵，给她淋个够，而后再次抢回花洒，眼神压迫地说："够了吗？够了该轮到我了吧？"

晴也脸色骤变，立马闭上眼睛双手捂脸，然而预想的水花却并没有射向她的脸，反而温和地落在她的身上。她透过指缝去看某人，他轻挑着眉梢，满眼笑意地说："傻瓜。"

晴也放下手就勾住他的脖子，忽然正儿八经地问他："说真的，我爸到

底跟你说了什么？”

“真不记得了，没怎么往心里去。”

晴也疑乎地说：“我爸是不是讲话特难听啊？你不生气？”

邢武却淡淡地说：“气什么？他大老远跑来给我送钱，我还生气？我是人吗？”

“……”

他嘴角划过一抹斜斜的弧度：“说实在的，要是我以后有个女儿，送去朋友家过渡却被个小子惦记了，我还给他送钱？我直接提刀杀过去了。”

他这脑回路，让晴也无言以对。

她随即说道：“那你还睡我？”

邢某人又完全忘了自己刚才说的话，无赖地痞笑着，将她身上雪白的泡沫冲掉了，又拿了件他自己的T恤给她套上，直接将她扔在沙发上，俯下身双手撑在她两侧，柔声问道：“饿吗？”

晴也湿润的睫毛微微眨了下，他脸上漾开迷人的笑，低头吻了下她的唇赤着上半身往厨房走。

晴也将腿藏在他宽大的T恤里看着他忙碌的身影，嘴角浮起满足的笑。

邢武一边煮水一边回头看她，扬起笑容说道：“这位施主，请收起你迷恋的眼神。”

晴也干脆赤着脚走到他身后，抱着他紧窄的腰，将脸贴在他性感凹陷的后背。

邢武嘴角的笑容又放大了些。

晴也却忽然有些委屈巴巴地说：“你来这里都不告诉我一声，还跑去跟妹子聚餐！”

“那都开学了你也不问我一声考去哪儿了，就跑去跟男的聚餐？”

邢武回头看她一脸憋屈的模样，都要哭的样子，还是不打自招了：“你爸来找我的时候，融资的事还没定下来，又在等二招结果，整天心急如焚的，只能先应付他，也没敢跟你说。二招结果下来后融资那边的事情忙了我将近两个月，暑假一天都没能闲下来。

“好不容易安排好卡着报到最后一天来北京，过来就忙着找房，然后去学校，大热天的我不能拖着你到处跑中介吧，本想等安顿下来先去蹲个点，看你这一年身边是不是有新欢了，要是有了先把对方暴揍一顿让他滚。”

晴也立马捶了他一拳：“去你的。”

邢武笑了起来：“那倒也是，你还惦记着我怎么可能再找。”

他邪性地朝她勾了下眼尾，她上去就一口咬住他的后颈。

邢武也不动，任她咬，还很嘴欠地说：“咬吧，你就逮着我咬吧，谁还没吃过唐僧肉呢是吧？”

于是晴也变本加厉。

他吃痛了一下，摸了摸后颈，转回头将她一把从自己后背上扯了下来：“你真舍得下口啊？我要不知道曲星他姐有个舍友叫晴也，我去个鬼啊？你以为我很闲？有那几个小时我多敲点代码赚钱给老婆花不香吗？”

晴也顿时被他说得哑口无言，她突然想起来那天她去老爸那儿耽搁了，让曲冰他们先去饭店，别等她，然而他们一群人在大热天里硬是等她到了再走，曲冰肯定不好意思让他们等，若不是邢武坚持，估计他们就先走了吧。

她突然感觉一阵愧疚，他来北京后她一点忙都没帮上，还觉得他故意冷落她来着。

晴也又软绵绵地贴了上去，问道：“那为什么让杜奇燕把钱转给我，还不明着告诉我钱的来源？”

“就你那脾气，怕你找你爸吵架。”

“已经吵过了。”

邢武有些诧异地转过头：“吵过了？”

“嗯，就昨天，我不是说临时有事去迟了吗？就是找我爸吵架去了。”

邢武将锅盖盖上，转回头将她拉到身前：“你吵什么的？”

晴也伸出手在他胸前画着小爱心，笑着说：“就吵他小气啊，下次应该直接给个一个亿，二十万算什么，连我喜欢的车都买不到。”

邢武突然就朗声大笑起来：“我们这样不对啊，有点联合起来坑你爸的意思？”

“可不是嘛。”她也笑盈盈地弯了眼。

水开了，邢武让晴也去等着。没一会儿，他就端了两碗面过来。

晴也看见邢武下的面条，一双眼就冒泡了，她这一年总是会想起他下的这个面，怀念无比，于是拿起筷子就开动了。

邢武对她说："冰箱里没东西，只能将就吃了。"

晴也将小脚收了上来跪在椅子上说道："你这地方空空的，是啥都没有，你要买的东西多了。"

邢武嘴角挑着笑："那是。周六有空吗，去家居城逛逛？"

晴也傲娇地甩了下头发："没空。"眼眸一转对他嬉皮笑脸，"周日有空。"

邢武长臂一伸就捏了把她的脸。

晴也看了看那两间空着的房，问："不过，线上团队你真打算搬来北京啊，成本这么高。"

邢武若有所思地说："考虑了两个月，只能这样。我们毕竟不是靠线下团队产生业绩的，后期大量业务都要依托互联网。老家的情况你也知道的，想要发展我还是得想办法在这里找人，或者一边学习一边再接触同行。

"况且大学四年我精力都在这儿，顾不到那么远。晴谷资金刚到位，现在很关键，我必须把团队放在身边，好在核心的人也就那几个，成本还能控制，其他事情只能交给犬牙了。"

晴也鼓了鼓腮帮子："我怎么感觉你接下来会忙飞了？"

邢武立马就笑了："毕竟北京姑娘不是那么好娶的。"说完又突然抬头问，"你喜欢什么车？"

"哈？"

"你刚才不是说二十万买不到你喜欢的车。"

"我随口说说的。"

"哦。"

"哦？"

邢武笑了笑："没什么。"

晴也端起碗连汤都喝了，然后把嘴伸到邢武面前，他替她擦了擦嘴，然后端起两个空碗去洗。

晴也则赤着脚走到旁边的储物格旁，看到里面放着几张门卡，其中一张还拴着个小挂件。邢武回头看了她一眼，对她说：“有挂件的那个是你的，收好。”

晴也手指一挑把那张门卡放在眼前晃了晃：“为什么还有我的啊？”

邢武一边洗碗一边意味深长地回过头：“你说呢？”

晴也立马就感觉自己的眼神有种无处安放的心虚，她攥着门卡回过身，佯装没听懂地走到冰箱前打开看了看。

邢武将洗好的碗放在一边，擦着手回身去看她。她穿着他的白色大T恤，温润白皙的腿妩媚撩人，纤细的脚踝和赤着的双脚，还有T恤中那柔软的曲线，让人只稍看上一眼便血脉偾张。

这一年晴也在邢武眼中也有着一些变化，更加丰润饱满，如果说从前的晴也青涩纯净，透着一种少女的禁忌，现在她的身上无形中增添了一丝小女人的妩媚，这是让任何男人都无法抗拒的诱惑。

这样秀色可餐，思念已久的女人，邢武怎么可能就放过她，他径直朝她走去。

他不知疲倦，晴也可怜兮兮地被某人狠狠欺凌着，直到意识完全处于一片混乱之中。

结束后，她趴在邢武身上体力不支地睡着了。

等她再次惊醒的时候发现已经十点多了，而身边早已没了人，她当时就蒙了，喊了声邢武，居然没有人回答她。

她一边慌乱地穿衣服，一边觉得今天发生的一切都有点不真实，邢武来北京跟她见的第二面，两人就度过了如此疯狂的夜晚，她甚至都不知道自己是怎么睡着的，结果醒来后他人都不见了，什么鬼？

等晴也从公寓跑下楼一路狂奔回宿舍的路上，她终于接到了邢武的电话，电话一通邢武就问她：“醒了吗？我来接你回学校，再迟你回不了宿舍了。”

晴也气喘吁吁地说：“不用了，我已经在路上了。你跑去哪儿了？”

“去参加趣味英语。”

“？”

晴也气得当场就撂了电话，这是什么非人类？大战三百回合过后还跟没事人一样跑去参加团建了？害得她醒来以为梦游了！

想到刚才自己迷迷糊糊地被他逼得喊了好几声“爱你”外加“老公”后，

晴也此时此刻的感受就像被人泼了一盆冷水，一口老血猛地卡在胸口，顿时就觉得被下了迷魂药，面条有毒。

晴也几乎是卡着点回宿舍的，她直接冲进浴室，出来的时候把自己包裹得很严实，长袖长裤都穿上了，有点反常。

宿舍里其他三人都默默地看着她。

曲冰已经听曲星说晴也找邢武配眼镜去了，怪不得课一结束就没看到她人。曲冰忍不住问了句：“还顺利吧？”

晴也愣了下，有些心虚地反问：“什么还顺利？”

“眼镜配到了吧？”

晴也没看她，直接点了点头爬上床，一声没吭。

曲冰越看晴也越不对劲，又追问了句：“你们晚上吃什么的？”

晴也吐出两个字：“面条。”

她说完后，其他三人都有些一言难尽。

要说中午邢武那举动，三人都一致觉得他对晴也有那么点意思，本来去配眼镜这么好的机会，按照正常操作，男的趁机找个浪漫的地方请女的吃顿饭，一来二去不就留个好印象了嘛，结果大热天就去吃了顿面条？突然感觉这小伙子有点不开窍啊，老实人无疑了。

孙婉敬默默飘来一句：“吃面条吃到十一点？”

晴也的身体一点点，一点点滑了下去，拉过毯子。

曲冰一把坐了起来，一惊一乍地说：“不会你们晚上发生……”

晴也一颗心顿时就提到嗓子眼，差点把心脏吐出来，结果听见下半句：“发生争执了吧？”

她差点就以为自己被这帮人看穿了，这大起大落搞得她一口气略微没上得来。

曲冰见她不说话，又问：“你到底有没有带人家配眼镜啊？”

“配了啊，你们明天自己看。睡了。”说完她一转身屏蔽掉那三人。

宿舍再次恢复安静，各干各的了，也没人再说起这茬。

然而另一头的男生宿舍就没这么和谐了，邢武回到宿舍又冲了把澡，光着上半身出来走到床铺背对着其他几人拿T恤。

庄思贤不经意回头看了眼邢武，立马愣住了，然后碰了碰曲星。旁边的杨文博也转过头去，三人同时看见邢武的左右肩膀外加后颈处三个明显的牙印。

三人顿时倒抽一口凉气，他们都清楚晚上邢武和晴也师姐去配眼镜了，但为什么配完眼镜回来一身牙印，实在很难不让人想歪啊！

但曲星就十分纳闷了，晚上才跟他老姐通的电话，听说晴也对邢武很有偏见，曲冰电话里还让他以后不要带着邢武过去吃饭，怕晴也看到邢武不舒服，结果回来一身牙印是怎么回事？应该不会是他想的那样吧？这怎么可能？

邢武迅速套上衣服回头的时候，看见的就是六只震惊的眼睛，他还莫名其妙地问了句："干吗？"

曲星艰难地吞咽了一下问道："你身上怎么回事？"

邢武低头看了眼自己："我身上怎么了？"

庄思贤推了推眼镜老谋深算地说："牙印挺多的。"

邢武立马就反应了过来，低头抿唇浅笑，慵懒地揉了下头发回道："小狗咬的。"

曲星"嘿嘿嘿"地笑说："咬得挺对称啊，打狂犬疫苗了没？"

邢武还正儿八经地回答他："没有，明天中午陪我去五食堂打。"

状况外的杨文博冷不丁地问了句："真的假的啊？我们学校食堂原来还能打疫苗？"

"……"

其他三人都默默收回视线。

所以第二天中午319宿舍的姐妹们刚到五食堂，曲星他们已经把菜点好了，就等她们了。

看见晴也，曲星一脸意味深长的表情，很是热情地招呼晴也坐在邢武旁边。晴也坐下后侧头看了邢武一眼，他也正好朝她看过来，嘴角噙着淡淡的弧度，大庭广众之下那滚烫的视线，忽然让晴也的脸颊也跟着烫了起来。

她果断收回目光低着头，邢武把餐盘和筷子递给她。曲冰盯他鼻梁上的

眼镜看了眼说道：“眼镜不错，挺好看。”

邢武扶了下镜边：“主要是晴也眼光好。”

曲冰笑着不说话，觉得这位学弟今天的暗示更加明显了呢。

然而和谐的气氛到吃完饭就戛然而止了，他们刚站起身就有个女生突然朝这边喊道：“嗨，邢武，好巧啊，你也来这里吃饭？”

晴也一行人都侧头望去，三个女生笑着就朝邢武走来，并且晴也很清楚地看见这三个女生看邢武的眼神里有着不寻常的狼光。

邢武对她们点了下头，其中一个女生凑到邢武面前笑靥如花地问他：“你今天晚上还去吗？”女生留着齐刘海，还挺可爱的样子。

晴也斜了她们一眼，突然就想起了昨晚邢武口中的趣味英语，可以啊，开学第二天居然就成功勾搭上一群妹子，这要是再上它个一学期，不是四面开花了？

关键是，昨晚那种情况，他居然丢下她一个人跑去参加什么鬼的团建？

晴也心里的无名火突然就蹿了上来，二话不说直接就往食堂外面走去。

舍友们见晴也走了，也干脆先出去了。

然而晴也刚走出食堂，突然感觉右脚绊了下，等她低下头时，邢武已经从她身后掠到她面前蹲下身替她系着鞋带。

晴也冷冷地低头看着他，他刚系好，她便转身绕过他，理都不打算理他，却在这时她夹着的书突然就掉了。邢武从她身后一把接住再次绕到她身前，她伸手就朝他抢去，他往左一晃，她向左伸手，他嘴角一勾又将手臂向右一晃，完美躲开了她伸来的手。

晴也彻底怒了，瞪着他说：“给我。”

邢武将书背在身后垂下眸对她说：“帮我个忙。”

晴也扭过头负气地说：“不帮。”

旁边来来往往的全是校友，邢武就这样突然倾身过来低头在她耳边说：“不帮的话我晚上又得去参加趣味英语了。”

说完他直起身子对着她意有所指地笑。

晴也拧着眉不解地问：“要我帮你什么？”

邢武垂眸摸了摸鼻子：“能抽空帮我搞搞英语吗？”

晴也突然一愣："哈？"

他有些不自然地干咳了一声："我们那边的课程好多都是全英文授课，再这样下去我要挂科了。"

英语对于邢武来说真是灾难，在老家根本没有语言环境，全凭他一副好记性，死记硬背单词语法，让他写写题还凑合，听力方面真是一言难尽，毕竟 Miss 余那口语在鞍中还能算拔尖的，他高考的时候就数英语分最低，现在进了 Y 班，有些课程全英文授课就算了，更变态的是大家有时候还全英文交流，再涉及一些专业课的词汇，他就剩蒙了，所以一开学就感觉到了强烈的危机感。

晴也看着他眼镜片后还有些委屈的眼神，没憋住，当即就笑了出来："你就是因为这个跑去参加英语活动？"

"不然呢？我很闲？"

晴也的双眼忽然就弯成了月牙，莫名觉得邢某人无可奈何的样子怎么这么可爱呢？

她笑着笑着一转头，曲冰、孙婉敬、谢钱浅三人就站在对面，正用一种难以置信的眼神看着他们。

晴也的笑容突然就僵了下，转头对邢武说："我要回去看看我的档期。你去打听打听我的大名，我也很忙的好不好！"说着一甩长发对他挥了挥手。

邢武看着她傲娇的背影笑着扶了下眼镜框。

结果几人一转过弯，曲冰就立马诚恳地说："晴也，我们之前可能冤枉你了，你看人还是挺准的，邢武可能真没那么老实。"

"？"晴也莫名其妙地看着她们。

然后她们三人便把刚才眼睁睁看见的场景告诉了晴也。

晴也刚走出食堂，邢武便大步追了出来，先是熟练地踩散了她的鞋带，顺势堵住她的去路帮她系上，她刚一转身，他便在她身后将她书一扬，稳稳接住再次堵在她的面前。

这一套撩妹的手法行云流水，把旁边三人都看傻了啊，居然还能这样操作？

所以她们的总结是，邢武果真是真人不露相，不是外表看上去那么老实，非常赞同晴也之前的看法，并让晴也离他远点，别被人玩弄感情了。

晴也当场就不能忍了："他怎么玩弄我了？怎么就不老实了？你们看人太片面了，得透过现象看本质。"

"……"其他几人就觉得这话怎么这么熟悉呢？熟悉到好像前两天才出自某人之口，但是画风怎么突变了？

所以晴也对邢武的态度一直让旁人很谜，直到几天后曲星传给曲冰一张照片，照片中的人正是晴也，站在一个雪人旁边对着镜头比剪刀手，笑得清甜温暖。

虽然照片中的晴也和现在差别不大，但从她清澈的眉眼还是能感觉出来这是一张她以前的老照片。

曲冰问他照片哪里来的，曲星告诉她这张照片是邢武的手机桌面。

联想到晴也对邢武一系列反常的情绪，曲冰又回头看了眼那幅被晴也裱起来放在她书桌上的蒲公英画像，想到邢武的背景，和去年跨年夜那晚的蒲公英项链，曲冰瞬间什么都想明白了，突然还有点感动。

于是这件悬案便在这张照片中破获了，只是大家都是聪明人，有些事情曲冰无意中提点后，大家都看破不说破。

周末的时候，晴也跟邢武去逛了家居城，本来是想买点小东西的，可是晴也看见什么可爱的、新奇的小玩意儿都想买，结果买了一大堆东西回去。

一到公寓就累瘫在了杂物堆里，邢武再把她捞起来，说："你去洗个澡。"

晴也朝他眨巴了两下眼："现在为什么要洗澡？"

"我晚上约了胖虎吃饭，你们是不是好久没见了？"

晴也听说要和胖虎吃饭，突然就兴奋起来。她是好久没见胖虎了，还想好好问问他艺考怎么过的。

她又看了看镜子里自己头发凌乱的狼狈样，于是果断走进浴室洗了个澡。

等她出来的时候，邢武慢条斯理地解着衬衫纽扣，并且毫不闪躲地当着她的面脱光了，那恰到好处的线条慢慢地暴露在她眼前，让她的眼神飘过来飘过去，空气中都充斥着一种色气的味道，让人喉咙发紧。

果不其然，她就知道他让她洗澡没那么单纯，他出来就直接就将她扛回房，一直折腾到傍晚才将她拉起来出门。晴也已经累瘫了，满眼水汽地抗议道："跑了一天，我没劲出门了。”

她赖在床上不肯起，邢武笑着把她拉起来：“我背你走。”

晴也以为他开玩笑呢，结果临出门前他真的把她往身上一背，锁了门进电梯，不过出了电梯晴也嫌丢人赶紧跳下来了。

和胖虎约在一家火锅店，晴也到那儿的时候才知道他们还喊了史敏。

晴也先是完全被胖虎的样貌惊呆了，据胖虎自己所说之前复读一年瘦了快二十斤，这个暑假疯狂控制饮食加运动又瘦了将近三十斤，再加上如今穿衣风格的改变，俨然就像变了个人一样，要是这么明晃晃地走在大街上，晴也乍一看都不一定能认出他来。

她深深地感叹那句话怎么说来着，不要轻易小瞧身边任何一个胖子，谁知道他哪天会逆袭成型男?

老朋友见面亲切万分，就是不知道是不是晴也的错觉，她总感觉胖虎和史敏之间有种微妙的互动。

所以回去的路上，晴也就问邢武：“胖虎是不是和史敏在一起了？”

邢武一脸看弱智的表情盯着她：“你才知道？”

“……”

时间的年轮慢慢碾过他们的大学时光，邢武和晴也平时都很忙碌，一个星期见面的次数并不多，可彼此在同一个地方，心和心的距离靠得如此近，即使各忙各的，内心都是如此踏实。

邢武大一的时候，晴也每周总会挤出两个晚上的时间帮他恶补英语听力和发音，所以他们日常约会的地点就是学校里的图书馆、食堂、自习室，或者任意一处有座椅的地方。

到后面为了训练邢武的发音，两人见面聊天、通电话都开始用英语交流，甚至说情话打趣吵架的时候也对飙英文。学霸之间的恋爱总是有点常人所无法理解的意味，但两人却乐此不疲。

大一下学期的时候，邢武已经可以毫无障碍地听懂任何一门全英文授课，师出晴也这位“外语系系花”的传承，大二的时候他的口语已经非常纯正了，再也听不出中式口音，也几乎不会打顿了。

有次他做全英文报告，晴也还特地偷偷跑去旁听，他干净的白衬衫黑色西裤，利落俊朗的轮廓，低沉的嗓音加上流利的英文，站在台上浑身都散发着一种不可言喻的魅力。晴也从来没有见过如此耀眼的他，在她视线可及的地方浑身都在发光。

她坐在最后一排的角落，全程含笑听完，在掌声雷动之际，他望向了她，她对他竖起大拇指，他嘴角泛起温柔的笑。

他们二十整岁的生日是在海边度过的，正如那年他们所约定的一样，蓝天白云大海，快艇潜水冲浪，邢武玩起来就很疯，第一次骑摩托艇就敢带着晴也直冲海中央，各种压弯，吓得晴也喉咙都叫破了。

滑翔翼飞到半空时，湛蓝的大海和碧蓝的天空融为一体，大片的蓝色撞入晴也的视线，她感觉那一刻自己像鸟儿一样展翅翱翔。

曾几何时，在她人生最低谷的时候，她带着一身伤痛，折了翅膀跌落在扎扎亭，是身边的这个大男孩小心翼翼地呵护着她的伤口，为她撑起了一片碧蓝的天空，亲手将她送入高处，如今，他就在她身边，跨越艰难险阻和她并肩畅游在这片天地。

她感受着他的呼吸，他的心跳，他的目光，唇边漾起笑容，对着海天交接的地方大喊："喂！我满二十了。"

"什么时候嫁我？"

"等国家允许你娶我的时候。"

他们的声音在天地之间回荡，缠绵悠远。

来到北京后的邢武，生活从那个暗无天日的境地一下子便跃入了精彩纷呈的顶尖学府，丰富多样的选修课，大大小小的社团活动和社会实践，偶尔还能参加个球赛，再跟女朋友腻歪腻歪。

虽然每天都很忙碌，但是笑容却越来越多了，眉目间的那股戾气和暴躁随着新的生活渐渐消失了，取而代之的是越来越淡然自若的雅致。

他原来一直不能理解晴也身上那股谜之自信到底是哪里来的，可真正来到她的世界，看见她所看见的，接触她所接触的，他才如此真实地感受到那种强大的光芒。

于是他像一块海绵，不断吸收着四面八方的知识和讯息转化为自身的盾牌后，他才清楚那股自信不是别人给的，更不是从天而降的，而是源于自身坚厚的堡垒，后来，他也在潜移默化中变得越来越成熟从容。

再次回到扎扎亭的他，就连大黑他们看见都没敢认。也许是环境造就人，这两年他身上的气质发生了很大的变化，整个人仿若脱胎换骨一般，彻底从那个满身痞气、有些自卑阴沉的混混蜕变成一个精致成熟的男人。

眼神里看人的光泽也不似从前那么锋利可怕，深邃的眸子泛起笑意时反而透出几分文雅之气，接触的人多了，越来越懂得将自己身上的尖刺全数收敛，大概也只有在晴也面前时，他依然会流露出那狂野不羁的模样。

而晴也的爸爸晴盛光同志依然没有放弃和孟家联姻的想法，一来和孟爸爸是老朋友了，二来自己岁数越来越大有些事情力不从心，便急于给女儿找个可以依靠的人家，因此三不五时喊孟睿航去家里帮他弄弄这个，搞搞那个为由留孟睿航吃饭。

这样一来二去次数多了，邢武干脆也不找晴也帮他过英语稿件了，有什么需要校验的便直接杀去外语系找孟睿航，没过多久，邢武便和外语系的那帮兄弟打成了一片，没事还在一起打打篮球耍一耍，这就直接导致后来晴盛光再喊孟睿航去家里，他顾及邢武便没好意思再去了。

而这两年的发展里，随着晴谷的模式越来越成熟，的确也吸引了不少投资商和同行的目光，其中不乏一些不错的机遇，但邢武和晴也都不太急于这么快进入资本市场，把晴谷做大。

他们目前的重点都放在学业上，晴谷对于他们俩来说更像是真正进入社会前用来练手的，他们打算把企业根基做稳了再考虑以后的发展。

比如线上平台这两年的开发和维护给邢武在本科期间的论文带来了非常丰富的实践题材。而涉及企业组织架构，大大小小商务文件的草拟，甚至各项季度年度报表都是晴也这边亲自在把控，好处就是，他们同时都在利用晴谷发挥自己所长，一边学习一边摸索一边经营一边成长，遇到困难的地方，身边都是一帮优质的学霸，这里从来不缺的就是人才，也不怕求助无门，所以远在北京的他们俩，无论从人脉还是技术层面的确给犬牙那边很大的底气。

靶厂二区重新分配后，被晴谷整个拿下，由于国家重点扶持高新技术产

业，县里也全力给予晴谷最大的支持，导致江老板吃下扎扎亭的计划落了空，他也试图对晴谷动过两次手，但由于晴谷的利益链太复杂，不仅方杰参与其中，甚至连靶厂和晴谷之间也存在利益输送，加上背靠政策的支持，县里领导对他旁敲侧击下，最终江老板在尝试两次无果后只能收起手，缩回他的地盘。

而晴谷的契机真正来临是在邢武大三那年，参加一场外事活动接触到一家业内企业，信科，当时他对这家企业的了解只停留在产品层面。

那次活动结束没多久他便收到了一份详细的项目企划书，只是他并未在意，随手将企划书转给了晴也。

这几年他们不止一次收到各方扔来的橄榄枝，不过这份企划书让晴也眼前一亮，特地牺牲了晚饭时间跑去找了他一趟，口若悬河地说出企划书中几处让她诧异的地方。从这份材料来看，无论是对于他们，还是对于晴谷来说都是送上门的一块肥肉，或者说是天上掉下来的一块馅饼，整份材料思路完整清晰，没有一处弯弯绕的地方，让晴也感受到了对方的诚意，不过邢武却持有戒备心。

真正让邢武改变态度的是三天后，信科集团的老总亲自飞来北京约他见面，这的确非常出乎邢武的预料。

毕竟再怎么说他只是一个大学未毕业的学生，而对方是资产过百亿的信息产业多元化大型集团企业的一把手。

在见面之前，邢武听说对方叫赵倾，可真正见到面才发现赵总和他想象中不太一样，明明四十出头的年纪，却身形挺拔，精神饱满，长相出挑，看着像三十出头，并且只身一人前来赴约，除了楼下一名司机，居然连个助理都没有带。想到之前邢武见过的合作商，公司没多大，出来开个会，商务、秘书、法务带了一大堆，他不免对这位赵总有些另眼相看。

邢武本来认为见个面顶多一个小时的事，结果没想到和这位赵总一聊就聊到了天黑，一次本不报多大希望的会面，却意外开启了邢武对互联网产业认知的新大门。

而更没想到的是，交谈中邢武发现两人的经历在某些方面居然有些惊人的相似。一穷二白的青少年时期，赵倾作为宁大尖子生前往 UCL 读研，从事了几年医生工作，三十岁左右在不被一个人看好的情况下，毅然决然辞去了看似稳定的职业，起初也是从几个人的创业团队没日没夜地熬，经历了风投，核心平台转型，资产重组一步步艰难地走到今天，仅用了十余年的时间发展成业内独树一帜的新秀。

他身上那股果敢的韧劲，让邢武仿佛看见自己初次离开扎扎亭的决心。

赵倾比他想象中的更加睿智坦诚，两人都是搞技术出身，邢武正在经历的团队模式，赵倾也都经历过，无形中两人聊得越来越投机，从技术谈到发展再到业务创新。

仿若相见恨晚的老朋友，直到天色不知不觉暗了下来，晚饭后他们直接在茶社点了简餐。

吃饭时候的一个细节让邢武觉得有点意思，赵总接了个电话，气场突然就从一米八降到了零点八，电话里的人不知道说了什么，他便一直笑着哄对方，语气变得宠溺温柔，说明天就回去，给她带礼物补偿云云，临挂电话前还温柔地说："告诉妈妈我晚点给她电话。"

挂了电话后，赵倾嘴边挂着掩饰不住的笑意告诉邢武："我女儿，听说我临时出差晚上不回去，正跟我闹脾气呢。"

邢武也不禁跟着笑了起来，比起一见面就要拉他去夜场喝酒的合作商，赵总这样顾家的男人的确让他更容易建立信任，感觉对方是个真正做事的人。

他和赵倾隔着十来岁的光景，却有很多理念想法不谋而合，甚至往往邢武还没说出口，对方已经猜到他的意思，这样的默契让邢武一下子记住了赵倾。

没多久，邢武就决定和信科继续进行深入接触，对于此，晴也有些诧异，信科老总到底是什么牛人，她那天口若悬河了一晚上，邢武都无动于衷，而这位赵总仅仅一次见面就把她倔强的男朋友搞定了，牛啊。

可到底是摸爬滚打了这么多年的商人，又岂有哪个决定是轻易且草率的，早在接触邢武之前，赵倾已经将邢武的背景摸得一清二楚，他不喜欢打无把握的仗，所以从决定亲自上阵到后来和邢武见面的所有安排都带着强烈的目的性。

信科未来五年会涉足游戏开发产业，他会在人海茫茫中选中邢武，就是

因为邢武身上有三个无法替代的闪光点：第一，Q大Y班的背景和前途；第二，手握晴谷潜力巨大的电商平台；第三，曾经涉足电竞的经历。

这些背景让邢武成了不二人选，赵倾不惜动用庞大的资金和人力全方位地和晴谷达成战略合作，甚至表面看来信科在前期根本收不到任何回报，但只有赵倾清楚，他要的回报从来就不是晴谷的崛起，而是背后的那个合伙人。

这些，他在第一次见到邢武时便没有保留，所以邢武这几年与很多资源失之交臂，却最终选择了信科，凭的就是赵倾的坦诚和两人之间的默契。

强强联合后所碰撞的火花让晴谷真正走入大众的视野，半年的时间，晴谷的线下门店便在全国各地开始投设，引入连锁经营模式，衍生出一套完整的ERP系统，在原有的供应链整合思想中，利用集成化信息管理完全跳出传统企业的限制，再到建立直营区，成功引入PE，邢武也正式将晴谷的总部设立在了北京。

总部搬来北京的时候，犬牙从老家调了过来。那年晴也读大四，许久未见的犬牙也发生了不小的变化，早已看不见当年的影子，他原本在扎扎亭一帮小混混里就算长得皮白斯文的，如今几年的磨砺下来，从气质到言谈举止都更加沉着老练。

那时晴也才听犬牙说舒寒结婚了，在去深圳的第二个年头，嫁给了个普通上班族，今年年初生了个大胖小子，在深圳买了房。晴也很是惊讶地看向邢武，想来邢武应该是知道的，只是他未曾在晴也面前提起过。

犬牙来北京的时候本想喊大黑一起过来闯闯，不过大黑拒绝了，说工作还是要分上下级，去了北京又不能给武子和他掉链子，自己一个没文化的大老粗还是在老家待着吧，兄弟是一辈子的。

听说大黑处了个对象，不是在外面玩的，是个老实巴交的姑娘，他也收心干正经事了，自己开了个小餐馆，地方不大，但大黑会做人，兄弟多，所以生意一直挺好的，说来他的餐馆还是黄毛他们车队的定点食堂。

犬牙过来后，邢武一下子就感觉多了左膀右臂，做起事来更加顺风顺水，有了信科的助力，晴谷的发展便进入了有史以来最迅速的阶段。

晴也大四毕业，邢武送给她一辆路虎作为庆祝，但晴也一直没有时间考驾照，所以到后来只有邢武开着这辆车接送她。

晴也考研成绩下来的那天，和邢武出去庆祝了一番。邢武送她回家的时候，在车上接吻告别被正好从车库出来的晴盛光撞个正着。

当时那情况吧，简直就是谜之尴尬。好在晴盛光比较有涵养，没有当场给他们难堪，而是径直回了家。

然而晴也一进家门，晴盛光就找她谈了话。他不同意晴也和邢武来往，第一是看不上邢武的家庭，本来晴也妈妈去世就比较早，邢武的那个妈看着也不靠谱的样子，怕女儿以后嫁过去，生个小孩什么的都没人在身边帮衬；二来，他之前在邢武面前放过狠话，这个脸面不是那么轻易可以丢掉的。

对于晴盛光头一次这么严肃地跟晴也谈到婚姻问题，搞得晴也那几天的情绪很低落，甚至都盖过了考研成绩还不错的喜悦。

那段时间晴盛光一直感觉身体不舒服，对于女儿的感情问题也十分焦虑，后来去医院检查才发现肠子出了毛病，院方很快安排了一场手术。彼时晴也刚读研一，医院、学校两头跑，整天心急如焚，便是在那个时候，邢武出现在了晴盛光身边，晴也毕竟是女儿，不便照料的地方，邢武直接包揽了过去，起初晴盛光十分抗拒，但又不忍心看见自己女儿那么疲惫，便捏着鼻子默认了邢武的存在。

邢武便开始三天两头往医院跑，煲个汤送点水果，甚至有天见晴盛光头发太长了，傍晚还带了套工具过来，把晴盛光推到厕所，拿个大围裙给他围了起来，帮他理了个发。

结果第二天晴也到医院看见爸爸理了个短碎发，笑了半天问他头发怎么剪了。晴盛光还有些不自然地摸了摸说：“邢武帮我剪的，还行吧？”

晴也眼睛都笑弯了：“行，老行了，是不是突然发现你这个女婿还怪好用的？”

晴盛光气得大骂：“什么女婿不女婿的，你也不知道害臊！”

出院后，晴盛光虽然再也没提过让晴也跟邢武分了的话，但每次晴也提到想喊邢武来家里吃饭，晴盛光还是会犟着脾气嘴硬道：“你敢把那个小子领进门，我就把门锁换了。”

后来晴也就让晴盛光少去公司多休息，一把年纪了还那么拼干吗，但晴盛光最近一直在操心企业转型的事，目前他公司的业务越做越窄，有些客户有合作意向，但是他们一直没有进入相关供应商名录，不符合采购标准，导致很多业务大量流失，几个年轻点的股东集体声讨改制的事。

晴盛光便联系了一个老朋友，看看有什么路子，老朋友将这块业务的一个负责人介绍给了晴盛光，让他对接看看，如果资质能过审上了他们的平台，很多东西操作起来就方便多了。那个负责人了解到晴盛光企业的规模和情况后，说需要出评估报告，然后跟他们领导谈，但是他们领导近期一直没有时间，晴盛光住院期间就让手下的人跟那个负责人联系了好几次都没约到。

好不容易这边刚约到人家，结果对方领导要求去他家拜访，晴盛光虽很诧异，却热情相邀。

还特地告诉晴也周五晚上要在家招待客人，她要是回来吃饭呢，就早点回来，要是不回来吃饭，就干脆晚点回来，别吃到一半跑回来不像样。

晴也接到晴盛光电话的时候正在准备课题上的事，不走心地听完就挂了，所以周五的时候压根儿就把晴盛光的话给忘了，不早不晚，忙完课题计划书回到家正好七点半。

然而当她打开门一进家的时候便蒙了，长长的餐桌，邢武和晴盛光一人坐在一边，不仅喝起了红酒，还有些相谈甚欢的架势，关键是邢武身上穿的是什么鬼？

一身笔挺的黑色西装，流畅精致的轮廓，深邃立体的眉眼，浑身上下都透着无可挑剔的矜贵，晴也还是头一次看见他穿得这么人模人样，还怪帅的。

她愣是吞咽了半天才问了句："你怎么来了？"

邢武压着嘴角那明显有些想笑却刻意收敛的弧度说道："来和晴总谈些业务上的事。"

晴也把包一放就看向晴盛光："你要招待的客人是邢武？你不是说他要敢进门你就把门锁换了吗？"

晴盛光的脸色顿时一阵青一阵白，直瞪自己女儿："吃过没？"

"没啊。"

他讪讪然地起身喊阿姨给晴也盛饭，而后对他们说：“你们吃吧，我上楼躺会儿。”

晴也立马拉开椅子就盯着邢武，从头到脚看了一番，双眼晶亮晶亮地问：“你穿这么正式干吗？”

邢武终于释放了嘴角那抹抑制了半天的笑意：“来跟你爸谈判。”

“结果呢？”

他一本正经地说：“从你爸自觉上楼让我们独处来看，应该是准备把你卖给我了。”

晴也越听越感觉不对劲啊，联想到老爸最近工作不顺利，前几天还劳师动众地打电话给她，说要在家招待什么重要客人啥的，晴也眼珠子一转眯了起来：“你是不是做了什么挖坑给我爸跳的事？”

邢武无辜地摊了摊手：“我是那种人吗？这可是你爸自己找上我的，他大概不知道信科华北区域的业务去年赵总给了我权限，还联系公司的人说要见我，我接到消息的时候正在医院里照料他，他出了院我才看到资料，结果一看，哈，是你爸。

“他天天都能见到我，还要跟我预约，搞得我怪不好意思的，不穿正式点登门拜访，倒显得我拿乔了，你说是吧？”

晴也直接给他一个白眼：“干吗不告诉我？”

他理所当然地说：“怕你坏事，我当然得先跟你爸谈过一轮了。”

“然后呢？”

邢武垂着眸笑：“你把未来赌在我身上，我豁出全身家当也得保你赢，我向你爸提亲了。”

晴也怔怔地看着他自信飞扬的眉眼，红唇微张，眼里温柔的火焰散发出耀眼的光照亮了他整个世界。

番外一

✦

求婚

y a o y a u z

也许是曾经邢武的家被火烧过，所以他对房子有种特别的执念，在他读大四那年用大学四年赚到的钱在北京买了人生中第一套房，三室两厅，带个院子。

买房的过程也比较戏剧性，那天和犬牙从合作单位出来正好碰上堵车，堵在一个售楼处附近。犬牙一根烟接一根烟地抽着，邢武看了他好几眼，终于忍不住落下车窗。

犬牙说了邢武一句："我活到现在，除了胖虎的结巴能给他治好外，最佩服的就是你能把烟戒了，我说你是怎么办到的，我戒了多少次这玩意儿了。"

邢武掠着窗外淡淡地说："晴也闻不得。"说完回过头，嘴角泛起戏谑的笑意，"跟你说也是对牛弹琴。对了，我打算结婚了。"

车窗外是北京街头拥挤的街道，有出租车司机将头伸出去，有私家车按着喇叭抢车道，还有外卖小哥戴着头盔在飞驰，就是这样一个平常无奇的下午，认识了十几年的兄弟突然说要结婚，毫无征兆，犬牙拿着烟的手顿了下，脱口而出："跟谁结？"

邢武嘴角微勾，笑骂道："神经。"

犬牙将烟掐灭，眼里的笑意也扩散开来，问道："这么急干吗？你不还没毕业嘛，我以为起码要等晴也读完研究生。"

邢武单手撑着脑门，有些头疼地揉了揉："等不了了，我们俩都这么忙，难得出来看个电影，十一点没回家她爸电话就过来了，想结婚。"

犬牙将椅背放了下去，大笑出声："我看你不是想结婚，你是缺觉吧？"

邢武掩着嘴边的笑意，兄弟俩肆无忌惮地调侃着。

邢武的目光落在路边的售楼处，一把方向盘就打了进去，犬牙莫名其妙道：“干吗啊？”

邢武将车停下，转过头对他说：“进去看看。”

说是进去看看，犬牙当真以为就是堵车两人顺便进去看看打发时间的，结果直到看完样板房，邢武正儿八经坐在那里挑选户型，然后开始签合同时，犬牙都是蒙的。

出来后，犬牙终于没忍住说道：“你是不是疯了？一千万啊，那么多钱我们再搞个项目不香吗？你买什么房的？”

邢武把合同往车上一扔，转过头看向他：“那不然这婚怎么结？和一帮大老爷们窝在出租房里？”说完他便拉开车门上了车。

犬牙怔怔地看着邢武，太阳缀在天际边，大地被染成了暖红色，耀眼的光刺进他的眼里，他无声地摇了摇头笑了。

从前他们这帮人是真没钱，拼死拼活搞来几千块，邢武恨不得全用在晴也身上，如今生活好了些，不会为了一日三餐柴米油盐发愁，他赚到点钱还是想方设法用在晴也身上。犬牙上次就想说他了，一个手机用了三年不知道换，给晴也买车眼睛都不眨一下。

这几年他们是赚了些钱，但还不至于阔绰到在北京买房，大多数钱都投在公司里了。犬牙很清楚邢武身上的钱绝对不够买这套房，上了车他便说了句：“问清楚一个月要还多少贷款了吗？”

邢武将车子重新发动开上路，淡淡地回了句：“不管多少，既然买了就得供。”

犬牙慢悠悠地回了句：“你这是自己想娶的女人，跪着也得娶回家。”

邢武斜了犬牙一眼，不置可否。在扎扎亭时，尚且还可以给她一方遮蔽，来到北京后，见得多了，接触得多了才知道纵使是在精英云集的人群中，她还是如此耀眼的存在，而他是个穷地方出来的小子，想到娶她，没底气。

现在虽然还没到功成名就的那步，但他起码有能力给晴也一个家。

犬牙尽管替他心疼钱，但下车前还是招呼了一声：“我光棍一个，钱也没地方用，你先全拿去。”

邢武回了句：“不用。”

犬牙笑骂道：“什么不用？装修置办不要钱啊？给我点赚利息的机会。”

邢武什么也没说，笑着拍了拍他的肩。

晴也他们的电脑安装了一批课程系统，大概是新系统刚上线的缘故，这两天总有报错的现象，原本以为是系统的问题，后来发现并不是所有人的电脑都会出现这种问题，还挺随机的，俞学长说和系统没有关系，是电脑调试问题，这两天会联系个学弟帮他们统一调试。

于是这天下午六个电脑都出现报错的同学聚在一个教室里，等调试的学弟过来。晴也和其他五个人都不太熟，大家也只是打了声招呼，各自找个位置坐下。

没料晴也刚放下电脑，就有个长得白白净净的男人走到她面前，对她伸出手：“你就是晴也吧？你好，我叫彭启帆，久仰大名。”

晴也刚坐下，只能再次站起身伸出手客气地说了声：“你好。”

话音刚落，便看见俞学长领着个人走了进来，晴也眼神一瞥，愣住了，邢武穿着干净的素色衬衫，单手抄在米色休闲裤兜内，一双大长腿闲庭信步地踱进教室，几乎同时目光投了过来，看着她和彭启帆交握的双手。

晴也很快松开手，彭启帆自然而然地在晴也身边坐下了，听见俞学长说道：“我介绍一下啊。邢武，C 院著名的摇钱树，特地找鲍教授借来的人，一分钟几十万上下，你们有什么电脑问题、项目合作问题，或者脱单的问题，都抓紧的啊，别说我没照顾你们。”

大家都笑了起来。

邢武的眼神似有若无地落在晴也身上，还算客气地回了句：“摇钱树不敢当，搞搞电脑还行，要不直接开始吧。”

坐在前面的一个男的先把电脑转了过去，邢武几步走到他对面提了把椅子坐下，初春的阳光和煦地照了进来，教室里很安静，其他等待的同学也都开始忙着自己的事情。

晴也打开 CFP 的内容，身旁的彭启帆侧头看了眼对她说：“你 CFA 考过了吗？”

晴也点点头，彭启帆赞叹道：“你真牛，本科期间就准备了吧？我以前看过你，场场辩论赛都很精彩，一直没机会认识，能加个微信吗？”

邢武移动鼠标的手顿了下，撩起眼皮。晴也纵使在看着电脑页面，依然能感觉到一点钟方向投来一道滚烫的目光，身边这男人的话她不敢接，不敢回，不敢动。

但是彭启帆很热情，还主动拿出二维码放到晴也面前："要么你扫我吧，我最近正好在考 CFA，有机会交流交流。"

右前方"啪啪"两声食指敲击鼠标的声音在寂静的教室内响起，晴也瞥了眼邢武冷厉的轮廓，清了清嗓子，转头对彭启帆说："还是不了吧，我男朋友他……他是卖醋的。"

"啊？"彭启帆一头雾水地盯着她，"卖醋的？"

晴也露出谜之微笑："嗯，我要是加了其他人的微信，他知道了会狂喝三桶醋，就是 200 升的那种桶，毕竟醋喝得太多对身体也不好。"

旁边几人都听明白了这话的意思，不禁发出一阵笑声。彭启帆也瞬间明白过来，挠了挠头涨红着脸收起手机说了声："替我向你男友问好。"

邢武目不斜视，嘴角微弯。

在弄到晴也他们那里的时候，邢武颀长的身影压在他们的桌前，眼神无波地盯着彭启帆说了声："让让。"

彭启帆愣了下，抱着笔记本站起身，他刚站起来，邢武便直接在晴也旁边坐下了，眼神倒还是掠着他："电脑放下。"

彭启帆赶忙"哦"了一声，又把抱着的笔记本规规矩矩摆放在邢武面前，就感觉这学弟也没说几句话，但就是给人一种老练摄人的气场，挺可怕的，也不知道是不是他的错觉。

晴也倒是没有看身边人，邢武点开鼠标检查彭启帆的操作系统，然后迅速关掉，直接快捷键打开控制台开始敲代码，他衣袖无声地和晴也的手肘摩挲着，那微妙的触碰让晴也眼里蕴着笑。

彭启帆站在一旁有些不好意思地说："女士优先，要不你先帮晴也弄吧。"

邢武眼皮子都没抬一下，丢下句："她不急。"

彭启帆有些尴尬地看了看晴也，晴也什么话也没说，安静地坐在邢武身边，的确也没表现出多急的样子，他只能闭嘴在前面坐着等。

彭启帆刚在他们前面坐了下来，邢武的左手便从键盘上松开了，直接钩住晴也的指节将她柔软的手握在掌心，单手操控着电脑。晴也抬头看了眼背对着他们的彭启帆，抿着唇侧头瞧着邢武，他嘴角微勾，脸上浮起一丝不太明显的笑意。

教室里很安静，前面弄好的人已经先走了，教室里没剩两三个人，邢武一边跑着数据，一边将晴也的手握在桌子下，无声地揉捏着，她的指节握在手中时常让邢武感觉柔软无骨，两人之间是暧昧的味道，晴也被她弄得掌心酥酥麻麻的，心里头也是痒痒的，但是他们研究院这边认识邢武的人不多，更不知道他们的关系，她也只能依着他这些小动作。

忽然彭启帆回过身来伸着头看向自己的屏幕，晴也愣了下，刚准备缩回手，邢武却直接十指将她扣住，撩起锋利的眼神扫向彭启帆，彭启帆被邢武注视着，心里莫名发毛，还是拿出手机假装看了起来。

所有人都弄好了，客客气气和邢武打了声招呼，然后陆续离开了，最后只有晴也的电脑还没弄，邢武也没打算帮她弄的样子，直接将她电脑合上。

人终于走光了，晴也气也顺了过来，毫无顾忌地问他：“你知道是来帮我们弄电脑吗？”

邢武坐在她旁边回得淡然：“临时被拖来的。”

晴也将自己的电脑拿到他面前：“那你倒是帮我弄啊。”

邢武只是侧着头盯晴也笑，晴也急了眼，一下子从位置上站起身居高临下地说：“这位学弟，你眼里还有我这个学姐吗？”

邢武拽了她一下，揽过她的腰将她捞到腿上，气息滚烫地磨着她的耳垂对她说：“什么时候能空两天出来，跟我回趟家。”

晴也窝在邢武怀里，第一个反应是：“怎么好好的要回去？你妈喊你回去的吗？”

邢武低着头托起她小巧的下巴含糊地“嗯”了一声：“我妈想你了。”

晴也想到李岚芳那打麻将赶场子的生活状态，还能抽空想她，怪感动的。的确很久没有回扎扎亭了，他们在北京上学这几年，晴也几乎没怎么回去过，那里冬天冷，夏天又热得要命，飞机下来还要转大巴，邢武怕她折腾，有时候自己回去一趟，也都是来去匆匆的。想到扎扎亭那地方，还有些怀念呢。

正在她出神之际，唇瓣被面前的人咬住了，不轻不重地厮磨着她。在这样特殊的环境下，晴也的脑袋是蒙的，想推开他，人却被他抱在怀里，身体是软的。

邢武一点点吻着她，眼珠黑得摄人心魄，声音低沉地蛊惑着她：“跟我回家。”

混乱中晴也的心跳被他牵动着，她抵抗不了这种心悸的感受，“唔”了一声。邢武嘴角浮起笑吮着她的唇，她被他吻得眩晕，人的意识都开始涣散了，喘息着说：“别在这里……”

“咚”的一声，教室门撞在墙上的声音打断了两人的温存，他们同时转过头，看见刚才那位彭启帆又折返回来，此时此刻就呆愣在门口，一脸难以置信地盯着他们。晴也尴尬地站起身，脸颊绯红一片，邢武倒是若无其事地掠了他一眼：“东西没拿？”

彭启帆结结巴巴地说：“U……U 盘。”

邢武起身在前面的桌子上看见个黑色的小 U 盘，直接牵着晴也的手走到门口，将 U 盘扔给彭启帆，落了句：“我收到了。”然后攥着晴也的手离开了。

彭启帆这才突然反应过来，刚才自己貌似向晴也那位卖醋的男友问好来着。

晴也再次和邢武回到鞍子县，这里的面貌变化太大，说来也没几年的时间，但整个感觉都有些不一样了。国家大力扶持西北建设，三蹦子取缔了，县城好多路都重新修过，路两旁种上了树。邢武告诉她从戈壁滩那片前年就开始整治了，国家采用技术手段遏制沙漠漫延，最直观的感受就是鞍子县的空气质量也很大程度得到了改善。

一下大巴，黄毛，不，应该说是郝成功，郝大队，郝同志，郝总的车子就已经停在站口等着他们。

晴也已经有好几年没见过黄毛了，再次见到他，头发不黄了，人胖了些，穿着也没那么浮夸了，也不知道是不是为了迎接他们，特地搞了套正儿八经的西装，但大概由于他的气质实在跟西装不搭边，所以硬是穿出了一股喜庆感。

晴也一见到黄毛就“扑哧”笑出声，黄毛眼神直愣愣地看着晴也如今成

熟明艳的样子，和那时候清纯的模样不大一样了，可依然在人群中一眼只能看见她。黄毛也看着她傻笑，那种熟悉的感觉仿佛瞬间就回归了。

他有些羞涩地将双手放在西裤口袋中，倒是晴也大方地朝他张开双臂："我们多久没见了，你也不知道来北京找我们玩。"

黄毛挺不好意思地抱了下晴也。这大概是他认识晴也这么多年来，第一次和她离得这么近，她整个人都是香的，他形容不出来这种感觉，就是头发晕。

晴也拍了拍他，然后直起身子。他还在直勾勾地看她，邢武上去就打了下他的背："看够了没？"

黄毛这才嘻嘻哈哈地搂着邢武的肩，两人神秘兮兮地走在前面，说笑着。

扎扎亭虽然也有了变化，但有些地方还保留着晴也记忆中的样子，黄毛亲自开车把他们送了回去。

在车子越来越靠近那熟悉的二层小楼时，晴也的心情也跟着起起伏伏，好像过去那段最刻苦铭心的画面一并跟着回来了。

他们到达家门前的时候天都黑了，车子停在扎扎亭 38 号，门牌都是焕然一新的模样，但奇怪的是，门口很冷清，应该说整条街都很冷清，黄毛也只是把他们送到就说有事先走了。

邢武拉着晴也进家，李岚芳并不在家，晴也奇怪地嘀咕了一句："你妈呢？"

邢武按了下开关说了句："不知道，家里好像没电。"

"哈？"晴也当场愣住了，站在黑灯瞎火的进门处，整个人都有点凌乱，那种第一次来这里的魔幻感犹如发生在昨天，她突然就笑了出来。

她笑得有些刹不住，盯着黑暗中的邢武说道："你家真是个神奇的地方。"

邢武也在黑暗里回过头掠着她，她看不清他什么神情，只能依稀看见他伸到自己面前的手，对她说："我先带你上楼歇着。"

晴也把手递给他，嘴里还说道："你妈会不会忘了交电费啊？"

邢武也不吱声，将她往楼上拉。黑暗摸索中，两人上了楼梯，家里窗帘都是拉着的，连外面的月光都透不进来，不过她的手被邢武牢牢攥在掌心，心里却是踏实的。

邢武将她带进房间，然后按住她的肩膀让她坐在床上，对她说："你等一下，我去检查一下电路。"

他刚松开晴也，她便慌乱地攥着他：“不要，我跟你一起去。”

邢武笑着说：“在我们自己房间还害怕啊？”

晴也嘴上不承认，但一个人在一个伸手不见五指的环境下，的确有些毛毛的。

邢武拍拍她的手背：“乖乖坐着，很快。”

邢武走后，晴也便开始摸手机，忽然发现手机在楼下的包里没有带上来，虽说她好歹也在这个小二楼住了几个月时间，可房子盖好后她回到了北京，在那之后她没有正儿八经在这里住过，对她来说，黑暗陌生的感觉多少会带来一些压迫感。

就在晴也刚站起身时，“砰”的一声在窗外响起，她有些错愕地侧过头，隔着一个窗帘，外面漆黑的天骤亮，她愣住了，不知道发生了什么事，几步走到窗帘边，拉开帘子，一道亮眼的弧线像流星划过安静的夜空，陷入沉寂，却在下一秒原本黑暗的天空突然炸开一个红色的心，就那样在天上停留了两秒，然后像无数的小降落伞朝着她站的方向落了下来，照亮了她的瞳孔。

晴也怔怔地推开阳台的拉门走了出去。

初春的风拂过她的脸颊，吹起她的发丝，她微微昂起头，无数的烟花齐齐蹿上天际，照亮了这个看不到光亮的地方，她就那样站在阳台上，这个她曾经问邢武要来的大阳台，迎着漫天的色彩，眼里投射着耀眼的光芒，她从来不知道一个如此泥泞的沼泽里也能开出这么美的花，点亮了整片黑夜。

忽然，身后的灯亮了，整个二层小楼在瞬间灯火通明。她回头望去，却怔在原地，她正对面的墙上是用照片拼成巨大的三个字“嫁给我”。

她快速几步走了进去，愣在照片前。这些照片中全是她的样子——她刚来扎扎亭时坐在收银台里愁眉苦脸的样子，她夜里挑灯夜战的侧脸，她在学校安静上课的背影，她站在演讲台上自信的表情，还有她望着镜头灿烂的笑容，一帧帧一幕幕都是她走过的路。

无数的声音同时在喊她：“晴也。”

她转过身跑到阳台上，那一瞬，她看见了太多熟悉的面孔，黄毛、胖虎、大黑、犬牙、方蕾、史敏、流年、杜奇燕、李岚芳，还有所有扎扎亭熟悉的

小伙伴都回来了，更可笑的是，胖虎他们全都穿上了鞍中校服，跟二大傻一样，时光好像在瞬间倒流了，晴也一看见他们，情绪直接就绷不住了。

直到邢武从他们中间走了出来，旁边的大黑、花臂他们都在起哄，对着邢武吼道："跪啊，这时候不跪什么时候跪？老婆就在前方，大胆地跪下去。"

推推搡搡间，邢武别别扭扭地抬起头望着站在二楼阳台上的晴也，旁边人都在催促他："说话啊。"

李岚芳着急地卷起袖子："我都替你着急，嘴被油锅烫过了？"

流年笑道："李老板等不及抱孙子了。"

在一片哄笑声中，邢武的眼神紧紧地盯着晴也，突然朝前迈了一步，刹那间整条街道突然亮了起来，楼下的人也惊得尖叫出声，那画面太过于震撼，仿佛幽暗沉睡的小镇在瞬间活了过来，一切都透着不真实的梦幻感。

晴也不知道邢武是怎么让每家每户配合他的步伐，她只是怔怔地看着他。

那年她从这里离开时，对他说过："我把我们之间的距离缩短了一半，剩下的一半交给你了。"

他朝她走来，带着希望，点亮了她的未来。

那一刻，晴也看懂了，哪怕邢武一句话都没说，但是晴也看懂了邢武想对她说的话。

他们从这里开始，她像流星坠入到这暗无天日的深渊，看不见他们的未来，被四周的黑暗包围着，每天都在想，他们的出路在哪儿，什么时候才能从这里走出去，他们没有人脉，也没有钱，唯一的信念就是看着那束耀眼的光，拼命地冲。

而现在，邢武正在用这种无声的方式告诉她，他有能力给她一片光亮了，从此以后，无论在哪儿，他身上的光会温暖她，他们不会再流离失所，也不用天涯相望了，这一切的辛酸和幸运从这里开始，也从这里走向他们人生的另一个阶段。

没人知道为什么原本黑暗的街道突然灯光大亮，仿若白昼，只有阳台上的晴也低下头捂着脸，肩膀微微颤抖着。

邢武喉头发紧，眼睁睁看着她背过身去，他的脸色立马变了，丢下一众吃瓜群众直接大步走回家，三两步上了楼。

走进房间后，他隔着几步的距离遥遥望着晴也，她靠在阳台边低垂着头，整个人很沉默。

邢武心里没底，大步走到她面前，轻轻捧起她的脸。在看见她通红的眼睛时，邢武的心也跟着起起伏伏，他有些无措地弯下身子，脸部线条发紧，低声对她说："没做过这种事，第一次，有些点子黄毛他们出的，非说要搞个烟火炸了扎扎亭，有点浮夸，我知道，想着得有点仪式感，不然老了我先走了，总得给你留点念想。"

晴也抬起头，双眼通红地瞪了他一眼。邢武唇边漾开肆意的笑，在夜空下眼里盛满迷醉的光。他双手握住晴也的腰，故意放低姿态蹭着她柔软的唇，声音里带着蛊惑的温度："结婚好吗？"

晴也没说话，楼下还有一群人在呢，她有些不好意思，邢武却扣着她的腰，不让她逃，对她说："要我跪吗？那是不可能的，你也不去扎扎亭打听打听我，以前落单被二三十个人围堵，我也没跪过。"

晴也一把推开他："你是求婚还是想找我单挑？"

她刚转身准备往房间走，楼下突然一阵狂吼声，当她再次回过头时，邢武单膝跪在她面前手上拿着一枚戒指盯着她笑。

那一瞬，晴也的眼泪翻涌进眼眶，边哭边骂他："不是不跪人吗？"

邢武拉过她的手，眼里是无尽的纵容和宠溺。当他终于把那枚闪着钻的戒指套在晴也的无名指上时，璀璨的钻戒好似瞬间照亮了他整个人生，他站起来将晴也揉碎在怀中。

胖虎一转头，便看见黄毛在抹眼泪，他愣了下上去就一巴掌拍在黄毛的背上："武哥求婚成功，你哭个毛啊？"

黄毛甩开胖虎的手，用袖子擦着眼睛骂道："你懂个屁，晴也要嫁人了，我的青春结束了。"

胖虎乐道："晴也就是不嫁人，跟你的青春也不会有半毛钱关系，我说你梦还没醒啊，赶紧找个对象处处得了。"

黄毛一本正经地说："年后家里给介绍了一个，长得挺标致的，就是名取得不好，叫王翠花，这要是以后娶回家，别人都以为我老婆是上酸菜的。"

"……"

番外二

✦

怀孕

yaoyauz

晴也研究生毕业那年意外怀孕了，说是意外是因为她原本没有打算这么早要孩子。那时跟着实习单位的领导去外地谈事情，原本三天的出差计划一拖再拖，对方因为一个技术问题，卡了一个礼拜都没搞定。

后来找了对方内部的人打探才知道，那边技术这块是外包出去做的，所以需要信科那边点头他们这里才能评估过关。

当晴也听说技术这块在信科时，一个电话就打给了邢武，骂骂咧咧了一大堆：“信科怎么回事？没个对接人吗？把我们晾在这里一个礼拜了。这么大的上市公司就是这样做事情的吗？耗这么多天，没有出差成本的吗？食宿找信科要吗？我们都是机器人吗？不用回家陪老公的吗？”

邢武在电话里低低地笑了起来，晴也就更加恼火了，背着领导质问他：“我就问你阳光终端那个项目到底是你们那里什么人负责的？”

那口气谁能想到她只是个实习生，不知道的以为董事长在训话，邢武有些头疼地想了会儿，告诉她：“应该是下面哪个地区分部的项目经理，要让人去查一查。”

“查，明天必须查出来，不然你就没老婆了。”说完，她气呼呼地挂了电话。

谁料第二天傍晚合作方就通知他们信科中午来人了，东西一下午就评估完了，但是想和他们这边负责财务这块的对接人谈一谈。

文件上写得清清楚楚，财务板块对接人正是晴也，他们这里也始料未及，没想到会单独找个实习生去洽谈。虽然晴也表现得很淡定，但领导到底有些不放心，倒不是不放心晴也的口才和能力，而是洽谈的这个时间点正好到了晚上，一个漂漂亮亮的姑娘跑去跟人家谈，总是有些顾忌的。

晴也临走时，领导委婉地说：“也不知道对方什么用意，财务板块上个版本就已经很成熟了，是不是暗示我们要吃回扣的意思啊？晴也，反正你过去以后见机行事吧，要是对方提出什么要求，你先跟我们通个气，我们再商量，但有个前提啊，保护好自身安全，潜规则什么的我们可是一律杜绝的，要是他们提出过分的要求，你可以直接回来。”

晴也接收到领导的旨意后，便奔赴谈判现场。本以为跟她谈判的会是哪个地区分部的负责人，她还做好了打场硬仗的准备，一路上都在看资料，一刻没停。

到了地方，接待人将她直接带去了餐厅，她一眼就看见邢武和两个人坐在一起喝红酒，黑色衬衫领口的第一颗扣子微敞着，倚在沙发里意兴阑珊的模样，在看见她绷着脸抱着一堆资料站在进门处的样子，眉眼舒展开来。

晴也没想到他居然亲自过来了，还一声都没说，害她白白忐忑了一路，彼时在看见邢武的这一刻，突然莫名地委屈起来。

她僵硬地走过去，将材料一放，顾及还有外人在，故作客气地问了声：“要现在汇报吗？”

邢武接过材料放在一边，长睫下是乌黑的眸子，泛着笑意：“不急，先吃东西。”

说完他扬了下手，让服务生过来，示意晴也点餐。

晴也接过菜单也当真没跟他客气。

他们下午接到电话后，晴也就在忙着整理资料，她从来不打没把握的仗，为了晚上的谈判顺利，还让公司那边把历史材料打包发给她，路上的时间都在背，赶到这里都快八点了，早饿得前胸贴后背。

直到看见邢武后，紧绷了一周的心情突然就释放了，就是想大吃一顿犒劳自己，一个星期没吃过一顿舒心饭了。

星级饭店的餐厅，东西自然不便宜，也能点到一些顶级料理，所以当旁边两人看着这姑娘眼睛都不眨一下地指着一份神户牛排时，全都不约而同地去看对面坐着的邢工。邢武大学期间和他们合作过几个项目，那时他还是技

术工程师的身份，这次来深圳出差，他利用晚餐的时间约这两个老朋友出来聊点事，所以这顿饭也是他请。

这就导致晴也一坐下来点了份两三千的牛排后，旁边这两人的眼神都有点不对劲了，反观邢武，依然云淡风轻地跟他们聊着事，似乎并没有在意。不过牛排虽贵，分量还真没多少，晴也很快就吃完了，安静地坐在一边。

这时邢武才停下交谈，抽空问了她一句：“还够吗？再点些什么？”

“哦。”

对面两人不可思议地看见这姑娘当真没有客气的意思，手一招又点了份四百多的甜品。

晴也兀自坐在一边吃着甜品，听着他们的对话。邢武虽然和那两人相比，年纪到底是要小些，然而聊天的气场却丝毫不减。这是晴也第一次正儿八经看他和人谈生意，他是从底层摸爬滚打起来的人，有着骨子里难以磨灭的狠劲儿，和谁也拿捏不住的圆滑。

在很多人的印象中技术搞得好的人，大概不太适合跑市场和人打交道，邢武大概是个特例，他可以在言谈欢笑之间将事情按照他的节奏推进。

快吃完的时候，晴也就知道他这趟不虚此行。

告别了那两个人，邢武什么话也没说，一手拿起资料一手牵着晴也直奔楼上的套房。

关于临走时领导交代的，保护好自己，杜绝潜规则啥的，晴也已经抛到九霄云外了。她有一个多星期没见到她的亲亲老公了，所以到底是谁潜规则谁，这个有待商榷。

一开始她还挺激情四射的，为了发泄不满，还把邢武按在床上折腾，累得自己满头大汗。邢武还挺享受的，没想到出个差还能有如此待遇，到最后他自己也有些失控。

寂静的夜越来越汹涌激荡。

直到晴也突然感觉到什么，开始疯狂地推着他，断断续续地说：“老公，套呢？”

邢武已经有些失控了，一下又一下吮吻着她的唇，厮磨间双眼灼灼地盯着她，声音“苏”到极致，边吻边哄：“就一次，听话。”

就一次，就那一次没有做安全措施，晴也中招了。她刚到实习单位，在千军万马中杀出来一条康庄大道，美好的前途在向她招手，她还准备五年内在总部站稳脚跟，年薪百万不是梦，然后，她怀孕了。

当她拿着验孕棒推开书房的门，一把将东西拍在邢武面前，控诉他不负责任，渣男，浑蛋，说话不算数，出尔反尔，没有诚信吧啦吧啦一大堆时，邢武只是沉静地看着面前的东西，低垂着眸，脸上看不出任何表情。

直到晴也一口气骂完了，叉着腰大喘着气瞪着他时，他才悠悠抬起视线，瞳孔里暗藏着汹涌波动的情绪，对她说了两个字："生吧。"

晴也怀孕期间脾气很大，一来身体的变化时常让她感到沮丧和不安，二来暂时放下工作这件事也让她很焦虑。邢武知道这件事他理亏，在这个时候怀孕无疑让晴也牺牲很大。

所以他也是几乎把办公室搬回了家，面对晴也有时候一天哭三回的起伏情绪，他就连敲电脑都要不时看看她才能放心。

有时候他不过出去打个电话，回来看见晴也坐在客厅看个法治类节目都能哭得稀里哗啦的，和晴也在一起这么多年，没见她这样过，新奇得可爱。

但更多的是心疼，特别是前面几个月，她经常睡到半夜突然爬起来跑厕所干呕半天，他都要跟着起来，怕她着凉，给她拿衣服，帮她倒热水，再把她搂进怀里哄到再次入睡，他才能安心。

在晴也身体和情绪最脆弱的那几个月里，邢武几乎就差把她当个婴儿对待了。有次几个同事到他家开个小会，正好赶上饭点，家里阿姨愁眉苦脸地来找邢武，说晴也又不肯吃东西了。

邢武当即丢下一众人跑去饭厅，原本安静的客厅内，投影仪还在放着，邢武走后大家各自整理东西都没再说话，只能听见旁边饭厅传来轻声细语的低哄声。

所有人都抬起头面面相觑，要不是亲眼看见邢武走过去，甚至都不敢相信工作中雷厉风行的邢工，居然会有这么耐心和温柔的一面。

直到邢武再次折返回来说了声"继续"后，有不怕死的男同事打趣了一句："以为你去隔壁哄小孩了。"

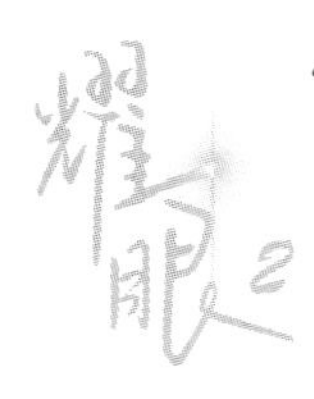

邢武自己也低着头笑了起来："从小就惯着她，习惯了。"

晴也怀孕四个月以后，孕吐反应渐渐消失了，对母婴用品开始有了狂热的爱好，大概身为一个资深学霸，钻研任何东西都很彻底。

当她在家里摆满各种母婴的东西，闭着眼都能报出产地、成分、产品特性、性价比、市场占比等等数据后，邢武觉得她真是闲得快生霉了，有种魔怔的感觉。

于是一个偶然的想法，完全就是为了讨老婆开心，他利用闲暇之余自己搭建了一个网站，专门讨论母婴用品的论坛，最初的想法单纯就是为了给晴也找点志同道合的爱好者，还想办法为她引了好几波流量给她打理，也算找点事给她干干。当平台用户逐渐增多后，晴也那搞市场经济的敏锐性又开始崛起了。

她怀孕八个月的时候挺着大肚子冲到邢武公司，跟他谈合作，让他给她一个团队，她想做关于母婴用品的电商平台，还正儿八经甩给他一份 58 页的项目报告外加启动策划案。

邢武拿着那份沉甸甸的东西，一言难尽地望着她："你最近天天霸占书房就在搞这个？"

晴也公事公办地对他说："你找人评估一下能不能做吧，要是不能我就拿着这份东西出去找投资了，你快点给我答复，我得在卸货之前把这事落实下来。"

邢武默默地盯着她肚子看了几秒，只要影响她"卸货"的事必须给解决了，几天后爽快地答应了。

犬牙急得直抹额，私下兄弟间聊天时说道："我们对母婴产品那行一窍不通，你真打算把钱砸下去啊？最起码做做市调，多考虑考虑吧？"

邢武只是很淡定地瞥了他一眼，问道："我老婆是谁？"

犬牙莫名其妙地回："晴也啊。"

邢武淡然地看着他："是那个能把一穷二白的小作坊带上轨道的人，那年，她十八岁，高三。"

犬牙闭嘴了，从此以后再也没提过这事，反正需要他帮忙找资源找钱的时候，他出去跑就是了。

母婴平台的诞生点燃了晴也的激情，就连“卸货”都比别人快上很多。大概就是送进产房后，邢武刚调整心情，准备好好酝酿一番第一次为人父的情绪时，护士已经通知他，生了，是个七斤六两的胖小子，快到让他怀疑人生。

这事在往后的很多年里荣登李岚芳牌桌上最为骄傲的谈资，例如：“我儿媳妇就是比一般人厉害。你们是没看到她学习那会儿，从大门走到后门两步路还能背篇课文呢，做什么事效率都高，就连生小孩都知道抓紧时间。”

仿佛正是应验了李岚芳的话，晴也只用了三年的时间便把那个大家都不看好的网站做到了全国十佳母婴电商平台之列，在之后的几年里又利用线上资源创立了自己的品牌和实体直营店，将资源直接变现。

虽然不像邢武能够那么快凭借自己的实力在业内崭露头角，但晴也的赚钱能力确实是让人卸下双膝。

不到三十岁的年纪，她已经赚到了人生中的第一座金矿，实现了当年要赚很多钱这简单粗暴的理想。

有人说高中喜欢的人是能记一辈子的，他们不想靠着记忆活一辈子，他们是两个不同世界的人，他们之间本没有路，只是携手用无数孤寂的夜晚，奋战的时光，难挨的春夏，拼搏的力量硬生生劈出了一条通往彼此的道路。

曾经他的世界黄沙漫天，她来了，带着耀眼的光芒驱散了寒冷的黑夜，拽着他奔赴晴空万里，她依然会站在他身边，在他目光所及的地方万丈光芒。

【全文完】